Sandsteenkasteel

Felicia Goosen

e-Boeke vir Afrika

e-Boeke vir Afrika
Posbus 584
Onrusrivier 7201
www.ebooksforafrica.co.za
info@ebooksforafrica.co.za

Sandsteenkasteel
© Felicia Goosen 2013

Sagteband ISBN: 978-0-9921938-0-5

For like a child, sent with a fluttering light
To feel his way along a gusty night,
Man walks the world. Again, and yet again,
The lamp shall be by fits of passion slain;
But shall not He who sent him from the door
Relight the lamp once more, and yet once more?

**Uit "Mantik-ut-tair" (Bird Parliament) deur Attar,
soos vertaal deur FitzGerald**

Opgedra aan my familie

HOOFSTUK 1

Dertig jaar gelede was hier nie 'n vulstasie nie. Ek voel onseker en vreemd verdwaal in my geboortedorp.

"Die pad na Kingsberg. Hoe moet ek ry om daar uit te kom? Waar moet ek afdraai?"

Die petroljoggie verskuif sy pet. Hy beduie met sy hand. "Ry daar by die Wimpy se kant uit. Hou vir 'n kilometer met die teerpad aan. Daar waar die bome ophou, sal jy die padaanwyser sien."

"Baie dankie." Ek wil nog vra presies hoe ver dit soontoe is, maar 'n geel bakkie met 'n Lesotho-registrasienommer toet vir my om pad te gee. Die vars reuk van grond en die vaalgroen koolkoppe hoog opgestapel agter op die bakkie roer liggies in my geheue aan iets bekends uit my kinderdae. Soos 'n vae droom kan ek dit nie oproep en verhelder nie.

Ek ry tot by die padaanwyser en draai links. Teen 'n netjiese sandsteenmuur is 'n koperplaat met groot letters wat nie misgekyk kan word nie: KINGSBERG LANDGOED. Luukse akkommodasie. Konferensiegeriewe. Troues.

Die grondpad van weleer is geteer. Voor 'n groot veiligheidshek hou ek stil. Die wag nader my met 'n knyperbord en pen. Hy groet en gee dit vir my deur die oop motorruit aan. Ek skryf my naam en die rede vir my besoek neer. Hy stap voor om my voertuig en skryf die registrasienommer neer.

"Mevrou moet deurry en dan daar langs die kantoor stilhou. Die dame daar sal vir mevrou al die nodige besonderhede gee."

Die plaveisel op die parkeerterrein is netjies in sirkelpatrone gelê. Ek stoot die neus van my motor diep in die koelte van 'n seringboom se oorhangtak. 'n Takkie met geel bessies val oor die windskerm en rol tot in die gleuf by die reënveërs. Die ingang na die kantoorgeboutjie is met 'n swaar traliehek versper. Ek druk die knoppie en die hek swaai oop.

'n Jong, onbekende meisie kyk van haar lessenaar op. Sy groet en glimlag vir my. Sy blaai deur die besprekingsboek.

1

Haar fyn vingertjie gly langs die dae en datums af. 2011. 30 April. Vrydag. Sy kyk op. "Mevrou is ingeboek vir net een nag," sê-vra sy.

"Ja, ek is op pad na Clarence en het besluit om hier te oornag."

"Ons kan mevrou in een van die luukse chalets akkommodeer."

Ek skud my kop. "Ek verkies om in die groot huis te oornag."

"Dit is u keuse, maar ..." Sy leun vertroulik vorentoe. "Ek moet u waarsku, daar is 'n ongemaklikheid in die ou huis. Gaste kla daaroor. Talle sê reguit dit spook daar. Ek sal werklik aanbeveel dat u eerder in een van ons chalets tuisgaan."

Ek haal my sonbril af. Ek kyk reguit en vasbeslote in die oë van die ontvangsdame. Doelbewus hou ek die glimlag terug wat my mondhoeke opwaarts dwing.

"Die groot huis asseblief. Ek wil graag dáár tuisgaan. Nêrens anders nie."

My eerste bewuswording van Kingsberg, die omgewing en die kolossale huis, was in 1957 toe ek tien jaar oud was en 'n tuinparty daar bygewoon het saam met my ma. Dit was ook die eerste keer dat ek Sarah Adams se spook in die biblioteek gesien het.

* * *

Die plesierige klanke van die kinders wat buite om die beurt op die ou, mak perd ry, vervaag waar ek op die Persiese mat in die biblioteek sit. In die groot huis se biblioteek is die mure behang met skilderye en portrette van die voorgeslagte. En dan is daar die boeke. Die boeke is vir my belangriker as al die speelmaats en die eetgoed wat buite voorgesit is.

Ek is grootgemaak in 'n huis vol boeke. Die betowerende reuk daarvan het my laat tuis voel toe ek die biblioteek binnegestap het. Uit die rakke het boeke van alle groottes en kleure gevra om opgetel en gelees te word, my uitgedaag om die wonderwêreld te ontdek wat tussen die bladsye op my wag.

Ek verlustig my in Hans Christian Andersen se *Danish Fairy Tales and Legends*. Toe ek dit terugplaas in die rak, val my oë op Rudyard Kipling se boek *Rewards and Fairies*. Met groot versigtigheid haal ek dit uit die rak en laat die bladsye deur my vingers gly. Dit waaier in 'n goue wolkie stof. Spoedig is ek weggevoer in 'n wêreld van beelde en emosies, geskep deur fraaie karakters, net so eg as die omgewing en alles rondom my.

Kipling het in sy eie handskrif voor in die boek geskryf: "For Magdalene." Ek wonder wie Magdalene was. My nek kriewel. Ek is nie alleen in die biblioteek nie. 'n Vrou het by een van die tafels gaan sit met 'n oop boek voor haar. Sy moes ingekom het terwyl ek verdiep was in Kipling, want sy was beslis nie voorheen hier nie.

Langs die boek wat sy lees, is 'n staanlamp met 'n marmervoetstuk. Op die voetstuk is 'n vet engeltjie. Hy leun ewe windmakerig met sy een beentjie na agter opgelig teen 'n kaktusplant. Die wit marmerkaktusplant rank teen die geel voetstuk op tot by die kop van die lampstander. 'n Vlammetjie beweeg flouerig in die gerookte glasskerm.

Die vrou is mooi, met goudbruin krulhare en 'n ligte vel. Sy het 'n wynrooi rok aan met fyn plooitjies voor en 'n borsspeld dáár waar die opstaankragie teen haar nek 'n spleetjie maak. Skynbaar is sy onbewus van my. Waarom sou sy nie buite by die ander vrouens wees nie? Sy kyk nie op nie en ek begin weer lees. Toe ek ná 'n ruk weer opkyk, is sy weg.

* * *

In graad tien het ek weer een naweek op Kingsberg gaan kuier. Ek is genooi na die verjaardagpartytjie van tant Lilly se dogter, Louise, en sou die aand ná die partytjie daar oorslaap.

Die jong klomp dans en baljaar in die snoekerkamer waar die mure beskilder is met Egiptiese tonele en reuse-lotusse. Louise se broer, Alfred, sorg vir die musiek. Hy ruil, sigaret in die mond, die plate flink en vinnig op die platespeler om.

Laat die aand besluit ek en my kys, Nico, om na die biblioteek te gaan om alleen te wees. Ek ken immers al die biblioteek. Dit was volgens my die perfekte plek om ons liefde aan mekaar te verklaar. Net toe Nico my ken oplig om my te soen, sien ek haar weer: die vrou by die tafel met die lamp. Ek giggel verleë. Nico kyk sonder begrip na my, duidelik totaal afgehaal omdat ek die oomblik so bederf. Ek beduie na die vrou.

"Wat?" Hy kyk oorbluf na my.

Toe verstaan ek meteens dat hy nie kan sien wat ék sien nie. Teen dié tyd het ek darem al een en een bymekaar gesit. Maar Nico wil niks verstaan nie.

Die res van die aand verloop stroef tussen ons. Teen een-uur die oggend is die partytjie verby. Ek oornag saam met 'n klomp ander meisies op die groot balkon, toegerank met rankplante teen die sif en kantpriële. Die beddens staan in rye langs mekaar. Dit sal immers geen pret wees om die groep te skei en in die slaapkamers te oornag nie.

In ons nagklere sit ons op die balkon se relings en probeer skelm rook. Die klomp is steeds vol adrenalien en vermaak mekaar met grappe en bangmaakstories. So tussen die onderdrukte gille en gelag maak ek verskoning om toilet toe te gaan.

In die lang, breë gang besluit ek impulsief om eers weer na die biblioteek te gaan. Ek stoot die deur saggies oop. Dis donker, maar ek skakel nie die lig aan nie, want die kragopwekker sal te veel lawaai maak. Ek trek 'n vuurhoutjie, stap na die lamp op die tafel en steek dit aan.

Die vrou is nie daar nie. Ek is ietwat teleurgesteld.

Met die lamp in my hand beweeg ek stadig langs die mure van die een portret en skildery na die ander. In die beperkte, flikkerende lamplig verskyn die gesigte van die voorgeslagte een vir een voor my met name op bronsplaatjies onderaan op die weelderige rame.

John Adams: 'n Gryskopman met digte hare en 'n lang grys baard, netjies vierkantig geskeer en 'n grys snor wat effens af neig by die mondhoeke. Hy het hoë wangbene, 'n lang, skraal gesig met 'n reguit neus en kleinerige ore vir 'n ou man. Hy is geskilder in 'n grys pak met besonder breë lapelle; bypassende grys onderbaadjie wat hoog toeknoop. Net 'n sweempie van 'n blou das steek onder sy baard uit.

Sarah (Daniel): 'n Mooi vrou, van die kant af geskilder, wat die lyne van haar aristokratiese neus duidelik wys. Sy het goudbruin hare wat teen haar gesig krul en agter haar kop in 'n rol vasgemaak is. Sy dra 'n ivoorkleurige rok met 'n geplooide voorkant en pofmoue. Fyn kant versier die rok se ronde hals.

4

Daniel Adams: 'n Seuntjie, geklee in 'n seemanspakkie van wit en blou. Sy arms is gekruis voor sy bors. Die gelaatstrekke lyk soos dié van Sarah Adams. Langs die portret is 'n groot skildery, met dieselfde naam onderaan, van 'n aantreklike blonde man wat in die kajuit van 'n vliegtuig sit. Hy het 'n vlieënierspak aan. Om sy nek is 'n donkergrys krawat. Sy kop is skuins gedraai; hy kyk na iets in die verte.

Amy Adams: 'n Mooi, jong vrou met rooierige krulhare. Haar ken is effens gesak. Sy het 'n ernstige trek om haar mond en is geklee in 'n kantrok met 'n baadjie van dieselfde materiaal bo-oor. Haar arm rus op 'n tafel voor haar. Valletjies om haar pols en 'n goue armband is sigbaar.

Magdalene Adams: Haar hare is ietwat donkerder as die ander familie s'n. Dit is reguit, sonder krul en glad weggekam langs haar gesig. Dit is in 'n dik Franse rol, laag agter in haar nek, vasgevang. Van die hare het losgekom. Ook sy het fyn gelaatstrekke. Sy dra 'n swart rok met deurskynende lang moue en sit op 'n donkerblou fluweelkussing met haar knieë opgetrek en haar arms om haar knieë gevou. Langs die skildery is 'n geraamde, informele foto van haar waar sy besig is om te skilder.

Arthur Adams: Hierdie is heel duidelik 'n meer moderne weergawe as die vorige portrette. Hy is 'n jong man met netjies gekamde hare, verdeel met 'n skuins paadjie. Hy het 'n breër neus as die ander mans, kleinerige oë en 'n swak mond wat hom nogal aantreklik maak. Hy is netjies geklee in 'n byderwetse baadjie en 'n wit hemp met 'n lang das wat benoud teen die hoë kraag in sy nek vasgeknoop is.

Eerwaarde en mevrou J.T. Daniel: Twee afsonderlike portrette waaroor daar duidelik ook geverf is om die detail uit te bring, soos wat die gebruik in daardie jare was, hang langs mekaar. Die eerwaarde is grys met 'n lang baard en 'n groot snor wat aan weerskante gedraai is om dit nog langer te laat lyk. Hy het 'n grys baadjie aan waarvan die lapelle tot onder sy baard strek. Sy wenkbroue is naby mekaar en sy sagte oë kyk weg van die kamera. Langs hom is 'n foto van mevrou Daniel. Haar grys hare is plat op haar kop, teenaan haar gesig. Sy het 'n swart rok aan. 'n Goue borsspeld met 'n swart steen daarin, is aan die hoë kragie van haar rok vasgesteek. Sy dra 'n sagte, wit kantmanteltjie om haar skouers.

Anne Adams: 'n Donkerkopvrou met gladde hare wat in 'n groot chignon agter in haar nek vasgemaak is. Sy het 'n rok met 'n lae V-hals aan en 'n deurskynende chiffontoppie daaroor. Haar mooi, lewendige oë is opvallend.

David en William Adams: David het 'n kortbroekie en 'n baadjie aan met 'n windmaker sakdoek in die baadjie se sak. William, wat links op die foto staan, is korter as David. Hy het 'n langbroek en 'n dubbelborsbaadjie aan waarvan die moue hopeloos te kort is vir die arms wat uitsteek. Sy wit hempie is tot bo toegeknoop. Sy swart langbroekie lyk of dit te groot is vir hom.

David en Lilly Adams: Die enigste troufoto. Die bruidegom is uitgevat in 'n donker pak met 'n skouerruiker op sy lapel. Die bruid het 'n eenvoudige, lang wit trourok met kantmoue aan. Haar sluier is kort en sy het 'n ruiker van rose in haar hand.

* * *

In die lamplig bekyk ek die portrette. Nêrens is 'n glimlag nie, nie eens op die informele groepfoto waar almal op die trappe voor die huis sit nie. Dit is 'n baie ontspanne foto met duidelik 'n jong John en Sarah Adams. Sarah se hare hang lank en los langs haar gesig. Dogtertjies met kragie-rokke, lang moue en donker kouse sit, duidelik bewus van hulself, op die trapmuurtjies.

Een seuntjie het 'n donker pakkie aan met 'n das en blink skoene. Hy hou 'n baba in 'n kantrokkie vas. 'n Ander seuntjie het 'n seemanspakkie aan met 'n plat strooihoedjie op sy kop.

Hoër op teen die agterste trappe is nog vrouens met donker rompe en wit bloese. Onder by John en Sarah se voete lê 'n groot hond opgekrul. Alles kom baie rustig en natuurlik voor, maar by niemand is daar 'n sweempie van 'n glimlag nie.

Wie sou die mense agter die onbekende gesigte wees wat uit die rame na my staar? Ek wil nét die lamp doodblaas en dit weer op die tafel neersit, toe Alfred in die deur verskyn.

"Wat sluip jy so alleen hier tussen die voorvaders rond?"

"Ek kyk sommer net. Ek wonder sommer net oor al die mense wie se portrette hier in die familiegalery hang. Dis mense, net soos ons, wat geleef het en gelukkig of ongelukkig was, wat drome gehad het. Wat goeie dae en teleurstellings ervaar het. Ek wens elkeen van hulle kon hul storie vir my vertel."

"Licia, jy is nie ernstig nie!"

Hy beduie na die vensterbank waarop ons ons sit kry. Sy hande bewe liggies toe hy 'n vuurhoutjie trek en die vlammetjie met bak hande na die sigaret bring om dit aan te steek. Hy trek die rook diep in sy longe in en sit sy arm om my skouer.

"Jou hare sal rys as jy hierdie mense en hul verhale moet aanhoor. Laat ek nou sommer reguit vir jou sê: Ek voel boggherol vir die hele ou spul wat hier teen die mure hang. Ma Lilly probeer my al van my kleintyd af voorberei dat ek as die volgende erfgenaam van Kingsberg hier gaan oorneem. Ek haat die gedagte. Hier is net te veel dinge wat lol op hierdie plek. My ouers begin selfs nóú al uitkyk vir 'n trouvrou vir my. Wat 'n grap! Ek is nie troumateriaal nie. Jy weet dit. Jý is die enigste meisie wat ooit naby aan my was en steeds is. Ek sal nooit ons vriendskap wil bederf met 'n getrouery nie. Ek sê jou, ek gaan die onvergeeflike sonde pleeg en alles en almal hier in hulle moer stuur."

Alfred het beslis 'n drankie of twee te veel in, vandaar my introverte vriend se spraaksaamheid.

"Alfred, weet jy van die vrou wat soms hier by die tafel sit met die lamp en dan nét so weer verdwyn? Ek het haar al twee keer gesien." Ek kruis my vingers.

"Ja, dis glo my oumagrootjie Sarah. Haar siel kan nie tot rus kom nie. Geen wonder nie. As jy haar en Kingsberg se geskiedenis geken het, sou jy verstaan hoekom ek die plek so haat."

Met 'n swaai van sy dun arm beduie hy oor die familiegalery en skiet die sigaret tussen sy vingers uit tot op die vloer. Met 'n draaibeweging van sy hakskeen trap hy dit op die mat dood.

"Kom ons gaan slaap, ek is nou óp gepartytjie."

Hy spring af en hou 'n hand na my uit.

"Arme sussie Louise. Haar verjaardae kom en gaan, sy word ouer, maar gedra haar nog steeds soos 'n kind. My ma is vol moed, maar enigeen met verstand kan sien dat sy nie meer sal regkom nie. Sad, sad!"

Die huis is doodstil. Selfs op die balkon is dit heelwat stiller. Die meeste meisies slaap al. Net my vriendin Mabel lê met groot oë vir my en wag."

"Waar bly jy so lank? Ek was bang om jou te gaan soek. Die donker gang gee my die rillings. Jy het gesê jy gaan net toilet toe. Toe bly jy byna 'n uur lank weg. Nee, man, my senuwees is gedaan!"

"Ek het net eers 'n draai in die biblioteek gaan maak voor ek toilet toe is."

"Asseblief! Wat soek jy dié tyd van nag dáár? Besef jy dis al amper drie-uur? Ai, Licia, ek hou baie van jou, maar jy is 'n vreemde karakter." Met dié woorde draai sy haar rug op my.

Ek is nie vaak nie; daarvoor is my gedagtes te besig. Ek stap tot by die balkonrelings en kyk uit oor die Oos-Vrystaatse landskap. Ek het hierdie wêreld lief. Die heldergeel lig van die maan met die goue ring daarom, die môrester wat soos 'n pragtige, reusagtige diamant daarnaas skyn. Alles lyk soos 'n fantastiese, byna onwerklike prentjie. Hoeveel van die gesigte daar in die biblioteek het ook soos ek van hierdie balkon af na die droomwêreld daar ver gekyk?

Terwyl ek in die bed klim, sien ek hulle weer voor my, al die mense wat eens in hierdie pragtige sandsteenkasteel gewoon het.

HOOFSTUK 2

"Ons kon nie 'n beter keuse gemaak het vir ons tuiste as die Oos-Vrystaat nie."

John is in 'n spraaksame bui. Dit is 'n sonnige herfsmiddag in April 1893. Hy en Sarah sit op die stoeptrappies voor die huis. Hy streel met sy hand oor die kop van 'n groot geel rifrug wat by sy voete lê.

Sarah beduie met haar hand oor die tuin tot waar die donkerblou toppe van die berge teen die ligter blou horison staan. "Dis hierdie einste panorama wat nou hier voor ons lê, wat my hart gesteel het. Alles is so mooi en volmaak hier."

Sy sug en leun met haar rug terug tot teen die trap.

Hulle het destyds met hul wittebrood vanaf die Oos-Vrystaat tot in Kaapstad getoer, waar hulle per skip na John se ouers in Engeland vertrek het. Ná hul terugkeer na Suid-Afrika het hulle na 'n geskikte plek begin soek waar hulle 'n permanente tuiste kon vind.

Albei het van die Oos-Vrystaatse omgewing gehou waar Sarah grootgeword het. John het hierdie stuk grond van sowat vierduisend morg gekoop en dit Kingsberg genoem. Die oorspronklike ou plaashuis was soos die tipiese standaardhuis van daardie jare. Maar hulle het besluit om 'n weelderige Victoriaanse huis van sandsteen te bou. Hulle albei was dit eens dat Kingsberg nie 'n gewone plaas met 'n gewone huis sal wees nie.

Sarah het die voortou geneem: "Ons huis moet almal wat hier kom, se asems wegslaan. Verby is die dae dat ek en jy moes meet en pas om te oorleef. Hier sal van swaarkry geen sprake wees nie."

John het die beste bouers en vakmanne uit Engeland laat kom. Dit het 'n paar jaar geduur voor die kolossale sandsteenkasteel met 32 vertrekke voltooi is.

"Elke keer as ek hier sit, kan ek verstaan dat jy nie in Engeland wou bly nie. Ek het immers daar grootgeword, maar jý wat hier gebore is en die Vrystaatse vlaktes, berge en ooptes gewoond is! Ek kan begryp dat jy engtevrees in Engeland gehad het."

Sarah knik haar kop instemmend.

"Jou ouers is dierbare mense, maar my siel sal doodgaan daar in Engeland waar alles so koud en klam en mistroostig is. Jy moet onthou, op die sendingstasies waar ek grootgeword het, was ons nie ingeperk nie. Ja, ons het baie eenvoudig gelewe, maar ons was vry. Daarom het pa Thomas en ma Mary-Anne besluit om in Suid-Afrika te bly en nooit weer terug te gaan Engeland toe nie. Ek sal hulle ewig dankbaar wees daarvoor. Om in Suid-Afrika van 'n mooi dag te praat, is algemeen. Dit dra nie naastenby die gewig van dieselfde woorde in Engeland nie. Hier is feitlik élke dag 'n mooi dag. Ek sal nie oorleef sonder die son en die blou lug nie. Kingsberg is 'n plek om van te droom. Ek is só gelukkig, John. Ek is baie trots op alles hier."

John tuur oor die landskap voor hom uit. Hy dink onwillekeurig terug aan die eenvoud waarmee Sarah eens tevrede was. Sy het vinnig verander. Hy kan nie besluit of dit hom bly maak of nie. Soms verlang hy terug na die ongekunstelde vrou op wie hy verlief geraak het.

Haar intelligensie en ondersoekende gees het hom gefassineer. Sy het daarvan gehou om na hom te luister en nuwe dinge te leer. Sy het die vermoë gehad om 'n gesprek uit te lok en hom dan subtiel gelei om van homself te vertel.

Dit het hom belangrik laat voel. En watter man hou nie daarvan om belangrik te voel nie! Hy het daarvan gehou wanneer sy haar verloor het in sy stories oor Engeland, sy bootreis na Suid-Afrika en sy werk op die diamantvelde van Kimberley. Dit was goeie dae.

Tog weet hy dat die meer gesofistikeerde, afgeronde Sarah tans 'n groter bate is vir sy aansien as die eienaar van die Kingsberg-landgoed. Sy versterk sy status as die skatryk diamantmagnaat van Kimberley en aandeelhouer van De Beers.

Hy kyk na sy vrou waar sy met toe oë behaaglik op die trappie sit. Sy gedagtes maak ver, wye draaie. Hy onthou hul troudag daar in die eenvoudige sendingkerkie op Thaba Nchu.

Sarah het pragtig gelyk in die roomkleurige satynrok wat hy vir haar van Kimberley af saamgebring het. Dit was versier met kant om die hoë kragie en mou-omslag. Teen haar linkerskouer was die diamant-borsspeld wat hy spesiaal vir haar laat maak het.

Vir hom het hy 'n grys broek en donker baadjie gekoop. In sy sak was 'n goue horlosie met 'n dubbele ketting wat aan die vierde knoop van sy bypassende onderbaadjie geanker was. Slegs die Daniel-gesin, sy broer Rodney en van die werkers op die sendingstasie het die huweliksplegtigheid bygewoon.

Hy kan nog duidelik hoor hoe eerwaarde Thomas Daniel se stem daardie dag deur die kerkie dreun: "We are gathered here in the presence of God to witness the marriage of John and Sarah, to support them with our prayers, and to share their joy."

Nadat hy die huwelik voltrek het, het Thomas self die gesang ingesit. Mary-Anne het ingeval en toe het die pragtige woorde van John Wesley se lied die kerk gevul. Die lied het hom diep ontroer. Hy was aangedaan oor die woorde waarmee hy kon identifiseer.

"Love divine, all loves excelling, Joy of heaven, to earth came down: Fix in us Thy humble dwelling, All Thy faithful mercies crown."

Onder die groot skadubome tussen die huisie en die kerk het hulle by ruwe houttafels aangesit en saam geëet. Sy skoonma, Mary-Anne, was 'n statige vrou, aantreklik in haar opregtheid. Sy het die kuns verstaan om te midde van die eenvoud vir een en almal te laat voel dat hulle spesiaal is. Sy was 'n goeie gasvrou en het die basiese maaltyd daardie dag baie smaakvol berei en voorgesit soos 'n koninklike maal.

Daarna het hulle twee op hul wittebroodsreis vertrek met 'n spaaider en vier grys perde. Hulle het vir maande lank rustig getoer en die land verken. Hy onthou nog hoe teleurgesteld hulle albei was toe hulle die beskeie plekkie bereik het wat Kaapstad genoem is.

Hulle het heeltemal te veel verwag. Dit het nie veel anders gelyk as die ander binnelandse dorpies nie, behalwe vir die see en die pragtige natuurskoon. Adderleystraat was egter, in vergelyking met die ander dorpies se strate, 'n buitengewoon breë hoofstraat.

"Sekerlik so gemaak vir die lang, lomp ossewaens om gemaklik te kan draai," het hy teenoor Sarah opgemerk.

Aan die fort wat daar gebou is, kon hulle duidelik sien dat dit 'n gebied was wat deeglik beskerm moes word teen alle indringers.

Sarah het haar verkyk aan die vierkantige sonhorlosie tussen die twee houtraamvenstertjies teen die muur in die kasteel.

"Só 'n sonhorlosie wil ek ook eendag in my tuin hê."

By die ronde jaghut wat lord Charles Somerset vir hom laat bou het, was dit weer sý beurt om te droom.

"Eendag gaan ek ook vir my so 'n jaghut bou van waar ek my eie wild kan dophou en waar ek sommer net kan ontspan."

John onthou hoe hy dáár al die begeerte gehad het en besluit het dat hy eendag vir hom ook 'n plek van ontspanning en weelde sou skep.

* * *

Die son het blink op die see geskyn toe hulle met die boot uit die hawe vertrek het na Engeland. Talle klein vissersbote het rondgedobber, en op die kaai was twee mans doenig met 'n skuit. Langs hulle het 'n groot swart hond gestaan. Die vuurtoring het dowwer en dowwer geword soos die boot dieper die see ingevaar het. Hy was opgewonde oor die vooruitsig om sy ouers weer te sien en kon nie wag om sy bruid aan hulle voor te stel nie.

Die bootreis was vir hom 'n aangename ervaring in vergelyking met die vragskip waarmee hy destyds uit Engeland na Suid-Afrika gekom het. Vir Sarah was die seereis by tye ongemaklik, maar sy het nooit gekla nie. Sy was tevrede met alles.

Die stokou, muwwerige, klam-koue huisie van sy ouers was ook vir haar heeltemal aanvaarbaar. Dit was net die engtevrees, wat sy self destyds nie kon verstaan nie, wat gemaak het dat hulle finaal besluit het om terug te kom na hierdie land met sy sonskyn en wonderlike warm dae. Hy het geweet dat nie een van hulle in Engeland sou kon aanpas nie.

Sy gedagtes word onderbreek toe die rifrug opstaan en vir die duiwe blaf wat by die spuitfontein kom water drink. Sarah maak haar oë oop. Sy glimlag vir hom. Hy sien die fyn plooitjies om haar oë en besef opnuut dat die onskuldige jeugdigheid van hul beginjare saam verby is. Sy het verander in 'n goedversorgde vrou wat geld het om haarself te pamperlang.

Dit is vir hom steeds verstommend hoe gou en sonder veel aanpassing Sarah die rol van rykmansvrou vervul het. Hy voel nog hoe sy destyds haar arms om sy lyf gesit het. Liefderyk en maklik het sy hom oorreed om sonder verwyl 'n inkopietog vir hulle twee na Engeland te reël.

"Hierdie droomkasteel van ons mag nie sommer met gewone meubels toegerus word nie. Tydens ons besoek aan jou ouers destyds in Engeland het ek gesien watter wonderlike meubels en ander ware daar beskikbaar is. In Suid-Afrika is nie naastenby sulke luukshede te koop nie."

Sy het hom liggies, verleidelik, in die nek gesoen.

"Ek stel voor ons gaan koop in Londen gepaste meubels vir hierdie herehuis."

Hy erken hy was in sy skik met haar entoesiasme. Maar hy was ook ietwat uit die veld geslaan oor die buitensporige manier waarop sy alles denkbaar in terme van kreatiwiteit en weelde vir die spoghuis gekoop het.

Voor die groot kopery in Engeland het sy vir maande aaneen eers katalogus ná katalogus deeglik deurgewerk: Architectural Gardening; Decorative art at the Munich Exhibition; Studio Talk; Royal Porcelain, Danish House, London; Maple and Company Designers and Manufacturers of Furniture; Heal and Sons Bedroom Furniture Curtains and Covers; Wilsons Artistic Damask, sheeting, curtains and handkerchiefs; M.H. Birch and Sons Makers of Paper and Leather Wall Hangings; Chas, Knowles and Company Art Wall Paper.

John probeer hard, maar hy kan nie eers meer al die titels onthou van die stapel katalogusse wat hy destyds vir haar bestel het nie. Daar was net te veel.

Een dag het sy besluit op dít en die volgende dag weer op dát. Haar kinderlike opgewondenheid was aansteeklik en hy het dit geniet om saam met haar deur alles te blaai en te droom. Sy was soos iemand wat op 'n ontdekkingsreis was.

"Ek het nooit geweet daar is soveel mooi goed in die wêreld nie." Sy het gesug voor sy die volgende boek nader getrek het.

Ná drie maande was die besluite geneem. Hulle het presies geweet waarheen om te gaan toe hulle in Londen aankom.

Buiten die unieke antieke meubels met perlemoen-inleg, is pragtige kunswerke, reuse-vase, spieëls, gordyne, marmerbeelde, Persiese matte en muurpapier van sy ingevoer. Plafonne van metaal en goud, vergulde deurkosyne en kristalkandelare het per skip na Suid-Afrika gekom.

Krag sou deur reuse-kragopwekkers voorsien word. Weelderige kaggels is vir elke slaapkamer en woonvertrek uitgesoek. Net die beste linne sou vir beddegoed en tafeldoeke deug. Die eetgerei was van egte silwer. Sarah het sy voorletters op elke stuk laat graveer. Sy het breekware van die fynste, duurste porselein uitgesoek. Selfs die toiletsitplekke was Royal Doulton met pragtige patrone daarop.

Eikehout, kersiehout, esdoringhout en kiaat is ingevoer vir vloere, trappe, asook vir die luukse perdestalle. Hierin, moet hy erken, het hy darem ook 'n sê gehad. 'n Vleuelklavier en ivoor-snoekerballe moes die snoekerkamer spesiaal maak. Vir die tuin en balkonne is eksklusiewe beelde, priële en omheinings gekoop. Twee Victoriaanse konservatoriums vir die kweek van plante is langs die huis aan die noordekant opgerig. Om seker te maak dat die danspartye flambojant en asemrowend sou wees, het Sarah eksklusiewe baluitrustings laat maak en ingevoer.

Net toe hy gedink het daar is absoluut niks meer wat sy kan koop nie, het sy kosbare sy, skryfpapier, Kerskaarte, lang verestoffers, kombuisware en kookboeke by haar lys gevoeg.

In die groot snoekerkamer met sy koepelplafon, houtmosaïekvloer en komvensters met kussings en sitplekke daarin, is die volgende spreuk in sierskrif bo die kaggel aangebring: *Away dull care: Today we will be merry.*

John staan op. Hy rek hom uit en bepaal sy gedagtes weer by die hede.

"Kom ons stap met die pad af tot by die bloekomplantasies."

Hy vat Sarah se hand en trek haar orent.

Sy protesteer en kyk in die huis se rigting. "Die kinders gaan netnou begin wonder waar ons is."

"Dit is waarom ons 'n kinderoppasser het. Sy weet darem al teen dié tyd hoe om daai vier besig te hou. Dis vir my lekker wanneer jy saam met my op die plaas rondloop en ook kan sien waarmee ek my dag ná dag besig hou."

Voor hulle lê die netjies geordende plantasies. John beduie en gesels opgewonde.

"Dit was 'n goeie besluit om nie die veselbas-bloekoms te plant nie. Dit sukkel te veel om te verplant. Die suiker- en roosbloekom bly maar die vinnigste groeiers met die beste hout."

Hy is in sy skik met die plantasies. Enersyds het hy die begeerte om die landgoed te verfraai, andersyds besef hy ook dat, die gunstige omstandighede in die Oos-Vrystaat ten spyt, daar hoegenaamd geen plantasies is nie. Net op die heuwels en rantjies groei inheemse struikgewasse soos kreupelhout, bosgasie en onderhout. Dit is die gevolg van die slegte gewoonte om die veld te brand. Al die klein saailinge word deur die vuur vernietig.

Die bloekomsaadjies word onder sy persoonlike toesig onder glas in die kweekhuis geplant. Sodra dit sowat vyf duim hoog is, kan dit uitgeplant word. 'n Werker loop dan in 'n reguit lyn met 'n graaf en maak 'n spleet in die grond. John, wat die plantjies met hom saamdra, sit die plantjies een vir een in die dik, modderige grond. Hy stamp dit met sy voet vas.

Daar is net tien of twaalf geskikte plantdae in die seisoen vir immergroen bome. Wanneer dit reën en die grond nat en modderig is, is toestande ideaal vir plant. Dan droog die worteltjies nie uit voor dit leiwater kry nie. Bladwisselende bome word in die herfs en lente verplant, sonder om te wag vir die reën.

"Ek wil aan die einde van volgende jaar vyftigduisend bome in die plantasies hê. Die opbrengste moet so gou moontlik gelewer word, want in hierdie land is hout nog bitter skaars."

Hulle stap huis toe. By die tuinhekkie hardloop Magdalene hulle tegemoet. Sy slaan haar armpies om John se bene en hou hom styf vas tot hy haar optel.

"Pa se groot meisiekind!" John is trots op sy oudste dogter.

"Pêpa my, pêpa my!" roep sy uit terwyl John haar in die rondte swaai voordat hy haar op sy rug sit.

Die tweeling, Daniel en Amy, gee meer aandag aan die gemmerkat wat tussen die banksia-rosies en die klippe akkedisse jag. Die kat sak laag in 'n bekruiphouding en sluip met 'n kwispelende stert nader. Wanneer hy met albei sy voorpote op die akkedis spring, kraai die tweeling van plesier.

Arthur, die jongste, sit op die oppasser se arm. Hy skree woedend toe hy sy ma sien. Hy slaan heftig met sy vuisies tamboer teen die oppasser se bors. Sy babagesiggie helder dadelik op toe Sarah hom by die oppasser vat. Sy druk die lyfie styf teen haar vas. Hy lag.

"Nou gaan ons almal lekker tee drink."

Hulle gaan sit op die stoep. Sarah lui 'n klokkie. 'n Bediende bring die tee. Sy sit dit saam met 'n houer vol koekies op die rottangtafeltjie neer. Die oppasser wil Arthur by Sarah neem sodat sy die tee kan skink, maar hy klou verbete aan sy ma vas.

Magdalene is uitgelate. "Ek sal skink. Ek is 'n groot meisie."

John help haar met die teepot. "Jy is 'n flukse meisiekind."

"Amy, deel jy die gemmerkoekies uit."

Amy loop versigtig met die houer koekies wat gevaarlik na een kant toe oorhel. Sy hou dit gretig na elkeen uit sonder om te mors.

Magdalene wil vir Daniel suiker in sy tee gooi, maar hy keer.

"Ek sal self, ek sal self!" Terwyl hy heftig protesteer, beland 'n streep suiker op die tafeldoek en op die vloer.

"Nou mors julle net." John raak ongeduldig.

Amy sleep haar vingertjies deur die suiker en lek dit af. Sarah vee die taai handjies met 'n nat lappie af.

"Dit is maar hoe hulle leer om vaardighede baas te raak. Mors is 'n onafwendbare deel van grootword."

"Ag nou ja, toe dan. Julle morsjorse is my kosbaarste besittings." John lag. Hy tel Amy op en kielie haar speels.

"Een van die dae is julle almal groot. Dan sal ons verlang na hierdie sorgelose Sondae saam. Maar wéét net, ek het nie so maklik soos julle grootgeword nie. Party dae het ons nie eens suiker gehad om te eet nie. Van mors was daar nie sprake nie."

Die kinders steur hulle glad nie aan John se sedelessie nie. Sarah drink 'n tweede koppie tee. Sy kyk op haar horlosie.

"Dit is badtyd vir die kinders. Ons moet ingaan."

Sy staan op en loop na die deur met Arthur se beentjies steeds om haar heup vasgeklem.

Sy praat skaars hoorbaar toe hulle na binne stap. "Nog 'n heerlike dag op hierdie wonderlike plek! Al die seëninge is byna te veel om te verwerk."

* * *

Elke oggend wanneer John van die plantasies af terugkeer, skraap hy eers sy skoene skoon aan die gietyster-skoonmaker wat langs die agterdeur staan. Hy skraap die modderige grond van sy regterstewel teen die horisontale balkie af sodat dit binne-in die houer val. Dán die modder van sy linkerstewel. Voordat hy binnestap, lig hy elke voet weer op om seker te maak dat die sole deeglik skoon is.

Dan stap hy na die eetkamer, waar Sarah soos gewoonlik reeds op hom wag. Hy soen haar op haar hare. Hulle sit saam aan vir ontbyt by die groot eetkamertafel. Die goewernante is soggens teen hierdie tyd al aan die gang met die drie ouer kinders in die skoolkamer. Arthur speel in die kinderkamer onder toesig van die oppasser.

Hulle het die afgelope weke min tyd saam met die kinders spandeer. Vanoggend lyk Sarah ernstiger as gewoonlik.

"Jy werk regtig baie hard, John, en ek waardeer dit, maar soms wens ek dat ons as gesin meer tyd saam kan deurbring. Jy is die laaste tyd so besig. Die kinders word groot en hulle het jou teenwoordigheid en belangstelling nodig."

John kyk ietwat uit die veld geslaan na Sarah.

"Die kinders is regtig my trots. Dit is húlle wat my inspireer om Kingsberg nog meer te koester, te bewerk en te verfraai. Vir hulle moet alles net die beste wees. Alhoewel ek hulle miskien nóú afskeep, weet ek dat hulle eendag baie dankbaar gaan wees vir alles wat ek hier opbou ter wille van hulle. Ek beplan juis om nog grond aan te koop en die boerdery uit te brei."

17

Hy smeer marmelade op sy roosterbrood, neem 'n hap daarvan en kou rustig klaar voordat hy verder praat.

"Daniel is die kroonprins. Hy gaan die eerste erfgenaam van Kingsberg wees. Dink net daaraan! Net die gedagte laat my hart vinniger klop. Vir die ander drie kinders gaan ek ruim voorsiening maak. Ek sal sorg dat niemand ooit swaarkry of iets kort nie."

Sarah skink vir hulle tee uit die silwerteepot. Sy skuif die dekseltjie van die fyn gegraveerde suikerpot oop, neem twee suikerblokkies met die silwertangetjie daaruit en plaas dit versigtig in John se koppie. Sy neem twee blokkies vir haarself.

"Dis wonderlik, my man. Ek hoop net die grond sal deur die komende geslagte heen behoue bly. Die toekoms is on-voorspelbaar, boerdery is onvoorspelbaar en mense is on-voorspelbaar. Ouers het nie kontrakte met hul kinders wat kan keer dat hulle eendag wegbreek nie. Ons albei weet dat kinders dikwels hul eie koppe volg en nie noodwendig aan hul ouers se verwagtinge voldoen nie. Elke mens is immers 'n persoon uit eie reg."

John verstar. Hy sit sy koppie hard in die piering neer, bring die servet na sy mond en druk dit op sy lippe. Dis byna dieselfde woorde wat sy broer destyds gebruik het om hom te oorreed om sy werk saam met sy pa as landmeter in Brampton te verlaat en na 'n vreemde land te verhuis.

Rodney was toe klaar in Suid-Afrika. Hy het by hom ge-pleit om ook hierheen te kom. Nie dat hy ooit spyt was oor sy besluit nie. Dit is net die eenderse woorde, hierdie keer uit Sarah se mond, wat hom onkant betrap. Nou het dit hom direk geraak.

Hy neem 'n vinnige sluk van sy tee om van sy ontsteltenis te herstel en sy onthutste emosies onder beheer te kry. "My planne is reeds agtermekaar. Ek gaan van Kingsberg 'n on-vervreembare erfenis maak tot ná die vierde geslag. Só sal ek sorg dat niemand hier afbreek wat ek opgebou het nie. Niemand sal iets hier kan doen wat die volgende geslagte sal benadeel nie."

Hy sit sy teekoppie selfvoldaan neer en wag op Sarah se reaksie. Haar gesig is uitdrukkingloos. Sy bly net stil. Eers toe hulle albei klaar tee gedrink het, reageer sy versigtig:

18

"Sal ons nie te veel beperkings en druk op ons nakomelinge plaas nie?"

"Ek kan nie sien hoekom dit hulle sal beperk nie. Hulle behoort dankbaar te wees dat ek voorsiening maak ter wille van hulle almal se behoud. My doel was nog altyd, en is steeds, om 'n goeie begin en 'n voorspoedige toekoms vir my kinders in hierdie wêreld te verseker. Ek sal hulle beskerm teen 'n soortgelyke stryd as wat ék moes voer om bo uit te kom. Ek vertrou my nageslag sal besef dat ek geensins vra vir dank nie, maar slegs lojaliteit teenoor my en die Kingsberg-landgoed. Ek sal die ellendigste van alle vaders wees as my nageslag dislojaal en ontrou gaan wees."

Die Victoriaanse bronshorlosie op die buffet kondig met klokkespel aan dat dit tienuur is. John vee sy mond met die wit gestyfde servet af. Hy staan van die etenstafel af op. Buite roep die dag se werk.

* * *

By die landerye gee hy bevele en kry die werkers aan die gang. Dan gaan sit hy eenkant, buite sig van die werkers, teen die stam van 'n koelteboom. Diep in sy binneste is hy beangs. Dit is dieselfde gevoel wat hy jare gelede gehad het op die Evangeline, die vragskip waarmee hy na Suid-Afrika gevaar het. Hy het nog altyd gehoop om daardie sielsangs en verontrustende bevangenheid nooit weer te beleef nie. Maar nou sak dit weer onvoorsiens op hom toe.

Doelbewus dwing hy sy gedagtes om elke oomblik van daardie reis en die beginjare in Suid-Afrika opnuut te herleef. Dít moet as 'n finale helingsproses dien. Hy wil afsluiting hê. Die angs, die onsekerheid, moet eens en vir altyd verdryf word. Die verlede moet afgehandel word. Hy wil vorentoe gaan sonder vrees.

HOOFSTUK 3

Dit is die jaar 1870. Die tweehonderd en vyftig ton vragskip, Evangeline, is op see met handelsgoedere vanaf Engeland na Suid-Afrika. John hang oor die dekrelings. Dit is sy eerste seereis. Hy is erg seesiek. Hy weet nie hoe hy die reis gaan oorleef nie.

Sy ouers was juis ongelukkig met sy plan om na hierdie ver, vreemde land te verhuis. Hy is weg sonder hul seënwense. Sy pa, William, was tevrede dat sy seun saam met hom gewerk het as landmeter. Hy en sy vrou, Mary, het hard gewerk om vir hul vier kinders 'n behoorlike opvoeding te gee en om hulle te laat leer. Maar mettertyd het die drie pennies wat hulle per week vir elke kind moes betaal, net te veel geword. John moes, sonder keuse, die skool op vyftienjarige ouderdom verlaat. Nadat hy vyf jaar saam met sy pa gewerk het, het hy besef dat hy in 'n doodloopstraat was. Per brief het hy sy lot by sy broer, Rodney, bekla.

Ek sal op 'n manier uit hierdie sukkelbestaan moet losbreek. Dit sal nie maklik wees om Pa alleen te los nie. Hy maak staat op my. Maar ek sien geen manier hoe ek hier vooruit sal gaan nie. Ek is eintlik maar net Pa se handlanger. My loon is so karig dat ek nie eens daaraan kan dink om op my eie te bly nie. Ek verdien maar net my losiesgeld by Ma-hulle.

Die meeste plase in die omgewing is nou ook al klaar opgedeel en afgemeet. Ons werk hoofsaaklik op die dorp. Dit is sieldodend om dag vir dag erwe en paaie uit te meet. Jy weet hoeveel slote loop deur ons ou dorpie. Ek wil al skree wanneer ons moet kettingsleep. Die ketting moet presies op al die kinkels en draaie van die sloot neergelê word. En dan moet ek alleen al die skakels tel en die afstand bereken. Kan jy jou iets verveligers voorstel? Ek slaan al snags in my drome penne in op denkbeeldige hoeke en grenslyne.

Rodney was reeds in Suid-Afrika. Hy het al geruime tyd vir John in briewe vertel van die wonderlike stories wat die ronde doen oor die kitsrykdom wat by die diamantvelde in Kimberley wag.

John het begin droom van die diamante. Later het die passie om sy droom te verwesenlik só van hom besit geneem dat hy dit nie meer opsy kon skuif nie. Dit het 'n obsessie geword. Hy kon nie langer uitstel nie. Sy ouer broer het immers reeds die pad oopgemaak na die land van belofte.

As ons genoeg geld gemaak het met die diamante, kan ons grond koop. Dan het ons onbeperkte moontlikhede vir vooruitgang in hierdie land, wat ook 'n baie goeie boerderyland is. Dit is weliswaar nog baie ongerep en onderontwikkel, maar juis dít maak die kanse op vooruitgang en toekomstige welvaart soveel beter.

Ek voorsien vir Engeland net probleme in die toekoms. Die mense word meer en meer, die hoeveelheid grond bly dieselfde. Uiteindelik gaan daar nie plek wees om almal te akkommodeer nie.

Dan praat ek nie eens van die beproewende weerstoestande nie. Suid-Afrika het die wonderlikste weer denkbaar. Die son skyn elke dag. As dit wél reën, is dit net van korte duur. Sommer gou is die lug weer blou en die son kom uit.

Alles wat Rodney geskryf het, het só waar en reg geklink. Hy het hom verder aangemoedig:

Ouers het huwelikskontrakte met mekaar, maar daar is geen kontrak tussen ouers en kinders wat maak dat jy nie kan wegbreek nie. Ons het elkeen immers net een lewe hier op aarde. Niemand kan jou lewe vir jou leef nie, net jý kan. Hier is soveel nuwe moontlikhede in Suid-Afrika. Kom hierheen. Gaan saam met my 'n fabelagtige tyd hier tegemoet. Dit gaan alles die moeite werd wees, jy sal sien.

John het later weer gedink aan wat Rodney gesê het oor kinders wat nie met kontrakte gebonde is aan hul ouers nie. Dit het die deurslag gegee. Hy het besluit om die avontuur aan te pak.

* * *

21

Die skip ploeg deur die golwe. Stadig maar seker beweeg dit weg van alles wat bekend is. Vir sommige te stadig na hul sin; vir ander onheilspellend haastig die onbekende in.

Toe die skip vroegoggend uit die hawe vaar, het John so lank as wat hy kon, sy oë vasgenael gehou op sy vaderland. Later kon hy net 'n dowwe lyn soos 'n dun draad in die verte sien. Dit was al wat oorgebly het van die land wat hy nou verlaat. Hulle is op koers. Sy keuse is finaal.

Hy probeer hard om bekende plekke uit sy kinderdae in sy geestesoog te herroep om sy hartseer te stil. Dis moeilik. Alles is reeds dof in sy geheue. 'n Toneel wat egter duidelik opkom, is die groot waterwiel naby hulle huis. Dit staan 'n entjie weg van die baksteenbrug in die waterstroom. Dáár het hy as kind dikwels gaan lê en hom aan die wonder van die wiel verkyk.

Hy het geluister na die geluid van die water wat ritmies opgeskep en uitgestort word. Vir hom was die werking van die waterwiel 'n inspirasie. Hy het dit gesien as voorbeeld van deursettingsvermoë en eindelose getrouheid. In sy kindergemoed het hy altyd gehoop dat hy ook eendag so tevrede, getrou en rustig sou kon arbei.

Hy sien in sy gees sy ma se profiel waar sy by die tafel in die voorhuis sit. Dikwels het hy eers in die deur getalm en na haar gekyk voordat hy ingestap het. Die diep voue van haar donkerblou wolrok met sy styfpassende bostuk het elegansie aan die lang, skraal figuur verleen.

Sy sit geboë oor haar boek. Haar rug effens krom. Aan die agterkant van haar kop altyd die wit kantkappie wat sy self gemaak het. Aan die voorkant van die kappie steek haar grys hare uit. Dit is met 'n middelpaadjie glad weggekam aan weerskante van haar gesig. Haar oë en neus is te groot vir die hartvormige gesiggie.

Sý was die een wat sy pa 'n behoorlike houvas op die lewe gegee het. As jong man is sy pa deur die Press Gang gedwing om by die vloot aan te sluit. Alhoewel hy nie 'n seeman was nie, is hy saam met talle ander gedwing om op die skepe diens te doen. Vanaf die 1600's tot en met die neerlaag van Napoleon in 1814, was dit Britse beleid om hul oorlogskepe só te beman.

Lede van die Press Gang is oraloor gehaat. In Amerika, waar Brittanje dieselfde beleid toegepas het, is hulle dikwels met fors teengestaan en selfs geskiet. In Engeland het die burgers hewig standpunt ingeneem teen hierdie gruwelike beleid. Maar dit was wettig en hulle was magteloos. Sy pa het dikwels vertel hoe gewone mans op straat genader is om kwansuis vrywillig by die vloot en weermag aan te sluit. As hulle geweier het, is hulle dronk gemaak, katswink geslaan en eenvoudig met geweld weggeneem.

Die lewensomstandighede op hierdie bote was bedenklik. Die vergoeding was skraps. Lone is dikwels maande, selfs jare later, eers uitbetaal. Matrose wat gedros het, het dus geld wat opgehoop het, verbeur en met niks uitgestap.

Nogtans het baie gedros omdat die omstandighede onuithoudbaar was. John het met afgryse geluister as sy pa vertel hoe hulle dikwels vasgeketting was wanneer die skepe 'n hawe binnevaar. Dit het verhoed dat hulle aan wal kon gaan.

Pa William was in 'n muitery betrokke saam met ander protesterende mans op 'n boot na Frankryk. Hy is in hegtenis geneem. Ses jaar lank was hy 'n gevangene in 'n Franse tronk. Met sy terugkeer na Engeland was hy siek en uitgeput. Mary het hom in 'n losieshuis van haar tante ontmoet. Sy het hom verpleeg en gehelp om te herstel; liggaamlik sowel as geestelik.

Sy is die steunpilaar van Brampton. Almal ken en respekteer haar. Soos wat die aarde ondenkbaar is sonder die son, so is Brampton ondenkbaar sonder haar. Sy is daar vir almal. Help met geboortes en sterftes, troos, heel, ondersteun. Kersfees dink die dorp se kinders sy is Kersvader se vrou. Sy seën almal, deel koekies uit aan die armes. Dít terwyl hulle dit self nie breed het nie.

Hoe het hy nie verlang dat sy vertrek sy ma se seën moet kry nie! Maar sy was verpletter deur hartseer en bekommernis. Sy het aanhoudend gesê hy maak 'n fout wat tot in al die nageslagte sal deurwerk.

John maak hom los van dié gedagtes. Dit laat hom nie beter voel nie. Dit ontstel hom. Hy moet vorentoe kyk. Kans vir omdraai is daar nie meer nie. Hy bepaal sy aandag by dít wat op die skip se dek en om hom gebeur. Daar is beslis 'n verandering in die lug. Dit voel hy onmiskenbaar aan.

Die weer was die hele oggend al dreigend. Nou, teen die middag, steek 'n yskoue wind op. 'n Sterk reuk van olie, steenkool en sout hang dik oor die lawaaierige, stampvol dek. Die skip, wat gereeld tussen Londen en Durban vrag vervoer, is nie baie groot nie. Hier is egter talle mans – ou kennisse, nuwelinge, werkers en fortuinsoekers – wat die geleentheid aangegryp het om saam te vaar. Tussen die chaos deur is daar nog kratte met hoenders ook tussenin. Hulle lewer luidkeels 'n bydrae tot die kakofonie van klank wat met die wind en die branders se geruis die ruimtes in gevoer word.

Teen vieruur die middag dryf 'n stormsterk wind reuse-golwe teen die skip aan. Die Evangeline word na willekeur heen en weer geslinger. John sien hoe van die passasiers gaan skuiling soek in die ruim, maar die meeste bly bevrees op die dek. Soos hulle, voel John ook veiliger in die oopte. Hier kan hulle minstens sien wat gebeur. In die benoude beknoptheid van die skeepsruim is dit nou al pikdonker. Hy wil nie daar vasgekeer wees nie.

Hy staal hom daarteen om nie te wanhoop nie. Oral om hom is mans wat opgooi. Party spoeg en vloek uit woede en magteloosheid. Die minder dapperes staan skaamteloos en huil.

John wonder of hulle, net soos hy, onseker is of die nuwe Utopia en die rykdomme daar, enigsins teen die lewensge-vaarlike omstandighede kan opweeg wat hulle nou moet trotseer. Hy wens hom terug in Brampton: die eensame, aan-die-slaap ou dorpie wat kilometers ver van alles is. Daar is geen hoop, verwagting of vooruitsig dat dit ooit voor-uitstrewend sal wees nie. Maar nou verlang hy huis toe, na warmte en 'n sagte plek om op te lê.

Hy smag na die sagte gedruis van die wind deur sy tuis-dorpie se bome, na fluisterstemme wat die mense daar se stories saggies vertel. Niemand het hom voorberei op hierdie golwe so groot soos berge nie. Die dik seelug maak asemha-ling moeilik. Dit voel of hy versmoor.

Sy oë draai weer en weer in die rigting van waar hulle ge-kom het. Hy soek na vastigheid, veiligheid. Hy vrees hierdie skip gaan binnekort die stryd teen die golwe verloor. Sy hande klou krampagtig aan die reling vas.

Hy voel moedeloos siek. Sy maagspiere trek aanhoudend saam in 'n poging om van die dodelike naarheid ontslae te raak. Die suur wat uit sy leë maag opstoot, brand sy keel en neus. Met elke sametrekking dring 'n steekbrand sy kop binne, en hy verbeel hom hy proe bloed. Hy sal wat wil gee om sy mond uit te spoel, maar hy durf nie die relings los nie.

Die skip maak skielik 'n diep deining. Hy word van die agterdek tot op die laer dek van die skip geslinger. Al glyende probeer hy sy balans behou. Hy gryp wild om hom om vashouplek te kry. Hy wil nie teen die dekrelings verpletter word nie.

Onbekende arms vang hom en hy word tot stilstand gebring. Die weldoener help hom om met sy kop op 'n hoop opgerolde tou te lê. Daar lê hy geruime tyd.

Die see het intussen kalmer geword en so ook die warboel op die dek. Eenkant sit 'n seun van sowat vyftien of sestien. Hy speel meesleurende musiek op 'n mondfluitjie. John kyk stip en met waardering na hom.

Die seun raak bewus van John se intense aandag op hom en kom al spelende na John aangeloop. Die omstanders klap hande met luide toejuiging. Eers lag John onseker saam, maar sy glimlag verstar toe die musikant, tot sy skok en afgryse, seks aanbied in ruil vir geld.

John vlieg vervaard op en stap na een van die matrose. "Hoe kan julle sulke dinge op die skip toelaat? Het julle geen skaamte nie? Hierdie seun is nog 'n kind. Almal dink dis 'n grap. Vir my weliswaar 'n siek grap; 'n vernedering en aantasting van my waardigheid."

Die matroos bars uit van die lag. Hy slaan John so hard op die skouer dat hy sy balans effens verloor. Toe vryf hy met 'n groot, growwe hand kamma John se hare liefderyk deurmekaar.

"Welcome to the real world! Op elke reis is daar van dié jong mans. Hulle reis saam om die passasiers te vermaak. Teen vergoeding natuurlik. Hulle maak baie geld en sien sommer ook die wêreld. Ek meen, geld is geld, maak nie saak waar dit vandaan kom en hoe dit verdien word nie. Kom by, ou maat. Vergeet jou vooroordele. Moenie so bekrompe wees nie. Geniet jouself. Live and let live!"

John draai sy kop weg. Hy het afsondering nodig om hierdie dinge te verwerk. Boonop het hy nou net een begeerte en dit is om weg te kom van die smalende gesigte wat hom aanstaar. Hy sien in sommige gesigte ook bejammering, selfs meegevoel, jeens hom. Sy binneste krimp ineen. Vinnig loop hy na die verste hoek van die dek.

Die wind waai nog. Hy voel die soutsproei teen sy gesig. In 'n hoek, onder 'n skerm, sit 'n groepie mans by 'n paraffienstofie. Hy kan nie uitmaak wat hulle eet nie. Meteens het hy 'n intense behoefte om nader te staan en te vra of hy sy hande by die stofie kan warm maak. Maar die mans praat 'n vreemde taal.

Hy besef dat hulle hier, op die oop dek tussen al die ander mense, privaat is in hul eie wêreldjie. Enige vorm van toenadering sou onwelkom wees. John weet dat hy ook op 'n manier vir hom, hier tussen almal, 'n privaat wêreld moet skep. Dit is nodig vir emosionele oorlewing. Hy moet kalm word en aanvaar dat hy vir 'n lang tyd tussen hierdie mense gaan wees. Hy erken hulle doen en late stoot hom meestal af. Maar hy moet hulle aanvaar, al is dit dan ook net vir sy eie selfbehoud.

Hy gaan sit eenkant met sy rug teen 'n dik houtpaal. Hy fokus sy gedagtes met inspanning doelbewus op die toekoms wat voorlê. Hierdie omstandighede was immers sy eie keuse. Anders as sy pa wat op see gedwing is, het hy uit eie wil besluit om hierdie reis te onderneem. Hy moet nie uit die oog verloor dat daar groot dinge vorentoe op hom wag nie. Die seereis is tog net die middel tot sy eintlike doel. Hy moet by sy drome uitkom.

Dié positiewe gedagtes laat hom ontspan. Sy spiere verslap. Hy word bewus daarvan dat sy hele lyf pyn van uitputting. Sy kop sak skuins teen sy bors. Hy raak aan die slaap terwyl die Evangeline voortvaar. In sy onderbewussyn begin hy saam met die weer en die ritme van die see vloei.

'n Diep slaap oorweldig hom. Bekendes en onbekendes kom na hom in sy drome. Sy pa staan voor hom en roep hom duidelik hoorbaar terug: "Draai om. Draai om. Kom terug. Dis nog nie te laat nie!"

Sy ma se betraande gesig verskyn voor hom. Sy praat nie; huil net onbedaarlik.

Daarna staan hy êrens in 'n vreemde landskap, omring deur plantasies. Toe raak die beelde deurmekaar en onsamehangend. Jare later sou hy eers weer die droombeeld onthou van die vrou in die tuin met die strooihoed in haar hand; die vreemde groot voorwerp wat vlammend neerstort uit die lug; 'n woedende man wat met gebalde vuiste oor hom buig.

Emosies wissel tussen hartseer en blydskap, liefde en haat, soos wat die droombeelde een ná die ander opdoem. Hy beleef alles met die ontstellende intensiteit soos wat dikwels net in drome ervaar word.

Die skip maak 'n ligte deining. John sak laer af teen die houtpaal en draai skuins op sy sy. Hy wikkel sy swaar wolmantel stywer om hom vas. Die maan kruip agter 'n swart wolk uit. Dit gooi 'n silwer ligstreep oor die donker see, oor die dek en oor die slapende figuur.

* * *

Die volgende oggend hang 'n dik mis oor alles. Dit neem lank voor die son deurbreek. Die rantsoene van soutvleis, mosterd en skeepsbeskuit word uitgedeel. Die passasiers kan rum drink as hulle nie tee of kakao wil hê nie.

Ná die ete kom daar lewe op die skip. Artikels in die skeepsruim wat deur die vorige middag se storm rondgeslinger en beskadig is, word nou herstel. Nat beddegoed en klere hang oral op die dek om droog te word.

John gaan bad reeds vroegoggend. In 'n balie met seewater was hy die suur reuk van sy lyf af. Toe help hy die matrose om van die bagasie te verskuif sodat hulle by die varswatervoorraad kan uitkom, wat ook in die ruim gebêre is.

Nadat die vars water tussen die passasiers uitgedeel is, staan John by die relings en kyk oor die see uit. Dit is ongelooflik dat die verwoestende see van 'n paar uur gelede nou so uitgewoed, spieëlglad en kalm voor hom lê.

Een van die matrose kom nader gestap. Hy tik hom op die skouer: "Wat sê jy nou, ou maat? Jy was lekker benoud laas nag toe die wind maar net 'n klein bietjie losgelaat is."

"'n Klein bietjie! Dit was 'n vrééslike storm!"

"'n Vrééslike storm, noem jy dit. As ons enigsins op 'n ordentlike groter skip was, sou ons absoluut niks gedink het van gister se ou skrikmaak-stormpie nie. Jy is maar net nie die see gewoond, dis al. Kyk hoe mooi is die weer nou."

Hy druk 'n beker rum in John se hand. Soos wat John dit afsluk, daal 'n groot behaaglikheid oor hom neer. Sy vreesgedagtes van die vorige aand dat elke golf hulle sal insluk, dat hulle nooit weer uit die donker gat sal opkom waarin die skip telkens afstort nie, is nou iets van die verlede. Hy het gisteraand vrede gemaak met homself en die feit dat hy sy ouers agtergelaat het. Hy het die onsekerheid dat hy moontlik 'n verkeerde keuse gemaak het, doelbewus van hom afgeskud. Die ambisieuse drome oor sy toekoms het weer die oorhand gekry en alles oorheers.

Dit is nou feitlik windstil. Die son wat sy goue strale blink oor die watermassa uitstrooi, is die mooiste gesig wat hy nog gesien het.

* * *

Ná ses weke op see kom hulle in Madeira aan. Die seesiek wat hom aan die begin van die reis geteister het, het bedaar. Hy sien die onstuimige see as deel van die uitdaging en avontuur. Soms is hy verveeld op die skip. Wanneer die ander mans dobbel of drink, help hy die matrose om die toue in te trek as die skip sy roete moet verander of aanpas. Die skeepsbemanning is min en sukkel om alles alleen te behartig. Hulle is dankbaar vir enige ekstra hulp.

Op 'n dag, ná drie maande en een week, maak die skip 'n draai en begin stadiger vaar. John sien daar is land in die verte. Stadig maar seker ontplooi die landskap van die droomland waar sy toekoms wag. Die strand word duideliker sigbaar. Dit is 'n welkome gesig ná die lang reis en die spanning om so lank saam met onbekendes met verskillende agtergronde en morele waardes ingehok te wees.

Die Evangeline se anker sak. Skuite maak gereed om hulle na die strand te bring. Dit is 'n groot bedrywigheid. Oral staan ossewaens wat wag om passasiers na hul bestemmings te vervoer.

'n Klein stoomtrein stuur 'n streep rook deur sy skoorsteen die blou lug in. Dit vervoer goedere wat van die skip gelaai is, op 'n smal spoor na 'n sinkgebou verder aan op die Punt. Dit is omtrent die enigste tekens van beskawing wat John om hom sien.

Die halfkaal swart mans met hul blinkgeswete lywe is vir hom 'n vreemde gesig. Terwyl hulle ritmies sing, help hulle flink met die aflaai van die passasiers, bagasie en vrag. Tussen houtvaatjies, opgestapelde kratte, volgelaaide ossewaens en ruie bosse wat teen die duine groei, strompel hulle deur die sand van die Punt tot in Durban.

Rodney is daar om hom te ontmoet. Dit is 'n verligting om 'n bekende te sien. John sluk swaar aan die knop in sy keel. Hy knip sy oë vinnig en aanhoudend om die trane te keer.

"Ek het dit gemaak, ek het dit gemaak," roep hy uit terwyl die twee broers hul arms om mekaar slaan.

"Dis wonderlik om jou hier op Suid-Afrikaanse bodem te omhels. Baie welkom in die land van sonskyn!"

"Jy sal nie weet hoe dankbaar ek is om net weer vaste grond onder my voete te hê nie. Ek voel nog duiselig. Kompleet asof die grond onder my ook beweeg."

Rodney steun hom aan die arm.

"Dit sal 'n rukkie neem voor jy weer stabiel is. Ek het dit ook so ervaar. Jou liggaam moet eers gewoond raak aan die vaste grond. Die see gooi 'n mens lekker rond, nè?"

Hulle laai John se besittings op 'n skotskar. Rodney spoor die osse aan. Stadig ry hulle deur Durban se stofstrate na Rodney se skrynwerkery. Agter in die sinkgeboutjie is 'n kamer met 'n kombuis.

"Ek bly sommer by my werk. Dis heel gerieflik. Maak jou tuis. Die ysterkatel daar in die hoek is joune."

John stap na die bed. Hy tel die punt van die enkele bruin kombers op en voel daaraan.

"Hier is ons nie bekommerd oor koue nie. In Suid-Afrika is dit die hitte wat pla. Stoot jou trommel onder die bed in."

Rodney bak wors en eiers op 'n primusstofie. Met groot bekers koffie en dik snye brood sit hulle by die houttafeltjie aan.

"Die eerste deel van my reis was skrikwekkend. Jy kon my darem gewaarsku het. By tye was dit so erg dat ek gewens het ek is terug in Brampton. Ek het regtig nie gedink ek gaan dit oorleef nie. Die seesiek was hel; die storm angswekkend. Geen wonder Pa het tronkstraf verkies bo 'n lewe op die see nie!"

Rodney sluk sy koffie. Hy lag saggies. "Ek wou jou in Suid-Afrika kry, my broer. Om jou bang te praat sou alles net dwarsboom."

Rodney neem 'n hap van die wors. Hy kou eers klaar en vee sy hande aan 'n vadoek af. "Noudat jy hier is, kan ek jou maar vertel dat my reis hierheen ook 'n nagmerrie was. Ek het weliswaar met 'n groter vragskip as jy gevaar, maar moenie dat dit jou flous nie. Vragskepe en oorlogskepe bied nou maar eenmaal nie 'n plesierrit nie.

"Ons kaptein was 'n monster. Sowat van brutaal het ek nog nooit gesien nie. Hy het net eenvoudig al die passasiers voor die voet opgekommandeer om saam met die matrose te werk. Dié wat geweier het, is met die dood gedreig. Een ou wat openlik vyandig was, het net verdwyn. Ons het hom nooit weer op die skip gesien nie. Gerugte het die ronde gedoen dat hy geskiet en oorboord gegooi is."

John luister geskok na sy broer. "En ek het gedink ék kry swaar! As ek so na jou luister, besef ek dat my swaarkry eintlik meer psigies en emosioneel was. Dit was bitter moeilik om vrede te maak met die bandeloosheid van die uitvaagsels rondom my."

Rodney knik sy kop. "Die blinde sambok het teruggeslaan op die wrede kaptein en sy skip. Die dag nadat ek in Durban aan wal gegaan het, is dieselfde skip êrens langs die kus deur 'n stormwind teen die rotse te pletter geslaan. Dit het met bemanning en al vergaan. Niemand kon gered word nie."

* * *

Drie weke lank rus John goed uit. Hulle tref voorbereidings vir die tog na Kimberley.

"Ek het 'n goeie bestaan gemaak met die skrynwerk. Wie weet, dalk kom ek weer eendag terug. Ek hou van Natal se klimaat. Ek gaan nie die besigheid toemaak nie. My goeie vriend Justin neem alles net so oor. Hy sê dis net kansvatters soos ons Adamse wat ons fortuin in Kimberley gaan soek. Hy spot en sê hy hou maar die agterdeur vir my oop hier in Durban."

Dit is 'n bedompige sonskyndag toe hulle met die skotskar en vier osse in die pad val Kimberley toe. Die touleier ken die pad. Hy is in alles baie hulpvaardig. John het aanvanklik gedink dis onnodig dat hy saamgaan, maar soos die reis vorder, besef hy al hoe meer dat hierdie man eintlik onmisbaar is.

Soggens span hy die osse in; saans span hy hulle weer uit. Hy slaan behendig takskerms op waar hulle oorstaan en maak 'n groot vuur om die wilde diere in die nag weg te hou. Hy dra vars water aan uit die riviere en strome.

John leer by hom hoe om 'n veldvuur behoorlik te pak en aan te steek. Hy leer om mieliepap en potbrood oor die kole te maak. Soms skiet hy of Rodney 'n wildsbokkie, tarentaal of fisant vir die pot.

"Wat word van die touleier wanneer ons reis verby is?" vra hy een aand langs die kampvuur vir Rodney.

"Hulle maak 'n bestaan daaruit om mense as touleiers en gidse te vergesel waarheen hulle ook al wil gaan. Wanneer ons reis ten einde loop, sal hy spoedig weer iemand vind wat hy kan vergesel, moontlik dan weer op 'n terugtog na sy mense in Natal."

* * *

Die reis is stadig. Hulle wil nie die osse uitput nie. Die osse sal hard moet werk by hul aankoms in Kimberley en moet daarom gereeld langs die pad rus. By die vlak driwwe hou hulle stil en laat die osse water drink. Hulle was hul klere in die rivier en swem en bad in die koel water. Op die sand- banke of gladde klippe gaan sit hulle in die son om droog te word.

John geniet die sonskyn en die pragtige natuurskoon van die vreemde land. Hy en Rodney stap meestal langs die kar en gesels land en sand. Die voetheuwels rys steil op uit die blink water van die rivier wat sterk vloei. Bedrieglik rustig volg die water sy kronkelpad. Zulukrale nestel snoesig in die beskutte voue van die heuwels digby die rivier.

Die ronde hutte is tussen die latte met gras gedek. Dit lê soos uitgespoelde plat rivierklippe op hopies saamgebondel. Poedelkaal swart kinderlyfies met takke in hul hande is die wagters wat oor troppe bont beeste waak. Plek-plek word die panorama afgewissel met groot ooptes en grasvelde.

"Ek het in my wildste drome nie kon dink Suid-Afrika is so 'n pragtige land nie. Die sonskyn elke dag laat my soos 'n nuwe mens voel. Dan praat ek nie eens van die wonderlike natuurskoon nie."

John beduie met sy hand oor die toneel voor hulle. "Hier- die afsondering en vryheid is 'n welkome verandering ná die neerdrukkende beknoptheid van die seereis."

Soggens vroeg, wanneer die grashalms in die oggendwind buig, klim hulle die hoogtes uit. Hulle kyk watter soorte wild hulle kan sien. Die wêreld is woes en ruig. Daar is elke dag iets om te sien in die hoë gras en ruie bosse.

Een keer is hulle baie naby aan drie leeus wat in die gras verskyn. Die middelste een is 'n groot mannetjie met 'n geel voorlyf. Die ander twee is wyfies. Rodney se geweer is altyd aan sy skouer, maar hulle wil nie sommer net skiet nie. Hulle staan doodstil en kyk hoe die leeus tussen die gras verdwyn.

Aan die oorkantste oewer van die rivier sien hulle see-koeie met hul kalfies wei. Die skotskar hou stil. Toe die koeie agterkom daar is toeskouers, verdwyn hulle met die kleintjies in die water.

By die Drakensberge word die tog uiters moeilik; die pad onbegaanbaar. Plek-plek moet hulle help om die kar versigtig oor die steil afdraande en berge te stuur. Soms pak hulle van die voorrade af om dit makliker te maak. Dan loop hulle terug, gaan haal die voorrade en pak dit weer op die kar.

Hulle word dikwels deur reën gedwing om dae lank op een plek te bly. Wanneer die reën opklaar, vertoef hulle eers 'n dag of twee sodat die tentseile, die nat beddegoed en klere kan droog word. Hierdie wagtyd skep 'n geleentheid vir die touleier om brood te bak en ekstra vleis gaar te maak vir wanneer die reis hervat word.

John ervaar hierdie reis en die stilte wat dit in sy siel bring, as genesing ná sy twyfel en angs op die Evangeline. Hy is bly dat hy Suid-Afrika toe gekom het.

"Verbeel ek my of word die pad al steiler en steiler? Die kar loop nou al vir dae aaneen net opdraand." John kyk vraend na die touleier.

"Jy sien reg. Gee kans. Oormôre gaan jy 'n nuwe wêreld sien."

* * *

Twee dae later kom hulle plotseling op die rant van 'n diep kloof te staan. Voor hulle lê 'n asemrowende panorama. Die skoonheid van die gesig laat hulle sprakeloos. In sy gedagtes kniel John saam met sy ouers by die 17de eeue nag-maalreling voor in die kerk van Brampton. Dieselfde gewyd-heid ervaar hy nou op hierdie plek.

Hy voel verskriklik klein en sluk aanhoudend om die knop in sy keel weg te kry. Na alle kante toe loop die kruis-valleie met steil heuwels aan die kante. Dit loop in 'n groot vallei uit soos wandelbrûe die see in.

Die touleier verbreek die stilte. "Ons het Natal nou agter-gelaat."

Hy hou sy hand voor sy oë om die son weg te keer. Met 'n wye gebaar van sy arm wys hy na die landskap voor hulle. "Hierdie is 'n ander wêreld."

John besef dat geen mens hierdie duiselingwekkende uit-sig kan hê sonder gepaardgaande probleme nie. "Dis won-derlik, maar hoe gaan ons hierdie steil helling afkom na on-der?"

"Ek het hierdie pad al baie geloop. Ek ken hom. Ek ken sy moeilikheid. Doen maar net wat ek sê."

Die touleier bring die wa tot stilstand. Hy span die osse uit. "Hulle moet los loop ondertoe."

John en Rodney bly by die kar agter terwyl hy die osse rus-rus en baie versigtig ondertoe aanjaag. Toe hy terug-kom, steun hulle die kar weerskante met toue. Tree vir tree help hulle hom af na onder. Hy kantel en gly by tye gevaar-lik. Met die bevele en behendige leiding van die touleier keer hulle dat die kar nie in die afgrond aftuimel nie.

Ná ure se gespook is hulle onder. Die osse wei rustig.

Hulle oornag op die vlakte, en vroeg die volgende dag word die tog voortgesit. Die natuur het drasties verander. Die pad is gelyk en hulle vorder maklik en heelwat vinniger.

Twee maande later is hulle by hul bestemming.

* * *

Ná die sielsverkwikkende reis deur pragtige landskap, berge en riviere, is die diamantvelde 'n teleurstellende gesig. Daar heers 'n koorsagtige atmosfeer. Die plek wemel van die prostitute, delwers, avontuursoekers en misdadigers. Die son brand genadeloos op die tente en sinkhuisies neer.

33

"Die geroesemoes en dekadensie van hierdie immorele plek lyk vir my selfs erger as wat ek op die Evangeline beleef het."

"Miskien was die bootreis en die harlaboerla daar net wat jy nodig gehad het om jou op die atmosfeer van die diamantvelde voor te berei."

John kyk na Rodney. Hy is bitter bly dat hy nie alleen hier is nie. Hy sit sy arm om sy broer se skouer. "Dankie dat jy altyd optimisties is."

Die kleim waarop John werk, is nie baie suksesvol nie. Die eienaar raak ongeduldig met sy werkers. Hy en Rodney besef hulle moet self iets doen en spring aan die werk.

Met behulp van die skotskar en osse begin hulle sinkhuise bou. Hulle bedryf ook saam 'n skrynwerkery, wat geld voorsien vir die delwery.

Trots koop John sy eie stukkie grond. Te laat besef hy dat dit arm grond is. Juis dáárom is dit te koop aangebied. Dit is onder 'n drywende rif van twintig meter, met 'n skag deur die rif tot waar die diamantgrond is.

'n Verstommende warboel van stringe kabels en katrolle loop kruis en dwars oor elke sentimeter grond van die gebied wat gemyn word. Duisende vragte blougrond word na die oppervlak opgekatrol, waar mieragtige massas op die enorme wondergroot toneel rondbeweeg. Oral is werkers met die was en spoel van grond doenig. Die skotskar kom handig te pas. Hulle gebruik dit om vragte gruis weg te ry teen twee sjielings en ses pennies per vrag. Só verdien hulle nog ekstra geld.

Dit kos deursettingsvermoë om dag ná dag in Kimberley se versengende hitte te werk.

"Kom ons los die verdomde slawearbeid en gaan drink iets by die hotel se kroeg." John se buurman gooi die sif drifting neer en vee sy hande teen sy stowwerige bruin broek af.

Maar John ignoreer hom. Met die agterkant van sy hand vee hy die sweet af wat in grys stofstraaltjies teen sy voorkop afloop, voor dit deur sy wenkbroue branderig in sy oë insypel.

Sonder om te antwoord, werk hy onverpoosd voort. Duisende moedelose werkers, gestroop van energie en insig, het die diamantvelde sedert sy aankoms hier reeds verlaat. Hulle vertrek is gewoonlik voorafgegaan deur rondhang en leeg-lê in die kroeg en snoekerkamers.

Hy gaan verseker nie in dieselfde slaggat trap nie. Hierdie is die kans van sy lewe. Hy is vasbeslote om nie in dieselfde moedeloosheid te verval nie. Hy sal vasbyt en alles insit tot hy sukses behaal.

Hy hou sake fyn dop. Stelselmatig en goed beplan koop hy een ná die ander van die kleims uit wat aan dié behoort wat moed opgee en net wil wegkom.

* * *

Laatmiddae ontspan die Adams-broers op die stoep van hulle viervertrekhuisie wat hulle self van klip gebou het. Die osse is rustig op stal in die agterplaas, wat netjies met dek-gras afgekamp is. Langs die buite-kookgeriewe is die buite-kamer waar hulle gereedskap skoongemaak en sorgvuldig gebêre is tot die volgende dag.

John kyk op van die koerant. "Grondpryse styg nog steeds ten spyte van die kleims wat afneem soos wat die gruis uitgegrawe is."

Rodney knik instemmend. "Ja, die tonnels wat deur die kwartsiet geboor word, lewer diamante by die honderde. Ek voorspel nog groot geleenthede hier."

"Net jammer die delwery word nou so stormagtig en on-deurdag gedoen." John druk met sy wysvinger op 'n koe-rantberig. "Kyk hier. Die koerant berig al weer van rotsstor-tings. Net verlede week het twee delwers weens nalatigheid en onverskilligheid gesterf."

Hy vryf nadenkend oor sy baard. "Ons moet ons ore op die grond hou. Central Company is besig om die kleims saam te smelt. Ek dink dis tyd dat ek my kleims deel maak van daardie maatskappy. Dan kan ek uittree uit die aktiewe delwery."

"Jy is slim, my broer. Ek self is lankal nie meer lus vir die delwery nie. Ek doen baie goed met die skrynwerk. Jy weet ek maak genoeg geld daaruit om 'n goeie bestaan te voer."

* * *

Ná ses jaar nader Central Company John om sy agt volle kleims in die maatskappy te steek. Hy gryp die geleentheid aan en tree so uit die aktiewe deelname aan die delwery. Die bates van die maatskappy is reeds 25 000 pond.

Rodney breek ook sy bande met die delwery. Hy bedryf nou net die skrynwerkery, waaruit hy goeie winste maak. Omdat Barnato en Rhodes apart funksioneer en verskillende metodes gebruik om te myn, is dit onvermydelik dat hulle in 'n stadium sal saamsmelt. Verskeie samesmeltings volg tot De Beers tot stand kom. John is nou 'n aandeelhouer in De Beers.

Dit is in hierdie tyd dat hy Peter Daniel by 'n vergadering van die Central Company ontmoet. Hulle sit langs mekaar tydens die vergadering. Toe dit verby is, nooi hy John om saam met hom 'n drankie te drink.

"Dit is verstandig om nie al 'n mens se bates by een instansie te hou nie. Jy weet mos, die ou storie van al jou eiers in een mandjie hê. Grond is 'n baie goeie alternatiewe belegging. Ek was juis drie maande gelede by my ouers op Thaba Nchu om na grond te gaan kyk. My pa het goeie kontakte daar."

John skuif nader. Hy hou van die entoesiastiese man wat so onderhoudend gesels. Hy spits sy ore en leun effens vooroor in Peter se rigting. "Interessant. Vertel my meer."

Peter wink die kelner nader om hul glasies vol te maak. Hy sit behaaglik terug in die diep donkergroen leerstoel en maak sy keel skoon.

"My pa is 'n Wesleyaanse sendeling in Thaba Nchu. Hy is 'n tussenganger van kaptein Moroka se Barolongs en koning Mosjesj se Basoeto's. Daar is konstante vyandigheid tussen dié twee en my pa is die ou wat vure doodslaan om die vrede te bewaar. Dit is 'n onbegonne taak, want daar word al vir meer as honderd en vyftig jaar gestry en baklei oor dié grondgebied. In binnekringe word nou bespiegel dat daardie hele gebied binnekort deel van die Oranje-Vrystaat gaan word. My pa sê ons moet wakker wees. Hier kom 'n groot geleentheid."

John knip nie 'n oog nie. Hy luister met onverdeelde aandag. "Waar daar kans is vir geldmaak en vooruitgang, dáár wil ek wees. Hoe kan ek meer te wete kom? Hoe kan ek ingesluit word?"

"Ek sê jou wat. Sodra ek weer huis toe gaan vir 'n vakansie, kontak ek jou. Dan gaan jy saam met my."

* * *

Ses maande later kyk John by die treinvenster uit. Die landskap het drasties verander sedert hulle by Bloemfontein verby is. Hy verwonder hom aan die welige plantegroei en boomryke heuwels.

Peter gesels opgewonde. "Hoe verder ons oos gaan, hoe mooier word dit. Geen wonder die ou spul baklei so oor hierdie stuk aarde nie."

By Thaba Nchu se stasie knars die treinwiele tot stilstand. Onder die veranda van 'n sinkgeboutjie staan 'n werker van die sendingstasie vir hulle en wag. Hy leun met sy arm teen een van die houtpale wat die sinkdak stut. Die trein blaas 'n dik stoomwolk af. Die werker kom nader en groet vriendelik. Hy help om hulle bagasie op die perdekarretjie te laai.

'n Halfuur later ry hulle deur twee dik sandsteenpilare aan weerskante van die sendingstasie se ingang. Die werf is netjies. Taksleepsels maak patrone in die grond tussen die geboue. Dit verklap dat daar kort gelede gevee is.

Peter beduie na 'n grasdakgeboutjie langs 'n groot kareeboom. "Dit is die sendingkerk. Dáár is die veekrale en buitegeboue. Die ronde hutte verder aan is waar die werkers woon."

Tussen klippe borrel 'n helder fontein uit. Langsaan staan 'n lappie mielies. Groot wit en groen pampoene blink in die son. Boontjies rank hoog op teen takstellasies. Perske-, appelkoos-, en peerbome pronk welig groen.

Die waentjie hou voor 'n langwerpige huisie met moddergepleisterde mure stil. Aan die een sykant is 'n breë skoorsteen wat nouer word boontoe. 'n Gryskopman met 'n lang grys baard verskyn in die enigste deur aan die voorkant van die huis. Hy kom nader gestap. Agter hom volg 'n vrou met grys hare plat op haar kop, glad weggebind langs haar gesig. Sy het 'n swart rok aan met 'n kantmanteltjie om haar skouers.

Peter omhels hulle. "Pa, Ma!" Hulle soen mekaar hartlik. Dan staan hy effens terug. Hy buig sy arm om John in te sluit. "Ontmoet my vriend, John Adams."

John steek sy hand uit. "Ek is bly om u te ontmoet."

Thomas Daniel druk sy hand. "Welkom by ons."

Mary-Anne trek haar manteltjie reg en glimlag vir hom. "Dit is wonderlik dat julle kom kuier. Peter, die agterste kamer is vir julle twee reggemaak. Neem julle bagasie soontoe en kom drink dan tee."

Peter maak die houthortjies van hul kamer wyd oop. Die sonlig val oor die twee houtkatels en oor die bont beesvelle op die misvloer. John pak sy skeergoed en kam netjies in die rakkie bo sy bed. Agter die gordynafskorting in die een hoek van die kamer hang hy sy klere teen die muurhake. Hy sit sy tas langs die wakis neer.

Peter wys vir hom waar die buitetoilet is. Hy stap tussen die populierbome deur. Die klam reuk van die grond en verrotte blare maak herinneringe van sy kinderdae in hom los. Dit verplaas hom kortstondig terug na Brampton.

Heimwee oorweldig hom. Hy is vreemd alleen. Duiselig. Leeg. Sy hande sweet. Hy haat hierdie angs wat hom so onverhoeds en ontydig oorval. Altyd wanneer hy dit die minste verwag.

Haastig gebruik hy die toilet. Op die wye houtsitplek langs hom staan 'n langnekbottel met donkerbruin ontsmettingsmiddel. Hy gooi daarvan in die gat.

Vinnig stap hy terug na die huis. Hy sal beter voel sodra hy weer tussen die mense is.

In die kombuis was hy sy hande in 'n waterbalie met koperhoepels. Hy raak bewus van 'n skaduwee en kyk op. Langs hom staan 'n jong meisie. Deurmekaar goudbruin krulle omraam haar fyn, aristokratiese gesig. Sy kyk hom reguit in die oë en bied vir hom 'n lappie aan om sy hande af te droog.

Peter kom nader. "Dit is my sussie, Sarah."

John neem die lappie by haar. "Hallo, Sarah."

Sy vee haar hande aan haar voorskoot af en glimlag spontaan vir hom. "Hallo, John."

Hy soen haar hand en sy maak 'n ligte kniebuiging. Toe dartel sy by die agterdeur uit.

Mary-Anne wink hom nader na die witgeskropte kombuistafel. "Kom sit aan vir tee."

'n Vrolike gebabbel en gelag klink van buite af op. Sarah kom die vertrek binne. Sy dra vars, warm roosterkoeke op 'n houtbord. Kort op haar hakke volg 'n donkerkopmeisie. Sy sit 'n teepot op die tafel neer.

Mary-Anne glimlag trots vir John. "Ontmoet Kathleen, ons ander dogter. Peter het jou sekerlik van sy twee susters vertel."

John staan galant op en soen Kathleen op die hand. "En van waar tower julle hierdie heerlike roosterkoeke op? My mond water."

Dit is Sarah wat antwoord: "Ons maak dit in die bakoond hier buite die kombuisdeur."

Sy trippel na die muurrak en haal 'n fles appelkooskonfyt af. Selfvoldaan sit sy dit voor hom neer. "Geniet dit!"

Thomas kom binne. Hy gaan sit by die kop van die tafel. "En hoe gaan dit deesdae in Kimberley?" Hy neem 'n slukkie tee en kyk vir John.

"Dit was baie harde werk, maar nou begin ek die vrugte van my arbeid pluk. My aandele in De Beers lewer uitstekende dividende. Dit is soos 'n droom wat waar geword het. Dit was beslis die moeite werd om vas te byt, al het dit soms bitter gegaan."

Hy vertel van die beginjare. Van die huis wat hy en Rodney gebou het, van die skrynwerkery wat goeie geld ingebring het en dat hy nou op die uitkyk is vir ander maniere om geld te maak. Hy sê dat hy daarin belang stel om grond te koop.

Kathleen het lankal opgestaan, afgedek en kamer toe gegaan. Maar Sarah bly sit. John is deurentyd bewus van haar. Uit die hoek van sy oog sien hy hoe sy aandagtig luister. Sy neem haar oë nie vir 'n oomblik van hom af nie.

Toe hy asemskep, neem sy haar kans waar. "Hoe op aarde voorkom hulle dat diamante gesteel en onwettig uitgesmokkel word?"

"By 'n tafel in die sorteerkamer sit jong mans wat diamante uit die alluvium sorteer. Dit is nogal indrukwekkend om te sien hoe behendig en blitsig hulle te werk gaan. Hulle skuif die klein diamante na die een kant en die groteres na die ander kant. Daar is opsigters wat hulle heeltyd fyn dophou. As net vermoed word dat hulle diamante gesluk het om dit te steel, kry hulle eers 'n dosis purgasie voor hulle saans die myn verlaat."

Sarah sit haar hand verbaas voor haar mond. "Sjoe, dis darem 'n drastiese manier om die gesteelde diamante te herwin!"

Almal om die tafel bars uit van die lag.

* * *

Daardie aand toe hy die kers in die geelkoperblaker op die kissie langs sy bed doodblaas, is sy gedagtes 'n warboel. Hy beleef die dag se gebeure oor en oor. Hy staar na die goiingsakplafon wat plek-plek bak hang waar dit tussen die houtbalke uitgesak het.

Die skerp, koue naglug byt teen sy gesig. Hy lig hom orent en trek die velkaros by die bed se voetenent oor hom. Die naggeluide is vreemd. Hy verbeel hom hy hoor 'n jakkals. Hy luister mooi.

Die lang uitgerekte 'njaa-ha-ha-ha' herken hy van die nagte toe hy en Rodney met die skotskar op pad was van Natal na Kimberley. Hy hoor ook duidelik die sagte, deurdringende roep van 'n gevlekte ooruil.

In sy gedagtes sien hy die gryserige lyf met wit vlekke en die oorklossies net bokant die pragtige, groot geel oë. Hoe graag sou hy nie die diere in hul natuurlike staat wou sien nie. Miskien eendag. Dalk op sy eie plaas.

Hy besef dat hy eintlik sielsmoeg is van die droë, mistroostige plek waar hy hom nou al etlike jare bevind. Vreemd dat die diamantrykdom nou juis dáár moet wees waar alles so bar en vaal is.

Dit neem lank voor hy aan die slaap raak.

Vroeg die volgende môre stap hy na buite. Hy gaan sit by die fontein op een van die klippe en verkyk hom aan die water wat spontaan uitborrel. Hy skep dit in sy bakhande op en laat dit deur sy vingers loop. Hy hoor iemand sing.

Van die huis se kant af sien hy Sarah aankom. Sy spring speel-speel van klip tot klip, buk af om iets van die grond af op te tel, draai in die rondte dat haar rok wyd om haar uitklok en kom sit uitasem langs hom.

"Vertel nog! Ek wil nog stories hoor oor jou wêreld. Vertel van die diamante. Vertel, vertel." Sy por hom aan en stamp hom liggies teen die arm.

John vertel. Sarah luister.

Aanvanklik vind hy haar vreemd; effens voor op die wa. Hy benader haar versigtig. Tog betower sy hom. Hy hou van haar.

Ná 'n wonderlike week op die sendingstasie val hy en Peter in die pad terug Kimberley toe. Die Daniel-gesin groet hom soos 'n ou bekende. Hy sien die blink in Sarah se oë toe hy haar soengroet. Mary-Anne nooi hom om gou weer te kom kuier.

* * *

Met behulp van Thomas koop hy grond in die Moroka-distrik. Hy gaan net van tyd tot tyd terug na sy belange in Kimberley. Die meeste van die tyd bring hy op Thaba Nchu deur.

Hy en Sarah leer mekaar beter ken. Hy is 35, sy maar 23. Ten spyte van die groot ouderdomsverskil, weet hy sy is alles wat hy in 'n vrou soek. Sy is fluks, intelligent en mooi. Boonop hou sy ook van hom, bewonder hom, respekteer hom.

Hy raak intensief betrokke by die besigheid rakende sy grond. Hy bewys sy welwillendheid teenoor die gemeenskap deur 'n drieverdieping-sandsteenmeul te bou wat floreer toe die landbou 'n hoogtepunt bereik met die ontdekking van goud in Transvaal.

In 1884 word die gebied die eiendom van die Oranje-Vrystaat. Twee-derdes van die land word aan swart bewoners toegeken. Kort daarna koop blankes, wat intussen skatryk geword het uit die minerale opbloei van die land, meer as sestig persent van die grond weer op. Sestigduisend morg grond word aan John verkoop.

Brittanje annekseer die gebied in 1900 en verander die naam na die Oranjerivierkolonie. Dit word die uitsoekgebied om nedersettings tot stand te bring, en die Britse regering subsidieer die skema. John se grond word vir dié doel teen enorme bedrae geld van hom teruggekoop.

Ná twaalf jaar verlaat hy Kimberley finaal en maak planne vir sy toekomstige huwelik en 'n nuwe tuiste.

Rodney maak goed geld in Kimberley. Sy hart trek egter terug Natal toe. Toe John Kimberley verlaat, verkoop hy sy skrynwerkery en trek terug Durban toe. Daar werk hy eers saam met Justin in die besigheid. Met volop geld tot sy beskikking, koop hy later grond in die Durban-omgewing en begin boer met suikerriet.

Die opbrengs per akker is nie so hoog soos in Hawaii of die Wes-Indiese eilande nie, maar die gehalte is uitstekend. Die neweproduk, molasse, vestig 'n afsonderlike veevoerbedryf van groot omvang en waarde.

* * *

Die skril skree van 'n hadida teen die blou lug bokant John bring hom terug na die hede. Hy strek hom uit en staan op. Sy rug en bene voel stram. Hy weet nie hoe lank hy hier teen die boomstam gesit het nie. Hy sal moet gaan kyk hoe die werkers by die landerye vorder. Hulle wonder seker waar hy die hele tyd was. Sy kop voel helder. Sy gedagtes skoon. Dit was goed om die verlede weer op te roep; te herleef. Vandag het hy dit afgehandel. Nou kan hy sy lewe saam met sy gesin hier op Kingsberg voluit lei. Hier is soveel om voor te lewe.

Hy kyk in die rigting van die pragwoning wat teen die berg pronk. Voorwaar enig in sy soort. Alles hier op die landgoed is sorgvuldig en goed beplan. Daarvoor het hy gesorg. Vir sy nageslag sal dit 'n sieraad wees, 'n onwankelbare tuiste, 'n gewaarborgde toevlug.

Hy voel trots en tevrede. Wat kan op stuk van sake ooit gebeur wat sy planne hier in die wiele sal ry of sy drome kan verydel? Niks. Daarvan is hy oortuig.

HOOFSTUK 4

Van die plaasdam se kant af klink vrolike kinderstemme op.
Dit is die einde van September 1899. Die somer, waarna al-
mal uitsien, is reeds in die lug. Sarah en haar suster,
Kathleen, lê in die sagte groen kweekgras langs die dam.
Hulle kyk na die wolke.

"Toe ons kinders was op die sendingstasie, het ek nooit
kon droom dat jy eendag saam met jou droomprins in hier-
die kasteel sou bly nie."

Kathleen beduie na die indrukwekkende sandsteenkolos
wat, ietwat verskuil tussen die bome, sprokiesagtig teen die
berg staan.

"Ek moet erken dat ek die heel eerste dag wat broer Peter
vir John daar op Thaba Nchu aangebring het, smoorverlief
was op hom. Hy was so verfrissend anders as die sendelinge
wat gereeld kom kuier het. Die ou spul se humor was mos
altyd net intellektueel en satiries:

"'Die gemiddelde kerkganger se idee van 'n goeie preek is
dié een wat loshande oor sy eie kop vlieg en sy buurman se-
kuur tref!'

"'In ons kerk word die voorste banke gereserveer vir die
ouens wat van my preke hou en die agterste banke vir dié
wat nie daarvan hou nie. Daar is ook oorpluisies vir julle ge-
rief.'

"'Die goeie nuus is dat ons genoeg geld het om die kerk-
gebou op te knap. Die slegte nuus is dat die geld nog in julle
sakke is.'

"Asof dit nou so snaaks is!" Sarah trek haar neus op 'n
plooi. "John se humor, daarenteen, was sag, warm en
speels. 'n Vars briesie.

"'Sarah, dit kan nie jý wees wat hierdie heerlike koekies
gebak het nie. Dit was sekerlik die feëprinses van Soetkoe-
kieland.'

"'Ek wil 'n retoerkaartjie by die stasie gaan koop.'

"'Waarheen?' vra ek so ewe.

"'Terug hier na jou toe.'

"Ag, Kathleen, mens kan mos net mal wees oor so 'n ouli-
ke man!"

Kathleen glimlag. "Ja, hy het ons almal laat goed voel, maar ek het darem ook gesien hoe jou ogies blink toe hy vir Pa vertel van al sy rykdom. Kimberley se diamante het in jou oë geskitter! En om alles te kroon, gee hy vir jou een-derde van sy De Beers-aandele as trougeskenk. How lucky can you get?"

Sarah slaan speels na Kathleen, wat laggend koes. Sy klik verontwaardig met haar tong. "Ag, kom nou, sussie, dit was ware liefde met die eerste oogopslag. Almal het so gesê."

Kathleen kyk ernstig na haar. "Wil jy eerlik en opreg vir my sê dat sy welvaart nooit iets met jou keuse te doen ge-had het nie?"

Sarah kou nadenkend aan 'n grasstingeltjie. Hierdie reg-uit vraag het haar onkant betrap. Sy haal diep asem. "Ek sal jok as ek sê dat ek nie ook ambisieus was nie. Ek wou beslis nie my hele lewe swaarkry en in eenvoud leef soos ons ouers nie. Mens streef mos darem na iets beters, of hoe? Boonop het die feit dat hy saam met pa Thomas besig-heid gedoen het, my groot vertroue in hom gegee."

"Ek moet erken dat ek destyds afgunstig was. Somtyds is ek nou nog jaloers op jou. Alles het regtig net in jou skoot geval. Jy is met die spreekwoordelike goue lepel in die mond gebore. Ek het altyd gedink ons twee sal met boere trou, maar die geluk en die rykdom wat jóú te beurt geval het, is amper te goed om waar te wees. Dis byna soos 'n sprokie."

Sarah lag spontaan. Sy draai op haar sy, stut haar kop met haar hand en kyk na Kathleen.

"Ja, soms moet ek myself nog knyp om seker te maak ek droom nie. Dikwels is ek bang ek word net een oggend wak-ker en alles het verdwyn. Jy weet mos, soos dinge in spro-kies net sommer verdwyn asof dit nooit daar was nie."

Sy pluk 'n goudgeel botterblom, druk dit in Kathleen se strooihoed en sê ernstiger: "Kingsberg is my heiligdom. Ek is nie skaam om te erken dat ek baie trots is op alles hier nie."

Hulle word onderbreek deur die kinders se uitgelate aan-dagsoekery van die dam af.

"Ma, Ma, tant Kathleen, kyk, kyk!"

John het ronde houtvaatjies middeldeur gesaag en dit met pik waterdig gemaak. Dit is die bootjies waarin hulle tussen die waterlelies op die dam roei.

44

Hulle spat mekaar met die spane nat. Arthur neem, soos altyd met hierdie soort speletjies, die voortou.

"Stop, stop!" roep Magdalene uit. "Jy spat ons papsopnat!"

"Softies, sissies!" skree hy terwyl hy nog 'n dik, blink streep water na die meisies se kant toe slinger.

Sarah tree tussenbeide.

"Dis nou genoeg. Kom wal toe sodat ons die piekniekkos kan eet. Julle is seker al almal honger en dors."

Die kinders klouter met modderbesmeerde voete uit die vaatjies. Hulle spoel dit in die vlak water af. Amy staan eenkant. Sy is besig om haar skoene aan te trek toe Arthur skril skree: "Kyk agter jou!"

'n Yslike bruin krap wat net soos die modder lyk, sit naby haar. Toe sy wegbeweeg, skarrel die krap rats agter haar aan. Hy laat 'n streep in die modderige grond agter en gaan sit in Amy se skaduwee. Die ander kinders kyk grootoog toe, maar Arthur skater van die lag.

"Hardloop, Amy! Jy kan maklik vir hom weghardloop," skree Daniel.

Maar Amy is versteen van vrees. Sy kan nie 'n voet versit nie. Arthur spring rats nader. Hy gryp die krap aan sy agterlyf sodat die knypers hom nie kan bykom nie. Dan storm hy met die gediertе in sy hand op Amy af.

Amy steek haar hand uit om te keer. Sonder 'n geluid sak sy op die kweekgras neer terwyl Arthur met die krap dreigend bo-oor haar staan.

"Los haar uit!" skree Daniel. Hy storm op Arthur af en dam hom met die vuiste by.

"Amy is dood, Amy is dood!" skree Arthur uittartend terwyl die ander kinders beangs eenkant staan.

Sarah storm nader en tel Amy op. Kathleen spat koue water oor haar gesig. Haar ooglede fladder en sy kom by. Sarah gryp Arthur en gee hom 'n paar harde wikshoue op sy sitvlak.

"Jy weet mos Amy is bang vir krappe en kikkers en alle watergediertes. Ag nee, Arthur man!"

Daniel draai sy vingers. Hy steek sy tong vir Arthur uit. "Jy is nog 'n knasterkop en dan probeer jy grootmeneer wees!"

45

Sarah trek Arthur aan die arm tot hy teësinnig voor Amy staan. "Vra vir Amy om verskoning."

"Ma sê ek moet ekskuus vra," sê hy moedswillig, ruk los en slaan bollemakiesie in die gras.

"Hoor hoe sing die paddas in die water. Wees bang, wees baie bang," tart hy. Hy gaan kyk, gemaak ernstig, waar die krap is.

Sarah gooi die reisdekens oop. Sy pak die piekniekkos daarop uit. Die kinders sak op die kweek neer. Hulle lê weg aan die toebroodjies, varkvleispasteitjies en limonade – die drama van so flussies vergete.

"Julle kan gerus tot Sondag bly. Dit is dan weer die maandelikse nagmaal hier by ons. My kroos geniet die neefs en niggies. Hulle is ook maar afgesonder met dié dat hulle tuisonderrig ontvang. Die gegradueerdes wat ek van tyd tot tyd van Oxford en Cambridge werf, is uitstekende onderwysers, maar my kinders mis dit soms om tussen ander kinders te wees en met ander maats te speel. Ek dink juis dis omdat Arthur so min interaksie met ander kinders het dat hy so geniepsig optree."

Sarah kyk met afwagting na haar suster.

"Dit sal heerlik wees, Sarah. Ons sal graag bly tot Sondag."

* * *

John het die sandsteenkerkie op die plaas laat bou as teken van dankbaarheid vir die seën en voorspoed wat hulle op Kingsberg beleef. Sarah sien dit as 'n hoopvolle poging van sy kant af om hulle teen rampe en teëspoed te beskerm en te vrywaar. Dit is vir haar veral opvallend aan die obsessiewe manier waarop hy haar elke keer aan die driemaandelikse nagmaal op die plaas herinner. Sy moet vir alles regstaan en sou dit tog nie vergeet nie.

Sy respekteer hom vir sy toegewydheid aan die saak, maar moet aan haarself erken dat dit haar ook irriteer. In haar hart weet sy dat geen ritueel of feesdag ooit vir enige mens as skans teen die aanslae van die wêreld kan dien nie.

Sy is nog altyd bewus van 'n diepgewortelde vrees in John. Wat dit is, weet sy nie. Dit is net altyd onderliggend daar en doem dan onverwags op. Sy kan dit nie peil nie.

Nogtans laat maak sy voor elke nagmaal getrou die kerk skoon, laat die houtwerk poleer en die loodglasvensters was. Sy sit ook altyd blomme in die voorportaal. Ná die diens bedien sy eetgoed en tee aan die gemeentelede en gaste.

Kathleen onderbreek haar gedagtes. "Ek was laas in die kerkie met die inwyding. Onthou jy die katastrofe toe die orrel nie wou speel met die laaste hallelujalied nie? Barret, die orrelis, het skoon die bewerasie gehad, want dit moes die hoogtepunt van die verrigtinge wees."

"Sal ek dit ooit kan vergeet! Die jong man wat die orrel moes pomp, was later heeltemal uitasem. Hy het vinniger en vinniger gepomp, maar die klank het al hoe meer temerig en trekkerig geword. Die note het al hoe valser geklink, tot daar later geen klank was nie.

"Ek sal nooit vergeet hoe die jong man die hefboom in ongeloof laat los het nie. Hy het net in die stoel langs die orrel neergesak. Later sou ons uitvind dat die blaasbalk op onverklaarbare wyse 'n gat in gehad het. So vinnig soos die lug ingepomp is, het dit weer ontsnap."

"En toe die vrouens agter hulle handskoene en handwaaiers vir mekaar fluister: 'What an omen,' het John dit gehoor. Hy was woedend. Boonop kry ons arme kinders toe elkeen 'n loesing by hom omdat hulle so onbeheers gelag het."

"Ek moet erken, dit was vir mý ook skreeusnaaks. Baie mense kon beswaarlik hul lag hou, toe loop die kinders deur!"

"Ja," antwoord Sarah op 'n ernstiger toon. "John kom nie tweede nie. Hy het daar en dan besluit om te wys wie in beheer is. Daarom het hy die pastorie ook op die plaas laat bou. Sy verduideliking was dat dit vir die leraar makliker sou wees om van Kingsberg af tussen die naburige dorpe te beweeg. Die afstand is aansienlik korter en die lidmate makliker bereikbaar."

Kathleen bars uit van die lag en Sarah lag halfhartig saam. Die gesprek herinner haar aan die dag toe John na haar toe gekom en net doodluiters aangekondig het: "Sarah, ek het vir vader Deacon gesê hy kan maar volgende week intrek. Die pastorie se bouery is klaar."

Sy het verbaas na hom gekyk en haar asem diep ingetrek.

"Kon jy my nie maar net in die saak geken het nie?"

"Maar, Vrou, jy het mos geweet dis waarvoor ek die pastorie bou. Waarvoor anders? Toe, sê my, waarvoor anders? En ek sê mos nou vir jou dat vader Deacon gaan intrek. Beteken dit nie dat ek jou in die saak ken nie?"

Daarmee was die gesprek afgesluit. Sarah het geweet sy moes dit daar laat. Sy het toe reeds lankal agtergekom dat haar opinie nie tel wanneer dit by finansiële sake, transaksies of enige besigheid kom nie. Sy het stilgebly, want die gemak en weelde waarin sy haar kinders grootmaak, is vir haar belangrik.

Ma Mary-Anne het altyd gesê as jy gemaklik lewe, bly jy stil oor dinge wat onmin kan veroorsaak. Jy tel jou seëninge en vergeet van jou frustrasies. En haar ma het geweet waarvan sy praat.

"Waar dwaal jou gedagtes nou so ver rond?" vra Kathleen skielik hier langs haar.

"Ag, ek dink sommer aan ons ouers. Ek verlang dikwels na hulle. Ek wens soms dat hulle nog op die ou aarde was en saam met ons kon kuier. Maar hulle verdien die rus. Hulle het 'n ver pad gekom; 'n moeilike pad gestap in teenstelling met die weelde en gemak waarin ons ons tans bevind."

"Ja, waar ma Mary-Anne die moed vandaan gekry het om die gemaklike lewe in Engeland vir die sendingstasies in Suid-Afrika te verruil, sal ek ook nie weet nie. Sy en pa Thomas moes baie sterk geglo het aan hul roeping. En hier sit ons almal nou heerlik in die land van sonskyn. Waar in die wêreld sal ons nog so lekker kan piekniek hou en in die buitelug ontspan as hier op Kingsberg?"

Die kinders speel kroukie op die gras. Kathleen tel haar boek op en begin lees. Sarah lê lomerig met haar kop op 'n kussing. Sy dryf weg in haar eie gedagtewêreld.

Sy dink terug aan staaltjies wat haar ma vertel het uit haar jong dae. In haar jeugjare was sake in Engeland nie so gunstig vir mense wat nie Anglikane of Rooms-Katolieke was nie. Dié mense is doelbewus oor die hoof gesien vir bevordering. In die skole is ook teen hulle gediskrimineer.

Pa Thomas was toe reeds 'n Wesleyaanse predikant. Suid-Afrika was vir hom 'n beter opsie. Kort voor sy vertrek uit Engeland het hy vir haar, Mary-Anne Sephton, gevra om sy vrou te word. Sy was eers skepties, want daar was welgestelde mans wat vir haar 'n gemakliker lewe in Londen kon bied.

Een aand, het sy vertel, was sy saam met hom op 'n vergadering waar 'n aangevuurde klomp jong mense vol inspirasie die lied van John Mason Neale gesing het:
"O happy band of pilgrims,
If onward ye will tread,
With Jesus as your Fellow
With Jesus as your Head!"

Daardie aand het sy vir Thomas die jawoord gegee. Die feit dat hy arm was, het nie meer saak gemaak nie. Sy was daarvan oortuig dat hulle geseënd sou wees in Suid-Afrika. Haar ma het getrou vir liefde en nie vir geld nie.

Sarah wonder. Sou haar ma nooit spyt gekry het nie?

Die sendingstasie waar haar ouers hulle moes gaan vestig, is deur die sendeling James Allison gestig. Dit was by Mparane, in die distrik van die huidige Ficksburg. Hier in Suid-Afrika was afsondering van die beskawing duidelik 'n aanvaarde manier van lewe. Dit was oorweldigend en onaanvaarbaar.

Die sendingstasie by Mparane is uitsluitlik vir die Batlokoa-stam onder hul hoofman, Sikonyela, gestig. Dit was 'n aggressiewe stam wat dikwels teen die Basoeto's oorlog gevoer het. Dit was eers nadat 'n Basoeto op bevel van Mosjesj probeer het om Thomas te vermoor, en nadat die sendingstasie tot op die grond afgebrand is, dat hul ouers geen illusies meer gehad het oor wat die toekoms in hierdie vreemde land vir hulle inhou nie. Hulle het toe na Platberg verhuis en van daar na Thaba Nchu, waar Sarah en Kathleen gebore is.

* * *

Sarah waai 'n lastige muskiet voor haar gesig weg. Sy kyk na haar suster wat rustig haar boek lees, onbewus van háár onrustige gedagtes. Kathleen was nog altyd die sussie wat maar net aangegaan het en tevrede was met wat die wêreld haar ook al toebedeel.

Sý, daarenteen, was nog altyd die ambisieuse een. Sy het haar kleintyd al voorgeneem om haar keuses op geld en gemak te grond en om nooit so swaar te kry soos haar ouers nie. Het hulle ouers dan nie juis na hierdie land gekom vir 'n beter lewe nie? As húlle dit dan nie gehad het nie, is sý beslis van plan om dit hier uit te leef. Ook maar gelukkig dat die veel ouer, welgestelde John in haar sy ideale vrou gesien het.

"Onthou jy nog hoe Ma vir ons rokkies gemaak het van die materiaal in haar kis wat sy van Engeland af saamge-bring het. Sy het altyd gesê die smouse hier se materiaal is nie so mooi soos Engeland s'n nie. En kan jy onthou toe ons kinders was, hoe ons met ons selfgemaakte strooipoppies gespeel het?"

Kathleen kyk op van haar boek.

"Mens, waar dwaal jou gedagtes tog rond? Ja, ek onthou goed. Ek onthou ook hoe ons die poppe se koppies met le-wer- en niertjievliese oorgetrek het. Dan het ons die gesig-gies daarop geteken."

Sarah ril en trek haar neus op 'n plooi. "Ek kan vandag nog nie sorghumpap eet nie. Daardie maande en maande wat ons dit moes eet omdat daar niks anders was nie ... ugh! En dít omdat die Basoeto's en die Barolongs gedurig met mekaar geveg het. Vir onbepaalde tye kon niks gepro-duseer word nie. Ma was altyd so moedeloos wanneer hulle die landerye aan die brand gesteek het. Sy het dan met nos-talgie teruggedink en vertel van die familie-etes saam met haar ouers, broers en susters."

Hul ma se tafel was gedek met fynporselein en silwer, kristalglase en spierwit gestyfde damas. Niemand kon fisant en ham gaarmaak soos haar ma nie. Die gestoofde patats en gebakte appels daarmee saam was 'n wenner. Die smul-ete is gewoonlik met warm doekpoeding en goudgeel vla afge-sluit. Sy het altyd haar vertelling met dieselfde sin afgesluit: "En hier het ek net pap om aan my gesin voor te sit."

"Ek sê jou, Kathleen, geen armoede en swaarkry vir my en my kinders nie! Geen sorghumpap omdat daar niks an-ders is nie! Soms dink ek ek dra 'n diepgewortelde vrees vir armoede in my rond. Ek sal enigiets verduur net om nie arm te wees nie."

"Sus, miskien dra ons maar almal iewers in ons binneste so 'n vrees met ons saam. Party is net meer bekommerd daaroor as ander. Ek het dit nie naastenby so breed soos jy nie. Daarom bekommer ek my ook nie naastenby soveel soos jy nie. Ek is tevrede met my lewe soos dit is. Pieter het my en die kinders lief. Ons leef goed. Tog is ek soms jaloers op jou. Jy weet dit."

Die son begin sak in die weste. Sarah staan op. Sy roep die kinders om te kom help. Hulle pak op. Met die piekniek-mandjies al swaaiende in hul hande, stap hulle terug na die groot huis. Almal is moeg, maar gelukkig en tevrede.

Nie een van hulle sou kon droom dat daar voor die einde van daardie selfde maand oorlog in dié sonskynland sou wees nie.

HOOFSTUK 5

Die nuus dat die Boere teen die Engelse oorlog verklaar het, versprei soos 'n veldbrand.

"Die onmin en konflik het al begin toe Rhodes en Beit saamgesweer het om Transvaal vir hulself en die Britse Ryk oor te neem. Asof dit nie erg genoeg is dat hulle albei skatryk geword het uit die diamante in Kimberley nie. Ek meen te sê, Suid-Afrika behoort nie aan hulle nie. Hulle is net hier om moeilikheid te maak. Dan hol hulle terug Engeland toe."

"Ja, amper net so erg as die rykes wat die grond opgekoop het van die Barolongs en dit toe teen reusagtige winste aan die Britse regering verkoop het. Milner se nedersettingbeleid het hulle goed gepas. Dat sommige ouens nou só 'n gelukskoot uit die bloute kon kry!"

John luister na die manne se gepraat by die vendusiekrale. Hy kan nie help om te voel dat daar 'n paar skimpe na sy kant toe gegooi word nie.

"Dié twee het hulle vuil hande oorspeel toe hulle die nuwe Britse Kolonie noord van Transvaal gestig het. Boonop noem hulle dit toe ook nog na Rhodes. Rhodesië! Bid jou dit aan!"

"Die goud in Transvaal het die twee net nóg ryker gemaak. En toe begin die moeilikheid met die uitlanders. Die skrif was duidelik aan die muur. Kyk waar staan ons vandag met die gemors."

"Die mislukte Jameson-inval het die Engelse goed op hul plek gesit. Nou probeer hulle van óns die vyand maak. Mens kan verstaan dat hulle gekrenk was met vyf en sestig man dood of gewond. Terwyl hulle 'God Save the Queen' gesing het, het hulle een ná die ander geval."

Die omstanders lag luidrugtig.

John klim hewig ontsteld op sy perd. Sy gemoed is verdeeld. Hy is diep en innig lief vir hierdie land, maar dié gesprek laat hom soos 'n buitestander voel. Sy bloedlyn is immers diep gewortel in Engeland. Baie van sy mense is nog daar.

Hy dink aan sy geboorteland. Hy weet hy hoort nie meer daar nie. Suid-Afrika is waar hy wil wees. Hoekom laat hierdie mense hom voel hy is 'n vreemdeling? Hoekom voel dit skielik asof hierdie mense nie sý mense is nie? Een ding is seker: dit is onmoontlik om kant te kies. Hy veg teen die vrees wat in hom wil posvat. Skielik voel hy ontsettend alleen.

Soos hy Kingsberg nader, hoop hy heimlik dat Sarah hom by die deur sal inwag. Maar sy is nie daar nie. Hy klim haastig van sy perd af en oorhandig die teuels aan die stalkneg sonder om te groet. Toe haas hy hom met die trappe op na die biblioteek. Sarah is altyd daar wanneer sy alleen wil wees.

Hy stoot die deur oop en sien haar by een van die tafels sit. Voor haar lê 'n oop boek, maar dit is duidelik dat sy nie lees nie. Sy staar net by die venster uit. Sy draai na hom toe hy inkom.

John trek 'n stoel nader en gaan sit oorkant haar. Hy haal die saak versigtig op. "Baie sleg, hierdie ding van die oorlog."

"Ja, dit ontstel my ook. 'n Mens weet glad nie wat om te verwag nie. Ek het geweet daar was spanning met Engeland, maar het regtig nie gedink dit sal so ver gaan nie. Kathleen het reeds laat weet dat haar man hom beslis by die kommando's gaan aansluit. Hy wil vir die Boere veg."

John vat senuweeagtig aan sy baard. "Wel, ek is vir niemand kwaad nie. Ek gaan nie kant kies nie. Alles op die plaas sal soos gewoonlik aangaan. Ek sal sorg dat niemand hier op Kingsberg betrokke raak nie."

Sarah praat gedemp. "Dit sal die veiligste wees vir ons en ons kinders. Die oorlog gaan ons tog nie aan nie."

Haar hand bewe toe sy die klokkie langs haar optel. Sy lui dit vir die bediende om tee te bring. Nie een van hulle voel juis beter ná hul gesprek nie. Die gerusstellende kalmte waarmee hulle gehoop het om mekaar te steun, het 'n onrustige ondertoon. Die bediende bring die tee en hulle drink dit in stilte.

* * *

Dit is onvermydelik dat die uitbreek van die Anglo-Boereoorlog die vreedsame roetine op Kingsberg versteur.

Sarah is een oggend saam met die kinders en hul goewernante in die skoolvertrek toe een van die bediendes uitasem instorm. Sy kyk verskrik op.

"Wat op aarde gaan aan met jou, Ntswaki?"

Ntswaki gryp eers haar kop in haar hande vas, dan laat sak sy haar arms tot voor haar bors en skud haar hande histeries met aanhoudende slap, los beweginkies. "Soldate, soldate! Baie van hulle!"

Sarah loop vinnig na die venster. Sy trek die gordyn opsy en kyk uit. Van die dam se kant oor die grasveld kom 'n groot groep Skotse soldate aangeloop. Hulle helderrooi geruite Skotse rokkies verklap duidelik wie hulle is.

"Daniel, Daniel, gou! Gaan haal die Union Jack uit die wynkelder onder die trap. Kom dadelik balkon toe daarmee. Maak gou, ek wag vir jou daar. Die res van julle bly net hier by die goewernante."

Daniel vlieg by die trappe af. Hy ruk en pluk die dik houtdeur van die wynkelder tot dit oopgaan. Vir 'n oomblik staan hy stil dat sy oë aan die donker gewoond kan raak. Eenkant, teen een van die houtrakke met rye en rye drankbottels netjies daarin gepak, staan die opgerolde Engelse vlag. Sy pa het dit al dikwels vir hom kom wys.

"Ek het hierdie vlag saam met my gebring toe ek met die Evangeline na Suid-Afrika gekom het. Kyk mooi daarna. Dit is belangrik dat 'n mens nooit vergeet waar jou wortels lê nie."

Dan het sy pa vir hom verduidelik van die kleure van die vlag en wat alles simboliseer. Die gesprek is altyd afgesluit met die opdrag dat hy respek vir die vlag moet hê. Hy kon nooit eintlik verstaan waarom nie, maar sy pa het so gesê en hy aanvaar dit.

Hy gryp die vlag, druk dit onder sy arm vas en hardloop met die trappe op tot by die balkon. Sy ma wag vir hom. Wat sy ma juis vandag met die vlag wil maak, verstaan hy nie so mooi nie Hy weet net instinktief dat hy nou iets baie belangriks doen.

* * *

Sarah wag die soldate met grasie op die voorstoep in. Die Union Jack sein reeds wuiwend in die briesie – 'n teken van

54

verwelkoming. Hy wapper vrolik van die balkonpilaar af waaraan sy en Daniel dit vasgemaak het.

"Mevrou, ek is generaal Hector MacDonald van die Highland Brigade. Ons marsjeer nou al weke lank oor die oop veld. Nou sien ons iets wat ons oë nie kan glo nie: berge! Oral teen die horison staan purper berge op. Party is glad en rond en Skots genoeg om enige Highlander te laat heimwee kry. Ons voel soos matrose wat ná weke op die oop see land gewaar het. Mooi vir ons, inderdaad."

Sarah kyk na die galante man voor haar. Sy was bang en onseker oor wat die ontmoeting sou inhou. Hierdie spontane vriendelikheid het sy allermins verwag. Sy het haar stilweg voorberei op 'n ruwe, ongeskikte man wat haar bevele sou gee en heel waarskynlik ook sou minag.

Nou is sy onkant betrap. Sy maak 'n ligte kniebuiginkie.

"Julle is welkom op Kingsberg. Bring die waentjies en toerusting agter om die huis. Laat jou manskappe dan inkom. Ek sal die bediendes opdrag gee om vir julle kos te maak. Julle kan die bad- en stortgeriewe gebruik. Die vuil klere kan julle net so in die badkamers los. Ons sal dit was en stryk."

"Baie dankie, Mevrou. Ek is bly julle is ons goedgesind. Die teendeel kan dinge vir almal net moeilik maak."

Hy loop die stoeptrappe met groot treë af, wink die manskappe nader en deel opdragte uit.

* * *

Die onsekerheid wat sy op John se gesig sien toe hy binnekom, beswer sy dadelik deur vir hom te fluister: "Dis óns mense hierdie. Dis nie moeilik om vir hulle goed te wees nie. Gee vir hulle van jou wyn uit die kelder en laat hulle vanaand in die boonste vertrek snoeker speel."

John kyk onthuts en senuweeagtig rond.

"Het ons 'n keuse?"

Hy haak sy hoed aan die kapstok en bly besluiteloos staan. "Ek is bitter ontevrede dat ek hierdie indringers moet trakteer net om die vrede te bewaar. Ek het gesê ons moenie by hierdie oorlog betrokke raak nie. Nou word ons in 'n hoek gedryf. Hou net die kinders eenkant. Die soldate moenie eens weet hier is kinders nie. Goeie hemel, Sarah, wat het ons getref?"

Hy sit-leuen skuins teen die hoë tafeltjie waarop sy lantern en 'n kers met blaker altyd gereed staan. Dit moet byderhand wees indien hy onvoorsiens in die donker moet uit. Sarah sit haar hand op sy arm.

"Hopelik is hulle môre weg. Kom ons bewaar die vrede en behandel hulle goed. Dit kan net tot ons voordeel wees. Geen mens weet wat hierdie oorlog nog gaan meebring nie."

Die res van die dag is die atmosfeer op Kingsberg gedemp. Die bediendes beweeg geruisloos. Hulle voer hul pligte in stilte uit.

John en Sarah gaan na die speelkamer, waar hulle die kinders en hul oppassers gerusstel. Hulle word aangesê om in die speelkamer te bly; hul etes sal daarheen gestuur word. Later moet hulle ongemerk na hul slaapkamers gaan. Sarah en John sonder hulle in hul slaapkamer af en kom eers laat die middag weer te voorskyn.

Die generaal sluit hom by John op die stoep aan. Hy is lus vir praatjies maak. Teësinnig bied John vir hom 'n drankie aan.

"Hierdie pragtige omgewing is 'n welkome gesig vir ons wat al weke lank deur dorre vlaktes trek. Maar ek is bevrees dis slegte nuus vir generaal Hunter se kolonne, want êrens in hierdie berge, êrens in hierdie groen klowe, skuil die vyand. Daar kan nie 'n beter landskap vir die Boere se taktiek wees nie. Hierdie mooi omgewing is bedrieglik. Ons deel altyd ekstra ammunisie uit wanneer ons mooi natuurskoon kry."

John kyk hom stip aan. Hy is nie seker hoe om te reageer nie. Hy self weet immers niks van oorlogvoering nie. Tog voel hy verplig om iets te sê.

"Hoe is dit dan tog dat Engeland hom in hierdie oorlog begewe het? Kon daar nie maar deur onderhandelinge 'n ooreenkoms bereik word nie?"

Hy vat aan sy baard en vee senuweeagtig oor sy voorkop terwyl hy praat.

"Dis nie vir my en my manskappe om die politiek uit te sorteer nie, meneer Adams. Ons voer net opdragte uit."

Die generaal praat kortaf en geïrriteerd. John weet hy het die verkeerde vrae gevra. Dadelik probeer hy dit regstel.

"Moet my nie verkeerd verstaan nie, my wortels lê in Engeland. Ek is immers 'n Britse burger. Trouens, my skoonfamilie is ook geheel en al Britsgesind. Jy kan mos sien waar ons sentiment lê. Dit sou net soveel beter wees as die oorlog vermy kon word."

Die gesprek skakel oor na 'n ligter trant. Hulle gesels die res van die middag oor die boerdery. John vertel ook van sy emigrasie na Suid-Afrika.

* * *

Daardie nag duur die troepe se eensydige jolyt tot in die vroeë oggendure. Die besope soldate gedra hulle wars. Hulle raak familiêr met Sarah.

Sy verskoon haar sommer vroeg die aand. Onseker en ontstig sluit sy haar in die kamer toe.

John probeer die orde handhaaf so lank as wat hy kan, maar verkas later ook kamer toe.

In die nag kan hulle hoor hoe goed rondgestamp word, val en breek. Die geluid van 'n swaar voorwerp wat by die trappe afrol, laat hulle albei penregop sit.

Die volgende môre tel hulle die beskadigde marmerbeeld van die vrou op. Dit het aan die bopunt van die trappe gestaan. Die arm wat 'n waterkruik vasgehou het, is afgebreek. Dit lê eenkant onder die arabesk-tafel. Die tafel se fyn houtsneewerk aan die kant waar die beeld dit getref het, lê in splinters op die vloer.

Sarah sit haar hand voor haar mond. Sy sluk swaar om die trane te bedwing.

"Ons is deel van hierdie oorlog, of ons dit nou wil weet of nie. Ek voel soos 'n vreemdeling in my eie huis. Hierdie soldate is ons eie mense, maar hulle voel niks vir ons nie. As hulle so teenoor óns optree, sidder ek om te dink wat hulle doen aan mense wat hulle nie goedgesind is nie."

Sy praat met haarself, maar Ntswaki hoor en verstaan haar. Sy is besig om die vloer te mop en probeer orde skep uit die vorige aand se chaos. Sy talm 'n oomblik, verstel haar kopdoek en beweeg nader aan Sarah.

"Dis net die begin van die moeilikheid. Ons mense weet hier gaan nog baie groot hartseer kom. Die toordokter het ons gewaarsku. Hy praat altyd die waarheid. Hy jok nie."

Sarah kyk geskok na haar terwyl sy aanhou skoonmaak.

Later die oggend word skape en kalkoene geslag. Daarmee saam word sakke aartappels, droë bone, meel en ander proviand op die waentjies gelaai.

Ná die soldate se vertrek, sak 'n onnatuurlike stilte oor Kingsberg neer. John gee so natuurlik moontlik bevele aan die plaaswerkers. Die kinders word toegelaat om buite te speel. Hul onskuldige uitgelatenheid is in skrille kontras met die atmosfeer op die landgoed.

Sarah kyk deur die eetkamervenster na hulle. Haar hart voel beklem. Sy kan nie vergeet wat Ntswaki vroeër die oggend gesê het nie.

* * *

Skaars twee weke ná die onaangename voorval kom sê die plaaswerkers weer daar is soldate in die veld. Hierdie keer, rapporteer hulle, is daar ook perde by. Toe weet John en Sarah dat dit 'n Boerekommando is.

John hys haastig 'n Vrystaat-vlag teen die paal op die balkon. Hy het die vlag op die naburige dorp gekoop, uitsluitlik vir die doel waarvoor dit nou aangewend word.

Vrolik en verwelkomend wapper die vlag in die wind. Die Boere word met dieselfde hartlikheid ontvang en met voorrade oorlaai toe hulle vertrek. Omdat hulle verkies het om nie in die huis te slaap nie, was dit hierdie keer nie so chaoties soos met die Skotse troepe nie.

John staan langs Sarah toe die Boerekommando vertrek. Hulle kyk oor die veld heen.

"Ek vind die Boere aansienlik meer stemmig as die Britte. Dis asof daar by hulle 'n groter erns is aangaande die oorlog."

"Ja, my man, ek is dankbaar dat ons hulle ook kon ontvang en met ons gasvryheid onthaal. Dis nou wel nie ons mense nie, maar tog ons land. Ons en ons ouers het mos hierdie land gekies vir 'n beter toekoms vir ons en ons kinders."

John sit sy arm om Sarah se lyf. Die kommando verdwyn in die verte. Hulle wonder albei of dit die laaste keer is dat hulle betrokke gaan wees.

Die oorlog duur baie langer as wat oraloor verwag is. Rudyard Kipling, persoonlike vriend van Cecil John Rhodes en mede-redakteur van die Bloemfonteinse koerant *The Friend,* kom dikwels op Kingsberg. Hy word 'n huisvriend van die Adams-gesin.

Vir die kinders is hy 'n bron van vreugde. Hy vermaak hulle met sy kinderverhale. Hy skilder pragtige friese in die speelkamer terwyl hulle toekyk. Hy hou John en Sarah op die hoogte van die oorlog se verwikkelinge.

Op 'n dag bring hy nuus wat dinge oornag verander. Nadat John eers deeglik daaroor nagedink het, neem hy 'n besluit. Hy deel die slegte nuus met Sarah.

"Kitchener het nou met 'n onmenslike plan begin om die Boere se moed te breek. Hulle noem dit die 'verskroeide aarde'-tegniek. Hulle brand plase af en stuur vroue en kinders na konsentrasiekampe."

John en Sarah sit op die stoep terwyl die son ondergaan. Hulle is geestelik uitgeput en diep bekommerd. Die oorlog het 'n wending geneem wat niemand verwag het nie.

"Die kommissaris van Ficksburg het nou wel bevel gegee dat Kingsberg nie afgebrand word nie, maar dis 'n onbetwisbare feit dat ons deel is van hierdie oorlog, of ons dit nou wil weet of nie. Ek het gehoop deur nie kant te kies nie, sal ons ongeskonde bly. Oorlog is egter oorlog en ons is midde daarin. Hoe lank ons nog veilig gaan wees hier op Kingsberg weet ek nie.

"Ek het nagte lank lê en dink oor alles. Hoe moeilik dit ook al vir my is, ek het besluit dat jy en die kinders Engeland toe moet gaan en daar bly tot die oorlog verby is."

Sarah buk vooroor en laat haar kop moedeloos in haar hande sak. "En wat van jou? Ons kan mos nie net weggaan en jou alleen hier los nie?"

"Ek sal oor die Caledonriviergrens na Basoetoland gaan. Van daar af sal ek 'n ogie oor die plaas probeer hou. Jonathan, die Basoeto-heerser, is deur die Britse Resident verbied om die Boere in sy land toe te laat. Maar vir my sal dit toeganklik wees."

Sarah lig haar kop en kyk ver heen oor die panorama waarvoor sy so lief geword het. Nooit het sy gedink dat sy en haar kinders in Engeland sou gaan bly nie. Sy het nog nooit van daardie land gehou nie. Dit is ondenkbaar dat hulle Kingsberg moet verlaat.

Sy skud haar kop heen en weer. Dan maak sy haar oë toe. Sy probeer om haar deurmekaar gedagtes te orden. Sy begin bitterlik huil. John sê niks. Hy hou haar net vas. Toe die snikke bedaar, kyk sy op na hom.

"Ek voel soos 'n verraaier om Kathleen en die ander familie hier te los en weg te loop. Maar ek weet dit is die beste opsie vir ons. My kinders en ons welstand kom immers altyd eerste. Dis nou maar 'n geval van elkeen wat na homself moet omsien. So, ja, dis reg. Ek sal gaan pak."

HOOFSTUK 6

'n Week later staan Sarah en die kinders met hul bagasie op die stasie. Haar hart sak tot in haar skoene wanneer sy na John kyk. Hy lyk al klaar so eensaam en verlate. Dan kyk sy na haar kinders. Sy word oorweldig deur paniek as sy besef dat hulle welsyn nou geheel en al van haar afhang.

"My liewe kinders, dit is vir julle en jul ma se beswil dat julle weggaan. Ek glo die liewe Vader sal gee dat ons mekaar weer sal sien. Maar indien dit nie so sal wees nie, kom ons gee ons lewens in sy hand oor. As ons blye weersiens nie op dié ou aarde gaan wees nie, sal dit wel eendag in ons hemelse woning wees."

John vat die hele tyd terwyl hy praat, aan sy baard. Sarah is in haar gemoed diep bewus van die ou bekende vrees wat opnuut kop uitsteek en uit hom straal. Hierdie keer kyk sy egter nie op 'n afstand daarna nie. Sy kan haar daarmee vereenselwig. Sy begin onbeheers huil.

Die kinders storm nader. Hulle klou verskrik aan haar vas. Onmiddellik besef sy dat sy die kinders ontstel en ruk haar reg. Hoewel die hartseer omstandighede haar wil oorweldig, begin sy hulle dadelik vertroos. Met 'n kalm stem en sagte woorde praat sy hulle moed in.

"Ons moet dapper wees. Hierdie gaan 'n heerlike avontuur vir julle wees. Dink net aan al die wonderlike dinge wat julle gaan hê om vir Pa te vertel wanneer ons weer terug is op Kingsberg."

Haar woorde het dadelik 'n kalmerende effek op die kinders.

Magdalene sit haar arms om John. "Pappa, ek hou van reis. Ek wil graag eendag om die hele wêreld reis. Pappa moet dan saamkom."

John hou haar styf vas. Hy soen haar op haar gesig en hare. Daniel haal sy ronde, plat, geruite pet af. Hy steek sy hand na John uit. Maar sy pa trek hom nader en soen hom.

"Jy moet hard werk, Daniel. En mooi leer daar in Engeland. Onthou altyd, jy gaan eendag Kingsberg se baas wees. Ek is baie trots op jou. Jy is die oudste seun. Jy moet mooi kyk na Ma en die ander kinders."

Die trein fluit skril. Iemand blaas hard op 'n fluitjie. 'n Man met 'n rooi en 'n groen vlag in die hand spring oor die treinspoor en gaan staan voor langs die lokomotief.

Amy vroetel onseker met haar jasknope. John tel haar op en soen haar. "Wanneer ek jou weer sien, sal jy sommer al 'n groot meisiekind wees."

Sy antwoord nie, glimlag net verleë en tuit haar mond vir nog soene.

Arthur staan met sy rug na die trein gedraai. Hy kyk stip na die grond voor sy voete.

"Kom groet my, Arthur. Julle moet haas inklim. Die trein gaan vertrek." John steek sy arms na die kind uit.

"Ek wil nie Engeland toe gaan nie. Dis 'n simpel plek. Ek wil op die plaas bly."

Hy skop die los klippies op die perron dat dit tot teen die treinspoor rol. John stap na hom, neem sy gesig in sy groot hande en soen hom op sy hare.

Sarah bly tot op die laaste oomblik in John se arms. Die kruier dra hul bagasie na hul kompartement. Sy maak haar los uit John se omhelsing. Hulle klim in die trein, wat reeds stadig begin beweeg het. Deur die venster waai hulle tot John net 'n stippeltjie op die perron is. Dan verdwyn sy newelbeeld in die dynserige lugspieëling.

Die oomblik toe hulle tuis is in die kompartement, maak Sarah die mandjie met die padkos oop. Kosgeure uit Kingsberg se kombuis vul die lug. Die vertroostende bekendheid van die sagte skaapvleis in die deeg-karmenaadjies, die koue stukkies hoender met naeltjies en uievulsel, en die ham met appel- en kwepersous bring veiligheid en 'n knus warmte daarmee saam.

Sarah gooi lemoenstroop uit 'n glasbottel in hul bekende bekertjies en deel dit uit. Die spanning van die afskeid is verlig. Die moegheid oorval almal lank voor hulle van die dadel- en gemmerlekkers en hulle gunsteling-rolkoek kan eet.

Die kinders slaap gou. Maar Sarah is bewus van Daniel wat rondrol en teen die vaak stry. Sy weet hy hou 'n wakende oog oor hulle. Sy is omgekrap dat John die kind onnodig belas het deur vir hom te sê hy moet na hulle kyk.

* * *

Toe hulle twee dae later in Durban se hawe op die boot klim, is die kinders uitgelate. Sarah voel ook meer in beheer van haar emosies. Sy weet dat hierdie besluit van John die regte een was. Sy glo dat sy en die kinders groot ellende gespaar word deur die oorloggeteisterde Suid-Afrika te verlaat. Wat ook al in Engeland op hulle wag, kan onmoontlik erger wees as die oorlog wat net aanhou en aanhou.

Hulle verlaat die hawe stiptelik. Die skip maak 'n wye draai en vaar verby die vuurtoring voordat dit die oop see aandurf. Dit is vir Sarah 'n groot verligting dat hulle nou uiteindelik op koers is. Die weer is gunstig maar warm en bedompig.

Hulle staan op die dek; kyk vorentoe die diepsee in. Die beweging van die stoomboot laat 'n koel briesie oor haar en die kinders se gesigte waai. Dit voel vir Sarah of die onuithoudbare spanning van die afgelope jaar in Suid-Afrika uit haar lyf sypel en deur haar voete uitloop tot waar dit in die dieptes van die see verdwyn.

Sy kyk om haar heen. Sy is dankbaar dat hierdie nie haar eerste seereis is nie. Nou is niks vir haar vreemd nie. Sy sidder as sy dink hoe dit sou wees as sy nog hieroor ook moes angstig wees. Uit ervaring weet sy nou hoe dit die eerste dag op see is.

Alles lyk bekend. Mense loop heen en weer oor die dek en staar na ander passasiers. Sommige ontmoet, tot hul verbasing, bekendes wat hulle nie op dieselfde reis verwag het nie. Ander knoop geselsies met onbekendes aan.

Die weer is altyd 'n goeie aanknopingspunt. Natuurlik hoop almal op goeie weer en geen storms nie. Sy hoor hoe daar bespiegel word of die kos goed of sleg gaan wees. Die twyfel sal eers ná die eerste of tweede maaltyd besweer word.

Sy weet die eetsaal sal aanvanklik stampvol wees. Dan sal daar skielik al hoe minder mense aan tafel verskyn tot hulle gewoond is aan die onstabiele boot, en die seesiek nie meer pla nie.

Vir haar is die genotvolste oomblik op die boot wanneer die dag verby is. Passasiers loop dan eers hul laaste draai op die dek. Sommiges rook hul laaste sigare. Dan volg die heerlike slaap met die subtiele gewieg van die boot en die ritme van die see.

Toe hulle om Kaappunt vaar, is die see onstuimig. 'n Ligte storm steek op, maar nie naastenby so erg as waarvoor die Kaap van Storms bekend is nie. Die boot rys hoog op wanneer dit oor die dwarsgolwe vaar. Maar selfs wanneer die golwe die skip se agterstewe lig en dit weer in die water terugsak, bly hulle stewig op koers.

Die wind raak ook nie so onstuimig as wat Sarah vrees nie. Dit is beslis nie een van daardie storms waar die wind teen 'n spoed van negentig myl per uur woed nie.

* * *

Die bootreis verloop sonder voorval. Die kinders geniet dit. Daar is daagliks georganiseerde aktiwiteite waaraan hulle kan deelneem.

Amy en Daniel geniet die musiek- en danslesse terwyl Magdalene die dae meestal verwyl deur te teken en te verf. Arthur doen mee aan skattejag en balspeletjies. Hulle maak gou maats met die ander kinders.

Sarah het baie tyd vir lees en ontspan. Sy probeer om nie te veel aan Kingsberg en Suid-Afrika te dink nie. Maar dit is moeilik. Dit stem haar weemoedig. Sy moet sterk wees ter wille van haar kinders.

Sy dink terug aan haar en John se reis na Engeland en hul besoek destyds aan sy ouers. Hulle was so verlief en sy was so opgewonde dat niks anders saak gemaak het nie. Sy ouers het hulle met liefde ontvang. Hulle het haar aanvaar en was goed vir haar. Haar skoonma was toe reeds tagtig, maar sy was nog aktief en op en wakker. Sy was 'n sterk mens in 'n brose lyf.

Haar skoonouers het in een van die huisies naby die watermeul gebly. 'n Heining van rankrose het die agterplaas van die voortuin geskei. Die eentonigheid van die huis se rooi baksteenmure is plek-plek deur massas rankplante onderbreek. Wanneer die son deurgebreek het, het dit die populiere se regop skaduwees teen die mure gegooi. By die voordeur het jasmyn welig gegroei. Die ineengestrengelde lote het die deur en aangrensende vensters omraam.

Alhoewel sy oorval is met liefde, het die beknopte huis met die nou trappies en die mistroostige weer haar beangs gemaak. Sy ruik nou nog die muf wat in haar gesig vasgeslaan het elke keer dat sy die huis binnegestap het. Die soetsuur klam reuk het haar naar gemaak. Daarom kan sy tot vandag toe nie ou brood verdra nie.

"Jou ouerhuis is rustig en vredevol, maar ek verkies om buite in die tuin te wees. Net jammer die weer maak dit onmoontlik. Plante is gemaak om op een plek te groei, maar mense moet beweeg. As ek 'n blom was, sou ek beslis hier wou bly. Plante floreer hier. Maar omdat ek 'n mens is, verkies ek die vryheid en ruimte van Suid-Afrika. Hierdie beknoptheid voel soos 'n tronk. Dis asof 'n mens hier in beton vasgegiet is."

John het verstaan. Hy was self reeds gewoond aan ruimte. Daarom het hulle saam besluit dat Suid-Afrika hul permanente tuiste sal wees.

Sy het wel weer saam met John Engeland toe gegaan vir hul inkopietog. Niks kom by Londen se winkels nie. Sy wou net die beste vir haar statige herehuis hê. Suid-Afrika bied nie naastenby die gelyke van die weelde-artikels wat sy in Londen kon aankoop nie. Maar nooit wou sy in daardie land bly nie.

En hier is sy en haar kinders nou op pad na die land waar sy allermins wil wees. Sy wonder hoe haar skoonouers se huis nou lyk. Wie sou daar woon? Hulle is albei al oorlede. Sy dink aan die geskiedkundige huis van Samuel Pepys wat John vir haar gaan wys het.

"Geen besoeker aan Brampton mag dit mis nie," het hy trots gesê.

Hoe goed onthou sy nog die Nuns Bridge oor die rivier van Hinchingbrooke Park. Daar het sy en John saam besluit dat hulle permanent in Suid-Afrika wil woon. Terwyl hulle van die pragtige ou brug na die water afgekyk het, het hulle planne gemaak en drome gedroom oor hul toekoms. Sy wil nie weer Brampton toe gaan nie. Dit sal haar verlange na John net erger maak. Ter wille van haar kinders moet sy wegbly van alles wat haar mismoedig maak. Brampton is net 'n herinnering.

* * *

Die weke gaan gou verby. Op 'n dag word aangekondig dat hulle die hawe van Southampton nader. Hulle maak gereed om aan wal te gaan.

Sarah staan met haar kinders op die dek toe hulle die hawe binnevaar. Hyskrane beweeg heen en weer terwyl goedere op- en afgelaai word. Treintrokke gelaai met steenkool staan ingeryg op die spoorlyn. Oral is sink- en rooibaksteengeboue. Op die dek is matrose besig met voorbereidings vir die anker wat sal moet sak wanneer die boot vasmeer. 'n Sleepboot begelei die groot skip die hawe in.

'n Ou skoolvriend van John, Donald Robinson, is daar om hulle te ontmoet. Hy herken dadelik vir Sarah. Hulle het destyds ontmoet toe sy saam met John in Londen was. Hy stap haar tegemoet.

"Welkom in Engeland. Ek het gedink ek sien die Adamse nooit weer nie."

Hy soen Sarah liggies en galant op die hand.

"Hallo, Donald. Ek wens ek kon sê dis goed om weer hier te wees. Maar die rede vir ons koms hierheen is 'n donker een."

Sy draai haar na die kinders.

"Ontmoet die res van ons gesin: Magdalene. Sy is tien jaar oud. Daniel en Amy, die tweeling. Hulle is nou agt. Hier is ons jongste, Arthur. Hy het onlangs sewe geword."

"Allawêreld, maar julle is 'n pragtige spannetjie!"

Donald soen die dogters se hande en gee vir Daniel en Arthur elk 'n stewige handdruk.

"Ek het 'n perdewaentjie gekry om ons stasie toe te neem. Van daar neem die trein ons tot in Kensington. Dis nie 'n lang reis nie. My kapkar wag daar by die stasie en daarmee neem ek julle dan tot by julle huis. Julle kan seker nie wag om in jul eie blyplek te ontspan nie. Die huurhuis wat ek vir julle gekry het, is nie ver van ons af nie. Doris en Joan is so opgewonde om julle te sien."

"Wie is Joan?" vra Sarah.

"Ag natuurlik, ek het vergeet! Dis ons dogter. Sy was mos nog nie gebore toe julle destyds hier was nie."

Die laaste skof van die reis ry hulle deur 'n pragtige landskap. Meidoring-bessiebome groei wydversprei oor die veld en in die marktuine tussen Kensington en die rivier. Groen lanings draai uit na Chelsea, Fulham en North End.

Die mis wat oor die groot stad hang, steek die horison weg en omsluier die kapkar met sy besoekers. Toe die son deurbreek, klaar die mis op. Langs die oprit na hul nuwe tuiste is beddings vol aarbeie: groen, wit en karmosynrooi.

"Dis pragtig!" roep Sarah uit. "Wat 'n verwelkoming!"

Die kapkar hou voor 'n outydse rooibaksteenhuis stil.

"Ons het altyd by die eienaar, meneer Penfold, hande vol aarbeie gekry. Wanneer die aarbeie skaars raak, het ons weer bosse radyse gekry. Hy was 'n toegewyde tuinier en het gereeld sy produkte by die marktuine verkoop."

"Hoekom is hy dan weg?"

"Hy is oud en sieklik en woon nou by sy kinders. Hy heg nog te veel sentiment aan sy plek om dit te verkoop. Gelukkig kon ek dit toe nét so vir julle huur. Die goeie nuus is dat julle onbepaald hier kan woon."

Die mure is feitlik heeltemal bedek met rankplante. Die houtvoordeur met gekleurde glasruite loer vriendelik onder 'n toegerankte stoepie uit. Vyf trappies lei daarheen.

Op die grondverdieping is net twee van die drie vensters deur die rankplante sigbaar. Die drie vensters van die boonste verdieping is versluier agter effens verbleikte vensterkappe van gestreepte rooi-en-wit seil.

Bo-op die roesrooi teëldak staan vier skoorstene, twee-twee gegroepeer, aan weerskante van die spits geweldak. Die outydse tuin is bekoorlik mooi te midde van deurmekaar blomme, kruie en struike wat vra om gesnoei te word.

Die kinders hardloop uitbundig rond en ondersoek alles. Graspaadjies lei na onverwagte verrassings: 'n roos wat teen een van die symure oprank, 'n klein vrugteboord, pragtige damas-roosbome wat die rooi blare soos 'n tapyt oor die grond strooi.

Die woonkamer se komvenster aan die sykant van die huis kyk op 'n grasperk uit. Hier is duidelik rolbal en kroukie gespeel. Gebuigde hoepels met nommers daarop geverf is oral ingeslaan. Op die end van die grasperk staan die houtmerkers in 'n ry. Die huis gooi 'n koel groen skaduwee daaroor.

By die agterste tuinhekkie is 'n dammetjie met 'n lae heining van immergroen struike rondom. Die water weerkaats die son wat sak, die lug en die voëls wat na hul slaapplekke vlieg voor die donker toesak.

Donald sluit die voordeur oop.

Sarah trek haar neus op 'n plooi toe hulle binnestap. Sy kry koue rillings.

"Die huis ruik muf."

"Doris het die huis gister heeldag laat oopstaan om dit lug te gee. Engeland se huise is maar klam en muf, al doen 'n mens ook wát. Sy het ook vir julle kruideniersware en kos wat jul voorlopig sal nodig hê, in die kaste gepak. Ook die beddens skoon oorgetrek."

Sarah se oë het intussen gewoond geraak aan die half skemer in die woonkamer. Sy staan versteen. Die huis se buitekant verklap niks van die weelderige elegansie wat sy hier binne sien nie.

Pragtige houtpanele versier die mure. Daar is boekrakke tot teen die sierlik handgekerfde balke van die plafon. 'n Koperkandelaar hang laag oor 'n swaar tafel met 'n unieke, handgeweefde doek oor. Bokant die swierige kaggel met sy koper-en-brons skerm en instrumente daarvoor, hang 'n yslike tapisserie van 'n Engelse heer by sy perd. Deftige handgekerfde stoele met leer oorgetrek, staan voor en langs die kaggel.

'n Gemaklike mosgroen fluweelbank met groot, sagte kussings en twee bypassende los stoele is rondom 'n ovaal rooshout-tafeltjie gegroepeer. Die tafeltjie is met kunstige inlegwerk op die blad en pote versier.

In 'n nis teen die muur is 'n marmerborsbeeld van Beethoven. Langsaan staan 'n klein vleuelklavier met netjies gedraaide pote op wiele en 'n klavierstoel wat daarby pas.

Sarah kom tot verhaal. Sy draai na Donald.

"Jammer, Donald, maar ek het regtig nie verwag wat ek hier sien nie. In elk geval, sê baie dankie aan Doris vir al haar moeite. Ek waardeer dit opreg. Baie dankie ook aan jou wat ons veilig by ons nuwe tuiste besorg het. Jy is baie bedagsaam. Ons sien uit daarna om saam met julle te kuier. Dis goed om te weet julle is naby. Ek weet dat ek by tye erg alleen gaan wees. Ons gaan julle vriendskap nodig hê."

"Jy gaan darem nie heeltemal alleen hier wees nie. Môre sal die huishoudster aanmeld. Sy het al die jare vir die Penfolds gewerk. Die tuinier sal ook drie dae per week kom. Hy ken die tuin."

"Baie dankie. Julle het werklik aan alles gedink. Ek roep gou die kinders om met die bagasie te help."

Almal help fluks om die bagasie van die kar af te laai. Donald neem Sarah se goed na die hoofslaapkamer. Die kinders dra hulle s'n na hul kamers. Dis 'n gestoei om alles teen die trappe op te kry.

"Magdalene en Amy se kamer het 'n groter venster as ons s'n. Hulle word al weer voorgetrek."

"Jy praat nonsens, Arthur, al die vensters is presies ewe groot."

"Issie, issie! In elk geval, hou julle simpel ou kamer. Ek wil tog nie in 'n kamer met gordyne om my bed slaap nie. Dit spook daar."

Amy klou onseker aan Sarah se rok vas. Magdalene steek haar tong vir hom uit.

"Hou op met julle lawwigheid. En ek wil niks weer hoor van spoke nie. Verstaan jy, Arthur? 'n Spook is 'n groot stuk niks wat jy in jou deurmekaar kop optower. Dis net iets wat in jou brein bestaan. Daar is nie regtig so iets nie. Kom groet oom Donald. Hy wil ry."

Toe Donald wegry, waai hulle vir hom tot die waentjie agter die bome verdwyn. Die bedompige lug styg op en miswolke maak plek vir die laaste sonstrale om deur te breek. Die son sak in 'n ligte rooi waas. Sarah en die kinders stap na binne. Sy maak die voordeur agter hulle toe.

* * *

Dit is nog half skemer die volgende dag. Sarah staan op die stoep en kyk uit oor die laning en veld. Weerskante van die pad is lowergroen grasvelde waaruit kanaalagtige stroompies in alle rigtings vloei. Sy sien 'n figuur wat na die huis aangelanterfanter kom en besef dadelik dit moet Flower McLurg, die huishoudster, wees.

Sarah staan effens terug. Sy wil nie hê die huishoudster moet haar sien nie. Deur die blare van die rankplant hou sy haar dop soos sy nader kom. Sy is 'n lang, sterk geboude vrou.

Donald het gesê sy is om en by dertig, maar sy lyk heelwat ouer. 'n Los gedraaide bolla van rooibruin hare steek onder haar afgeleefde swart strooihoed uit. Sy dra 'n groen

69

romp met 'n bruin halfrok bo-oor. Om haar lyf en nek is 'n bont voorskoot vasgemaak.

Sy stap verby die dammetjie, die vrugteboord en tussen die twee groot esdoringbome deur. Hul takke raak aan die huis se agterste muur. Sy loop na die agterdeur, wat direk in die groot kombuis met sy groen mure oopmaak.

Sarah gaan geruisloos binne en wag 'n rukkie voor sy kombuis toe stap. Flower het haar hoed afgehaal. Sy hang dit aan die haak agter die deur toe Sarah inkom.

Sonder die swart strooihoed lyk sy heelwat beter. Haar hare lê in sagte krulle op haar breë wit voorkop. Haar smal gesig met die hoë wangbene wys tekens van te veel blootstelling aan wind en koue. Sarah merk op dat haar klere verbleik en voos gedra is. Haar klere doen beslis nie haar naam gestand nie.

Sy kyk na Sarah en vee haar hande aan haar voorskoot af. "Môre, Mevrou. Ek is Flower McLurg. Ek was meneer Penfold se huishoudster. Doris het gevra dat ek u moet kom help. Moet sê ek is baie bly om weer hier te kan werk. Ek het verlang na die plek. Mý plek."

"Ek is dankbaar dat jy hier is, Flower. Jy weet seker hier is vier kinders ook. Ek sal nooit alleen die mas opkom nie."

"Als reg, Mevrou, ek ken elke hoek en draai van hierdie huis. Het vyftien jaar lank hier vir meneer Penfold gewerk. Sy vrou is al agt jaar gelede oorlede en ek is die een wat vir alles moes regstaan. So, geen probleem nie, Mevrou, geen probleem nie. Sit hier by die tafel. Ek maak vir u tee."

Sy trek 'n stoel uit en beduie vir Sarah om te sit. Toe maak sy vuur in die stoof en sit die koperketel op die plaat. Terwyl dit kook, maak sy kaste oop, trek laaie uit, dek die tafel. Sy gooi die kookwater in 'n donkerbruin teepot met ligte en donker geel strepies rondom die opening waarop die deksel pas. Dan skink sy vir Sarah tee in 'n ekstragroot porseleinkoppie.

Teen die tyd dat die kinders op en aan die gang is, staan die ontbyt van hawermoutpap, melk en roosterbrood gereed op die tafel.

"Kinders, dit is Flower. Sy is ons huishoudster. Julle moet na haar luister en haar help waar julle kan."

"Hallo, Flower," kom dit ietwat gedemp en geamuseer van Magdalene en Amy se kant.

"Ek noem jou sommer Rose, Lilly, Daisy, dis mos almal blomme," tart Arthur.

"Jou ongeskikte klein pes!" Daniel mik na Arthur. Hy hardloop om en om die tafel met Daniel kort op sy hakke.

"Stop dit! Onmiddellik!" Sarah se stem klink hoog en skril.

"Ma, ek skaam my vir Arthur. Sies, man! Hallo, Flower. Ek is Daniel." Hy steek sy hand na Flower uit.

Sy staan bewegingloos eenkant. Kyk almal net aan. Toe skud sy Daniel se hand.

"Hallo, Daniel."

Hulle gaan sit om die kombuistafel. Flower skep die pap in diep borde met wye rande en sit 'n bord voor elkeen neer. Magdalene trek haar vingers oor die groen-en-rooi randpatroon rondom die roomkleurige porseleinbord. Sy kyk aandagtig na die toneel van die huisie, blomme en veld op die rand van die bord. Die Royal Doulton-melkbeker het dieselfde prentjie op. Sy trek die beker nader.

"Dis baie mooi. Ek wil dit teken." Sy glimlag vir Flower.

Ná ontbyt gaan speel die kinders buite. Sarah en Flower stap saam van vertrek na vertrek. Flower beduie en praat aanhoudend. Sarah vergewis haar van waar en wat alles in die huis is.

* * *

Later die middag daag Doris en Joan op. Sarah is spontaan bly om 'n bekende gesig te sien. Doris het weliswaar ouer geword, maar sy ook. Hulle herken mekaar darem nog en dit sê baie.

Joan is 'n mooi meisiekind met blosende wange en sagte, donker oë. Ligbruin vlegsels hang onder haar kappie uit. Die kinders vries vir 'n paar oomblikke toe sy in hulle rigting aangestap kom. Hulle kyk vir haar. Sy kyk vir hulle.

Dan kry almal meteens lewe.

"Kom ons gaan speel in die laning," sê Joan opgewonde.

Niemand laat op hulle wag nie. Huppelend dartel hulle met swaaiende arms in die pad af.

Doris en Sarah gaan sit by die rooshouttafeltjie in die woonkamer. Flower bring 'n skinkbord met tee en skons.

71

"Ek het nooit kon droom dat ons eendag bure sou wees nie, Sarah. Die wêreld is voorwaar vol verrassings."

"Net jammer John kan nie ook hier wees nie." Sarah neem 'n slukkie tee. Sy sit haar koppie neer en kyk reguit na Joan. "Die oorlog in Suid-Afrika het 'n baie onvoorsiene wending geneem. Dit kry net nie end nie. Die vroue en kinders is nou die teikens. Ek is dankbaar dat ek en die kinders hier kan wees, maar ek is sielsbesorg oor my man, my suster en al die familie en vriende wat ons daar agtergelaat het. Dit plaas 'n demper op alles hier. Die kinders is doodgelukkig, ek is diep dankbaar, maar beslis nie gelukkig nie. Daarvoor is die realiteite net te erg."

"Ek verstaan, vriendin, maar jy moet nou van alles hier die beste maak. 'n Mens moet jou kwel oor dinge waaroor jy beheer het. Jy het tans net beheer oor jou en jou kinders se verblyf hier. Aan die gebeure in Suid-Afrika kan jy absoluut niks doen nie. Om jou nou daaroor te bekommer, dien hoegenaamd geen doel nie. Jy moet aan jou kinders dink en vir julle nou hier die beste doen. Neerslagtigheid van jou kant af gaan beslis negatief op julle almal inwerk. Ek weet dis moeilik, maar jy sal daaraan moet werk."

"Dankie, Doris. Ek het nooit só daaraan gedink nie. Dis goed om met iemand soos jy te gesels. Dit gee my weer perspektief. Wat kan ek tog in elk geval aan die lotgevalle van die mense in Suid-Afrika doen terwyl ek hier sit? Ons gesprek van vandag is net wat ek nodig gehad het. Ek gaan die beste maak van die tyd hier in Engeland. Ek gaan ophou wroeg."

Doris verander die onderwerp.

"Is jy tevrede met Flower? Sy het altyd baie goed vir die Penfolds gewerk."

"Ja, dis wonderlik om iemand soos sy hier te hê. Sy ken die plek en weet presies wat om te doen. Sy is knap in die kombuis en hanteer die kinders goed. Dis net haar klere wat my pla. Ek sou graag wou sien dat sy beter aantrek. Sy lyk maar erg verwaarloos."

"Ek sal jou môre kon haal, dan gaan doen ons inkopies. Jy kan sommer kyk vir iets beters vir haar om aan te trek."

"Dit sal gaaf wees. Ek het juis 'n lys gemaak van goed wat ons nodig het."

72

Sarah skink nog tee. Hulle gesels oor tuinmaak, boeke wat hulle gelees het en die kinders. Sy voel verlig; selfs vrolik.

In die laning vleg die meisies sierkranse van die esdoringbome se takke. Hulle hang dit om hul nekke. Hulle maak krone van meiblomme en dra dit op hul koppe. Die wit blomme lyk pragtig in hul hare. By die dammetjie sny Daniel 'n riet, maak gaatjies daarin en speel dit soos 'n fluit. Hy is die fluitspeler van Hameln. Almal loop agter hom aan en sing spontaan.

* * *

Vroeg die volgende oggend is Donald en Joan daar met die kapkar. Die kinders word eers by Doris afgelaai vir die dag.

"Ek neem julle net tot by die winkels, dan kom ek terug en sal julle weer vanmiddag kom haal," sê Donald vriendelik terwyl hy sy hoed vir Sarah lig.

Hy laai hulle by 'n kruising af en wag eers dat 'n wa vol markprodukte verbygaan. Dan kyk hy dat hulle veilig oorstap voor hy terugry.

Sarah en Doris is in 'n opgewekte bui. Hulle soek vrolike, geblomde materiaal uit vir Flower se nuwe rok. Met die materiaal toegerol in bruinpapier, stap hulle na die kleremaker. Sarah kyk na patrone en verduidelik vir haar wat sy uit die materiaal moet maak. In haar verbeelding kan sy al sien hoeveel beter Flower in die nuwe rok lyk.

Daarna gaan hulle na 'n musiekonderwyseres wat Doris goed ken. Sarah reël met haar om vir die kinders tuis lesse te gee.

Sy koop noodsaaklike items vir die huis, vir haar en vir die kinders. Nadat die inkopies afgehandel is, neem 'n perdewaentjie hulle na Kensington Gardens. Hulle sit onder die bome en kyk hoe die aristokrasie op hulle spogperde verbyry. Ander ry in spaaiders al in die rondte op die gruispaadjies.

Later die middag kry Donald hulle daar. Hy bring tee en toebroodjies saam. Met die piekniekmandjie tussen hulle op die gras, eet hulle eers voor hulle teruggaan.

Dit is byna skemer toe Donald vir Sarah en die kinders by hulle huis aflaai.

Dit is 'n mistige, koel dag vroeg in Oktober. Sarah kom die kombuis binne. Flower sit by die kombuistafel. Sy skil aartappels vir middagete. Met 'n oordrewe onverskillige plons laat val sy elke skoon aartappel in die emmer water wat langs haar op die vloer staan.

Sarah sien dadelik dat sy weer haar ou verslete klere aanhet. Toe sy Sarah sien, laat sy haar kop op die tafel sak en begin hardop snik.

Sarah kyk verbaas na die patetiese figuur by die tafel. "Wat op aarde gaan met jou aan?"

Flower kyk met 'n betraande gesig op. "Mevrou, ek voel totaal en al verlate. My lyf pyn van uitputting. Dis iets wat ek nog nooit ervaar het nie. My hart is seer en ek voel verneder."

Sarah is uit die veld geslaan. Sy sê niks en wag dat Flower moet verduidelik.

"Ek wy my hele lewe aan die huiswerk. Al wat ek regtig vra, is net 'n klein bietjie erkenning, geduld en verdraagsaamheid. Hoeveel werkers, net soos ek, se geesdrif is nie al gedemp nie? Hoeveel se lewens is selfs al verwoes? En dit alles net omdat werknemers nie besef dat dit nie gaan oor die moeilike of maklike graad van die werk wat gedoen word nie, maar oor die gees en gesindheid waarmee dit gedoen word. Dis hierdie gees en gesindheid wat jou werk eerbaar of oneerbaar maak. Dit het absoluut niks te make met hoe jy aantrek of hoe oud of nuut jou klere is nie."

Sarah vererg haar bloedig vir die emosionele tirade wat sy moet aanhoor. Sy verstaan niks van die onsin wat Flower kwytraak nie.

"Kyk, ek het nie die vaagste benul wat jou probleem is nie. Om eerlik te wees, jy praat deurmekaar. Ek behandel jou goed. Wat is die nonsens van respek en gesindheid en al die ander twak wat jy kwytraak?

"Ek het regtig genoeg probleme van my eie en is nie lus vir jou gesanik nie. Moenie jou persoonlike probleme saambring werk toe nie. Die afgelope tyd het jy die huis verwaarloos. Telkemale moes ek weer agter jou gaan skoonmaak. Verstaan jy nie dat ek gewoond is aan tientalle bediendes en 'n lewe van gemak nie? Dit is vir my 'n vreeslike aanpassing om hier te bly, weg van my man en my hele lewe wat in Suid-Afrika is."

Sarah sak vermoeid op die stoel langs Flower neer.

"En hoekom het jy weer vanmôre jou verbleikte klere aan? Wat het van die mooi rok geword wat ek vir jou laat maak het."

Flower vee haar gesig met die punt van haar voorskoot af.

"Mevrou verstaan nie. Ek kan nie met daardie nuwe rok aan werk nie. Hierdie is my werksklere en ek werk op my beste wanneer ek dit aanhet."

Sarah glo nie wat sy hoor nie. Dan is dít waaroor alles gaan. Ontevredenheid oor nuwe klere! Ongelooflik. Die bediendes in Suid-Afrika sou maar te bly wees oor nuwe klere. Flower se reaksie is onverstaanbaar. In Suid-Afrika kom sy goed oor die weg met die Basoeto's wat vir haar werk. Hulle verstaan mekaar. Sy praat hulle taal. Sy het saam met hulle op die sendingstasies grootgeword. By al die verantwoordelikheid wat sy nou alleen moet dra, is sy beslis nie nog lus om met Flower se kwessies en dramas opgeskeep te sit nie.

Vir die eerste keer sedert hulle in Engeland aangekom het, is sy ontsteld en kwaad omdat sy alleen hier in die vreemde moet sit met die kinders. Het John nie maar weer oorreageer toe hy hulle hierheen gestuur het nie? Dalk as gevolg van sy altyd onderliggende vrees?

Sy beny vir Kathleen wat saam met haar man en kinders in Suid-Afrika is. Die probleme daar is tog sekerlik hanteerbaar. Eerder ou bekende probleme as nuwes in 'n gans vreemde wêreld waar alles nou vir haar soos 'n bedreiging voel.

As John tog net van hom wil laat hoor en haar 'n idee gee oor wanneer hulle kan teruggaan. As Kathleen tog net sal skryf en bevestig dat dit met hulle goed gaan ... Dan sal sy klaar beter voel.

Die spanning en onsekerheid is besig om haar gedaan te maak. Verlede maand was dit die uitbreek van masels by die skool. Gelukkig het Daniel en Arthur nie siek geword nie, maar vir byna twee weke moes sy hulle dophou en tuis besig hou. Dis 'n uitmergelende taak, want die twee is gedurig in mekaar se hare. Sy het hulle uitgestuur om te gaan krieket speel. Toe Daniel voorloop, het Arthur die bal moedswillig deur een van die kombuis se vensters geslaan.

Gisteraand het Amy die hele aand oor tandpyn gehuil. Die naeltjies en warm kompresse het darem later gehelp, maar sy sal die kind een of ander tyd by 'n tandarts moet kry.

Sarah staan op en skink vir haar 'n koppie tee. Sy kyk na die bedremmelde figuur by die tafel en besef dat sy verlore sal wees sonder Flower se hulp. Sy ruk haar dadelik reg.

Meteens voel sy skuldig oor die aanval van selfbejammering wat sy so pas gehad het. Sy gaan sit weer langs haar.

"Wat is jou werklike probleem? Praat met my. Jammer dat ek so uitvaar, maar my senuwees is gedaan."

"Ek het gedink u is ontevrede met my en wil my verander met 'n nuwe rok. Ek is Flower McLurg, Mevrou. 'n Nuwe rok sal my nie verander nie."

Sarah is stomgeslaan. Is dit moontlik dat voorkoms geen rol in haar lewe speel nie? Dit klink te goed om waar te wees. Sy kyk na die vrou wat langs haar sit. Vir die eerste keer sien sy haar regtig raak vir wie sy is. Flower gedy en vind vervulling in dinge wat niks met die materiële te doen het nie.

Haar gedagtes verskuif na die sendingstasie op Thaba Nchu. Beelde flits deur haar geheue. Sy ervaar weer die geluksaligheid van haar kinderjare toe dinge nie so gekompliseerd was nie.

Haar ma het altyd vir haar en Kathleen nuwe rokkies gemaak vir Kersfees. Hulle kon self die materiaal uit die groot, vierkantige ou kis kies. Hulle was prinsessies in hul nuwe rokke, maar die ou klere was altyd die lekkerste dra- en speelklere. Met die nuwe rokke aan moes hulle hulle soos dames gedra.

Sy het eenkeer deur 'n draad geklim met haar nuwe rok aan. Die rok het vasgehaak en 'n lelike skeur gekry. Sy kan nog goed die teleurstelling op haar ma se gesig onthou. Met naald en gare het sy lank gesit en die skeur met fyn stekies so onopsigtelik moontlik toegewerk.

Daar is iets in Flower waarmee sy haar kan vereenselwig, al is dit vaag en byna onwerklik. Op 'n vreemde manier beny sy haar in haar diepste wese.

"Flower, ek is jammer oor die misverstand. Ek wil hê jy moet weet dat ek jou waardeer. Ek het groot respek vir jou, meer as wat jy miskien ooit sal besef. Jy is 'n goeie werker.

Om die een of ander rede het ek gedink die nuwe rok sal jou gelukkig maak. Dit is goed genoeg vir my as jy met jou ou werksklere wil kom werk."

Flower glimlag effens, tel die mes op en gaan aan om die aartappels te skil. Sarah loop blindelings uit en gaan sit in die tuin. Sy is vies vir haarself dat hierdie situasie die kleinste probleme in berge verander het.

Waarom sy haar humeur so vinnig verloor het, weet sy ook nie. Daar was 'n reuse-misverstand tussen haar en Flower. Hoe kon sy Flower met die bediendes in Suid-Afrika vergelyk? Hoe kan sy enigeen hier met haar mense in Suid-Afrika vergelyk? Dit is twee verskillende wêrelde. Sy sal 'n kopskuif moet maak, anders gaan die aanpassing hier net te groot wees.

HOOFSTUK 7

Die dae word weke. Die weke word maande. Sarah se dae is vol en bedrywig met die kinders se versorging en al hul aktiwiteite. John het nog nie op haar eerste brief aan hom geantwoord nie.

Vanaand sit sy weer by die skryftafeltjie in haar slaapkamer. Sy verlang na hom. Sy het 'n behoefte om alles met hom te deel.

My geliefde man,

Ek skryf maar weer. Ek wonder of jy my eerste brief ontvang het. Die bekommernis oor jou en al die geliefdes daar in Suid-Afrika, vreet aan my siel.

Die koerant- en nuusberigte in Engeland aangaande die oorlog is nie bemoedigend nie. Die berigte hier is natuurlik baie eensydig. Kitchener se uitsprake grens aan bloeddorstigheid, om die minste te sê. Hy wil nou net die oorlog verbykry en gee skynbaar nie om hoe wreed sy metodes is om sy doel te bereik nie. Onder sommige mense hier is daar 'n gevoel dat hierdie oorlog uiters vernederend is vir die Engelse.

Met my en die kinders gaan dit goed en ons is dankbaar om veilig hier in Engeland te kan wees. Daniel en Arthur is by Eton Kollege ingeskryf. Donald neem hulle soggens skool toe en bring hulle saans weer terug. Die prokureursfirma vir wie hy werk, is nie ver van die skool af nie. Dit gaan goed en hulle leer mooi. Hulle speel albei in die skool se krieketspan.

Arthur was nou die dag by die skool in 'n vuisgeveg betrokke met 'n seun wat dit gewaag het om hom as 'n Boer van Suid-Afrika uit te kryt. Jy weet mos, ons wilde loot sal nie sulke dinge duld nie! Die skoolhoof het albei agterna 'n loesing gegee. Arthur het ons almal vir bykans 'n week lank geïgnoreer, so asof dit óns skuld is dat hy pak gekry het. Hy is by tye baie nukkerig omdat hy nie op Kingsberg kan wees nie.

Amy geniet haar musieklesse. Mevrou Norton onderrig haar drie keer per week tuis. Sy is 'n bekwame onderwyseres. As ek maar sien, is Amy voor die klavier. Sy is lief vir musiek.

Die waentjies met die draaiorrels in Londen se strate betower haar. Sy het nou die dag lank met 'n seuntjie gesels wat met 'n draaiorreltjie rondloop en musiek maak. Op haar aandrang moes ek toe vir die kind 'n fooitjie – nogal veel groter as gewoonlik – gee. Wanneer sy klavier speel, sê sy altyd dat dit darem baie beter klink as die straatorrels se vals note.

Magdalene het ná slegs 'n paar lesse besluit sy wil nie meer aangaan met die musiek nie. Ek het alles probeer om haar te oorreed. Sy het net geweier. Sy neem nou kunslesse by meneer Gandish se ateljee.

Eienaardige karakter. Maar nou ja, is kunstenaars nie maar almal eienaardig nie? Agter sy netjiese snorretjie en flambojante groen fluweelbaadjie skuil daar 'n stewige ydelheid. Hy is be-ring en ruik na laventel, maar almal wat hom ken, sê sy hart is van goud. Ek hoop maar net ons kind word nie deur die kunswêreld se dekadensie en immoraliteit meegesleur nie.

Saans verslind sy meneer Penfold se boeke oor Israel en Egipte. Dit is haar droom om eendag tonele van daardie lande te skilder. Sy is in 'n ander wêreld wanneer sy haar plek agter haar tekenbord inneem met haar palet en verf.

Donald het ons gehelp om ons eie kapkar en perd te bekom. Nou is ons nie so afhanklik van hom en Doris as ons êrens heen wil gaan nie. Hulle is lieflike mense en hul vriendskap beteken vir ons baie. Die kinders is verknog aan hul dogter, Joan. Sy het altyd oulike idees vir allerlei speletjies.

Ek hoor niks van Kathleen nie. Dit bekommer my, want sy het belowe om gereeld te skryf. Miskien is die pos so stadig as gevolg van die oorlog.

Ek verlang so baie na jou en na Kingsberg en raak al haastig om terug te kom. Hoe lyk die tuin? Kom jy darem gereeld op die plaas?

Ons blyplek hier is baie mooi. Woorde sal nie reg laat geskied aan hoe mooi dit hier is nie. Die tuin was verwaarloos toe ons ingetrek het. Ek het dit, met die tuinier se hulp, só mooi gemaak dat dit vir my selfs mooier is as Kensington Gardens!

Nou groet ek eers. Dit voel sommer beter noudat ek met jou gesels het. Ek hoop om gou van jou te hoor.

Jou liefhebbende vrou en kinders.

Sarah

Ná die insident met Flower neem Sarah haar opnuut voor om beheer oor haar lewe te kry. Dit is duidelik dat sy haar by die verwysingsraamwerk van die mense hier sal moet aanpas. Sy besef dat almal nie noodwendig dieselfde gedagtes, waardes en sentimente as sy het nie. Bowenal is dit ook nie te sê dat hulle dan verkeerd is nie. Flower het haar inderdaad 'n lewensles geleer.

Sy erken ook aan haarself dat sy Engeland begin waardeer. Sy verstaan waarom ma Mary-Anne gesê het die afsondering in Suid-Afrika was vir haar 'n ontnugtering. Hier is soveel om te doen en te geniet.

Doris en Donald neem haar en die kinders na 'n konsert in Vauxhall Gardens. Saam met ander uitbundige jong mense vaar hulle met 'n boot op die Teemsrivier soontoe. Die rivier is bekoorlik mooi.

Hulle gaan aan wal en stap tussen hoë bome by 'n spuitfontein verby. Rondom die water wat hoog in die lug opspuit, is 'n vlak, ronde dam met waterlelies vol in die blom. In die middel van die dam is 'n kleiner opgeboude, ronde voetstuk waarop 'n weelderig versierde pilaar rus. Aan die bopunt van die pilaar spuit water uit. Dit val terug op die voetstuk, loop in golfies oor die rand en sif in fyn druppeltjies terug oor die waterlelies.

Die kinders gaan sit op die rand van die dam en spat mekaar nat. Sarah wandel saam met Donald en Doris tussen die hoë bome.

"Die tuine is baie formeel, maar dit is pragtig uitgelê."

Doris beduie na die struike en die mure aan die een kant. "Ja, die reguit mure maak dit nog meer formeel. Maar die struike en die bome wissel die eentonigheid darem af."

Die kinders kom oor die gras aangedraf. Hulle stap almal saam na die verhoog. Die houtverhoog is aan drie kante toegemaak met 'n tentseil. Aan die bopunt vorm die tent 'n kroon. Die samedromming voor die verhoog, tesame met die veelkleurige liggies aan die bome en tentpale, skep 'n vrolike atmosfeer.

Iemand speel betowerend op 'n harp. Die warm, harmonieuse klanke vloei in golwe deur die lug. Sarah voel of sy met haar kinders op heilige grond staan.

Daar is deurlopend nog items wat volg. 'n Kort, ronde mannetjie van om en by veertig sit op een van die trappies langs die verhoog. Hy rook 'n groot pyp met 'n silwer steel. Sy ander hand rus op 'n hobo langs hom. Sy stoppelbaard en gekreukelde grys broek lyk verwaarloos.

Hy staan op en stap op die verhoog. Die klaende hoë tone van die hobo sny skerp en deurdringend deur die lug. Dit gryp die siel aan.

Hulle gaan eet by 'n gesellige eetplek. Daarna neem die boot hulle terug. Die mis hang laag oor die rivier. Op die oewer heg dit die bome kantagtig aan mekaar. Dit is 'n sprokie. Daar is niks anders op die water te sien behalwe 'n veerboot, beman deur een enkele figuur, nie.

Dan verskyn daar skielik 'n vragboot, vol geheime skatte. 'n Astrante sleepbootjie trek dit. Die boot vaar verby Westminster en Blackfriars tot waar St Paulus-katedraal se groot koepel die kruis hoog bokant die stad oplig.

Dit vaar verby die Londense Tower met sy gru geskiedenis en sy spoke, verby Greenwich, tot waar dit saamsmelt en in die mis van die rivier verdwyn.

En Sarah weet: Sy het lief geword vir Londen en die omgewing. Sy kan nie glo dat sy nie hier wou bly nie. Sy kyk na haar kinders. Sy sien hoe gelukkig hulle is. Boonop is dit bevrydend om nie aan John onderworpe te wees nie. Sy kan haar eie ding doen sonder om verslag te lewer oor haar bedrywighede. Sy kan haar eie kop volg sonder om te wonder of John dit gaan kritiseer. Sy staan stewig op haar eie bene. Sy is in beheer. En sy geniet dit skaamteloos.

* * *

Drie maande later is sy saam met die kinders in die tuin. Dit is Saterdag en heerlik om in die buitelug te ontsnap van datums, kladpapier, ink, tekenverf, musieklesse, naaldwerk, skoolboeke, oorgetrek met bruinpapier, en al die daaglikse verpligtinge.

Die Spaanse jasmyn se blomme het deur die nag vol oopgegaan en sprei sy takke, met goue druppels daarop, geurig uit. Sarah buk en trek speels 'n grassie uit die grond terwyl sy haar sambreel oopmaak. Sy knyp 'n boek onder haar arm vas. Oor haar skouer hang 'n stola.

Twee skoenlappers sit met trillende vlerke voor haar op die grasperk. Die duiwe fladder op en af van hul huisie wat hoog bo-op 'n paal staan. Die kinders speel kroukie.

Van die boord se kant af kom die posman met 'n koddige, vinnige stappie aangestap. Hy loop deur die wit hortjieshekkie, waar die kinders hom eerste gewaar.

"Ma, Ma, die posman. Dalk is dit nuus van Pa!" Sarah sien hoe Daniel beswaarlik sy opgewondenheid kan keer.

"Dalk is dit 'n uitnodiging na 'n partytjie," sê Magdalene uitgelate.

Die posman kom nader. Hy kyk nie links of regs nie, oorhandig net 'n koevert, omhul met 'n swart randpatroon. Sarah staar geskok na die koevert in haar hand. Sonder 'n woord stap sy tussen die bome in. Sy maak die koevert oop. Toe val sy op die grond neer.

"Flower, Flower, kom help," skree Daniel.

Flower storm uit die kombuis. Sy hardloop reguit na die plek waarheen Daniel beduie. Die kinders storm op hulle ma af. Die tuinier sien wat gebeur. Hy hardloop ook nader. Hy lig Sarah se bolyf in sy arms op en beveel die kinders om water te bring. Die brief het uit haar hand geval en lê langs die koevert in die gras.

Flower spat water oor haar gesig. Dit maak nat kolle op haar rok en oor haar bleek wange. Sy kom effens by. Die tuinier help om haar die huis in te dra. Hy lê haar op die rusbank neer.

Magdalene en Amy gaan haal haar sambreel wat oop op die grasperk staan. Arthur tel sy ma se boek op wat onderstebo langs haar stoel lê. In die kombuis kook 'n pot oor op die stoof.

Daniel druk die brief terug in die swart omraamde koevert en sit dit op die tafel neer.

Sarah lig haar op van die rusbank.

"Ek is nou weer reg," sê sy saggies. "Gaan speel julle maar weer buite. Ons sal later oor die brief gesels."

Toe die kinders uitloop, kyk sy na Flower.

"Dit is baie slegte nuus, soos jy seker aan die koevert kan sien. Maak vir my tee. Ek wil alleen wees."

Flower loop na die kombuis. Sarah haal die brief uit die koevert. John se bekende handskrif en die brief van hom waarna sy al so lank uitsien, bring nie vreugde nie. Dit is 'n donker tyding.

My liewe Sarah,

Ek het albei jou briewe ontvang en is bly dit gaan goed met jou en die kinders.

Dit was die regte besluit om julle weg te stuur. In Suid-Afrika gaan dit baie sleg. Die land is verwoes en lê in puin. Die mense is moedeloos. Op die plase gaan niks aan nie. Alles het tot stilstand gekom. Kingsberg is nie afgebrand nie, maar ek sukkel om alleen die mas op te kom.

Die atmosfeer in die hele omgewing is somber en soms verlang ek na iets of iemand wat die donker wolke kan verdryf en net weer vrolikheid in my lewe kan bring.

Kathleen en haar kinders is na die konsentrasiekamp op Bethulie gestuur. Hulle plaas is tot op die grond afgebrand. Hulle het alles verloor. Dit spyt my innig om jou mee te deel dat klein Pieter in die kamp dood is.

Swaer Pieter is na St Helena verban. Hy was reeds siek op die skip soontoe en is ná vele ontberinge in die Deadwood-kamp oorlede.

Ek verlang regtig baie na jou en die kinders. Sodra die oorlog verby is, sal ek julle laat terugkom. Gelukkig is alles op Kingsberg nog soos dit voor jul vertrek was, danksy die regte vriende op die regte plekke! Die feit

*dat ons ons kaarte reg gespeel en albei kante onder-
steun het, was tog die moeite werd.*

*Dra my groete oor aan Donald en Doris en my liefde
aan die kinders. Ek glo ons weersiens lê nie meer te ver
in die toekoms nie.*

Jou liefhebbende eggenoot,

John

Sarah leun terug teen die kussings op die bank. Sy laat sak
die brief op haar bors en staar met betraande oë na die pla-
fon. Die brief stuur skokgolwe deur haar brein en liggaam.
Sy voel naar.

Haar hart is aan skerwe oor Kathleen se onuitspreeklike
verliese en ellendes. Maar sy weet nie hoe om haar suster te
visualiseer nie. Sy weet nie hoe en waar om aan haar te
dink nie. Sy probeer beelde oproep, geestelik kontak maak,
maar Suid-Afrika is net te vaag en te ver.

Sy kan haar glad nie in haar suster se situasie indink
nie, al probeer sy ook hóé hard. Een ding weet sy egter: Om
jou man én kind te verloor, is ondenkbaar! Wat gaan nou
van haar en Helena, haar dogtertjie, word?

Sy het in die Britse koerante gelees van Emily Hobhouse
se verslag aan die Distress Fund. Sy praat van kolossale
manlike onkunde, dwaasheid, hulpeloosheid en knoeiery.
Sy sê daar is gebrek aan brandhout, beddegoed, seep, klere,
water en sanitasie.

In die verslag lewer sy pleidooie om die kampstelsel af te
skaf. Sy vra aanhoudend dat mense toegelaat moet word om
die kampe te verlaat en na familie of vriende te gaan wat
hulle kan huisves.

Nou steek die werklike betekenis van al hierdie dinge in
Sarah se gemoed vas. Sy was nog die hele tyd net te ver ver-
wyderd van alles om te verstaan wat werklik aan die gang
is. Vreemd dat sy nooit gedink het Kathleen en haar kinders
sal in 'n konsentrasiekamp beland nie. Hoe naïef was sy nie.

Buiten die ontsettende tyding oor die tragedies wat haar
arme suster getref het, is Sarah diep teleurgestel in John se
brief. Sy het meer deernis en liefdeswoorde van sy kant af
verwag. Sy lees tussen die reëls dat hy onteenseglik trots en
ongenaakbaar is. Hoe kan hy hom daarop roem dat hulle

draadsitters was en boonop lafaards wat die land verlaat het? Hoe kan hy trots wees op geleentheidsvriende met wie hy geheul het om hul rykdom en weelde te beskerm terwyl haar arme suster die ergste moet deurmaak? Sy wonder wat hy daarmee bedoel dat hy iets of iemand soek om weer vrolikheid in sy lewe te bring. Haar vroulike intuïsie maak haar onrustig.

Geruime tyd lê sy bewegingloos op die bank. Haar verstand werk oortyd. Sy moet deeglik besin hoe sy die dubbele doodstyding van hul neef en sy pa aan haar kinders gaan oordra. Uiteindelik besluit sy om geen doekies om te draai nie. Sy sal alles vertel net soos wat dit is.

Daardie aand maak sy vir hulle almal warmsjokolade. Sy stel voor dat hulle hul beddegoed na haar kamer toe bring. Dit is vir die kinders gerusstellend om by hulle ma te slaap. Sarah is deur die nag bewus van hul asemhaling, en hul aanwesigheid is vir haar 'n groot troos.

HOOFSTUK 8

Op 31 Mei 1902 word die oorlog beëindig. John laat weet dat sy en die kinders in Engeland moet bly tot aan die einde van die skooljaar in Oktober. Dit sal vir die kinders die minste ontwrigting veroorsaak.

Ná bykans twee en 'n half jaar in Engeland, keer sy en die kinders met die boot terug na Suid-Afrika. Toe hulle op Gumtree se treinstasie afklim, is die kinders buite hulself van opgewondenheid. Hulle hardloop John byna onderstebo. Hy vang hulle in sy arms. Hulle kan nie vinnig genoeg die bagasie op die wa laai nie.

Sarah voel of sy op 'n vreemde plek is. Sy is onseker en selfbewus. Hoeveel nagte het sy wakker gelê en haar voorgestel hoe die ontmoeting sou wees. Sy sou soveel mooi woorde vir John sê. Sy sou hom vashou asof sy hom nooit weer wil laat gaan nie. Noudat die oomblik uiteindelik aangebreek het, weet sy nie eintlik wat om te sê nie.

John steek sy arms na haar uit. Hy vou haar teen sy bekende groot lyf toe. Sy praat nie. Haar trane maak nat kolle op sy hemp, teen sy skouer, op sy bors.

Op pad na Kingsberg vra sy die vraag wat nog altyd by haar spook: "Waar is Kathleen en Helena? Hoe gaan dit met hulle?"

"Kathleen is baie verbitterd. Sy en Helena is, soos almal in die konsentrasiekampe, ná die vredesluiting met die trein teruggeneem tot by die naaste stasie aan hul plaas. Daar is hulle net so met hul karige oorblywende besittings in die veld afgelaai. Alles is afgebrand.

"Haar swaer, Johannes, het hulle gehelp om 'n huisie uit die puin te bou. Jy kan jou voorstel dat dit maar net 'n skuiling is. Hulle begin van voor af om die plaas te probeer opbou."

"Ons moet hulle dadelik laat weet dat hulle Kingsberg toe kan kom. Hulle kan by ons bly tot dinge op hulle plaas weer leefbaar en aan die gang is."

"My vrou, dis nie so eenvoudig nie. Daar is baie haat en verwyte ná die oorlog. Ek het probeer om hulle te help,

86

maar Kathleen wil niks met ons óf Kingsberg te doen hê nie. Sy wil ons nooit weer sien nie. Sy sê ons is verraaiers."

Sy kyk geskok na John. Sy kan nie glo wat sy hoor nie. Haar geliefde suster wil niks met haar te doen hê nie? Dit is totaal en al verbysterend en onaanvaarbaar.

* * *

Op Kingsberg lyk alles nog dieselfde. Die tuin is goed versorg. Die bediendes is bly om haar en die kinders te sien. Tog voel sy vreemd ontwortel hier.

Asof in 'n droom, loop sy deur die massiewe huis. Sy voel ietwat gedisoriënteer. Sy sal opnuut aan al die ruimte gewoond moet raak. Met verwondering kyk sy na die prag en praal wat haar van alle kante begroet. Sy kyk met nuwe oë na al haar kosbare persoonlike besittings. Dit oorweldig haar.

Duiselig, met haar kop in haar hande, staan sy eers stil. Sy vee die sweet van haar voorkop en haal diep asem voor sy verder deur die huis dwaal. Hierdie is haar heiligdom. Sy besef nou eers hoe uitermate luuks en spoggerig alles om haar is. Dis ongelooflik om te dink dat sy self verantwoordelik is vir al hierdie buitensporige oordadigheid.

John het eers toegesien dat die werkers al die bagasie aflaai voor hy hom by haar aansluit. Hy lyk moeg. "Julle kan nou maar begin uitpak. Alles is in die kamers neergesit. Hoe gouer almal weer in Kingsberg se roetine kom, hoe beter."

Sarah stap met die trap op na die slaapkamer. Sy weet dit gaan moeilik wees om haar weer aan John te onderwerp. Sy was te lank op haar eie. Te lank alleen. Sy het volkome beheer oorgeneem oor alles aangaande haar en die kinders. Sy het selfstandig, bevoeg en verantwoordelik geword. Sy hou van haar so. Hierdie nuutgevonde mag gaan sy nie sommer prysgee nie.

Daardie aand sukkel sy om aan die slaap te raak. Dit is vreemd om John langs haar in die bed te hê. Sy luister na sy reëlmatige asemhaling tot in die vroeë oggendure. Die plaasgeure wat deur die oop kamervenster saam met die nagwind inwaai, ruik vreemd.

Sy skrik toe die dak kraak. Toe onthou sy dit het altyd in die nanag so gekraak wanneer die huis ná die dag se hitte afkoel. Sy kry koud en trek 'n kombers oor haar. In sy slaap het John haar oopgetrek. Al die komberse is aan sy kant van die bed saamgebondel.

Sy wonder of Kathleen koud kry. Waar sou sy haar in hierdie nag bevind? Sy verlang na haar suster. Sy sal sporadies probeer om met haar kontak te maak tot sy reageer. Hopelik sal die tyd Kathleen se wonde heel. Haar suster kan háár tog nie verkwalik vir die tragedies van die oorlog nie. Sy moet net geduldig wees.

As dit daarop aankom, sal sy haar De Beers-aandele verkoop om Kathleen finansieel op die been te bring. John het nie nodig om daarvan te weet nie. Hy sal in elk geval nooit instem dat sy dit verkoop nie. Buitendien, dis haar geld. Sy kan daarmee maak wat sy wil.

Die honde gee aanmekaar kort blaffies. Dit is seker weer 'n ystervark wat êrens in die tuin bolle of knolle uitgrawe. Die geratel van sy stertpenne sal die blaffers kort voor lank afskrik.

Net voor sy aan die slaap raak, hoor sy twee uile na mekaar roep. Hulle was altyd snags baie bedrywig in die bome langs die leliedam. John het vertel dat die mannetjie en wyfie lewenslank by mekaar bly.

Die slaap skuif soos 'n gordyn oor haar brein, dof die bewuste uit, verlos haar oorspanne liggaam van alle vermoeienis.

* * *

Soos die tyd aanstap, kom sy agter dat John omgekrap en knorrig raak wanneer die seuns haar om hulp nader en hom oor die hoof sien. Kort voor lank konfronteer hy haar daarmee.

"Hoog tyd dat die seuns van hul ma se rokspante loskom. Ek kan duidelik sien hulle is sterk onder jou invloed. Hoe ook anders? Vir meer as twee jaar was hulle sonder 'n vaderfiguur. Ek kry die gevoel hulle hardloop met alles na jou toe en slaan nie juis ag op wat ek te sê het nie. Dis tyd vir 'n verandering. Hulle moet op hul eie bene begin staan. Verantwoordelik raak. 'n Goeie, streng seunskool is wat hulle nodig het. Magdalene en Amy kan voortgaan met tuisonderrig. Die goewernantes uit Engeland is behoorlik opgelei en goed genoeg gekwalifiseer om in hul behoeftes te voorsien."

Sarah weet John is reg. Tog irriteer dit haar dat hy die besluit alleen geneem het. Hy doen net die aankondiging en vra nie eens hoe sy daaroor voel nie. Dis 'n persoonlike beledi ging en 'n miskenning van alles wat sy die afgelope jare alleen vir die kinders gedoen het. Die wrewel laat haar nekspiere styf span. In haar mond lê die giftige woorde van protes vlak, gereed om uitgespoeg te word. Maar sy knik net haar kop en bly stil.

HOOFSTUK 9

Met die aanbreek van die nuwe jaar word Daniel en Arthur by die Grey Universiteit Kollege in Bloemfontein ingeskryf. Hulle bly in die koshuis en kom net vakansies plaas toe.

Struwelinge onder die Grey-seuns is algemeen. Twee of drie aande per week word die bokshandskoene uitgehaal. So kan die seuns ordelik, onder toesig, van hul opgekropte aggressie ontslae raak.

Dié wat meer bloeddorstig is, vorm ná skool 'n groep. Binne die kring word hul griewe met kaal vuiste uitgesorteer. Indien die personeel van hierdie verbode gevegte te hore kom, word die betrokkenes deur die prinsipaal gestraf.

Dit is byna die einde van die skoolkwartaal. Arthur worstel met die vierde toneel uit Shakespeare se *King Richard II*. Hy lees hardop: "My Lord Aumerle, I know your daring tongue scorns to unsay what once it hath deliver'd. In that dead time when Gloucester's death ..."

Hy klap die boek toe. "Wat 'n klomp snert!"

Hy kyk op na Walter, sy kamermaat. "Ek het genoeg hiervan gehad. Wat sê jy? Kom ons los die dekselse leerdery. As ons môre in die moeilikheid is, is ons ten minste saam daarin."

Walter krap sy kop met die agterkant van sy potlood. "Ek stem saam. Dalk vra meneer Jenkins môre nie vir een van ons twee 'n vraag nie. Kom ons vat die kans."

Arthur smyt sy boeksak op die bed neer. "Ek gaan vars lug skep."

Hy loop na buite. Agter die muur by die rugbyveld gaan sit hy rustig teen 'n boom en rook.

* * *

Die volgende dag stap die onderwyser die klaskamer regop en vasberade binne. Hy roep die klas tot orde. Die bespreking van *Richard II* se vierde bedryf begin. Arthur vroetel in sy boeksak en haal sy boek uit. Hy laat sak sy kop laag oor die skoolbank en kyk stip na die boek voor hom.

Walter sit penorent en kyk reguit na meneer Jenkins.

"Arthur!" bulder die leerkrag. "Vertel vir die klas meer omtrent Richard se onstabiliteit. Verduidelik hoekom dit sy swakheid was."

Arthur blaai vervaard deur sy boek. Hy het gister lank voor daardie gedeelte al ophou leer.

"Staan op!" beveel Jenkins.

Arthur staan stadig op. Hy kyk teen die agterste muur vas. Dan gaan sit hy weer met dieselfde grasie.

"Jy sit vanmiddag ná skool detensie!"

Jenkins draai na Walter. "Kyk of jý iets beters kan vermag."

Walter gee 'n samevattende verduideliking van die koning se onstabiliteit. Ter stawing daarvan lees hy 'n gedeelte uit die boek voor: "I thought you had been willing to resign. My crown I am; but still my griefs are mine: You may my glories and my state depose, but not my griefs; Still am I a king of those."

"Goed gedoen, Walter. Jy vat alles skitterend saam."

Meneer Jenkins loop na die swartbord. Hy tel die wit kryt op, krabbel 'n paar woorde op die bord en gaan aan met die les.

'n Woedevuur aangesteek uit die hel vat in Arthur pos. Sy hele lyf gloei. Hy voel lighoofdig. Hy haal diep asem en probeer homself kalmeer. Hy sal wag vir die regte oomblik. Vandag is nie die regte dag vir sy wraak nie. Hy bring homself tot bedaring en bêre sy woede vir later.

Tydens die middag se detensie kry hy sy planne agtermekaar.

Die aand in hul kamer gaan hy gewoon aan asof niks verkeerd is nie. Hy gaan slaap vroeër as gewoonlik.

Die volgende middag ná skool stroom die seuns na die koshuis se eetsaal. Arthur wag agter 'n boom vir Walter om verby te kom. Hy spring reg voor hom in toe hy in die paadjie aankom. Hy sien die skrik in Walter se oë.

"Jou hond! Jou liegbek! Jou gemors!"

Walter se stem is gedemp en onseker. "Gee pad dat ek kan verbykom. Wat de hel is fout met jou? Ek het niks verkeerd gedoen nie"

"Jy lieg, jou lae skurk. Jy het deeglik voorberei vir gister se les. Ek was die sot wat geglo het ons is saam in die ding."

91

Arthur klap hom vinnig twee keer deur die gesig en trek hom aan sy hemp agter die boom in.

Die nuus van die geveg versprei soos 'n veldbrand. Die seuns stroom uit alle rigtings en vorm 'n digte sirkel om die bakleiers.

Daniel beur tussen die seuns deur. Hy gaan staan in die middel van die kring en probeer sy broer aan die arm terughou. "Arthur, stop! Jy gaan groot moeilikheid maak."

"Niks gaan my keer nie. Hierdie bliksem het my in die rug gesteek."

Hy draai na Walter. "Gaan jy dit soos 'n man vat of gaan jy wegkruip soos die lae luis wat jy is?"

Walter trek sy baadjie uit en rol sy hempsmoue op. Dit lyk of die geveg nie regverdig gaan wees nie. Hy is byna twee duim langer as Arthur en 'n volle jaar ouer as hy. Arthur is hom egter óór in alle opsigte. Hy is vinniger, ratser en duidelik ook fikser.

Die vuiste klap. Arthur koes met 'n grynslag vir Walter se desperate houe wat op hom neerreën. Hy wag sy kans af, mik-mik en slaan Walter van sy voete af. Hy druk hom op die grond vas.

"Ek sal jou vrek maak! Jy mors nie met my nie. Verstaan jy?"

Walter hoes. Hy spoeg gras en grond uit sy mond. "Ek gee oor. Ek is jammer. Ek het vir jou gelieg."

Arthur lig sy vuis en maak of hy hom nog 'n hou gaan gee. Toe los hy hom. Hy stof sy klere af. Die seuns maak vir hom 'n opening in die kring en hy stap weg.

* * *

Die volgende dag is Arthur in die prinsipaal se kantoor. Hy staan regop voor die groot, donker lessenaar en kyk reguit na die man wat daaragter sit.

"Jou broer, Daniel, is so 'n voorbeeldige jong man. Hoe is dit dan dat jý so tekort skiet? Jy kan regtig by hom leer hoe om jou te gedra. Ek waarsku jou. As dit weer gebeur, sal ek jou moet skors. Dink net aan die skande wat dit oor jou ouers sal bring. Hulle is gesiene en gerespekteerde mense. Hulle is die skool juis so goedgesind. Hulle dra finansieel ook mildelik by. Die skool wil nie mense soos julle Adamse verloor nie."

Hy staan op van sy stoel agter die groot lessenaar. "Seneca het gesê: 'Anger is like a ruin, which breaks itself upon that it falls.' Arthur, ek vra jou mooi, hou jou in toom. Onbeheersde woede bring 'n mens nêrens nie. Inteendeel, dit vernietig juis die een wat dit as wapen gebruik. En, asseblief, dink aan die skool se goeie naam. Dis al. Jy kan nou maar gaan."

Daardie aand kom sit Daniel by hom in sy kamer. "Ek sal nie vir Pa-hulle van hierdie voorval vertel nie. Jy moet net belowe dit sal nie weer gebeur nie."

"Die woede in my sal maak dat ek outjies soos Walter verpletter. Hy het voor die hele klas 'n gat van my gemaak. Ek was die enigste sot wat nie die werk geken het nie."

"Ons word almal kwaad wanneer ons seergemaak is. Jy sal moet leer om nie so liggeraak te wees nie."

"Jy is 'n mooi een om te praat, Daniel. Jy is almal se blue-eyed boy. Jy sit nooit 'n voet verkeerd nie. Hoe de hel jy dit regkry, sal ek nie weet nie. Jy laat my altyd soos 'n uitvaagsel lyk. Ek sluip in jou skaduwee rond. Ek is die een wat altyd droogmaak. Jy is die onvolprese wonderwerk van Kingsberg."

"Ag, kom nou, Arthur! Nou oordryf jy darem vreeslik en jy weet dit. Niemand is ooit so hoogheilig en edel soos wat jy my wil voorhou nie. In ons diepste wese het ons maar almal voete van klei. Ek is glad nie so onwankelbaar as wat jy dink nie. Maar kom ons vergeet nou van alles. Walter is nie meer jou kamermaat nie. Gaan nou aan soos gewoonlik en probeer hom vermy. Dit kan van nou af net beter gaan."

Die broers skud blad voor Daniel in die gang af loop na sy kamer. Arthur trek die deur agter hom toe.

* * *

Daniel en Arthur is op die plaas vir die skoolvakansie. Dit is Daniel se finale skooljaar.

Een oggend ná ontbyt neem John vir Daniel aan die arm. "Kom stap saam na die perdestalle. Ek het 'n verrassing vir jou."

Die oggendlug is vars en helder, die gras nog blinknat van die dou. Selfvoldaan stap John vooruit. Hy gaan staan voor een van die stalle en beduie na 'n perd wat oor sy stal se onderdeur na hulle kyk.

"Dis joune. Hou jy van hom?"

"Wat 'n pragtige perd!"

Daniel kyk in verwondering na die kastaiingbruin Arabierhings. Sy maanhare en stert is swart en hy het 'n perfekte wit ster, windmakerig en aanvallig, effens skuins na die een kant toe op sy voorkop. Die perd is perfek gebou, maar ietwat klein. Nie geskik vir harde arbeid nie, net om as ryperd diens te doen.

"Sy naam is Baron," sê John trots terwyl hy die teuels in Daniel se hand plaas.

"Ai, Pa, ek kan nie glo hy is myne nie!"

"Die toekomstige baas van Kingsberg mag nie sommer enige perd ry nie."

Hy en John ry byna elke dag met die perde terwyl John Kingsberg se hartklop deurentyd aan hom verduidelik.

"Hierdie plantasie word al gesaag. Teen die tyd dat jy hier oorneem, sal daar op 'n gereelde basis jaar ná jaar bome wees wat gesaag en verkoop kan word. Dit gaan vir jare lank 'n bestendige inkomste wees."

Hulle ry teen die grensdraad af en John beduie na die veld aan die ander kant.

"Ek wil daardie stuk grond ook koop. Dit gaan meer weiding beteken en ons kan nog wild aankoop."

By die plaasdam klim hulle af. Hulle gaan sit op die kweek terwyl die perde wei.

"Pa, ek hoor van wonderlike heldeverhale oor die perde wat deel was van die Anglo-Boereoorlog toe ons saam met Ma in Engeland was."

"Ja, Daniel. Soveel mense dink die perd is net 'n onderdanige dier wat bevele gehoorsaam en suikerklontjies uit mense se hande eet. Maar perde is eintlik merkwaardige diere. Hulle het elkeen 'n unieke persoonlikheid. 'n Mens kan met hulle, net soos met mense, nie veralgemeen nie. Dis regtig grotendeels die perde se toedoen dat die Boere so lank kon uithou en dat die Britte so gesukkel het om die oorhand te kry."

"Het Pa nooit skuldig gevoel omdat Pa nie aan die oorlog deelgeneem het nie? Dis ironies dat die enigste oorloë wat ons Adamse nog geveg het, die familiegevegte in ons slaapkamers en aan die etenstafel is."

John vat aan sy baard. "Oorlog is nie iets waaroor 'n mens ligtelik praat nie. Ek sou verkies om nie oor die onderwerp te praat nie. Die oorlog het vreemde dinge na vore gebring. Dit het mense by mekaar gebring en laat saamstaan wat nog nooit iets gemeen gehad het nie. Dit het ook groot verdeeldheid en onmin gebring waar voorheen eensgesindheid en liefde was."

"Ja, soos met Ma en tant Kathleen. Ma kan dit nie aanvaar dat tant Kathleen nog nooit weer met ons kontak gemaak het nie."

"Die oorlog het van jou tante 'n verbitterde mens gemaak. Die konsentrasiekamp en al die rampe het haar gebreek. Sy het gedink hulle doen die regte ding om vir die land te veg en dat ons die uitvaagsels is wat die oorlog probeer vermy het. Ek weet vandag, meer as ooit, dat my besluit van destyds reg was."

John bly stil. Daniel krap met 'n stokkie in die gras en verras sy pa toe hy praat. "Ek sal graag eendag my land as vlieënier in 'n oorlogsituasie wil verteenwoordig en verdedig. Ek wil vlieg, Pa. Dis my droom en passie."

John kyk onseker en besorg na Daniel. "Ek sou eerder wou hoor dat jou droom en passie hier by Kingsberg is. Dit is immers hier waar jy jou toekoms gaan deurbring. Wat 'n geleentheid is dit nie! Dit wat na jou kant toe kom, is bitter min jong mans beskore. Ek verwag lojaliteit van jou."

"Pa kan verseker wees van my lojaliteit. Ek is ook baie bewus van die groot geleentheid om Kingsberg eendag by Pa oor te neem. Ek is opreg dankbaar daarvoor. Maar ek het ook, nes Pa toe Pa destyds uit Engeland weg is, my drome en ideale. Myne is om te vlieg."

"Ek kan nie glo dat jy in die lug wil rondfoeter eerder as om met jou voete stewig op moederaarde rond te beweeg nie. Weet jy hoeveel ongelukke was daar al met vliegtuie?"

"Sedert die Wright-broers beweegbare vlerkflappe by die vliegtuie aangebring het, is daar omtrent nie meer ongelukke nie. 'n Mens kan in elk geval met enigiets verongeluk, van vliegtuie en motors tot perde. Wat van die ses mense wat dood is in die vyf en veertig myl per uur motorwedren van Parys na Madrid? Wat van die persoon wat dood is tydens die Derby in Engeland?"

John besef dat sy seun nie meer 'n kind is nie. Hy is deeglik ingelig oor wat in die wêreld aangaan.

Daniel sit sy hand op John se skouer. "Weet Pa, die vliëniers doen al die oulikste toertjies met hul vliegtuie. Party laat passasiers saam met hulle vlieg. Ander doen lusvlugte. Duisende toeskouers het nou die dag gekyk hoe die Fransman Adolphe Pégoud dit by Brooklands gedoen het. Hy het die vliegtuig se masjien afgesit en sy Bleriot-eenmanvliegtuig op sy rug gedraai vir dertig sekondes. Agterna het hy gesê dit was so gemaklik soos om in sy voorhuis in 'n leunstoel te sit!"

Daniel se entoesiasme is aansteeklik.

"Dalk is ons van die eerste boere in die omgewing wat nog ons eie vliegtuig gaan hê," skerts John. "Kan jy jou indink wat 'n beroering dit in die gemeenskap sal bring?"

"Dit sal my trots wees om eendag ons eie vliegtuig hier op Kingsberg te vlieg. Daarvoor sal Pa dit moet oorweeg om my volgende jaar Engeland toe te stuur vir vlieglesse. Wat sal dit tog saak maak as ek een jaar later op Kingsberg begin boer? Wat sê Pa daarvan?"

Hy kyk vol afwagting na John.

"Gee my tyd om hieroor na te dink. Dis miskien nie 'n slegte idee nie. Magdalene wil in elk geval na die School of Art in Londen gaan vir kunsopleiding. Amy smeek al geruime tyd om na die musiekskool daar te gaan. Die geleenthede daar is soveel beter as hier. Ek sal met Ma praat. Dit sal gerusstellend wees as julle drie saam kan gaan. Arthur het nog 'n paar skooljare voor hom. Hy het reeds te kenne gegee dat hy nie weer uit Suid-Afrika sal weggaan nie."

Hulle klim op die perde en ry met 'n galop huis toe.

* * *

Die volgende dag neem John vir Daniel en Arthur saam na die bloekomplantasie wat gesaag word.

"Bome is soos mense. Jy kry die gewone middelklas en die eenvoudige onbekendes. Hierdie bloekoms is die aristokrasie. Kyk hoe trots staan hulle hier. Dit is die perfekte bome vir bou- en timmerwerk. Die bye is versot op die geurige blomme. Die blare besit genesende eienskappe. Hou hierdie dinge in gedagte wanneer julle bome afsaag. 'n Mens saag nie net sommer af nie. Jy doen dit met ontsag en respek."

Hulle gaan sit op die gras. Die koue varkvleispasteitjies en varsgebakte brood met plaasbotter en konfyt wat Sarah saamgegee het, word uitgehaal. John skink koffie uit die fles.

"Pa, hoe weet 'n mens die bome is reg om gesaag te word?"

Dit is Arthur wat die vraag vra. Daniel eet lustig. Sy gedagtes is elders.

"Die bome se volwassenheid kan waargeneem word aan uiterlike tekens. Wanneer die nuwe lote sterk en lank uitgroei, die blaredrag dig en groot is, die stam nog egalig en gelyk, die takke soepel en buigbaar, dan is die boom nog besig om te groei en nie reg om gesaag te word nie. Wanneer die lote uitskiet, maar die takke nie meer langer groei as die uitspruitsels nie, dan weet jy die boom groei nie meer in lengte of deursnee nie. Dit is volwasse en gereed om gesaag te word."

John sit sy beker koffie neer. Hy verander sy sitposisie ongeduldig en gee 'n kuggie.

"Daniel, jy luister nie 'n woord wat ek sê nie. Jy is juis die een wat moet weet wat op die plaas aangaan, nie Arthur nie. Hy gaan nie hier oorneem ná my nie. Jy gaan."

"Jammer, Pa. Ek luister. Wanneer het Pa nou weer gesê is die beste tyd van die jaar om bome te saag?"

"Dis nie wat ek gesê het nie. Maar terwyl jy nou vra, die beste tyd is in die begin van die winter. Die sap in die boom is dan rustend. Dit sirkuleer nie."

Arthur luister nie verder nie. Hy drink nie sy koffie klaar nie. Hy sit sy beker neer en loop in die plantasie in.

Die kappers kap die bome tussen twaalf en agtien duim van die voet af. Die aanmekaar kap-kap van die byle laat die groot bome aanvanklik dapper, roerloos en hoogmoedig. Die kappers sit meer krag in. Die stamme bewe en tril soos 'n lewende wese.

Daniel kyk met afkeer na die drama wat voor hom afspeel. Hy verstaan die waarheid van Sophokles toe hy in *Die*

Iliade van Homerus gesê het: "Egisthus and Clytemnestra killed Agamemnon like woodcutters felling an oak." Die trotse boom staan vir 'n oomblik nog regop soos Agamemnon, trotse seun van Atreus, koning van die Grieke.

Die kappers staan terug. Daar volg 'n oomblik van gewyde stilte. Dan wieg die enorme stam. Dit stort met 'n gekraak van takke op die grond neer. 'n Klaaglied styg uit die plantasie op. Alles word stil. Die kappers staan nader en bekyk die reus wat op die grond lê, emosieloos.

Arthur loop op en af langs die neergevelle boom. Hy skopskop teen die stam. Daniel se mond is droog. Hy sluk swaar en aanhoudend. Hy is ontroer.

"Die hout wat nou gesaag word, word in twee kategorieë verdeel."

John praat opgewonde. Daniel het sy rug op hom gekeer. Hy kom dit nie agter nie. Hy is intens betrokke by die boom wat op die grond lê.

"Een deel hout word opsy gesit vir swaar boudoeleindes. Die ander deel vir hout- en timmerwerk. Die oorskiet word in bondels vasgebind vir brandhout."

Arthur sluip nader. Hy gaan staan reg agter Daniel. Met 'n gedempte stem sodat net Daniel kan hoor, praat hy in sy nek: "Kan dit wragtie waar wees? Die kroonprins van Kingsberg is wit geskrik vir 'n flippen boom wat neergevel word. Dis 'n moerse grap."

Sonder om om te kyk, slaan Daniel hom met sy elmboog in die ribbes.

"Bugger off! Jou ongevoelige bullebak."

John kyk op na hulle.

"Wat is dit nou weer met julle twee? Het julle 'n probleem?"

"Nee, Pa. Ek en Daniel grap sommer met mekaar. Hierdie oggend is regtig so vol pret. Alles is baie interessant en leersaam."

Vier osse sleep die afgesaagde boomstompe na 'n oopte langs die breë ingang van die plantasie. 'n Plaaswerker staan op die stomp terwyl hy gesleep word. Hy stuur die osse in die regte rigting.

'n Wa met tien osse kom die plantasie stadig binnegery. Hy stop langs die bondels houtstompe. Die werkers begin dit oplaai.

Arthur gaan staan selfvoldaan by die voorste os. Hy sit sy arm liefderyk om die dier se skof, kruis sy een been windmakerig oor die ander en laat hang die saggebreide leitou liggies in sy hand. Met sy wyepyp-driekwartbroek, driekwartmou-hemp, gebreide onderbaadjie en ronde wolpet, is hy 'n indrukwekkende figuur.

Hy kyk stip na Daniel en glimlag uittartend, vermakerig.

* * *

Dit is vir Daniel 'n uitkoms toe die skoolvakansie verby is. Hy is dankbaar dat hy die volgende jaar saam met sy susters Engeland toe kan gaan. Hoe langer hy kan uitstel om permanent op Kingsberg te boer, hoe beter.

Hy en Arthur gaan met die trein terug Bloemfontein toe. Arthur is nukkerig. Hy wil op die plaas wees.

HOOFSTUK 10

Die seisoene kom en gaan op Kingsberg. Sarah dink nog dikwels terug aan Engeland. Soms verlang sy om weer daar te wees. Dit was verrykende jare wat haar en die kinders se horisonne verbreed het. Daar is 'n ander, groot wêreld daar buite. Dit sal altyd vir hulle wink.

Sy dwing haar om weer betrokke te raak by haar wêreld. Dit is nie moeilik nie, want sy is lief vir Suid-Afrika en Kingsberg. Maar altyd weet sy, die hier en die nou is nie al wat daar is nie.

Die heimwee in haar hart maak haar kwesbaar. Sy verlang na ongehoorde dinge, wat nie sin maak nie. Dan gaan sit sy in die biblioteek, steek die lamp aan en maak *The Prophet* oop. Oor en oor lees sy die woorde van Kahlil Gibran: "I would rather that I died in yearning and longing than that I live weary and despairing."

Iemand het eenkeer gesê as jy dink jou emosies is uniek en jy is die enigste een wat so voel, dan is dit eenvoudig omdat jy te min lees. Binne die blaaie van boeke sal jy gou besef jy is eintlik één met die ganse mensdom. Kan dit wees dat hierdie skrywer net soos sy gevoel het?

Sy wens sy kon hierdie dinge met John bespreek. Maar dit is asof hy nie meer tyd het vir dieper gedagtes nie. Hy werk harder as ooit. Sy verwonder haar aan sy ongekende dryfkrag, maar dis byna of iets hom jaag.

By al sy bedrywighede wil hy met 'n byeboerdery begin.

"Ek sien in die *Farmer's Weekly* 'n advertensie van mejuffrou A.E. Pullings. Sy is 'n byeboer van Elgin in die Kaap. Sy gaan vir twee maande Amerika toe om 'n kursus in byeboerdery te doen. Die bekende firma A.I. Root Company – Medina, Ohio, borg haar. Hulle bied 'n praktiese kursus aan by hul byeboerdery. Daarna volg 'n kursus om koninginbye te selekteer en groot te maak. Meneer Mel Pritchard, een van Amerika se grootste kenners van koninginbye, sal dit aanbied." John praat opgewonde.

Sarah luister met belangstelling. Sy raak ook geesdriftig. "Dit sal goed werk hier op Kingsberg. Ons het die bloekomplantasies, die vrugtebome, die vaalbosse. Alles wonderlike nektar vir die bye."

"Dit sê ook hier dat sy 'n besoek gaan bring aan A.I. Root se fabriek. Hulle beskik glo oor die heel nuutste apparaat en toestelle wat noodsaaklik is as 'n mens op arbeid wil bespaar. Hulle hulpmiddels is daarop ingestel om byekorwe van alle groottes te hanteer. Mense wat belang stel, kan haar kontak. Sy koop dan genoeg toestelle by die fabriek om terug te bring na Suid-Afrika. Hoe meer bestellings, hoe goedkoper."

"Ons moet haar dadelik kontak en vra dat sy vir ons van die apparaat en toebehore saambring."

* * *

Ses maande later bring juffrou Pullings persoonlik 'n besoek aan Kingsberg. Sarah en die werkers word tot in die fynste detail geskool vir die byeboerdery. Sarah voel dat hierdie háár afdeling van die boerdery is. John het gesê sy kan 'n deel van die winste kry, daarom sal sy sorg dat dit 'n winsgewende besigheid word.

Vir sy stokperdjie laat John wild van heinde en verre kom om die plaas te verfraai. Daar is koedoes en takbokke, waterbokke, elande, blesbokke en hartbeeste. Om die kuiergaste te vermaak, is daar lamas, ape, volstruise en mak kraaie. Poue versier die tuine. Hul vlymskerp geroep weerklink skril oor die plaaswerf.

Daar is nou een en dertig bediendes wat na almal se gemak en behoeftes omsien. Op die kaggelrakke in elke slaapkamer staan weerskante klokkies, gereed om bediendes te ontbied, hetsy nodig of onnodig.

"Jy lyk pragtig! Ek gaan vanaand lekker spog met my vrou."

John vat Sarah aan die arm. Hy draai haar stadig in die rondte terwyl hy haar van kop tot tone bekyk.

"Ek was destyds nie baie ingenome met die baluitrustings wat jy uit Engeland laat invoer het nie, maar as ek sien hoe spoggerig jy daarin lyk, is ek bly jy het dit gedoen."

Sarah kyk na haarself in die spieël. Sy is tevrede met wat sy sien. Die roomkleurige satyn-en-kantrok beklemtoon haar middel. Dit klok wyd uit na onder. Die hals is we-

101

liswaar 'n bietjie laag, maar sy het gesorg dat haar korset styf genoeg vasgemaak is om alles mooi op hul plek te hou.

"Die gaste gaan begin opdaag. Ons moet gaan regstaan by die ontvangslokaal," sê John.

Hy loop vooruit.

"Goeienaand, goeienaand. Baie welkom. Dis goed om julle weer te sien. Wat 'n wonderlike voorreg! Geniet die aand."

Die geykte begroetings word afgerits en soos kraletjies ingeryg. John vlei die dames en hulle gedy en tintel van lekkerte wanneer hy hulle galant op die hand kus. Die mans bewonder Sarah en komplimenteer haar met haar uitmuntende smaak.

Die partytjiegangers geniet eers drankies in die ontvangslokaal. Daarna verskuif die joligheid met die marmertrappe op na die snoekerkamer. Die pianola word met geperforeerde musiekstukke gevoer en John en Sarah open die dansvloer terwyl die gaste met welbehae en bewondering toekyk.

Dit is toe John 'n vrou van die naburige dorp aanspoor om op die vleuelklavier te speel, dat Sarah haar vir die eerste keer regtig raaksien. Sy is nie veel jonger as Sarah nie en ook nie besonder mooi nie. Maar haar onbeskroomdheid maak haar op 'n vreemde manier onweerstaanbaar.

Sy begin met Schubert se "Message d'amour" gevolg deur "Le Secret". John is sigbaar ontroer terwyl sy speel. Hy kyk heeltyd met openlike deernis na haar. Toe sy met "Restless Love" afsluit, roep hy spontaan uit: "Bravo! Bravo!"

Hy staan op. Die gaste volg sy voorbeeld en klap hande.

Toe die volgende dans begin, raap John haar vinnig voor die ander mans weg. Hulle sweef oor die dansvloer. Sy hand is ferm op haar kaal rug wat verleidelik sag vertoon teen die smaraggroen van haar onopgesmukte dog stylvolle aandrok.

Die meeste gaste het al 'n hele paar drankies in. Almal is besiel met die vurigheid van die partytjiegees. Niemand gee juis aandag aan dit wat voor hul oë gebeur nie.

Sarah kyk verbaas na die dansende paartjie. John hou haar styf teen hom vas. 'n String hare het losgeraak en lê in 'n sensuele krul teen haar wang. Haar gesig is teen John se nek. Sy fluister iets vir hom. Sy hand verskuif subtiel van haar rug af na haar onderlyf.

Sarah staan op. Verleë en oorbluf gaan sy met die trap af terwyl sy iets prewel van haar gaan verfris.

Magdalene en Amy sit op die boonste trap. Van daar bekyk hulle die skouspel in die danssaal. Magdalene staan op toe Sarah verbykom. Sy sit haar arm om haar ma se lyf. "Ma is vanaand die mooiste van almal."

Sarah se oë skiet vol trane.

"Is Ma oukei?" vra Amy bekommerd.

Magdalene druk Sarah teen haar vas. "Nee, Ma is nie oukei nie. En ek weet presies waarom."

Sarah wikkel haar los uit Magdalene se omhelsing. "Ag, ek is sommer verspot. Niks is verkeerd nie. Ek is maar net baie moeg."

"Ai, Mamma! Almal in die danssaal het maskers op. Die valsheid en pretensies loop so dik daar binne dat 'n mens dit met 'n mes kan sny. Van hier waar ek en Amy nog die hele aand sit en alles bekyk, lyk sake aansienlik anders as daar binne tussen die mense. Glo my!"

Sy beduie na die dansende paartjies in die saal. Dan draai sy haar weer na Sarah. "Haal asseblief Mamma se masker af. 'n Mens kan ook net soveel voorgee. Sien die realiteite raak."

"Dis presies wat ek doen, my kind." Sarah verdwyn om die hoek van die gang na haar kamer.

Sy gaan sit voor haar spieëlkas. Haar dogters is groot. Die feit dat hulle vanaand sien wat aangaan, maak haar pyn en verleentheid nog erger.

Magdalene het nog altyd die grond aanbid waarop John loop. Haar pa is haar held. Hy was die een wat haar op sy rug gedra het toe sy nog skaars kon loop. Oor die hele werf het hy haar gedra en vir haar die plaasdiere gewys en hulle name vir haar geleer.

Hy het die hele nag op 'n stoel langs haar bed geslaap toe sy ontsteld was oor haar hondjie wat dood is. Die volgende dag het hulle twee saam 'n ander een by die werpsel gaan uitsoek. Sy het die hondjie Johnny genoem. Plegtig het sy haar pa belowe om eendag vir hom ook iets moois en goeds te doen.

Sarah wonder wat vanaand in haar kind se gemoed aangaan. Sy en Amy het heel duidelik gesien waarmee John besig is. Hoe op aarde beskerm 'n mens jou kinders teen die aanslae van die lewe?

Sy weet nie eintlik wat om aan haarself te doen nie. Haar grimering is nog perfek. Sy vroetel met haar hare; druk dit reg. Die beeld wat uit die spieël na haar terugkyk, lyk goed. Wat sou die ander vrou hê wat sy nie het nie?

Sy spuit 'n wolkie parfuum oor haar. Wie op aarde dink hierdie vrou is sy om met háár te kompeteer. Sarah Adams kom nie tweede nie. Sy laat nie op haar trap nie. John sal vanaand se misstap berou. Dit gaan hom duur te staan kom. Daarvoor sal sy persoonlik sorg.

Sy staan op, trek haar aandrok reg en stap vol selfvertroue terug na die danssaal. Sy is vies vir haarself dat sy bedreig gevoel het deur hierdie vrou. Sy kan nie glo dat sy dit waag om haar, Sarah Adams, te minag en haar man te probeer afrokkel nie. Sy gaan net 'n gek van haarself maak. Hulle het in elk geval net te veel status en aansien in die gemeenskap om deur hierdie voorval van stryk gebring te word.

Toe sy die danssaal binnestap, is nie John óf die vrou daar nie.

"Hoe lyk dit met 'n dans?"

Dit is hul galante, welwillende buurman, Allan McKenzie. Hy hou sy hand na haar uit. Sy knik instemmend.

"Die oorlog was afmattend. Dit het ons almal verander, Sarah," fluister hy in haar hare.

Terwyl hy haar stywer teen hom vasdruk, prewel hy: "John was lank alleen. Te lank. Dit vat aan 'n man."

Sarah word yskoud. Toe word sy woedend. Dan was haar vermoede tog reg toe sy destyds in Engeland John se brief bevraagteken het. Hy het inderdaad iemand gevind wat in haar afwesigheid vir hom vrolikheid gebring het.

En sy vind dit nou eers uit. Almal weet mos altyd van alles, behalwe die een wat verneuk word. Sy wil uitskree dat dit juis hý was wat haar en die kinders oorreed het om Engeland toe te gaan. Maar haar mond gaan net geluidloos oop. Sy bly stil. Die boodskap is immers duidelik.

Sy kyk oor Allan se skouer. Sy sien die groepie vroue wat in die een hoek van die vertrek in die breë vensterbank sit en gesels. Verbeel sy haar of bly hulle onmiddellik stil toe sy reguit na hulle kyk? Hulle glimlag vir haar. Vals en vermakerig. Sy onthou wat Magdalene so flussies gesê het. Die kind is reg. Almal dra maskers.

John maak eers by die ete weer sy verskyning. Sy konfronteer hom daar en dan.

"Waar kom jy nou vandaan?"

"Ek verstaan nie wat jy bedoel nie," reageer hy droogweg.

By die oorkantse ingang van die banketsaal verskyn die vrou. Sy kyk skalks na hulle voor sy, oënskynlik rustig, haar plek langs haar man by die spoggerig gedekte tafel inneem.

Sarah buk oor na John en sis venynig naby sy oor: "Jy los my alleen by die gaste in die danssaal en verdwyn vir langer as 'n uur. Wat moet die mense dink? Waar is jou maniere?"

John bly kalm. Hy neem sy plek selfversekerd aan die kop van die lang tafel in. Hy vermy Sarah, kyk dwarsdeur haar en begin rustig met die gaste aan die tafel gesels.

Sarah weet hy is skuldig. Die vlietende oomblik van skrik in sy oë toe sy hom konfronteer het, het hom verraai.

"'n Heildronk op die wel en wee van ons gasheer en gasvrou," klink dit op van die een kant van die tafel.

"Op John en Sarah," weerklink dit.

Die kristalglase lui soos klokkies.

"Op Kingsberg," stel John nog 'n heildronk in. Die mans staan plegtig op en weer klink die glasies.

Sarah wink vir die bediendes. In 'n netjiese ry kom hulle ingestap met geurige verrassings verskuil onder ovaal silwerdeksels. Die deksels word aptytlik opgelig. Heel speenvarkies met appels in die bek, bruingebraaide kalkoene bedruip met sous, halfgaar skaapboude met gevulde kwepers en stomende wildspasteie word tentoongestel.

Die vrolike oor en weer pratery word periodiek onderbreek deur skelklinkende gelag. Sommige gaste mompel saggies sodat ander nie hul geheime mededelings kan hoor nie. Ander se uitflappery oor almal se doen en late is openlik skaamteloos. Sy kyk na John. Hy korswel met die dames en hulle verkneukel hulle in sy stuitigheid.

Sarah weet nie waar die aanhoudende laglus en giggelry vandaan kom nie. In Engeland is die mense se gedrag meestal stemmig en statig. Om soos hierdie mense uit te rafel, sal deur die Britte as platvloers beskou word. Sy wens

105

sy was in Engeland. Sy wil nie vanaand hier wees nie. Dit voel of net haar liggaam hier is. Die regte Sarah is elders.

Pa Thomas het altyd gesê: "God speaks in the silence." Nou, hier, tussen al die mense en die gerammel en gesketter, hunker sy na die stilte. In haar gees ontsnap sy.

Sy is weer 'n kind op die sendingstasie. Sy en Kathleen dartel tussen die veldblomme. Hulle jaag die fyn wit skoenlappers met swart spikkels op hul vlerke speels van blom tot blom. Dan is daar 'n derde meisie by hulle. Sy deel opgewek in die pret. Dit is Flower McLurg. Haar groen-en-bruin rok wapper in die bries. Dit ritsel saam met die bome se takke en blare. 'n Groot geel veldblom versier haar verslete swart strooihoed. Hulle lag. Hulle dans. Hulle is gelukkig.

Toe die laaste gaste vertrek, gaan John alleen kamer toe. Sarah stap na die biblioteek. Sy staan lank voor Mary-Anne se portret. Met haar wysvinger streel sy saggies oor die lyne van haar ma se gesig. Haar vinger gly oor die bekende goue borsspeld met die swart steen daarin. Haar ma het dit altyd aan die hoë kragie van haar rok gedra.

Sy dink aan wat haar ma gesê het oor stilbly as jy en jou kinders goed versorg is. Sy wonder of Mary-Anne haar ook in hierdie omstandighede dieselfde raad sou gee. Haar ma het weliswaar baie ontberings gehad, maar tog sekerlik nie nodig gehad om met ander vrouens mee te ding nie. Buitendien is sy nie meer lus om stil te bly nie. Sy is 'n mens uit eie reg. Waarom moet sy altyd die minste wees en onderdanig bly? Daardie dae het geëindig met haar terugkeer uit Engeland.

* * *

Die volgende oggend vermy John haar. Hy bly besig in sy studeerkamer. Later stap sy daarheen. Sy lui eers die klokkie vir die bediende om tee te bring voordat sy regoor hom aan die ander kant van sy lessenaar gaan sit.

Toe hulle elkeen met 'n koppie tee in die hand sit, praat sy kortaf: "Jy skuld my 'n verduideliking."

"En waarvoor nogal?" Hy kyk nie na haar nie. Sy oë bly vasgenael op die lessenaar voor hom.

"Jou geflirt van gisteraand met daardie vrou. Jy dink tog sekerlik nie dat niemand dit opgemerk het nie. Jy het my gruwelik verneder voor al die gaste."

John vat aan sy baard en kug. Hy lig sy kop stadig. "Kyk, Sarah, my besigheid is my besigheid. Jy is net jaloers. Ek hou van haar en dis al. Ons het gisteraand uitgegaan omdat sy die tuin in die maanlig wou sien."

Sarah stik byna in haar tee. "Die tuin in die maanlig! Jy speel seker. Dink jy ek is onnosel?"

John staan op en druk met sy hande op die lessenaar. Sy kneukels is spierwit. Hy leun vooroor na haar. "Toe jy en die kinders in Engeland was, was Diane die een wat my moed ingepraat het wanneer ek die alleenheid nie meer kon verduur nie. Sy en haar man, Luke, het ontsettend baie vir my beteken. Terwyl daar van oraloor verwyte was omdat ek julle weggestuur en self by tye in Basoetoland gaan skuil het, het Diane en Luke my nooit in die steek gelaat nie. Nóóit was daar een enkele woord van verwyt of venyn nie. Verstaan jy dat hulle baie belangrike persone in my lewe was en steeds is en altyd sal bly?"

Hy slaan driftig met sy vuis op die lessenaar om elke woord te beklemtoon. Toe sak hy terug in sy stoel.

Sarah kyk na die man wat 'n vreemdeling geword het. Sy weet nie regtig wat om te antwoord of hoe om te reageer nie. Haar oë dwaal soekend oor die boekrak agter John en kom tot rus op die twee donker bronsbeelde heel bo op die boekrak.

Regs, langs die ovaal spieël in sy vergulde raam, staan Rodin se beeld van Eva. Die naakfiguur se hoof is in droefheid tot op haar gevoude arms voor haar bors gebuig. Aan die linkerkant van die spieël staan Riemenschneider se beeld van Adam. Sy lang, krullerige hare omraam sy gesig wat terneergedruk en verslae vorentoe staar. Sarah kyk na die bekende voorwerpe. Sy voel soos 'n vreemdeling in haar eie huis.

"En nou beskou ek hierdie gesprek as afgehandel. Ons sal nooit weer hieroor praat nie. Ons sal aangaan asof niks gebeur het nie. Verstaan jy? Die kinders moet allermins hiervan weet."

"Jy is van jou verstand af! Hoe moet 'n mens net aangaan en vergeet? Ek sal jou nooit weer vertrou nie."

"Dis jou saak. Ek sê weer, ons gaan aan en bly stil. Ons het 'n beeld om na buite uit te dra. Ons is gesiene mense. Ek het klaar gepraat. Verstaan jy my?"

John het intussen weer opgestaan. Hy vat Sarah hard en dreigend aan die arm. Iemand maak keel skoon. Hulle kyk op. Magdalene leun met haar skouer teen die deurkosyn. Hoe lank sy al daar staan, weet hulle nie. Sy kyk met minagting na John, swaai om en stap vinnig in die gang af.

* * *

'n Maand later kondig John doodluiters aan: "Diane en Luke De Ville kom ons vandag besoek. Ek het besigheid om met hom te bespreek. Diane kom saam. Ek verwag dat jy hulle vriendelik sal ontvang."

Sarah se gemoed is nog afgemat en kwynend, tiperend van 'n vrou wat 'n slag toegedien is. Sy worstel die afgelope tyd om sin aan haar bestaan te gee. Die bitterheid oorval haar by tye. Sy wil moed opgee. Op 'n keer erken sy openlik aan Magdalene: "Soms vrees ek dat ek nooit weer gelukkig sal wees nie."

Enersyds weifel sy tussen haatdraende gevoelens jeens John en aan die ander kant is daar die drang om al haar kragte in te span om haar man weer met 'n onbreekbare band aan haar vas te maak. Dan sluit sy haar oë teen die pyn. Die toekoms het 'n donker afgrond geword. In haar gedagtes gly sy af daarin.

Terwyl sy haar regmaak om die besoekers te ontmoet, kom Magdalene die kamer binne. "Ek hoop Ma vertel die slet vandag haar fortuin!"

"My kind, ons gaan hierdie vrou beslis nie die bevrediging gee om te weet dat sy dinge hier kom omkrap het nie. Ek sal maak of niks verkeerd is nie. Ek sal hulle met grasie ontvang en nie in die minste laat blyk dat ek sielsongelukkig oor haar is nie. Dis mos ons aard en in sekere mate ons trots om die beste voetjie voor te sit en te maak of alles reg is. Ons het 'n front om voor te hou. Mense sien op na ons. Sy moet maar sleg voel oor haar immorele gedrag. Ek is immers jou pa se vrou en sy staan tweede in die ry. So, sy is eintlik die een met die probleem, nie ek nie."

"Ek kan Pa nooit vergewe vir wat hy doen nie. En dan probeer hy nog alles toesmeer ook. Terloops, ek hoor wat Ma sê, maar Ma se gesig spreek boekdele. As ek Ma nou moet skilder, sal dit 'n prentjie van spanning en ontsteltenis wees. Jaloesie maak van ons tiere en ek sien ook bloeddorstigheid in Ma se oë."

Die spanning is gebreek en Sarah lag saam met Magdalene.

"Ja, as ons vroumense so bloeddorstig is, is ons sin vir redelikheid ook maar dun. Ons is gereed om te moor, hetsy dit die voorwerp van ons liefde of van ons haat is. In sulke omstandighede is dit baie maklik om iets boos, simpels of onredeliks kwyt te raak. Ek los die tier nou hier in die kamer en verander dadelik in 'n sagte duif."

"Ma moet net onthou, duiwe pik soms geniepsig in sekere omstandighede!"

Magdalene staan op van die stoel langs die spieëlkas.

"Ons skerts en lag nou lekker oor alles. Ek hoop net ons lag oor ses maande nog daaroor en dat Ma en Pa nie dan soos skipbreukelinge langs 'n skeepswrak lê nie. Hoekom moet alles altyd verdoesel word? Hoekom kan ons nie soos normale mense dinge openlik bespreek en oplossings soek nie?"

Sarah kyk na haar dogter. Haar donkerbruin hare is glad weggekam van haar gesig. Dit beklemtoon haar fyn gelaatstrekke, haar gladde wit vel. Sy is onopgesmuk, natuurlik mooi. Sy dra 'n eenvoudige maar stylvolle wit bloes en 'n donkerblou romp.

Magdalene is nie een wat veel aandag aan voorkoms en klere gee nie. Haar kunstenaarkind se belangstelling strek veel verder as dit. Sy sien die verfspatseltjies op haar romp. Sy kyk na die hande wat spontaan, skynbaar moeiteloos, die mooiste kunswerke optower. Haar kunstenaarstemperament maak haar uiters gevoelig, maar ook uitgesproke en onverskrokke. Sy skroom nie om te sê wat sy dink nie.

Sarah is bitter jammer dat sy op so 'n jong ouderdom aan hierdie gemors blootgestel moet word. Dis alles John se skuld. Haar gesig word warm, haar asem kort. Kwetsende woorde wil by haar mond uitspring. Met moeite bedwing sy haarself. Sy het vir Magdalene gesê sy gaan kalm wees. Sy moenie nou alles oorboord gooi nie.

"Ek verstaan hoe jy voel, maar onthou, ons het geen bewyse nie. Ons het net vermoedens. Hoe reg dit ook al mag wees, ons het nie 'n voet om op te staan nie. Jy is nog jonk, my kind, so pas agttien. Ek wil tog nie hê jy moet nou al met sulke onaangename dinge gemoeid wees nie. Dis goed dat jy en Daniel en Amy volgende jaar 'n lewe van jul eie in Engeland gaan begin. Ek gun julle die wegbreek. Wanneer julle eendag na Kingsberg terugkeer, is die probleme hopelik al uitgesorteer en die waters kalmer. Moet nou nie verder oor my bekommerd wees nie. Ek weet hoe om die situasie te hanteer."

Magdalene sit haar arms om Sarah. Sy hou haar styf vas voordat sy met die trappe afgaan.

Toe die De Ville's met die stoeptrappies na die huis opstap, wag Sarah saam met John vir hulle onder die veranda. Soos ou vriende groet hulle oor en weer en John wys hulle hoflik en joviaal na binne.

Diane gaan sit grasieus, effens skuins gedraai op die chaise longue. Haar gesig is kalm. Sy lyk jeugdig in haar sagte wit katoenrok. Met goedversorgde hande haal sy die kantkappie af wat haar gesig in sagte valle omraam. Sy sit die kappie op haar skoot en speel met die linte.

Sarah is onseker of die gebaar op senuweeagtigheid dui en of dit bloot sensueel uitlokkend is. John kyk weer na haar met dieselfde gesigsuitdrukking as die aand van die partytjie. Sy oë ontmoet Sarah s'n vir 'n breukdeel van 'n sekonde. Hy begin dadelik onderhoudend met Luke gesels. Diane draai haar na Sarah.

"Wat 'n pragtige vertrek. Julle ken voorwaar die kuns om alles met die beste smaak so gerieflik moontlik te maak."

Sy waai met 'n fyn handjie oor die vertrek. "Sofas vir heerlik intieme gesprekke. Gemakstoele met armleunings vir boeke. En ek ís so lief vir lees. Stoele met asbakkies vir rokers. Elke sitplek in die vertrek is vir 'n spesiale behoefte ontwerp. Ai, Sarah, hoe kry julle dit reg?"

"Ons glo daaraan dat 'n mens se huis vir jou 'n tuiste moet wees. Onthou, alles is uit Engeland ingevoer. Die Engelse weet hoe om 'n huis leefbaar en gemaklik te maak. In 'n land waar die winter agt maande lank aanhou en waar die weer grys, mistroostig en klam is, is dit noodsaaklik dat mense geluk en gemak in hul eie huise sal vind."

"Interessant. Matte is glo ook baie belangrik daar. Die Franse sê mos dat 'n Engelse dame gelukkig is as sy 'n mat onder haar voete het en 'n koppie tee in die hand."

"Ek moet erken, toe ek met die kinders in Engeland was, kon ek nie sonder my tee klaarkom nie. Die klimaat daar vereis dit eenvoudig."

Sarah hou John uit die hoek van haar oog dop. Hy sit skuins gedraai op die stoel en sy sien hy luister met een oor na haar en Diane se gesprek. Haar vermoede word bevestig toe hy sommer ongevraag byvoeg: "In Skotland sê die Skotte weer dat hulle nie sonder whisky kan klaarkom nie."

Sarah reageer glad nie. Diane lag oordrewe.

"Luke, kom ons loop 'n draai buite. Dan gooi ek vir ons 'n lekker whisky in sodra ons terug is. Sal julle dames ons ver- skoon?"

Hulle stap na buite.

Sarah kyk na Diane. Sy is verdeeld tussen haar gevoelens van afkeer vir die vrou en om andersyds gasvry teenoor haar te wees.

"Jy is voorwaar 'n gelukkige vrou om met al hierdie skoonheid en weelde omring te wees. Jy het dit sekerlik ge- mis toe julle so lank in Engeland was."

Sarah voel hoe die onsekerheid oor daardie tyd toe John alleen hier was, opnuut van haar besit neem. Sy vermoed Diane noem dit opsetlik om haar te toets. 'n Woede teenoor hierdie vrou stoot in haar op. Sy skuif vorentoe op haar stoel en kyk Diane reguit in die oë.

"Skoonheid moet bewonder word, talent moet aangeprys word, maar 'n vrou se kroon is en bly haar integriteit. In Londen het ek die straatkinders aan die slegste roomys denkbaar sien smul. Ons het seker maar almal ons aptyte vir verskillende dinge. Ons soek almal soete verleidings. As dit nie suikervrugte kan wees nie, dan vat party mense maar die slegte roomys net om darem iets te kry. So is dit maar in die wêreld. Party het alles, ander begeer wat hulle nie kan kry nie. Dan is hulle maar tevrede met naasbeste."

Diane bly stil. Sy kyk na die mat voor haar voete. Sarah weet sy het tot haar deurgedring.

Sy staan op en lui die klokkie vir tee. Sy voel verlig ná wat sy so pas kwytgeraak het. Diane kan maar daarmee maak wat sy wil.

Toe die mans terugkom, lyk alles normaal. Die geselskap gaan oor ditjies en datjies. Sy en Diane drink nog tee. John skink vir hom en Luke whisky. Hy bied vir Diane ook 'n drankie aan, maar sy wys dit van die hand.

Sarah hoor hoe hy praat van grond wat hy by Barberton wil koop. Dit is dae se reis van Kingsberg af. Sy wonder wat hom besiel. Dalk wil hy net spog.

Toe die gaste vertrek, gaan sy na die biblioteek. Hier vind sy rus. Dalk is dit omdat sy omring is deur portrette van haar geliefdes. Hier voel sy baie na aan haar ouers. Die boeke in die rakke is stom-stil, maar in elkeen is baie woorde opgesluit.

Die muwwe reuk maak herinneringe aan Engeland in haar los. Sy haal diep asem. Dit stoot haar nie meer af nie. Dit laat haar warm, gekoester, voel. Soos meneer Penfold se huis in Kensington.

Sy sluit haar oë en sien Flower by die kombuistafel. Sy ruik die hawermoutpap en die tee wat op die stoof trek. Sy sit haar hand op haar bors om verligting te kry van die pyn in haar binneste.

Welvaart het stormagtigheid in haar lewe gebring wat sy nooit kon voorsien nie. Sy verlang mateloos na die eenvoudige lewe saam met haar ouers op die sendingstasie by Platberg en Thaba Nchu. Toe was alles nog so ongekompliseerd.

Op Kingsberg, erken sy nou vir die eerste keer aan haarself, is sy vasgevang in 'n onuithoudbare leefstyl. Dag in en dag uit moet sy die rol van die gelukkige rykmansvrou speel wat almal bewonder en beny.

Ja, natuurlik geniet sy die weelde, aansien en gemaklike lewe wat sy hier gebied word. Wie sou nie? Maar in haar diepste wese weet sy dat vrede en gemoedsrus vir haar belangriker is. Sy is uitgeput van die front wat sy heeltyd voorhou. Sy verlang daarna om net haar ou self te wees. Flower het iets gehad waarna sý smag: die voorreg om net haarself te wees.

John beskuldig haar van jaloesie. Ja, sy is jaloers. En tog is sy ook nie. Nee, sy is nie jaloers nie. Sy is net nie meer vervuld in haar huwelik nie. Sy en John is besig om by mekaar verby te leef. Sy is onplesierig met hom en hy ontstem haar. Hoe verlang sy nie dat dinge tussen hulle weer moet wees soos in die beginjare nie.

Een ding is seker: Die oorlog het hulle albei onherroeplik verander. Die lang afwesigheid van mekaar eis nou sy tol. En hier kon sy en die kinders tog ook nie gebly het nie. Dan was haar lot dalk dieselfde as dié van Kathleen. As sy nou weer moes kies, sou sy weer Engeland toe gaan. Vir haar kinders sou sy dit alles weer doen. Vir hulle is sy bereid om selfs haar verhouding met John op die spel te plaas.

Maar hoekom moet dit tog so wees? Hoekom kan hulle nie maar in vrede leef soos voor sy weggegaan het nie? Sy kan nie glo dat mense hier op aarde geplaas is om mekaar ongelukkig te maak en te mishaag nie. Sy gaan sit by die ta-fel met die lamp en huil bitterlik.

HOOFSTUK 11

"Ons kondig nou die name van die nuut gekose lede aan wat as kandidate gestaan het vir die Wetgewende Vergadering van die Unie Parlement vir die distrik Ficksburg."

In die dorp se stadsaal staan die Bentwood-stoele die hele saal vol. Daar is nie 'n enkele leë stoel nie. 'n Doodse stilte volg onder die kiesers terwyl die name een vir een voorgelees word.

John is totaal verslae en verbitter. Hy moes hom nooit verkiesbaar gestel het nie. Dan sou hierdie ondraaglike vernedering hom gespaar gebly het. Hy verlaat die saal. In die stofstraat stap hy verby die sandsteengeboue met hul sinkdakke en stoepies met skuins hellings.

Voor 'n winkelvenster gaan hy staan. Met groot, krapperige letters is daar op 'n stuk papier geskryf:

Sowing and mending done.
Good cows milk.
Sticks for firewood cheap.
Newlaid eggs.

Die papier is aan die binnekant teen die venster vasgeplak. Hy kyk daarby verby. Hy sien sy eie beeld weerkaats in die venster. Hy het hom spesiaal uitgevat vir hierdie geleentheid. Moontlik sou daar 'n foto geneem word van die nuwe lede van die Wetgewende Vergadering. Hy wou op sy beste lyk.

Sy wit hemp se kraag staan hoog teen sy nek op met 'n spleet voor oop tot op sy kuiltjie. Reg in die middel van die groot, losserige knoop van sy swart satyndas is 'n diamantdasspeld vasgesteek. Die netjiese swart baadjie met groot lapelle wat met wit omboor is, vertoon spoggerig. Aan die sykant van sy bypassende swart onderbaadjie hang sy goue horlosieketting.

Hy het 'n hele lys goed wat hy moet koop. Nou sien hy nie kans om by die winkel in te gaan nie. Onder 'n groot sipres gaan sit hy op 'n klipmuurtjie. Hy haal die lys uit sy sak. Afgetrokke kyk hy daarna: suiker, rosyne, wit linne en gare, vier grasbesems, tabak, drie bylstele, gemmer, naeltjies. Hy vou die lys toe en druk dit terug in sy sak terwyl hy opstaan. Hy sien ook nie kans om nou al huis toe te gaan nie.

Op 'n hoek agter 'n lae klipmuur doem 'n groot advertensiebord voor hom op: W.A. ZIEL ENGINES AND MACHINES. Hy huiwer aanvanklik, maar stap tog binne.

"Mister Adams! Welcome, welcome, please come in."

Die Jood weet nog niks van sy pas aangekondigde nederlaag nie.

"Look, I have catalogue of the latest invention – the motorcar!"

Hy wys vir John 'n foto van 'n wonderbaarlike voertuig. Hy babbel onafgebroke oor die uitvindsel van alle tye. John staar stomgeslaan na die meesterstuk op papier terwyl Ziel voortborduur.

"No one in district has a motorcar. You be the first. You rich, have the money. I import for you. Everybody envy you."

John, wat sake eens so konserwatief en versigtig bedink en gedoen het, besluit daar en dan om die eerste motor in die omgewing te koop. Dit laat hom weer in beheer voel. Hy skuif sy nederlaag van flussies uit sy gedagtes. Hy sal die wenner wees. Net op 'n ander manier.

Hy laat 'n Bentley met brandstof en al invoer. Ook 'n drywer wat die motor kan bestuur en diens, want daar is nog geen vulstasies of werkswinkels in die omgewing nie.

* * *

Kingsberg se mense is in rep en roer toe John drie maande later saam met die motorbestuurder die werf binnery. Van die plaaswerkers hardloop opgewonde agter die motor aan, terwyl ander sku eenkant staan. Hulle laai vir Sarah voor die huis op en ry al laggende en geselsende tot by die verste plantasie en terug.

Saterdae neem die bestuurder vir John en Sarah dorp toe. Die inwoners staan stomgeslaan van verwondering wanneer die motor verbykom. Sarah waai vir bekendes onder haar spoggerige sambreel uit. Wanneer die motor tot stilstand kom, bondel nuuskieriges saam. John moet hulle

115

aansê om eenkant toe te staan dat Sarah darem net eers kan afklim.

Die Adamse se Bentley word 'n algemene gesig op die naburige dorpies.

Op 'n dag sê John uit die bloute vir Sarah: "Ek en 'n paar vriende gaan die motor uittoets op die lang pad. Ons gaan Potchefstroom toe ry om visse te gaan haal by die teelstasie van die landbouskool daar. Die damme op Kingsberg kan baat by die goed geteelde visse uit daardie omgewing."

"Jy kan darem jou goeie tyd op onbenullighede mors. Ons eie visse is net so goed. Hier is soveel werk op die plaas, maar jy vind tyd vir so 'n belaglike uitstappie. Hoekom erken jy nie maar reguit dat jy net wil wegkom nie? Al jou grootdoenerigheid is net om die vrouens te beïndruk en jou mansvriende te intimideer."

"Ag, Sarah, jy is verniet so bitsig. Ek kan mos sien hoe jy dit geniet wanneer ons met die motor dorp toe ry, veral as die inwoners se koppe so draai en hulle ons agternakyk." Hy draai sy kop gemaak skuins en wys verspot hoe sy vir die mense uit die motor waai. Sarah lag saam.

"Ja, ja, ek geniet dit, maar binne perke. En toe nou maar, onderneem julle tog na Potchefstroom. Moet net nie my seën daarop verwag nie."

* * *

Op 'n vroeë herfsoggend is John, die motorbestuurder en twee vriende uitgevat in pakke klere, onderbaadjies en dasse, weg Potchefstroom toe. John sit voor. Hy en sy bestuurder het geruite ronde pette op hul koppe. Die vriende sit agter met hul spoggerige plat wit strooihoedjies met breë swart bande om. Dit is 'n luidrugtige lawaai, gelag en vrolikheid toe hulle van Kingsberg se werf vertrek.

Die paaie is bykans onbegaanbaar. By Rietspruit sit hulle in die modder vas. Die motor gly gevaarlik oor die potklei. Met die hulp van nabye plaaswerkers word hulle uitgestoot. Hulle oornag by kennisse in die distrik Winburg en sit die volgende dag hul rit voort.

By Parys besluit hulle om nie die ompad na Vereeniging of laer af na Schoemansdrift te vat nie. Hulle raak haastig.

116

Die pad is langer as wat hulle gedink het. Hulle wil so gou moontlik by hul bestemming uitkom.

Dit is moeilik om oor die Vaalrivier te kom. Daar is geen brug of pont nie. Daar is egter 'n groot, plat vlot wat met roeispane aangedryf word. John het by die vriende waar hulle die vorige aand oornag het, verneem dat die vlot al by geleentheid 'n perdekar en twee baie kalm perde oor die rivier geneem het.

Hulle kry die vlot by 'n plek net bokant die besproeiingskeerwal. Nou inspekteer hulle die vlot om te besluit of hy sterk genoeg sal wees om die motor se gewig te dra. Die ses roeiers is skepties.

Een van hulle probeer wal gooi. "Meneer, hierdie motor is te swaar. Die vlot gaan dit nie maak nie. Julle sal by Vereeniging langs moet gaan."

Die ander vyf knik eenstemmig.

"Kyk, ons kom baie ver. Ons is sat gery. Die ompad is nie 'n opsie nie. Ons is moeg. Ek sal julle goed betaal. Help ons om die motor tot by die oorkantse wal te kry. Ons is darem ook hier om julle te help, sou daar probleme ontstaan. Ons gaan nie omdraai nie, dis beslis."

John kyk na die bestuurder. Dan na sy vriende. Hy soek ondersteuning. Hulle sê niks. Hy draai weer na die roeiers.

"Ons het alles onder beheer. Hier is immers nie perde wat kan skrik en op loop gaan nie. Ek sal julle dubbel die fooi betaal."

Dit gee die deurslag. Die roeiers bring die vlot tot teen die wal. Hulle sit twee planke in posisie van die wal af tot op die vlot. Die bestuurder ry die motor baie stadig en versigtig met die planke langs tot op die vlot. Die vlot sink gevaarlik laag. John se vriende sit hul hande voor hul monde. Snak na hul asems.

"Auw, auw," kerm die roeiers.

"Hy's laag. Hy's heluit laag, maar die afstand is kort. Ons gaan dit maak. Julle manne moet net uithaal en roei."

Hulle maak die motor weerskante deur twee wiele se speke met die ankertoue vas. Vier roeiers sit agter op die vlot en roei met kort roeispane. Aan die voorkant staan twee roeiers met lang spane wat hulle met albei arms oplig en dan met geweld in die water druk om die vlot te laat voortbeur. Die sweet slaan op die gespierde donkerbruin lywe uit.

117

Die viermanskap kry elk 'n vashouplek aan die motor en probeer so hul balans behou. Aan die oorkant wink die boomryke oewer. Dit lyk naby maar ook baie ver. Wilgerbome se takke wat reeds geel verkleur, hang laag in die water.

Die boonste deel van die vlot se sykante is nie waterdig nie. Die water sypel die vlot vinnig binne.

"Vinniger, manne, vinniger!" spoor John die roeiers aan terwyl hy en sy vriende die water so vinnig as wat hulle kan met hul hande uitskep. Die vlot sak al hoe laer. Die water is besig om die oorhand te kry.

"Kry die motor solank aan die gang! Warm die enjin op!"

Die verbouereerde bestuurder gehoorsaam John se bevele. Hulle is darem al naby die wal. Die ankertoue aan die wiele word vinnig losgemaak. Die mans gryp die bagasie en slinger dit na die wal, waar dit met 'n plof tussen die riete val. Geel vinke vlieg verskrik in 'n swerm op. Twee reiers probeer eers spoed kry voor hulle met swaar vlerke opstyg en aan die ander kant van die oewer gaan sit.

John en een helper gryp elk 'n ankertou. Hulle spring daarmee oor die water tot op die rivier se wal. In 'n oogwink is almal op die oewer. Kragte word saamgespan om die sinkende vlot te probeer intou. Net die bestuurder is nog op die vlot, waar hy die motor se revolusies opjaag. Swart rook borrel by die uitlaatpyp uit.

Terwyl hulle die toue aan die vasmeerplek vasbind, laat die bestuurder die motor brullend van die vlot na die oewer uitklim. Die voorwiele is reeds teen die steil wal. Die agterwiele draai nog glyend in die rondte op die vlot. Toe is daar 'n klapgeluid en 'n geknars. Die toue gee mee. Die vlot skiet met 'n waterboog onder die motor uit.

Almal kyk hulpeloos toe hoe die motor in die rivier wegsink tot net die boonste deel van die verkoeler sigbaar is. Die roeiers staan asvaal geskrik bo-op die wal. John hardloop met uitgestrekte arms na die water asof hy vir oulaas nog die Bentley wil red.

Daar heers 'n doodse stilte. Hier en daar borrel lug uit die modderwater op.

Die vinke begin kwetter in die rietbos teen die wal. Voëlnessies swaai in die ligte wind aan die oorhangtakke van die wilgerbome. Daar kom lewe by die verskrikte aanskouers van die ramp.

"Hierdie besluit was van die begin af gedoem!"

"Ons moes dit nooit aangepak het nie."

"Nou is julle monde groot. As julle beter geweet het, hoekom het julle niks gesê nie?"

"Jy aanvaar mos nooit raad nie. Ons ken jou, John. Jy dink jy weet altyd die beste."

Die emosies loop hoog. John gryp die voorbarige man voor die bors.

"Ek bliksem jou! Ek laat my nie beledig nie!"

Die bestuurder tree tussenbeide. Hy druk hulle weg van mekaar.

"Dis nie nou die tyd vir baklei of redenasies nie. Stop julle nonsens. Die vraag is wat ons nou gaan doen."

Een van die roeiers staan versigtig nader. Hy verduidelik dat hulle hulp sal ontbied. Hulle sal die dorp se transportryer vra om met sy wa en osse te kom help.

Die bestuurder trek sy klere uit. Hy duik in die modderige water af en maak 'n ketting aan die Bentley se voorste as vas.

Met die hulp van sestien groot osse word die motor laat die middag uit die water getrek en van die rivierbedding weggesleep.

John betaal al die helpers. Hulle ontvang die rojale fooi glimlaggend met bakhande wat eers twee maal teen mekaar geklap word.

John en sy vriende ry Potchefstroom met die ossewa binne. Oral is voetgangers wat huiswaarts keer ná die dag se werk. Mense op fietse ry verby. Sommige waai-groet ingedagte uit gewoonte. Niemand gee juis aandag aan die bedremmelde groepie mans nie.

In die breë straat waar pragtige wilgers aan weerskante lang skadu's gooi, laai die ossewa hulle met hul bagasie voor die Kings Hotel af. Daar bly hulle vir meer as twee weke terwyl die motor herstel word.

John het baie tyd om te dink en te besin. Die afgelope jare het hy verskriklik baie geld spandeer. Wat hom die meeste kwel, is die grond wat hy by Barberton gekoop het. Luke het hom in die transaksie ingepraat. Van die begin af was hy onseker daaroor. Hy erken teenoor homself dat hy dit gedoen het om Diane te beïndruk. Kan verliefdheid 'n mens so dryf dat jy heeltemal teen jou beterwete optree?

119

Waar langs die pad het die ou John, die nugter, opregte, standvastige, beginselvaste John verlore geraak?

Luke het hom wysgemaak dat hy die grond baie vinnig sal kan herverkoop teen meer as dubbel die prys wat hy daarvoor betaal het. Hy vra net tien persent kommissie. Dinge het toe nie so uitgewerk nie. Die oneweredige verspreiding van goud in die heuwelagtige gebied het sake omgekrap en erg bemoeilik.

Te laat het hy besef dat blote geluk hier 'n groot rol speel. En die geluk was hierdie keer nie aan sy kant nie. Die Sheba-myn het alles oorheers. 'n Spoorlyn is selfs soontoe gebou om die gouderts te vervoer. Sy stuk grond het net mooi niks opgelewer nie.

Om te red wat daar te redde is, het hy nog baie geld bestee om 'n groot dam te bou. Wat hom besiel het, weet hy nie. Van sy planne om na boerdery oor te skakel, het net mooi niks gekom nie. Luke moet dinge daar beheer, maar hy is nie 'n boer nie. Hy sê reguit hy sien nie meer kans om so baie weg te wees van Diane en sy huis nie.

Nou lê sy grond onproduktief daar. Niemand stel belang om dit te koop nie. Hy was so seker dat hy groot geld gaan maak dat hy sy aandele in De Beers verkoop het om hierdie uitgawes aan te gaan. Hy is bitter spyt daaroor. Die wete dat hy 'n onherroeplike fout gemaak het, teister hom dag en nag.

Sarah het hom gewaarsku: "Ver van jou goed, naby jou skade. Jy moet ophou tekere gaan asof die fonteintjie nooit sal opdroog nie. Hemel, John, ons het meer as genoeg. Ons leef soos konings. Hou op om kanse te waag vir meer geld. Kom tog net tot rus!"

En nou hierdie gemors met die motor. Gelukkig het niemand hulle herken toe hulle Potchefstroom op die ossewa binnegery het nie. Dit was 'n verskriklike vernedering. Die katastrofe met die Bentley het in elk geval soos 'n veldbrand deur die dorp versprei. Hy erken dit was bloot 'n ekskursie om sy ego te streel. Maar dit was veronderstel om darem ook prettig te wees. Nou het alles deur die mat geval. Hy is 'n gek in die oë van sy vriende. Ja, hulle geniet dit, want dis nie hulle skade nie. Hulle kuier in die kroeg, speel kaart, dobbel, vang vis en swem in die rivier. Hy is die ou wat met al die sielewroeging sit.

Hy weet nie hoe hy Sarah met sy tuiskoms gaan benader nie. Sy is die laaste tyd juis so in beheer van alles. Hy haat dit. 'n Vrou moet haar plek ken. Sedert haar terugkoms uit Engeland is daar 'n duidelike verandering in haar gedrag. Dis byna asof sy sy gesag uitdaag. Die episode met Diane maak dinge ook nie beter nie. Hy is bewus van 'n onderliggende vyandigheid teenoor hom. Nie net van haar kant af nie, maar ook van Magdalene.

Sarah se buie kan hy nog hanteer. Dis Magdalene se houding wat hom die meeste pynig. Dis goed dat sy, Daniel en Amy vir 'n ruk in Engeland gaan bly. Daar sal hulle baie gou agterkom watter voorregte hulle op Kingsberg het. Om hulle uit hul gemaksone weg te neem, sal hulle deeglik laat besef wie en wat hulle eintlik is.

Hy sien amper uit daarna dat hulle oor twee maande vertrek. Dit is goed so. Hulle sal opnuut waardeer wat hy alles vir hulle tot stand gebring het. Bitter min kinders het die geleenthede en vooruitsigte wat syne het.

* * *

Dis 'n reënerige en bewolkte dag toe John uiteindelik tuis kom. Die bestuurder laai hom by die kombuisdeur af. Sarah ontvang hom kil. Hy is nie verbaas nie.

Sy praat nie veel nie. Pak net sy goed uit. Gooi die vuil klere eenkant. Roep 'n bediende om dit na die waskamer te neem.

Met aandete val sy hom openlik aan. "Vir bykans drie weke moes ek sukkel om dinge alleen hier te behartig terwyl jy en jou makkers met belaglikhede besig is. Julle het baie tyd en geld gemors."

John vererg hom bloedig. Hy het genoeg ontbeer. Hy is nie nou lus vir haar gesanik nie. Sarkasties reageer hy. "Maar jy hou mos daarvan om in beheer te wees. Wat kla jy nou? En moenie met my oor geld mors praat nie. Wie het destyds in Engeland oorboord gegaan en alles gekoop wat haar oë gesien het?"

"Ag, bly tog stil! Jý is die een wat met jou rykdom te koop loop en almal probeer beïndruk. Jy gaan nog jou moses teëkom. Hoor wat ek jou sê. Luke is meer by sy huis as op jou plaas in Barberton. Moenie dink ek is blind nie. Het ek jou nie gewaarsku nie? Jou onderneming daar stuur op 'n ramp af. En nou nog hierdie gemors met die Bentley."

"Ek het hard gewerk vir my geld. Ek sal dit gebruik soos ek wil en dit geniet soos ek wil. Dis jou saak as jy nie daarvan hou nie. Jy leef in weelde. Jy het niks om oor te kla nie. So, skei uit met jou venyn. Ek weet hoe om my sake te hanteer. Los my uit."

"Gewérk, sê jy. Ek dink die meeste van jou geld het gekom van die gekonkel met grond wat jy wederregtelik opgekoop en dan weer teen 'n wins verkoop het."

John voel lighoofdig. Sy hele lyf gloei van verontwaardiging. Hy wil die vrou voor hom verpletter. Hy dien die uitklophou meesterlik toe. "En jou hoogheilige pa het my nogal daarin gesteun! Dis immers by hom wat ek al my kontakte gekry het. Feitlik al die sendelinge het vir hul eie voordeel met die regering gerokkel en gesmokkel."

Hy sien hoe sy woorde Sarah laat ineenkrimp. Dan vervolg hy: "Buitendien, geld is geld. Dit maak nie saak waar dit vandaan kom en hoe dit verkry is nie."

Sarah bly doodstil. Sy laaste woorde hang soos 'n gewigtige oordeel in die lug. Dit weergalm met skok en verbasing in sy ore. Dit was die woorde van die matroos op die Evangeline. Hy is onmiddellik bitter spyt dat hy dit kwytgeraak het. Die ou bekende vrees verlam hom. Hy was oortuig dat hy vry is daarvan, dat hy finaal daarmee klaar is. Hier is dit nou terug met hernude felheid. Hy voel naar. Hy eet nie klaar nie. Skuif sy bord weg. Staan op. Stap die naderende nag in.

HOOFSTUK 12

Die Royal Albert Kunsmuseum in Londen is in rep en roer. Mense drom saam en maal rond. Magdalene is in haar skik. Een van haar skilderye is ook op die uitstalling. Sy is opgewonde oor die skildery van Esegiël in die vallei van die doodsbeendere. Daardie verhaal in die Ou Testament het haar nog altyd aangegryp. Sy is bly sy het besluit om dit te skilder.

Haar kunsonderwyser, meneer Gandish, het gesê dit is uniek. Hy is self nie 'n baie suksesvolle kunstenaar nie, maar 'n briljante leermeester en mentor. As kritikus en kunskenner word hy hoog aangeslaan. As waardeerder van kuns dra sy stem gesag. By dit alles is hy ook 'n eksentrieke man. Hy lyk dikwels deurmekaar en onversorg. Maar sy baadjiemoue is met egte sy uitgevoer en sy hemde is met pragtige sierknopies versier.

Magdalene sien hoe mense in verwondering voor haar kunswerk staan. Dit stuur 'n tinteling deur haar hele lyf. Haar hart klop vinniger. Sy wens hulle wil haar uitvra. Sy wil verduidelik, vertel, oorborrel van gesels en entoesiasme.

Toe sien sy die aantreklike donkerkopman. Hy is regop van postuur. Hy talm heelwat langer as die ander besoekers by haar skildery en bekyk dit aandagtig.

"Waarom is ek so mal hieroor?"

Terwyl hy die retoriese vraag vra, kyk hy haar vas in die oë. "Die gids het vir my gesê dis jou werk hierdie. Ek het hom gevra wie die uitmuntende kunstenaar is. Hoekom juis hierdie toneel?"

Sy voel gevlei. "Ek is van my kinderdae af al geïnteresseerd in Israel en Egipte. Hierdie toneel is baie betekenisvol, want dit is simbolies van God se belofte aan die volk van Israel dat hulle weer as 'n groot nasie sal opstaan nadat hulle platgeslaan en verstrooi is. Dit is my droom om eendag dié lande te besoek. Ek wil ook eendag die farao's skilder."

Hy draai weer aandagtig na die skildery. Sy bekyk die man voor haar.

So mooi soos 'n engel, dink sy byna hardop.

Hy is lank en skraal maar sterk gebou. Sy skouers is breed. In teenstelling met die meeste besoekers se bleek Europese velkleur, is hy donkerder van gelaat. Hy lyk vir haar soos die mense in Suid-Afrika wat gereeld in die son kom. Sy swart hare maak krulletjies langs sy gesig. Die stoppelbaard wat sy gesig omraam, sou vir haar normaalweg getuig het van slordigheid. In sý geval dui dit moontlik op selfversekerdheid, dalk iemand met 'n passie vir die lewe.

Hy swaai weer om en kyk reguit na haar terwyl hy sy hand uitsteek. "Andrew Bradly, Egiptoloog. Kom eet vanaand saam met my dan vertel ek jou van Egipte."

Sy is oorweldig. Hierdie geleentheid sal sy nie laat verbygaan nie. Sy gryp dit dadelik aan met albei hande. "Dankie, dis gaaf van jou om my te nooi. Ek sal graag meer van Egipte wil hoor. Ek aanvaar die uitnodiging."

* * *

Magdalene is uitasem toe sy ná die uitstalling in haar kamer kom. Sy pluk haar klere uit, spons haar hele lyf af met warm water uit die porseleinkom op die wastafel. Sy ruk die hangkasdeure oop. Besluiteloos kyk sy na haar klere. Haar ma het nog altyd seker gemaak dat sy en Amy net die beste dra. Amy is die een vir valletjies, strikkies en tierlantyntjies; nie sý nie.

Haar keuse val op 'n donkerblou fluweelrok met 'n eenvoudige snit. Die enkele string pêrels sal mooi lyk by die lae hals. Sy maak haar reguit hare netjies en druk 'n pêrelkammetjie langs die dik Franse rol laag agter in haar nek in. Haar fyn gelaatstrekke vertoon mooi met haar hare weggekam van haar gesig.

Vir die eerste keer sedert sy byna 'n jaar gelede saam met Daniel en Amy in Londen aangekom het, tel sy die parfuumhouer van haar spieëltafel af op. Sy hou die kristalhouer 'n armlengte van haar lyf en druk die omgehekelde rubberballetjie met sy fraai tosseltjie wat daaraan hang, liggies. 'n Fyn sproei wat soos blomme ruik, maak 'n wolkie en kom lê saggies teen haar nek en oop hals.

Andrew arriveer stiptelik. Hy spring flink van die perdekar af en ontmoet haar by die deur.

Hy bekyk haar van kop tot tone. "Aitsa, jy is uitgevat!"

Sy bloos. "Jy lyk self nie te sleg nie."

Hulle lag en klim in die kar, wat hulle na The Black Horse Inn by Covent Garden neem. Toe die kar stilhou, klim Magdalene self af. Andrew haak by haar in. Die lang vertrek is vrolik verlig met lanterns wat in groot spieëls teen die mure weerkaats. Aan die een kant van die vertrek speel 'n orkes vrolike musiek. Magdalene is aangenaam verras. Die neerdrukkende grys lug van Londen is buite uitgesluit.

Op 'n verhogie voor die orkes dans meisies in veelkleurige valletjiesrokke uitbundig. Hulle skop hoog en tol in die rondte. Die wit onderklere word eksplisiet vertoon. Een van die dansers glimlag vir Andrew en hy knipoog vir haar.

Die orkes hou op speel. Die meisies draai hul rugkante na die gehoor. Hulle buk laag en gooi hul wye rokke bo-oor hul koppe. Die gehoor klap oorverdowend terwyl hulle van die verhoog af dartel en agter 'n gordyn verdwyn.

Die ete word aangekondig. Sy en Andrew gaan sit by 'n eenkant-tafeltjie. Dit is veel meer as net 'n ete. Dis 'n oordadige feesmaal. Elke moontlike lekkerny wat Covent Garden se mark kan voorsien, is deur 'n Franse sjef omgetower en verleidelik op groot borde voorgesit. Daarmee saam word wyn en bier bedien. Die atmosfeer is duidelik daarop ingestel om die ys van alle Britse pretensieuse hovaardigheid te laat smelt. Magdalene geniet die spontane plesierigheid.

"Dis die eerste keer in my lewe dat ek by so 'n kuierplek is. Op Kingsberg, die landgoed in Suid-Afrika waar ek grootgeword het, is die sosiale geleenthede meestal formeel en die gaste baie aanstellerig. Om die waarheid te sê, my ouers kry die stuipe as hulle moet weet waar ek my vanaand bevind!"

Andrew skink vir hulle nog wyn.

"Ek kan sien dat jy dit baie geniet. As mense hul gedagtes ondersoek, sal hulle vind dat hulle altyd besig is met die verlede of die toekoms. Hulle dink selde aan die hede. Tog is die hede, die hier en die nou, so belangrik. Dis eintlik al wat ons het. Geniet dit solank jy kan."

Hy vat 'n sluk wyn en sit terug in sy stoel.

"Hoe vind jy jou verblyf hier in Londen."

"Wel, om mee te begin, bly ek baie lekker by mevrou Hamilton. Sy het 'n gedeelte van die boonste verdieping van haar huis aan my beskikbaar gestel. Haar dogter het glo byna iets oorgekom toe sy hoor haar ma verskaf verblyf aan 'n kunstenaar. Sy leef nog in die illusie van hul eertydse welvaart en vind dit onaanvaarbaar dat haar ouerhuis loseerders huisves. Soos baie ander ou huise in die omgewing, maak eertydse rykes nou staat op losiesgeld."

Andrew kyk stip na haar. Terwyl sy praat, verander hy sy posisie en sit regop. Sy intense blik maak haar ongemaklik. Hy hang effens vooroor na haar en stut sy ken op sy hand. Sy weet dat hy haar opsom. Sy bly stil. Hy skink haar glasie weer vol wyn en help die geselskap aan.

"Huise is soos mense; albei het 'n verlede. Albei moet leer om by veranderde omstandighede aan te pas. Ek glo as huise kon praat, sou hulle geamuseerd vertel van al die vreemde karakters wat deur die jare heen in hul breë portale beweeg het. Hulle sou lekker kon skinder oor al die generasies wat onder die weelderige wit lateie van hul voordeure in- en uitgegaan het."

Magdalene lag. Sy drink nog wyn, en die geselskap vloei makliker.

"Die wêreld is inderdaad vol vreemde karakters. Ek deel die huis met 'n kleremaker op die grondverdieping en 'n onderwyseres twee stelle trappe hoër op. Vir my was dit ook 'n aanpassing. Ek erken ek was aanvanklik geïrriteerd met almal om my. Selfs die vreemde kinders wat buite op die gras in die vierkant speel, het my geïrriteer. Hulle smyt lemoenskille oral rond.

"Dan kom die draaiorrel-spelers ook nog daagliks op hul vasgestelde tye verby. Grr! Ek kan daardie musiek nie verduur nie! Musiek is nie vir my nie. Seker omdat ek destyds toe ons as kinders in Engeland gebly het, verplig was om musieklesse te neem.

"Sus Amy was nog altyd die verfynde muzieksterretjie en ék die onedele, minder verfynde ondeug. Jy moet haar sien wanneer sy by konserte optree. Sy sit soos 'n porseleinpop voor die klavier. Opgetooi in een van die dosyne balrokke wat my ma destyds van Engeland ingevoer het vir die flambojante danspartytjies op Kingsberg.

"My ma het vir ons elkeen 'n hele paar van daardie einste rokke ingepak toe ons verlede jaar hierheen gekom het. Ons het bygestaan en gekyk hoe sy elke rok sorgvuldig in sagte velle papier toevou voor sy dit in ons koffers pak. Sy het ook vir ons elkeen 'n stringetjie pêrels in 'n fluweelsakkie toegeknoop en in ons koffers gedruk. Amy was in ekstase. Ek, inteendeel, het geweet ek gaan dit nooit dra nie. En hier sit ek vanaand spesiaal opgetof vir jou. Pêrels en al! Waardeer dit. Jy gaan my selde so sien.

"Wat die musieklesse van destyds betref, was ek sterk genoeg om vas te skop. Het net geweier om daarmee aan te gaan. Musiek is 'n statussimbool. Dit gee afronding aan enige dame. Só het my ma my probeer oorreed. Die alewige voorgee van wat 'n mens nie is nie. Dit word altyd vooropgestel. 'n Mens se eie drome en behoeftes moet terugstaan om ander se sprokies uit te leef.

"Bid jou aan, ék in sy en satyn gedrapeer voor 'n klavier! Net omdat dit sal strook met die Adamse se beeld.

"Kuns is my geneentheid. Dís waar my hartstog lê. My ma wou dit aanvanklik nie insien nie. Sy was bang ek word 'n tipiese voorbeeld van die emosioneel onstabiele kunstenaar. Later kon sy dit nie meer uithou met my rebellie nie en het toegegee. My kunslesse by meneer Gandish het begin. Wat 'n vreugde was dit nie daardie jare vir my elfjarige gemoed nie!

"In elk geval, nou is hierdie klein irritasies rondom my blyplek iets waaraan ek begin gewoond raak. Dit het byna 'n bekoring van sy eie ontwikkel."

"Klink vir my jy is nie 'n mens wat ingeperk en opgehok wil wees nie."

"Jy sien reg. Ons kunstenaars het mos sogenaamde vrye geeste. Wat dit ook al beteken."

Sy swaai met haar hand en vat nog 'n sluk wyn.

"Waar bly jou broer en suster wat saamgekom het Engeland toe?"

"Amy bly by ons ou vriende, die Robinsons. Ons het hulle leer ken met ons verblyf hier gedurende die Boereoorlog. Sy leef net vir haar musiek. Sy word by die Royal College of Music opgelei.

"Daniel leef sy droom uit by die Koninklike Lugmag waar hy as vlieënier opgelei word. Hy is die erfgenaam van Kingsberg. Maar sy hart is nie daar nie. Dit het mooipraat gekos om my pa te oorreed om hom hierheen te stuur vir vlieglesse. Sodra hy sy vlerke het, moet hy terug na Suid-Afrika om te gaan boer. My jonger broer, Arthur, is lief vir die plaas.

Hy is veel eerder 'n boer as Daniel. Maar dis genoeg van mý. Vertel van jou en van Egipte."

Sy leun vooroor en kyk Andrew in afwagting aan. "Ek het nog net in boeke daarvan gelees."

Andrew skink vir hulle nog wyn en neem 'n sluk.

"Ek leef ook my droom, Magdalene. Leerders is gewone mense wat alles net in boeke lees. Denkers, briljante mense, verligte mense, húlle is die ouens wat voordelig is vir die menslike ras. Dis húlle wat direk uit die boek van die wêreld lees. Hierdie mense is nie tevrede met tweedehandse vertellings van ander nie. Hulle wil self ervaar, beleef, geniet. Dis hoe ek is. Jy is ook so 'n mens. Dit kom ek agter uit jou vertellings. Boonop is jy 'n briljante kunstenaar. Ek sal jou baie graag saam met my na Egipte wil neem sodat jy die Antieke Wêreld en die Egiptiese kuns eerstehands kan beleef."

Magdalene sit behaaglik agteroor terwyl Andrew praat.

"Die Egiptiese geskiedenis dateer so ver terug as drieduisend tweehonderd jaar voor Christus. Die geskiedenis begin met koning Menes. Sy regering was die begin van dertig koningshuise wat oor Egipte sou heers tot driehonderd twee en dertig jaar voor Christus. In daardie jaar is Egipte deur Alexander die Grote verower.

"Die wonder is dat die geskiedenis stuk vir stuk voor mens se oë ontvou wanneer jy self daar is en deel word van die opgrawings en ontledings. Dit is waarby ek betrokke is. Eers wanneer 'n mens self daar is, word alles vir jou 'n werklikheid.

"Die Egiptiese kuns en beelde wat ons in die piramides en grafkelders ontdek, is onbeskryflik. Dit is iets wat 'n kunstenaar soos jy eerstehands moet ervaar. Ek werk aan boeke oor Egipte en sien in jou die ideale persoon om die illustrasies vir my te doen. Verstaan jy nou waarom ek jou so graag saam met my wil neem?"

"Ek besef dat jy my die geleentheid van 'n leeftyd bied, Andrew. Ek stel beslis belang. Alles rondom hierdie aand is so oorweldigend. Gee my tyd om tot verhaal te kom en dinge behoorlik te oordink."

"Goed. Ek kom haal jou volgende naweek. Dan wys ek jou waar ek bly en ons praat weer hieroor."

Hulle staan op en loop na buite, waar die perdekarre in 'n ry wag om die plesiersoekers na hul onderskeie tuistes terug te neem.

"Dankie vir 'n wonderlike aand."

"Ek is bly jy het dit geniet."

Andrew soen haar liggies op die wang. Sy voel hoe 'n tinteling deur haar lyf flits.

* * *

Tuis lê sy met groot oë in haar bed en staar by die venster uit. Sy wens daar was 'n maan. In Londen, weet sy nou al, is die maan selde sigbaar agter die dik miswolke. Sy is so opgewonde dat sy nie kan slaap nie. Die aand se gebeure maal deur haar kop. Sy beleef alles oor en oor. Dit is asof sy vanaand 'n nuwe fase van haar lewe betree het – 'n lewe waar sy tuis voel en waarvan sy baie hou.

Die suggestiewe danse van die wulpse meisies het haar bekoor. Almal was so openlik en spontaan. Op Kingsberg mag hul onderklere beswaarlik aan die wasgoeddraad vertoon word. Dit word eenkant gehang waar dit die minste sigbaar is. Sy onthou hoe haar ma haar berispe het toe sy as kind saam met die seuns op die gras bollemakiesie geslaan het.

"Magdalene! A nee a! Gedra jou."

Haar ma het nader gestorm en haar rok heftig oor haar knieë getrek.

"Dames speel nie sulke speletjies waar hul onderklere gesien kan word nie."

Is onderklere dan heilige drag wat weggesteek moet word? Sy glimlag by haarself. Wat sy vanaand gesien en beleef het, het haar vrygemaak. Sy voel of sy sweef.

Met Andrew val die kans van 'n leeftyd in haar skoot. Sy weet klaar dat sy hierdie geleentheid gaan aangryp. Sy sal saam met hom Egipte toe gaan. Hy bekoor haar.

* * *

'n Week later stap sy en Andrew onderdeur die weelderige kanferfoeliebos wat sy huis se stoep oorskadu.

"Welkom in my snoesige klein koninkryk."

Hy gooi die deur wawyd oop, buig laag en beduie dat sy moet instap.

Die vertrek is nie baie groot nie. Die meubels is van die maklik vervoerbare soort: opvoubare tweesitplek-riempie-bankies, stoele gemaak van vier los jukskeie wat met vier dwarshoute verbind is. Die sitplekke is gemaak van stewige seilmateriaal. Die armleunings is stroke leer wat aan die voorkant met gaatjies oor koperhefboompies vashaak. Voor die twee venters hang dun, uitgewaste wit gordyne, teruggebind met verbleikte bande. Op die vloer lê 'n vierkantige geweefde mat met 'n herhalingspatroon. Magdalene kyk verwonderd daarna.

Andrew verduidelik: "Dit is die kop van die heilige Egiptiese os Apis tussen goue spirale. Die randpatroon is langwerpige kolomme van Egiptiese hiërogliewe uit die Vallei van die Konings."

Die vertrek is stampvol van beeldjies, artefakte, muurbehangsels en snuisterye uit Egipte.

"Sjoe, dis absoluut oorweldigend!"

Magdalene gaan sit op een van die stoele. Sy strek haar bene lank voor haar uit.

"Alles wat ek hier in jou blyplek sien, is soos poësie vir my. Die genot wat dit my gee, is onbeskryflik. 'n Fanatiese blommeliefhebber sal seker so voel as sy in 'n massa asaleas inloop wat vars in die blom is."

"Ja, dis oorweldigend, oorvol, ingeprop en ietwat opgehoop, maar dis 'n vreugde vir my en heel duidelik ook vir jou. Dít is wat saak maak."

Magdalene wys na 'n muurbehangsel. "Vertel my wat dit is."

"Dis die skuit van Khnum. Hy vaar op die Nylrivier saam met die gode Hathor en Horus."

"Ek wil baie graag die Nylrivier sien. Ek dink nie ek het 'n idee van hoe dit regtig daar lyk nie."

"Die Nyl is 'n hele verhaal op sy eie. Hy kronkel vir meer as vierduisend myl vanaf sy ontstaan in die groot mere van Afrika tot in die Mediterreense see. Wanneer die Nyl in vloed is, word vrugbare grond in die valleie neergelaat. Die plantegroei is weelderig en dit wemel van die visse. Die papirus en lotusplante word ook hier aangetref. Herodotus het gesê

Egipte is 'n geskenk van die Nylrivier. Die Nyl is die lewens-aar van hierdie woestynland."

Magdalene verkyk haar aan die aantreklike man. Hy gesels so gemaklik oor die dinge waarvan sy nog net kon droom. Met sy woorde teken hy alles so duidelik vir haar.

"Die skatte, die geheimenisse van die farao's wag om ontdek te word. Ek is een van die uitverkorenes wat toegelaat word om daarmee te help. Ek weet nie hoe lank die Egiptiese owerhede ons Europeërs nog gaan toelaat om in hulle land te werk nie. Daar is reeds gerugte van ontevredenheid oor te baie Egiptiese skatte wat in ander lande opeindig. Die konings sou seker nooit kon droom dat al hul geheime so aan die kaak gestel sou word nie.

"Die farao's het juis met hul grafkelders en die piramides gepoog om alles in die grootste geheimhouding te bewaar. Dit was ook 'n poging om die dood te omseil. Hulle wou in prag en praal verewig word. 'Shall we suffer Death to trample us to nothingness? And must we be scattered, as the whirlwind blows about the desert dust? No! Death shall not dare come near us, nor Corruption shall not lay hands upon our sacred bodies, incorruptible as day'. Tragies, dit is wat hulle van hulself sê. En nou is die mensdom besig om al hul geheime bloot te lê."

Hy kom staan reg voor haar. "And Fate left the haughty rulers to work out their monstrous doom; And, embalmed with myrrh and ointments, they were carried to the tomb; Through the Vale of Desolation, where no beast or bird draws breath, To the Coffin Hills of Tuat – the Metropolis of Death."

Magdalene kyk na Andrew met aanbidding in haar oë. Met sy stem, sy intense kyk na haar en die wonderlike gedig wat hy aanhaal, verplaas hy haar tot binne-in sy misterieuse wêreld.

"Mathilde Blind het hierdie gedig geskryf in *The Tombs of the Kings*," fluister hy hees.

Hy buk af oor haar. Sy kyk na sy lippe, so naby hare. 'n Effense glimlag speel om die hoeke van sy sensuele mond. Hul oë ontmoet. Haar asem stop in haar keel. Hy sit sy hand agter haar nek. Soen haar vol op haar mond. Saggies buig hy haar kop agteroor. Hy verken haar nek met sy lippe.

131

Hy lig haar uit die stoel. Met sy arms om haar stoot hy haar by die oop deur van sy slaapkamer in.

"No better divan need the sultan require, than the creaking old sofa that basks in the fire; and 'tis wonderful, surely, what music you get from the rickety, ramshackle, wheezy spinet."

Terwyl hy William Thackeray aanhaal, lê hy haar saggies op sy bed langs die kaggel neer. Hy maak haar hare los. Trek haar klere uit. Dan maak hy sy klere los. Trek alles uit. Sy voel hoe die hitte van sy liggaam teen haar gloei, en 'n rilling gaan deur haar lyf. Nie omdat sy koud kry nie. Dit is 'n kombinasie van paniek en begeerte.

Sy warm asem gly oor haar skouers. Sy mond en vingers ontdek haar. Sy weet haar lyf verklap haar begeerte. Toe hy by haar ingaan, voel sy ylhoofdig. Dit is pynlik, wonderlik, verruklik.

Die spiere in sy liggaam trek bultend saam. Hy onttrek hom uit haar. Met sy spasma gly die semen sysag teen haar bobeen af. Dit is wonderlik dat hy sulke selfbeheersing toepas. Haar só konsidereer. Sy hortende asemhaling bedaar. Hulle albei raak kalmer. Sy is mal oor hom. Sy lê slap in haar droomman se arms. "En ek ken jou skaars," prewel sy saggies.

Hy is nog kortasem. Met 'n sweterige hand vee hy 'n los string hare uit haar gesig. Hy kyk reguit na haar. "Jy is reg. Jy ken my skaars."

* * *

Die volgende twee maande is Andrew druk besig. Hy tref voorbereidings vir hul reis na Egipte. Sy sien hom net oor naweke en gaan kuier dikwels by Amy.

Een oggend sit hulle weer in haar kamer en kuier.

"Ek het dadelik gekom toe jy laat weet jy het jou hoogste musiekeksamen met lof geslaag. Baie geluk, jong. Ek is trots op my kleinsus."

"Dankie. Ek is so bly jy het gekom. Ek is hoogs in my skik met my prestasie. Om die waarheid te sê, ek is so in my skik met al die gebeure rondom my musiek dat ek skaamteloos oorloop van trots en plesier. My musiekonderwyser, meneer Bryant, het gesorg dat net leerlinge van wel-

gestelde egpare by my musieklesse neem. Hy sê op dié ma-
nier sal ek in kontak kom met invloedryke mense. So sal die
eksklusiewe kringe van die vermaaklikheidswêreld vir my
toeganklik word. Hy is vol vertroue dat ek gou bekendheid
sal verwerf. Ek geniet die optredes by privaat byeenkomste
en spoedig gaan hy ook vir my optredes in Covent Garden
reël."

Magdalene besef Amy is 'n tipiese produk van Kingsberg.
Die glanswêreld bekoor haar. Dit is die blink wêreld van
musiek. Haar wêreld. Sy kan tog nie opgang maak deur mu-
siek te maak vir die mindergegoedes nie.

Sy kyk in Amy se kamer rond. Dit is aansienlik kleiner as
hul kamers op Kingsberg. En nie naastenby so weelderig
nie. Maar alles is pynlik netjies. Die enkelbed is met gestyf-
de wit linne oorgetrek. Langs die bed staan 'n marmerblad-
wastafeltjie met 'n wit-en-blou porseleinkom en beker daar-
op. Aan die sykant van die wastafeltjie hang 'n netjiese wit
handdoek oor die houtreling. Langs die venster staan 'n les-
senaar met 'n regop tolletjiesstoel. Op die sitplek lê 'n hand-
geborduurde kussing. Die okkerneuthout-skrywerskissie op
die lessenaar staan oop. Binne-in is Amy se versierde skryf-
papier. In 'n houtgleufie lê haar pen. 'n Inkbotteltjie staan
regop in 'n ronde gaatjie.

Sy kyk na haar suster se beeld wat in die vollengte spieël
tussen die twee deure van die eikehout-hangkas weerkaats.
Amy se hare het sigbaar meer krulle van die klam weer hier
in London. Haar gelaat is sag en lig. Ma Sarah het hulle
nooit in die fel son van Suid-Afrika sonder hul kappies buite
toegelaat nie. Sy het hare altyd afgehaal sodra hul ma buite
sig was. Dan het sy dit agter teen haar rug aan die linte laat
hang. Wanneer hulle naby die huis gekom het, het sy dit
weer haastig oor haar kop getrek.

Haar ma het dikwels verbaas en met verontwaardiging na
haar gekyk. "Magdalene, kyk hoe het die son jou gesig ver-
brand! Hoe is dit moontlik? Jy is 'n regte rabbedoe. Jy gaan
nog spyt wees. 'n Vrou moet haar oppas."

Vir Amy is dit 'n lewenswyse. Vir haar 'n las. Haar ma se
fieterjasies het net ingemeng met haar speletjies en pret.

Ongekunstelde grasie straal uit Amy se lyf, wat lank en
skraal geword het. Haar oë is sag en vroulik. Haar klere ge-

tuig van goeie smaak, vorm en tekstuur. Sy is goed versorg. Goed opgepas.

Magdalene kan nie help om te wonder wat haar verfynde suster sou sê as sy moes weet van die dekadente lewe wat sy saam met Andrew lei nie. Sy was juis nie baie beïndruk toe sy haar 'n week gelede vertel het dat sy saam met hom Egipte toe gaan nie. Haar skeptisisme is die direkte gevolg van die aand toe sy hulle na 'n konsert by die huis van die hertog en hertogin van Rutland genooi het.

* * *

Dit is 'n koue, reënerige aand toe sy en Andrew saam met Amy in die koets klim. "Ek het my musiekstukke oor en oor geoefen. Meneer Bryant sê ek is goed afgerond. Maar hy sê ook dis heel anders om alleen voor hom in 'n leë vertrek te speel as voor 'n opgewonde, raserige gehoor. Vanaand is my vuurdoop."

Magdalene druk haar hand bemoedigend. "Dink daaraan dat jy goed is. Jy het hard geoefen. Dis juis omdat jy goed genoeg is om op te tree dat jy genooi is. Ontspan. Wees in beheer. Laat jou musiek die res doen."

"Dankie dat julle hier is. Dit is vir my baie gerusstellend."

'n Halfuur later stap hulle met die marmertrappies op na die herehuis. 'n Portier neem hul mantels en vergesel hulle met die gang af tot by die konsertsaal. Die skitterblink vloere weerkaats die figure in 'n mengelmoes van kleure. Magdalene wens sy kon dit skilder.

Toe hulle binnekom, raak dit stil. Hulle word voorgestel. Dadelik daarna gaan die gedempte gelag en gesels weer voort. Andrew is stil en ongemaklik.

Die hertog en hertogin het intussen na vore getree. Sy is stylvol en grasieus. Haar aanvallige vriendelikheid verleen skoonheid aan 'n gesig wat normaalweg nie as mooi bestempel sou word nie.

Die hertog is 'n statige, lang man. Magdalene merk die diep kepe in sy wange en bokant sy wenkbroue op. Watter kommer kan 'n man van sy statuur hê? Sy en Amy maak elk 'n elegante kniebuiginkie. Andrew knik net met sy kop.

Die hofmeester neem hulle na hul sitplekke. Sommige gaste sit op regop stoele teen die mure, ander op gemaklike leunstoele en chaise longues rondom die vleuelklavier. Oral in die vertrek staan mans ontspanne en gesels. Uit die gesprekke kan Magdalene duidelik aflei dat dit 'n uitgelese gehoor is. Soos die aand vorder, sien sy ook hoe Andrew se misnoeë en irritasie 'n hoogtepunt bereik.

"Tog interessant hoe sekere mense moet swoeg en sweet om behoorlike musiek te maak, terwyl ander dit net hét." Die spreker is geklee in 'n roesbruin satynbaadjie met 'n wit valletjieshemp.

Andrew reageer ten aanhore van al die omstanders. "Vat nou maar vir Vivaldi. Hy het nie vierhonderd en vyftig konserte geskryf nie. Hy het een konsert vierhonderd en vyftig keer geskryf."

'n Groepie mans bars uit van die lag; die snobistiese dames kyk met afkeer na hom.

'n Stywelip-dame vestig die aandag op haar: "Musiek is beslis veeldoelig. Buiten dat dit die siel voed, maak dit alles sommer net mooi. Dit bring blydskap. Dit hef die mensdom op. Dit bring ons nader aan die hemel."

Andrew word rooi van verontwaardiging. "Wie gee 'n snars om of die mensdom opgehef word of nie, beter of slegter word, hoër styg of laer daal? Londen is in elk geval soos die hel. Dis 'n onheilige brousel van Bybel en bier, drank en evangelie, dronkenskap en valsheid, ellende en vooruitgang."

Die gaste se hewige reaksie word onmiddellik in die kiem gesmoor toe 'n middeljarige man vorentoe stap en langs die klavier gaan staan. Hy lewer 'n gevoelvolle voorlesing uit *Julius Caesar* van Shakespeare. Tot Magdalene se verligting begin die musiekkonsert direk daarna.

Ná 'n paar sangitems gaan sit Amy voor die klavier. Sy is verbasend kalm.

Die klanke van Brahms se Capriccio opus 76 vul die vertrek. Ná 'n dawerende applous speel sy Brahms se Liefdeslied. Die toehoorders sak behaaglik terug in hul sitplekke.

Andrew, met sy ken gestut in sy hand, staar intens na Amy en luister na die musiek. Magdalene is verlig om te sien hoe hy afskakel en kalm word.

Toe die klavierklanke wegsterf, staan 'n middeljarige man eerste op. 'n Wit krawat van kant steek by sy geborduurde olyfgroen onderbaadjie uit. Hy steek sy arms in verwondering na Amy uit, sy handpalms na bo gedraai. Later sou hulle uitvind sy naam is Alex Harston.

Met die terugrit lê Magdalene met haar kop teen Andrew se skouer. Amy sit regop, ontspanne maar stil. Magdalene het aangevoel dat haar kleinsus onseker oor en lugtig vir Andrew is. Sy is dankbaar toe hy die ys breek.

"Jy is 'n wonderlike pianis. Jou musiek het my heeltemal weggevoer. Ek het skoon vergeet van die verwaande groot-bekke met hulle gesnoef en twakpratery."

Amy lag verleë. "Dankie, Andrew. Ek verstaan dat ons nie almal dieselfde belangstellings het nie. Daarom waardeer ek dit des te meer dat julle vanaand saamgekom het."

"Blikskottel, Magdalene! Maar jy het 'n superieure, or-dentlike, gekultiveerde suster. Sy trap my nie eers uit oor ek die snobs reggesien het nie." Hy draai hom na Amy. "Daardie Alex Harston wat jou so aanbid het. Hý is die regte soort man vir iemand met soveel finesse soos jy."

Amy verander die onderwerp taktvol. "Ek sal nooit enige ander menslike behoeftes hê solank daar musiek om my is nie. Verstaan julle hoekom musiek my lewe is? Om te luis-ter, is een ding. Om jouself daarin te verloor terwyl jy dit voortbring, is iets heel anders."

Die koetsier laai eers vir Amy af. Magdalene stap saam met haar tot by die voordeur. Sy hou haar styf vas voor sy ingaan. Daarna ry hulle na Andrew se blyplek, waar sy die nag by hom deurbring.

* * *

Magdalene se aandag word teruggebring na die hede toe Amy die donkergroen fluweelgordyne effens opsy trek. Sy stoot die skuifvenster se houtraam oop. 'n Ronde swart potjie met goudgeel affodille staan vriendelik op die venster-bank.

Sy kyk by die venster uit terwyl sy praat. "Ek het in die begin hier elke oggend wakker geword van die verkeer se la-waai: die moeisame gang van die perdehoewe op die gladde, toegerypte grond; die hortende geknars van die omnibusse; die geskel van die taxi-toeters; die waarskuwende geklingel van fietsklokkies om die draai.

136

"Saans voor ek aan die slaap geraak het, het ek lê en luister na die geklop en gerammel van die pendelwaens wat na die suide op pad is. Ek kon hoor hoe die jillende werkers die drywers aanpor om vinniger en vinniger te ry.

"Dit alles het my laat besef waar ek eintlik vandaan kom. Ek het die stilte en die groot, oop lugruim van Suid-Afrika as vanselfsprekend aanvaar. Nooit eens gedink hoe dit sou wees daarsonder nie. Jislaaik, Magdalene, ek het my in daardie eerste weke doodverlang na Kingsberg, die bloekombome, die blou lug, die son en die plaasgeluide!"

Magdalene sit haar arm om Amy. "Kingsberg is nog altyd daar. Jy kan teruggaan net wanneer jy wil. Ma en Pa sal maar alte bly wees as een van ons teruggaan. Ek weet dit. Daniel het natuurlik nie 'n keuse nie. Hy móét teruggaan."

"Ek het gewoond geraak aan dinge hier soos dit is. Die kameraderie van Londen se vinnige hartklop kompenseer nou vir die gemis aan my geboorteland. Aan teruggaan dink ek nie eens in hierdie stadium nie. Die geleenthede hier is net die beste. Wat sal ek op Kingsberg gaan doen? Met een van die boere in die omgewing trou? Nee, Sus. Om die waarheid te sê, my droomprins moenie op 'n wit perd na my toe kom nie. Hy moet op musieknote na my toe sweef."

Toe hulle klaar gelag het, gaan sit Amy op die bed. "Jy sê Daniel het nie 'n keuse nie. Dit is inderdaad so. Maar hy is glad nie opgewonde om te gaan boer nie. Sy hele lewe draai om vliegtuie. Hy het met sy laaste besoek aan my onomwonde gesê hy is oortuig Arthur sal 'n baie beter boer as hy uitmaak. Geen mens weet hoe hy by Pa gaan verbykom nie. Maar, ek sê jou. Daniel wil nie teruggaan Kingsberg toe nie."

Magdalene kry koue rillings. "Dit voorspel net moeilikheid. Groot moeilikheid."

HOOFSTUK 13

Alexandrië se hawe is deurmekaar en 'n bynes van bedrywigheid toe hulle van die boot af klim. Magdalene verkyk haar aan die mense en hul dinge.

"Dis soos 'n droom, Andrew. Hoe kan ek ooit genoeg dankie sê?"

"As 'n mens jou drome najaag, moet jy ook soms opoffer en ongerief verduur. Ek waarsku jou, hierdie woestynland is nie speletjies nie. Wanneer die khasim van die suidweste af oor die woestyn waai, is die lugdruk geweldig hoog. Die temperatuur styg maklik twaalf, vyftien grade in 'n paar minute. Fyn stof kom saam met die wind. Die maksimum temperatuur is dikwels agt en veertig grade. Vir die Europeërs is dit erg. Vir my sal dit in elk geval altyd beter wees as Engeland se mistroostige, sonlose klimaat."

Hulle pak die lang tog na Kaïro per bus aan. Vir ure aaneen is dit net sand, met hier en daar langs die Nyldelta landerytjies wat bewerk word. Soms is daar ook groot huise met dadelplantasies voor wat soos forte in die vaal landskap opduik. Dan is daar weer die werkers se armoedige skuilings op die lande waar hulle katoen pluk en groente oes.

Die reis is ongemaklik en uitputtend, maar Andrew gesels deurentyd interessant. Magdalene hang aan sy lippe.

"Alexander die Grote het in 332 voor Christus na Egipte gekom. Die hawe is na hom genoem. Die beroemde vuurtoring daar is een van die sewe wonders van die Antieke Wêreld. Dit het oor die eeue saam met 'n deel van die land in die see verdwyn. Daar word vermoed dat dit tans êrens naby die hawe onder die see lê."

Magdalene kan haar opgewondenheid nie beteuel nie.

"Sal dit nie wonderlik wees as dit nog in óns tyd ontdek word nie?"

Andrew praat rustig voort.

"Ahnasia, suid van Memphis, was die eerste hoofstad. Daarna Thebes en toe Alexandrië. Kaïro het eers in 969 ná Christus die hoofstad van Egipte geword."

"Hoe beny ek jou kennis, Andrew. Jy moet vertel en vertel en niks oorslaan nie. Ek wil alles van hierdie fabelagtige land weet."

Later raak sy met haar kop op Andrew se skouer aan die slaap. Dit is al donker toe hulle Kaïro bereik. Hulle gaan by vriende van Andrew tuis wat 'n gerieflike huis op die oewers van die Nyl het.

* * *

Die volgende dag stap hulle deur die strate van die ou stad voordat hulle na die museum gaan. Oral is donkiekarretjies gelaai met waatlemoene. Onder seile wat aan pale teen die geboutjies se mure gespan is, staan kartonhouers vol koolkoppe, uie en wortels. Helderkleurige lappe hang ingeryg aan die relings. Mandjies van alle groottes en kleure is hoog teen die mure opgestapel. In groot, oop braaipanne maak mans in wit katoenrokke met tulbande om hul koppe, groente gaar. Hulle braai ook repies vleis.

"Die kos is heerlik anders."

Hulle sit voor die Kaïro-museum op 'n bankie en eet.

Sy verwonder haar aan die gebou. Dit lyk heel duidelik anders as die tradisionele geboue in Kaïro.

"Hierdie nuwe museum is in 1902 eers amptelik geopen. Dis op aandrang van die Franse Egiptoloog Mariette Pasha gebou. Die twee standbeelde aan weerskante van die ingang verteenwoordig die simbole van die noorde en suide van Antieke Egipte. Kyk, een hou die lotus vas en die ander een die papirusriet."

"Van nou af sal die lotus my gunstelingblom wees. Ek gaan dit ook skilder."

In die museum besoek sy die indrukwekkende biblioteek. Andrew loop saam met haar deur al die vertoonlokale, wat oor twee verdiepings strek. Sy luister met belangstelling toe hy vertel hoe die farao's se mummies in die Vallei van die Konings ontdek en per boot op die Nyl na die museum vervoer is.

"Die landvolk en plaasarbeiders het oral langs die rivier se oewers byeengekom. Soos die boot met die eertydse konings verbygevaar het, het die mans geweerskote in saluut afgevuur. Die vroue het klaagliedere gesing terwyl hulle as oor hul gesigte gestrooi het."

"Wat 'n aangrypende gesig moes dit nie gewees het nie!"

* * *

By Gizeh sluit hulle hulle aan by die spanne argeoloë wat opgrawings doen. Magdalene is in haar element. Daar is tye dat sy Andrew vir dae aaneen nie sien nie, maar sy vra nie vrae nie. Die ander werkers in haar groep laat val soms net terloops dat hy by vriende in die stad is. Sy mis hom, maar aanvaar dit. Hy is immers nie 'n verduideliking aan haar verskuldig nie. Sy wil hom geensins aanstoot gee nie.

Die weke en maande gaan verby. In die intieme atmosfeer van saamwerk en hulle albei se vurige belangstelling in die Egiptiese kuns en kultuur, is dit onvermydelik dat Magdalene al hoe meer tot Andrew begin aangetrokke voel. Dit is haar hartsbegeerte dat hy met haar sal trou. Sy wil niemand anders hê as net vir hom nie. Die tye wat hy haar alleen los, word vir haar onuithoudbaar.

Toe hulle een aand weer voor die tent op hul opvoustoeltjies sit en wag dat die vleis op die kampvuur gaar word, sit Magdalene haar hand op Andrew se sonbruin bobeen.

"Jy moet saam met my Suid-Afrika toe gaan wanneer ek weer by my ouers gaan kuier. Ek wil jou baie graag aan hulle voorstel."

"Dit klink amper of jy met my wil trou!" skerts hy. "Ek dink nie ek is troumateriaal nie."

Hy bly eers 'n rukkie stil. Met sy duim en middelvinger skiet hy 'n sigaretstompie in die vuur.

"Dis reg, ek sal saamgaan. Onthou net dat ek nie deel gaan wees van enige snobisme nie. Jou mense sal my moet aanvaar soos wat ek is."

"Jy sal darem net 'n das moet aansit by die etenstafel. Geen man op Kingsberg verskyn saans aan tafel sonder 'n baadjie en das nie."

"Ag, spaar my die ellende! Wat 'n sotlike stommiteit is dit tog om in die warm Afrika steeds soos Europeërs te probeer leef."

Hy staan op en draai die vleis op die rooster om.

"Die laer klasse in Engeland het my nog altyd gefassineer. Hulle is die enigste groep wat, ten spyte van swaarkry, boheems gebly het in murg en been. Hulle is luidrugtig vrolik en bar. Hulle vorm 'n sterk kontras met die res van die Britse nasie wat 'n rigiede, knorrige ou spul is. Laat ek jou vertel, sedert John Knox se dae is dié ou spul steeds doodbang vir enige vorm van blydskap of vreugde.

"Dis vandag nog dieselfde scenario as in die elfde eeu toe die Saxons teen die Normandiërs geveg het met die slag van Hastings. Daar is Engeland aan Willem die Veroweraar onderwerp. Op die vooraand van hierdie geveg het die Normandiërs die nag in gebed deurgebring terwyl die Saxons die hele nag luidrugtig vrolik en onbeheers dronk was."

Magdalene luister aandagtig. Sy staan op en sit die gaar vleis in hul borde.

"Ek sou miskien ook eerder gebid het. Tog verstaan ek dat die ongekompliseerde lewe vir jou groter bekoring het. Ek is self baie meer tuis hier om die kampvuur as aan tafel met 'n klomp hoogmoedige gaste tussen silwer en porselein."

Andrew eet die vleis met sy hande. Lek sy vingers af.

"Kyk nou net hoe lekker sit ons hier en eet. Ons het die minimum nodig. Praat van 'n pyn in die nek, dan is dit die etes van my kinderdae! My pa het gewoonlik die tafelgebed gerek na twee of drie minute net om ons daaraan te herinner dat ons nie aan tafel is om dit te geniet nie. Nee, ons moes bewegingloos daar sit. Ons moes ons kos eet sonder om geselsies aan te knoop. My ma het altyd gesê ons moet nooit by kuiermense aan tafel probeer gesels nie. Niemand gaan vir jou handeklap as jy die stilte verbreek nie. Inteendeel, jy gaan waarskynlik nooit weer genooi word nie."

Magdalene lag uitbundig en soen hom op die wang.

"Was dit regtig so erg?"

"Ja, dit was presies so erg. Vakansiedae moes ons tuisbly. My ma het gesê net die gepeupel gaan op sulke dae uit. Die ordentlike mense bly binnenshuis. Verstaan jy? Al weer bang hulle geniet dalk iets."

"Wel, ek is seker jy gaan Suid-Afrika geniet. Wanneer ons volgende maand terug is in Engeland, sal ek my ouers laat weet. Dit is vir my baie belangrik dat hulle jou ontmoet."

HOOFSTUK 14

Die motorbestuurder kom haal hulle met die Bentley op Gumtree se stasie. Die son skyn warm toe hulle Kingsberg se werf binnery.

Andrew vee die sweet van sy voorkop af. "Afrika, ek hou van jou."

Die motor stop en hy spring uit. Hy vang Magdalene in sy arms en sit haar op die grond neer. Speels slaan hy haar op die boud. Sy koes en lag. Die motorbestuurder kyk taktvol weg.

"Gedra jou!"

"Ag, kom nou! Ek weet mos jy geniet dit."

Dan kyk hy op na die sandsteenkasteel wat bo hulle uittroon. Hy deins terug en val skuins teen die motor. "Jeepers creepers! Flippit, Magdalene! Hoekom het jy my nie gewaarsku nie? Dis mos nie my scene hierdie nie. Ek donner sommer dadelik terug Egipte toe."

"Toe nou maar, bedaar! Daar kom my ouers aangestap. Hou jou in. Jy sal dit oorleef. Is jy dan nie die een wat altyd sê ons moet die hede geniet nie? Geniet dan nou alles wat hier vir jou aangebied word."

Magdalene omhels haar ouers. Andrew staan met sy duime in sy broeksakke gehaak en kyk vir hulle.

"Ma, Pa, ontmoet vir Andrew. Andrew, dit is my ouers."

Hy beweeg nie. John steek eerste sy hand uit. Hy neem dit huiwerig. Sarah glimlag vir hom. "Welkom op Kingsberg, Magdalene se wêreld. Ek hoop jy gaan 'n genotvolle tyd saam met ons hier deurbring."

Die bediendes staan gereed om hul bagasie in te dra. Hulle wag op Sarah se bevele. "Magdalene se goed gaan na haar kamer. Julle weet waar dit is. Die kamer op die end van die gang is vir ons gas reggemaak. Maak sommer die buitedeur na die balkon wyd oop sodat vars lug kan inkom."

"Slaap ons dan nie saam nie?"

"Sjuut!"

Andrew lag. Sy knipoog vir hom.

* * *

Die aand aan etenstafel wil die gesprek nie vlot nie. Die atmosfeer is gespanne. Andrew leun agteroor in die eetkamerstoel. Sy das hang skeef.

"Ek het nie geweet hier woon sulke ryk Engelse in Suid-Afrika nie. Die lewe sorg vir soveel verrassings! Afrika bied voorwaar 'n geleentheid vir Europeërs om hulself te verryk."

Sarah en John is stil geskok. Hulle sê niks.

Andrew bekyk die kos krities. Op 'n ovaalvormige vleisbord is 'n groot gebraaide skaapboud. In aparte porseleinbakke is opgekookte aartappels, groen-ertjies en spinasie. Aspersies met witsous is netjies op 'n slaaibord gerangskik. Hy beduie aan Magdalene dat sy vir hom moet inskep. Uit die hoek van haar oog sien Sarah hoe sy aan hom stamp en wys dat hy moet regop sit. Hy sak dadelik nog laer af in sy stoel en hou sy glas uit vir nog wyn.

"Voltaire het gesê die Engelse se kookkuns laat veel te wense oor. Hy het gesê daar is vyftig verskillende godsdienste in Engeland, maar net één soort slaaisous."

Sarah word bloedrooi.

John verbreek sy stilswye. Hy vat hom aan oor sy vorige aanmerking. "Ons lewer darem 'n bydrae hier in Suid-Afrika om die land op te bou en te ontwikkel. Ons dra nie net die land se waardevolle erfenis weg soos wat die Europeërs in Egipte doen nie."

Hy skuif reg en sit vorentoe in sy stoel. "Nou sleep jy my dogter saam met jou daarheen."

John praat afgemete. Sarah kan sien hy hou hom met moeite in bedwang. Die oomblik toe Magdalene met hierdie man op Kingsberg afgeklim het, het sy geweet hulle gaan nie regkom nie. Andrew, nonchalant met sy duime in sy broeksakke gehaak. Die ongepoetste manier waarop hy so opsommend na hulle gekyk het. As John nie sy hand eerste uitgesteek het nie, sou hy hulle seker glad nie gegroet het. Dit was ongehoord. Andrew stuur 'n boodskap van minagting uit.

"Sy het geswig voor my sjarme en self besluit om saam met my te gaan. Of hoe, Magdalene?"

Magdalene bloos. Sy antwoord nie en eet verder asof sy nie hoor wat Andrew sê nie.

Sarah sien die verslaentheid op John se gesig. Sy kyk na Magdalene. Sy kan nie glo dat sy geensins reageer nie.

John sit sy servet neer. Hy verskoon hom en verlaat die eetkamer.

Magdalene skuif haar bord weg en staan op. "Dankie, Ma, die kos was lekker." Sy haak by Andrew in. Hulle gaan sit op die stoep, waar hy een sigaret ná die ander rook.

* * *

John staan in die skemer voor die kamervenster toe Sarah binnekom. Hy het nie die lig aangeskakel nie. Hy draai na haar, gee 'n kuggie en maak sy keel skoon. "Ek kan nie glo dat Magdalene so verlief is op hierdie man nie. Kan sy nie sien wie hy is nie? Dis asof daar 'n towerspreuk oor haar uitgespreek is wat haar heeltemal verblind. Ek ken haar nie so nie. Sy tree soos 'n vreemdeling op."

"En ek hou net niks van hierdie Egiptiese ekskursies nie. Ek gril behoorlik daarvoor. Almal praat van die vloek wat op mense rus wat hulle met die opgrawings daar besig hou. Laat staan nog met die farao's en hul grafte peuter."

Sy sien hoe John hom nou ook vir haar vererg.

"Ag, Sarah, moet tog nie nog sulke nonsens ook kwytraak nie. Jy weet mos dis ouvroupraatjies. Konsentreer liewer op wat ons kan doen om hierdie koerslose, onwerkbare verhouding te beëindig. Bid jou aan! Magdalene wat ál Kingsberg se weelde en gemak tot haar beskikking het, krap en grawe soos 'n armlastige tussen die klippe en stof van Egipte rond. Het jy gesien hoe lyk haar hande? Kyk hoe het die son haar al verbrand. Dit is totaal onaanvaarbaar."

Hy gaan sit moedeloos op die bed met sy kop in sy hande. "Ek het my kinders se toekoms reeds uitgewerk. Nou is dinge met ons oudste dogter heeltemal anders as wat ek dit beplan het."

Sarah vererg haar omdat hy haar ook aanvat. Sy weet waarvan sy praat en hy maak alles af of dit niks is nie. Die vloek van die farao's is 'n bewese feit. Hoeveel keer het sy nie al daaroor gelees nie? Hoe durf hy haar kennis en oordeel in twyfel trek? 'n Lam gevoel oorval haar. Sy is moeg.

"Kom ons probeer maar slaap. Môre sal genoeg sorge van sy eie oplewer."

"Sláááp, sê jy? Ek sal vannag nie 'n oog toemaak nie. Dat my eie kind my so ontstig! Net môre sal ek met haar praat.

Alleen. Daardie vent moet net nie by wees nie. Hy bedot en bewimpel haar. By hom is sy heeltemal begogel. Ek gaan haar ernstig aanspreek en vermaan."

* * *

Hy kry nie 'n geleentheid om met Magdalene te praat nie. Sy sorg dat sy nooit alleen is nie. Sy bring haar vakansie grotendeels saam met Andrew in die snoekerkamer deur. Daar beskilder sy (met Sarah se toestemming en John se bittere teenkanting) die plafon en mure met Egiptiese tonele en lotusse. Sy skilder ook familieportrette van foto's af wat sy uit die albums in die biblioteek gaan haal het.

Andrew verwyl sy tyd deur snoeker te speel met 'n drankie in die hand. Af en toe bewonder hy haar kunswerke en gee raad. Waar sy ook al beweeg, in die huis of buite, is hy altyd aan haar sy.

En voor John weet, vertrek hulle Egipte toe. Hy moet, teen sy sin, erken dat haar tekeninge in die snoekerkamer uitstekend is. Dit skep 'n spesiale atmosfeer. Die familieportrette is ook besondere kunswerke. Dit word geraam en in die biblioteek gehang. Hy spog daarmee by sy vriende en besing sy dogter se talente. Maar die Magdalene wat hy eens geken het, het hy verloor.

* * *

'n Jaar later is Magdalene weer op Kingsberg. Hierdie keer kom Andrew egter nie saam nie.

"Dinge is besig om skeef te loop in Egipte. Die Europeërs word een ná die ander afgedank en teruggestuur na hul land van herkoms.

"Andrew se boek oor die farao's het 'n maand gelede verskyn en hy werk reeds aan 'n opvolg daarvan. Hy werk baie hard en skryf hoofsaaklik saans wanneer hy terug is van die museumkroeg waar hy tans werk. Ek het 'n reeks portretstudies vir die boek gedoen en 'n uitstalling daarvan in die Arlington-galery gehou. Ek hoop om volgende jaar nog uitstallings te hou en om net so goed te vaar soos met hierdie een."

145

Sy haal 'n afdruk uit haar handtas en sprei dit op die tafel voor John en Sarah oop.

"Ek het vir julle 'n afdruk van dié Egiptiese koningin gebring. Sy het 2 700 jaar voor Christus geleef. Die portretstudie het ek van haar dodemasker af gemaak. Dit is opgetel nadat diewe wat haar grafkelder geskend het, die masker net so agtergelaat het. Die oorspronklike portret is op 'n uitstalling aan 'n welgestelde Amerikaner verkoop. Al my portrette van die farao's is van dodemaskers en Egiptiese tekeninge af gerekonstrueer om dit so getrou moontlik weer te gee."

Sy maak die houtkis wat sy saamgebring het, trots oop.

"Ek het hierdie uiters waardevolle artefakte spesiaal vir Kingsberg se museum saamgebring. Julle moet dit soos goud bewaar."

Binne-in die kis is 'n aantal dodemaskers van die farao's. Daar is ook beeldjies, kleipotte en gereedskap wat uit die grafkelders gehaal is.

John beduie na 'n donker paneel hout onder in die kis.

"Wat is dié?"

"Dis hout van die seders van Libanon wat die Egiptenare gebruik het as deksels vir die doodskiste."

Sarah kyk skepties daarna. Sy ril.

"Is jy nie bang jy bring die vloek van die farao's oor ons nie?"

"Asseblief! Moet net nie vir my sê Ma glo daardie onsinnige, irrasionele praatjies nie."

"Ek het vir jou ma gesê sy moet ophou met haar bogpratery. Sy ontstel 'n mens net nog verder daarmee."

Magdalene kyk ergerlik na John.

"Nou wat is daar dan nóg wat Pa so ontstel?"

"Andrew Bradly! En julle albei se malheid om daar in die dorre woestynland rond te swerf soos nomades. Wat de hel het jy aan daardie man, Magdalene?"

"Wat ek aan hom het, Pa, is dat hy my goed laat voel. Dat hy my drome waar gemaak het. Dat ek vir die eerste keer in my lewe presies dit doen waarvoor ek 'n passie het. Wat is so verkeerd daarmee?"

"My magtie! Kan jy so blind wees? Hy is 'n lamsakkige, ruggraatlose karakter. Toe julle laas saam hier was, het hy hom soos 'n regte skollie gedra. Sy gedrag was, wat my betref, immoreel en onbetaamlik. Hy pas hoegenaamd nie by Kingsberg se standaarde nie. Hierdie man is 'n geveinsde jakkals wat jou op sleeptou hou. Jy is 'n Adams, Magdalene. Jy behoort aan Kingsberg. Dís waar jy hoort. Nie aan die sy van so 'n boef en beslis ook nie tussen die gemors daar in Egipte nie. Magtig, man, kom terug na waar jy hoort en kry jou kop agtermekaar."

John sak uitgeput op die naaste stoel neer. Sarah gaan staan agter hom en plaas haar hande op sy skouers. Magdalene kom staan reg voor hulle.

"Pa se tirade bevestig maar net aan my dat ek nooit ooit weer hier wil bly nie. Ek het my eie lewe waarin ek 'n groot behae het. Ver weg van hierdie plek met sy hovaardige vertoon en kunsmatige verhoudings waar dinge toegesmeer en verdoesel word en almal voorgee wat hulle nie is nie. Wat 'n klug! Julle is slagoffers van julle Britse voorgangers by wie elke sosiale situasie bedrog is, deurspek met misleiding, kniediep in verwarring, verskuilde agendas, subtiele wedywering, passiewe aggressie en paranoïese ontreddering. En, terloops, die man wat Pa so pas uitgekryt en sleggesê het … wel, ek gaan met hom trou."

Sarah verberg haar gesig in haar hande. John haal diep asem; vat aan sy baard. Hy praat afgemete. Speel sy vernaamste troefkaart.

"As jy met Andrew Bradly trou, onterf ek jou."

Sarah se kop ruk orent. Sy vat haar hande voor haar betraande gesig weg. "John, John! Jy weet nie wat jy sê nie. Asseblief! Trek jou woorde terug. Sê jy het dit nie bedoel nie. Ek smeek jou."

Sy loop na Magdalene en hou haar styf vas terwyl sy haar soos 'n klein kindjie heen en weer wieg. Magdalene soen haar ma se voorkop en wikkel haar los uit die omhelsing.

John maak Sarah met 'n driftige handgebaar stil.

"Ek het klaar gepraat. Dis óf jou erfporsie óf Andrew Bradly. Besluit maar self."

"Ek het nie Pa se geld nodig nie. Andrew kan goed vir my sorg. Ek verruil my lewe met hom vir niks ter wêreld nie."

Magdalene en John praat nie weer 'n woord met mekaar nie. Hy sorg ook dat hy nie tuis is vir etes nie. Sarah kuier alleen met haar. Hoewel sy diep bedroef is oor die ongelukkige omstandighede, is die samesyn met haar dogter vir haar goud werd.

Magdalene vertel al die nuus van Amy en Daniel. Sy dramatiseer alles vir haar ma, en Sarah luister vir ure aaneen. Sy maak prentjies in haar kop oor haar kinders in Engeland. Sy word daarheen verplaas; leef haar in in hul doen en late. Magdalene teken alles so duidelik met haar woorde. Net soos haar skilderye.

"Daniel se kruisverhoor vir sy goedkeuring om by die Koninklike Lugmag aan te sluit, was volgens hom baie stresvol. Daar staan hy voor 'n lang tafel. Vyf mans in siviele drag kyk hom ondersoekend aan. Sommige vrae is irrelevant. Ander, weet hy, is belangrik. Dit sal die deurslag gee of hy aanvaar of afgekeur word.

"Hoekom wil jy by die Lugmag aansluit?'

"Hierdie een moet hy reg antwoord. 'Ek het die regte temperament daarvoor. Dit is my passie om te vlieg. Ek weet ek kan dit goed doen.'

"Die mans knik hul koppe goedkeurend. 'Wat doen jy in jou vrye tyd?'

"'Ek speel krieket en bou modelvliegtuie.' Weer in die kol.

"Toe die onderhoud verby is, weet hy hy is aanvaar. Uit 250 punte kry hy 185. Bogemiddeld. Die skriftelike eksamen slaag hy ook goed.

"En toe, 'n paar dae later, sy eerste vliegles! Hulle gaan vir net 'n halfuur op. Die instrukteur maak hom in die agterste sitplek vas en klim self in die voorste sitplek. Hy werk alleen met die kontroles. Verduidelik onafgebroke. Stuurstok sagkens vorentoe en die neus sak."

Magdalene beduie entoesiasties met haar hande. Sarah se oë volg elke beweging.

"Sagkens agtertoe en dit styg. Sagkens na die kante toe en die vliegtuig kantel. Voete op die voetstuur, dan die eerste gesinchroniseerde draaie. Daniel moet net eers die gevoel kry. Hy leun oor die rand van die stuurkajuit. Die wind raps hom liggies in die gesig. En hy weet: hierdie is sy lewe. Hy wil niks anders doen as vlieg nie.

"'n Paar dae later neem hy self die kontroles oor. Die motore kry raserig lewe en draai in die rondte. Die vliegtuig begin beweeg oor die hobbelrige veld. Hy laat die vliegtuig foutloos opstyg. Die gras sak geleidelik laer en laer. Die landskap onder hulle lyk soos 'n vreemde wêreld. Die vliegtuig swaai effens in die middag se hittestrominge. Hy is eufories gelukkig, bruisend opgewonde. Dis wonderlik om self in beheer te wees.

"Versigtig draai hy die vliegtuig teen die wind. Daal neer na die landingstrook. Dit gly neer op die aanloopbaan. Dit raak-raak aan die gras en rem. 'n Perfekte landing. Die instrukteur sê hy het die oog en die tydsberekening van 'n gebore vlieënier."

Sarah is self in die vliegtuig. Sy voel die wind teen haar wange. Sy wens sy kan haar seun teen haar hart vashou. Sy is so trots op hom.

"Mensig, kind! Jy vertel asof jy self daar was."

"Kyk, Ma, as Ma hierdie storie soveel keer gehoor het soos ek en Amy, sou Ma dit ook in die fynste detail kon oorvertel. Elke keer dat ons saam kuier, vertel Daniel dit. Oor en oor. En elke keer is hy so opgewonde soos 'n kind met 'n nuwe speelding."

"En meisies? Het hy nog nie 'n liefde in sy lewe nie?"

"Nee, Ma. Hy is ongelooflik aantreklik in sy lugmaguniform en die meisies is mal oor hom. Die gewedywer oor hom gee hom 'n goeie selfbeeld en baie selfvertroue. Maar hy sê sy eerste liefde is vlieg. Alle ander dinge kom tweede. Hy wil nie nou al in 'n ernstige verhouding betrokke raak nie.

"En Amy? Vertel van Amy." Sarah sit vorentoe.

"Ontspan. Netnou val Ma van die stoel af. Sit nou lekker terug dan vertel ek."

"Ek sien vir Amy meer as vir Daniel. Uit die aard van sy opleiding kan hy nie rondbeweeg soos hy wil nie.

"Amy is pragtig; 'n regte dame. Sy floreer in die musiekwêreld en geniet die blink sosiale lewe wat dit bied. Ek moet sê sy pas perfek daarby in. Ek was saam met haar na 'n feesgeleentheid in die banket-en-balsaal van die universiteit. Dit was te spoggerig vir woorde."

Sarah sit weer kiertsregop. "Vertel, vertel. Ek luister."

"Die houtpilare in die wandelgange en die saal was met loofwerk versier. Louriertakke het teen die pilare opgekrul. Bo-op die pilare het dit in gevlegte kranse bymekaar gekom. Groot potte met welige varings het aan die een kant van die saal tussen die pilare gestaan. Aan die ander kant het die buffet-tafels gestaan. Ons het heerlik geëet aan hoender, eend en salmslaai. Daar was ook aarbeie en roomys. Groot glashouers vol rooiwynpons het oral gestaan. Ons het ons glase sommer 'n paar keer volgemaak.

"En Ma moes haar sien toe sy voor die klavier gaan sit! Sy het een van Ma se wonderlike skeppings aangehad. Daardie wye satynromp met die borduurwerk onder aan die soom. Ek het haar gehelp om die sagte lae kant van die bostuk oor haar arms en bolyf te trek. Ook om die hakies deur die ringetjies te druk. Dit pas perfek om haar middellyf. En, soos altyd by hierdie geleenthede, dra sy die pêrels wat Ma vir ons saamgegee het die dag toe ons hier weg is.

"Sy het Beethoven se Maanligsonate gespeel en 'n staande ovasie gekry. Die mense het soos miere ingestroom om haar te hoor. Hulle het al die bespreekte plekke ingeneem, die galerye was vol en teen die mure het hulle soos pilare ingeryg gestaan. Die son het deur die pers-en-oranje ruite van die groot loodglasvenster aan die agterkant van die saal geval. Dit het die inkomendes in 'n gloed van goud en ametis gehul. Ek wens ek kon dit skilder. Dit was 'n ongelooflike prentjie."

Sarah lê die fraai prentjie in haar geheue vas. Sy sien die some van die dames se wye, lang rokke wat saggies op die vloer lê. Net hier en daar steek die punt van 'n fyn skoentjie uit. Sy sien Amy voor die klavier, en haar hart wil bars van trots. Sy sal bitter graag self weer in Engeland wil wees. Haar oë skiet vol trane.

Magdalene skuif nader aan haar. Sy vat haar hand.

"Ma, ek is jammer dat ek nie ook, soos Amy, jou en Pa se drome kan waar maak nie. Die glanswêreld is nou maar eenmaal nie vir my nie. Ek ondersteun Amy waar ek kan. Maar elke keer dat ek terug is in my eie wêreld van verf, skilderkwas, raam en esel, palet en skilderdoek, weet ek waar my liefde lê. Saam met Andrew het ek 'n wonderlike wêreld van eenvoud ontdek: eenvoud te midde van die grootste skatte wat die wêreld kan oplewer. Dit maak my gelukkig. Verstaan Ma dit?"

Sarah druk haar hand. "Ek verstaan my kind. Ek verstaan maar alte goed. Flower McLurg het my geleer dat daar 'n vol, gelukkige lewe kan wees sonder rykdom en glans. Herinneringe uit my eie kinderjare staaf dit ook. Ja, dit is vir my heeltemal aanvaarbaar. Wat ek egter moeilik aanvaar, is jou verhouding met Andrew. Ek verstaan dat julle mekaar tans aanvul in dit waarmee julle besig is. Dit is wonderlik om dieselfde belangstelling en passie te deel. Maar ek is eerlik met jou as ek sê ek betwyfel dit sterk of hy jou enduit gelukkig sal maak. Ek sien hom nie as 'n steun-pilaar nie. En beslis nie as 'n gesinsman nie. Dit lyk eerder of hy 'n alleenloper moet wees. Ek sien 'n mens wat nie ge-bind wil wees nie; iemand wat sy eie ding wil doen. Toevallig pas jy tans perfek by sy prentjie in. Dit gaan nie hou nie, my kind. Hoe ouer jy word, hoe moeiliker gaan dit wees om hierdie lewenswyse vol te hou."

Magdalene los haar ma se hand en spring op. "Moet dan nie vir my sê dat Ma verstaan nie. Niemand verstaan nie. Ek het Andrew lief. Ek is mal oor hom. Hy laat my soos 'n ware vrou voel; soos die belangrikste mens op aarde. By hom is ek slim, mooi, begeerlik, handig, aanvaarbaar."

"Hier by ons was jy ook altyd aanvaarbaar, slim, mooi."

"Ja, maar net tot op 'n punt. Sodra iets nie gestrook het met julle blink lewenstyl nie, was dit onaanvaarbaar. An-drew het my vry gemaak: vry om al my begeertes sonder voorbehoud uit te leef, 'n mens uit eie reg. Hy gee my water en ek is die plant wat floreer en teen hom oprank. Niks gaan my van hom af wegvat nie. Niks. Nie eens Pa se erfporsie nie. Wat sal Pa se rykdom my baat as ek verlep en dood-gaan?"

Sy keer haar rug op Sarah.

"My kind, my kind, jy moenie so opstandig wees nie. As-seblief. My huis sal altyd vir jou oopstaan. Moenie dat hier-die dinge ons van mekaar vervreem nie. Moenie dat ék ver-lep en doodgaan nie. Dit is presies wat sal gebeur as ek jou moet verloor. Kom huis toe. Kom altyd net weer huis toe. Ek smeek jou. Moenie alleen swaarkry nie. Ek sal altyd hier wees vir jou. Ek is baie lief vir jou."

* * *

Magdalene gaan gouer terug Engeland toe as wat sy aan-vanklik beplan het. Die dag voor haar vertrek pak sy en Sa-rah saam die Egiptiese artefakte sorgvuldig in die museum uit. Teen een van die mure staan die glaskas met Daniel se modelvliegtuigies netjies daarin uitgestal.

151

'n Handige plaaswerker help hulle om die laaste skilderye wat Magdalene van die familieportrette gemaak het, teen die biblioteek se mure te hang.

Die dag met haar vertrek is John baie besig. Hy kan nie saamgaan stasie toe nie. Hy groet Magdalene op die plaas. Sarah ry saam.

Toe die trein vertrek, gaan sit sy op een van die bankies onder 'n groot bloekomboom. Sy staar in die rigting waar die laaste rookwolkies wasig in die middaghitte verdwyn. Lank en skril fluit die trein vir oulaas toe dit oor Meulspruit se bruggie ry. Sy is nie lus om huis toe te gaan nie. Die motor-bestuurder wag geduldig vir haar.

Sy kan die gevoel van naderende onheil nie van haar af-skud nie.

HOOFSTUK 15

Magdalene en Andrew trou alleen en stil voor die magistraat in Londen. Van 'n wittebrood is daar min sprake; Andrew keer sonder haar terug na Kaïro, waar die Egiptiese regering binne maande die meeste Europese kenners en geleerdes in die onderskeie departemente van die museum afdank. Die Europese ambassades protesteer heftig, maar sonder enige resultate.

Sy ontvang 'n brief van hom. Maak dit met bewende hande oop. Verloor alle hoop om weer na Egipte te gaan toe sy dit lees.

Hallo Magdalene,

Ek sal oor vier weke terug wees in Londen. Ek haat die gedagte dat ek moet teruggaan. My lewe is hier in Egipte. Ek kan nie verstaan dat ons owerhede so vrotsig is dat hulle niks kan beding vir die Europeërs om hier aan te bly nie. Die Egiptenare gaan nog bitter spyt wees dat hulle ons deurwinterde bekwaamheid en deskundigheid verloor. Dit is ondenkbaar dat hulle ons met hulle eie onbevoegde mense wil vervang. Dit ná soveel deurbrake wat ons gemaak het met al die navorsing. Ek is bitter.

Andrew

Sy maak die huis skoon en pak alles reg. Hang nuwe gordyne voor die vensters. 'n Beknopte kamertjie aan die agterkant van die huis, langs die kombuis, rig sy in as ateljee. Sy bring die grootste deel van elke dag daar deur. Maar sy werk halfhartig aan haar skilderye. Die alleenheid begin haar onderkry.

Sy voel onseker oor die gebeure in Kaïro. Sy is bekommerd oor Andrew. Die brief voorspel niks goeds nie. Elke woord daarin getuig van opstand en bitterheid.

Sy tob oor alles wat Sarah van haar en Andrew gesê het. Hoeveel waarheid skuil daar in haar ma se woorde? Dan skud sy die negatiewe gedagtes van haar af. As Andrew net eers weer terug is by haar, sal sy meer gerus wees.

Amy, wat nou al vas uitgaan met Alex Harston, ontferm haar oor Magdalene. Hulle weet sy is alleen en kom kuier dikwels vir haar. Soms gaan sy ook saam met hulle uit.

Sy is dankbaar toe hulle haar saamnooi vir 'n kort vakansie na 'n klein vissersdorpie in Skotland. Die omgewing is prentjiemooi. Die hawe het plek vir net tien bote.

Daar is een enkele straat wat steil opdraand loop, deur die dorpie tot op die kruin van 'n hoë heuwel. Heel bo op die plato staan 'n pragtige Gotiese kerkie. 'n Juweel. Dit is omring deur stokou mosbegroeide grafstene. Wilde hawer groei geil tot waar die top van die kloof oor 'n asemrowende donkerblou oseaan uitkyk. 'n Skilder se droom. Sy maak potloodsketse om dit later in olieverf te doen.

Hulle gaan tuis in die enigste herberg op die dorp. Die kamers is skraps maar netjies en voldoende gemeubileer. Al die vensters kyk op die see uit.

Bedags sit hulle op strooistoele by 'n houttafeltjie en eet terwyl die klank van die see gerusstellend en kalmerend op die agtergrond ruis. Op mooi dae stap hulle langs die see. Links van hulle is die massiewe rotse teen die kloof, regs die wye strand, net hier en daar onderbreek deur swart rotse wat uit die wit sand steek.

Magdalene sien hoe Amy en Alex lief word vir mekaar. Alex se hare is al plek-plek grys. Amy sê hy is tien jaar ouer as sy. Hy is nie uitsonderlik mooi soos Andrew nie. Maar hy is tog aantreklik. Sy houding en voorkoms lyk soos iemand van hoë afkoms. Sy kan nie help om te dink aan haar pa se woorde aan hulle toe hulle nog tieners was nie: "Klas, goeie bloed, edelheid, dit is alles ver beter as skoonheid."

Wanneer die dae winderig en die see onstuimig is, stap hulle deur die vlei of sit op die ou verweerde klipbank langs die kerk, beskut teen die wind. Hulle kyk hoe die kraaie wat in die kerktoring nesmaak, in- en uitvlieg.

Tussen die omgevalle klippilare groei welige bosse geel blommetjies. Alex pluk daarvan en druk dit in Amy se hand. Sy liefdesgebare teenoor haar suster laat haar keel dik voel, haar bors te swaar om asem te haal.

Met intense pyn verlang sy na Andrew. Hy sal nooit vir haar blomme pluk nie. Hy is totaal en al 'n ander mens. Sy kan hom en Alex nie eens vergelyk nie. Hulle verhouding is ook op heel ander waardes gegrond. As 'n mens dit waardes kan noem.

By Amy en Alex speel die seksuele duidelik nie so 'n pertinente rol as by haar en Andrew nie. Hierdie twee mense fokus op hul samesyn en die liefde. Dit laat haar so 'n bietjie jaloers voel. Maar sy weet ook dat sy verslaaf is aan Andrew. Sy sal hom vir niemand anders ter wêreld verruil nie.

* * *

Een aand trakteer Alex hulle op drankies in die kroegie langs die dorp se winkel. Hulle gaan sit eenkant teen die muur. 'n Doedelsakspeler speel die eerste note van "Bonnie Wee Jeannie McColl". Almal in die kroeg sing uitbundig saam: "I gave her my mother's engagement ring and a bonnie wee tartan shawl. I met her at a wedding in the Cooperative Hall. I was the best man and she was the belle of the ball."

"Nou kort hier nog net 'n draaiorrelspeler met sy apie," lag Amy uitasem. "Toe ons destyds kinders was in Engeland, het dit my só geamuseer. Hulle het al die ou bekende liedjies uit die orrels gedraai."

Alex grinnik. "Ek is bly jy sê draai en nie speel nie. Dit is maar 'n opgediste geklingel en gerammel met geen oorspronklikheid nie. Al wat oorspronklik is aan hul vertoning, is die apies wat op hul skouers sit. Terloops, dit laat my dink aan die een ou wat vir die ander ou vra wat sy beroep is. Ek was 'n orrelis. Hoekom het jy dit gelos? Omdat die apie dood is."

Hulle skater van die lag.

* * *

Vroeg die volgende oggend loer Amy by haar kamer in. Sy kom sit by haar op die bed.

"Alex ken die priester van die kerkie op die heuwel. Hy gaan hom vanoggend sien. Ons wil trou voor ons oormôre teruggaan."

Oorstelp vlieg sy op. "Andrew was reg. Alex is die beste man vir jou. Julle pas wonderlik by mekaar. Ai, Amy, jy kry 'n baie goeie man. Ma en Pa sal beslis in hul skik wees met jou keuse. Ek het hulle diep teleurgestel. Jy gaan hulle trots en bly maak."

Magdalene staan by toe Amy die volgende dag 'n roomkleurige kantrok van Sarah aantrek. Soos in hul kinderdae, vleg sy vir haar 'n blommekransie en sit dit op haar krulhare. Met 'n ekstra bossie veldblomme in die hand stap sy aan Alex se arm die kerkie binne.

Tydens die eenvoudige seremonie is Magdalene oorweldig van hartseer. Die pyn in haar bors pers die trane uit haar oë. Dit stroom warm oor haar wange en loop in haar nek af. Sy kan dit nie keer nie. Sy wil ook nie. Sy kan nie onthou wanneer laas sy gehuil het nie. Sy wil Andrew langs haar hê. Niemand anders sal haar droefheid laat bedaar nie. Sonder hom is sy nie heel nie; is sy rommelrig. Kaal. Met elke polsslag weergalm sy naam in haar kop.

Nadat die huwelik voltrek is, drink hulle saam tee. So anders as sy en Andrew. Sy los die verliefdes alleen tot die volgende dag en gaan stap lang ente langs die see. Net af en toe stap iemand by haar verby en groet vriendelik. Die seeswaels beskou haar nie as 'n bedreiging nie. Hulle loop naby haar en laat fyn spoortjies op die nat seesand agter. Die afgesonderde eensaamheid is verkwikkend vir haar onrustige siel. Haar gemoed raak stiller.

Maar diep in haar hart is sy erg bekommerd oor wat voorlê. Die belangstellings wat haar en Andrew so heg aan mekaar gebind het, gaan in Egipte agterbly. Dit gaan in die woestynsand verdwyn. Die wind gaan daaroor waai; hulle spore uitwis. Sy probeer vergeefs dink aan iets wat hulle weer saam kan doen. Iets wat hulle gemeen sal hê. Hoe sal dit moontlik wees in Engeland? Waar gaan hulle weer begin?

* * *

Op pad terug Londen toe sit Amy styf teen Alex. Sy het 'n slegte hoes en kla van pyn op die bors. Kort-kort soen hy haar liefderyk. Die weer is nat en neerdrukkend, maar die verliefdes sien dit nie eens raak nie.

Magdalene kyk deur die koets se venster na die poele water in die strate. Sy wens sy kan in een van die poele verdwyn. Negatiewe stemme praat aanhoudend in haar kop:

Die wêreld is moeg. Jy is moeg. Alles stuur op een groot lugleegte af waar daar niks is nie. Jy is ook niks, so werp jouself daarin.

Sy skrik vir haar gedagtes. Sy moet haar regruk. Een van die dae kom haar geliefde huis toe. Saam sal hulle aan 'n plan werk.

HOOFSTUK 16

Amy en Alex is gelukkig in hul huis met die pragtige uitsig op die Teemsrivier. Maar sy sukkel om gesond te word sedert hul terugkeer van Skotland en Magdalene loer gereeld by haar in.

"Ek weet wraggies nie wat ek sonder jou sou doen nie, Magdalene. Dis baie gerusstellend dat jy my so getrou besoek."

"Ag, my sussie, dit is net 'n plesier. Jy weet mos ek doen dit met liefde. Wanneer Andrew terug is in Londen, sal ek nie so maklik kan wegloop hier na jou toe nie. So kom ons geniet maar ons tye saam. Terloops, Daniel kom ook vandag inloer. Hy is bekommerd oor jou."

"Dit sal wonderlik wees! Ek verlang na hom. Kan nie wag om weer al sy interessante nuus te hoor nie."

Hulle hoor voetstappe in die gang, en die volgende oomblik staan Daniel in die deur. Hy vryf sy hande in die bruin leerhandskoene vinnig teen mekaar om warm te word.

Hy wil Magdalene omhels, maar sy staan eers terug en bekyk hom. "Jy word by die dag aantrekliker. In jou lugmag-uniform is jy regtig enige meisie se droom."

Hy trek haar nader en soen haar. "Ou vleier!" Dan hou hy haar 'n armlengte weg van hom. "Jy lyk self goed. Heelwat bleker sedert jy nie meer die Afrika-son op jou het nie, maar jy lyk goed."

Amy steek haar arms na hom uit. Hy hou haar vas en soen haar op die voorkop. "Daniel, ek is so bly om jou te sien."

"My sussie, ek wil nie hê jy moet siek wees nie. Hoe gaan dit? Sê vir my jy is beter, asseblief." Hy trek sy handskoene uit en sit dit netjies langs mekaar op die tafeltjie langs haar bed neer.

"Ek was baie siek, jong. Die dokter sê my longe het 'n knou weg. Ek moes al my openbare optredes kanselleer. Groot teleurstelling vir my. Maar nou ja, wat kan 'n mens doen? Sodra ek heeltemal gesond is, sal ek dit hervat."

"Gelukkig is jy met 'n wonderlike man getroud. Hy kyk mooi na jou en sorg goed vir jou."

"Ja, Alex is die liefde van my lewe. Die feit dat hy soveel ouer is as ek is só gerusstellend. Dis soos om saans in 'n snoesige bed te gaan slaap, gekoester en geborge. Ek weet hy is daar vir my. Ek weet ek kan op hom steun en dat hy die wysheid van jare se ondervinding het.

"Toe ek hom die eerste keer hoor optree, het ek gedink ek is verlief op sy musiek. Sy aanslag as orrelis en pianis en die emosionele sensitiwiteit waarmee hy speel, roer my binneste. Toe ek egter die man agter die musiek leer ken, het ek geweet hy is die regte man vir my. Dit was die regte besluit."

Die kamerbediende sit 'n skinkbord met tee op die ovaal tafel langs die venster neer. Magdalene skink vir hulle. Sy gee Daniel se koppie vir hom en glimlag. "Jy het ook die regte besluit geneem. As ek so na jou in jou uniform kyk, weet ek sommer jy is baie gelukkig met wat jy doen."

Daniel gaan sit op een van die stoele. "Sonder twyfel was dit die regte keuse vir my. As dit maar vir altyd kon aanhou."

Hy neem 'n sluk tee, verstik effens en praat dan verder: "Hier sit ek in Engeland my droom en uitleef terwyl Pa ongeduldig wag dat ek na Kingsberg moet terugkeer. Suid-Afrika voel vir my so vaag en ver. Ek wil nie teruggaan nie. Arthur sal 'n baie beter boer as ek wees. Sy belangstelling is immers daar. Myne nie."

Magdalene kyk hom ondersoekend aan. "Hoekom verduidelik jy nie die situasie aan Pa nie? Dit is immers jóú lewe wat ter sprake is. Hoekom moet ons lewens deur daardie plek regeer word?"

Die ou opstandigheid in haar maak haar lighoofdig. Sy sien hoe Amy senuweeagtig met die kombers se fraiings vroetel en dit om haar vingers draai. Dadelik voel sy spyt dat sy so heftig reageer het.

Sy haal diep asem, glimlag en praat doelbewus kalmer. "Natuurlik sal dit vir Pa aanvanklik onaanvaarbaar wees, maar hy sal mettertyd aan die gedagte gewoond raak en daarmee vrede maak. Hy is mos darem nie sonder 'n erfgenaam nie. Arthur het nog altyd openlik te kenne gegee dat hy op Kingsberg wil wees. Hoekom dan nie vir hom die kans gee nie?"

159

Daniel sluk hoorbaar aan sy tee en sit die koppie bewerig neer. "Soms raak ek opstandig. Dan oorweeg ek dit om sommer net te verdwyn. Noem my maar 'n lafaard, maar ek het nie die moed om vir Pa te sê ek wil nie my lewe op Kingsberg slyt nie. Ek is nie 'n boer nie. Ek stel glad nie belang nie. Dit is 'n helse beklemmende gedagte."

Hy staan op en kyk by die venster uit. "Pa moet nooit weet dat ons drie hierdie gesprek gehad het nie. Ek word vreesbevange as ek net daaraan dink. Belowe my dat julle nooit hieroor sal uitpraat nie."

Amy leun terug teen die kussings. "Ek belowe."

Magdalene sit haar hand op Daniel se skouer. "Alles wat hier gesê is, bly tussen hierdie mure."

Daniel gaan sit weer. Kruis sy bene. Hy sit die gesprek in ligter luim voort. "Onthou julle nog hoe ons in die kinderkamer op Kingsberg gesit en grootoog gekyk het hoe Rudyard Kipling die friese daar teen die mure skilder?"

Magdalene lag. "Die kort, bonkige mannetjie met sy bleek vel, swart snor en bril kon ons lekker vermaak met sy stories. Ek onthou nog sy rympie uit 'The Absent-Minded Beggar' wat ons saam met hom oor en oor gesê het: 'Cook's son – Duke's son – son of a belted Earl – Son of a Lambeth publican – it's all the same today!'"

Daniel en Amy val in en hulle sê die rympie saam op. Hulle bars uit van die lag.

Daniel raak weer ernstig. "Hy het vir ons almal van sy kinderboeke present gegee. Maar, Magdalene, jy was sy witbroodjie. Dit kan ek goed onthou."

Sy knik instemmend. "Ja, ek kon hom maklik om my pinkie draai. Wanneer hy moeg was van stories vertel, het my smeekstemmetjie hom gou oorgehaal om nog 'n storie op te tower. Vir my het hy sy boek *Rewards and Fairies* gegee en voor in die boek geskryf: For Magdalene. Nogal met sy handtekening daarby. Hy het altyd gesê een van die feetjies in die storie lyk net soos ek. Ek het dit oor en oor gelees en nooit moeg geword daarvoor nie. Ek weet nog presies in watter rak van Kingsberg se biblioteek my boek staan.

"Ma was maar net te bly wanneer hy ons besig gehou het met sy stories. Veral julle tweeling het Ma goed opdraand gegee. Liewe hemel, julle was besige kindertjies!"

160

"Moet nou nie maak of ek en Amy alleen stout was nie. Jy kon ook maar goed tekere gaan as die frustrasie jou beetgepak het."

Magdalene waai speels afwysend met haar hand. "Ek wed julle ons kinders gaan sy *Just So Stories* en *The Jungle Book* met dieselfde opgewondenheid as ons lees. Onthou julle sy artikel in *The Friend* oor Pa-hulle se katastrofiese ekskursie na Potchefstroom? **Fishing trip gave car a ducking** het die koerant dit uitbasuin."

Weer bars hulle uit van die lag. Daniel kom eerste tot bedaring. "As mede-redakteur van die koerant het hy gereeld oor Kingsberg geskryf. Ma het haar kamtig altyd geskaam vir sulke voorbarige spoggery, maar ek dink tog sy het dit ook geniet."

Hy kyk op sy horlosie en staan op om te vertrek.

Amy sit regop op haar bed. "Ek is bly jy het gekom. Jou en Magdalene se geselskap laat my goed voel. Byna soos wanneer ek suurstof gekry het!"

"Ek sal weer inloer as ek 'n kans kry."

Magdalene stap saam met hom tot by die voordeur. Sy kyk na die forse figuur wat doelgerig wegstap. Die klik-klak van sy stewels op die steenpad word dowwer tot sy beeld wasig in die ysige mis verdwyn.

Met verkluimde hande vee sy die sweet van haar voorkop af. Sy wil agter hom aanhardloop en hom nog 'n keer omhels, maar bedwing haar. Sy sug. As Andrew net eers weer terug is, sal hierdie vreemde stemme in haar kop en hierdie irrasionele vreesgevoelens hopelik bedaar.

Drie weke later stap Andrew onverwags die huis binne. Hy groet haar skaars. Stap net na die slaapkamer en gooi sy tas op die vloer neer. Magdalene besef dat sy hom ruimte moet gee om die vernedering van sy afdanking te verwerk. Sy gaan stilweg haar gang en stel geen eise nie.

Die volgende dag bring sy vir hom tee waar hy op die stoep sit en werk aan sy boek oor die farao's. Hy kyk op en vat aan haar arm.

"Ek is jammer ek is so onplesierig. My verstand is in 'n warboel. Ek konsentreer moeilik op my boek. Hoe op aarde gaan die pad vorentoe lyk? My hele lewe en ingesteldheid is in Egipte. Ek het nie die vaagste benul waar ek nou moet begin nie. Watse werk is daar vir 'n Egiptoloog in Londen? Magdalene, ek sien ellendes vir ons vorentoe."

Sy gaan staan agter hom en sit haar arms liefderyk om sy skouers.

"Ek is saam met jou verpletter. Ek is self bitter teleurgesteld dat dinge so uitgewerk het. Ek het verknog geraak aan daardie woestynland. Dit voel of my hart uitgeruk is. My gees het daar agtergebly. Dis Egipte wat ons by mekaar gebring het; wat ons liefde gevoed het. Ek voel soos iemand wat in die lug hang met geen vastigheid onder my voete nie. Die wrede werklikheid is dat ons net mooi niks daaraan kan verander nie. Ons het ons hele toekoms gebou op 'n land waar ons nie meer welkom is nie, waar ons altyd vreemdelinge sal wees."

Hy staan op en skink vir hulle elkeen 'n stewige whisky.

"Drink dit. Miskien laat dit ons beter voel."

Daardie aand maak hulle stormagtig liefde. Dit bring liggaamlike verligting, maar nie die verlangde rustigheid en vrede waarna hul siele smag nie.

* * *

Andrew doen aansoek vir werk by die museum in Londen. Hulle bied hom 'n ondergeskikte pos aan as boekhouer. Die

beperkte aantal poste in die Egiptiese afdeling is reeds ge-
vul. Hy aanvaar die werk noodgedwonge.

Soggens groet sy hom op die stoep. Die ongelukkigheid
staan duidelik oor sy gesig geskryf.

"Brr, wat 'n digte mis."

Magdalene soen hom liggies. Hy stap uit in die straat,
trek sy jaskraag hoër op en vou sy wolserp oor sy mond.
Met sy kop afwaarts geboë en sy hande diep in sy jassakke,
stap hy na sy werk by die museum. Die mis is oral om hom.
Dit word in slierte opgebreek deur die dakke van geboue.
Dit word geabsorbeer deur mure. Dit verdwaal in huise wat
oopgemaak word. Dit maak trappe glibberig, trapleunings
klam. Bewegende waens, karre en voetgangers breek dit op,
verstrooi dit. Dit kleef aan sy klere vas.

Hy kan 'n ander pad loop. Ten spyte van die wind en die
mis, loop hy tog rivierlangs. Die rivier doen iets vir hom. Oor
die rivier, die brug, die oewers hang die mis dik, swaar, be-
wegingloos. Hy leun saam met ander voetgangers oor die
brugrelings.

In hierdie gure weer is daar min mense. Hy loop verby 'n
vrou met 'n swaar mandjie. Sy rus teen die muurtjie. Sy lyk
lewensmoeg. Die rivier lyk ook moeg, asof die digte mis dit
versmoor.

By die museum stap hy na sy kantoor. In die hoek brand
'n steenkoolstofie. Hy maak sy hande warm. Sy lessenaar-
stoel staan voor die venster vir maksimum lig waar hy werk.
In die rak langs sy lessenaar staan die groot lêers met hul
donkerblou rugkante netjies in 'n ry. Hy trek sy klam, koue
jas uit en hang dit oor die kapstok.

Voor hy begin werk, maak hy 'n liasseerkabinet se onder-
ste laai oop. Hy haal 'n paar blinkgladde grys moue daaruit
en trek dit oor sy baadjiemoue. Hy maak eers weer sy ver-
kluimde hande by die stofie warm.

Dan gaan sit hy by sy lessenaar. Hy blaai belangeloos die
blaaie van een van die lêers om en om. Reguit lyne, syfers,
hoofopskrifte in groot swart letters, velle kladpapier tussen
elke bladsy. Alles so kil georden. Hy tel sy pen op, strek sy
arm in posisie om te skryf, blaas denkbeeldige stof van die
papier af en begin werk.

* * *

Magdalene het die voetverwarmer gereed vir hom wanneer hy laatmiddae tuis kom. Dit is met pels uitgevoer en 'n lafenis vir yskoue voete wat na hitte smag. Sy sorg dat die huis warm en gerieflik is. In 'n warm bord bring sy vir hom aandete waar hy voor die stoof sit.

"In Egipte skyn die son. Die geel sand is warm. Hierdie koue gaan my gees doodmaak. Ek haat my werk, Magdalene. Ek haat alles hier."

Wanneer haar huislike verpligtinge afgehandel is, sit sy by haar tekentafel, desperaat om ekstra geld te verdien. Sy skilder sonder inspirasie. Dit beïnvloed haar kuns. Elke aand skink hy vir hulle whisky. Sy sien dat hy al hoe meer drink. Wanneer sy hom daarop wys, word hy woedend.

Hy kom nie meer gereeld ná werk huis toe nie. Verduidelik dat hy afstand nodig het om te ontvlug van die dodelike roetine van werk toe, huis toe. Sy weet dat hy kroeg toe gaan en ruik aan sy klere dat hy ander vroue sien.

Hul liefdeslewe taan. Soms wonder sy hoe dit sou wees om 'n kind van haar eie te hê. Hy het nog nooit sy saad in haar gestort nie. Voor hulle troue het sy gedink dis omdat hy haar wil beskerm. Nou ervaar sy dit as verwerping. Die liefdesdaad is sonder opwinding. Sy bereik nooit meer 'n klimaks nie omdat sy weet hoe dit gaan eindig. Die slymerige semen teen haar bobeen laat haar gril. Sy besef dat dit in elk geval beter is om in hierdie omstandighede nie kinders te hê nie.

Een aand kom Andrew weer nie huis toe nie. Sy sit ure voor die venster en wag.

* * *

Andrew verlaat die kroeg waar hy 'n paar drankies gedrink het. Die straat is bedrywig en oral is prostitute wat hulle aan besoekers opdring. Hulle is desperaat om hul skamele inkomste aan te vul. Hy wil net by 'n dwarsstraat afdraai toe een haar hand op sy arm sit.

"Wil meneer nie asseblief vir my 'n bottel wyn koop nie?" Die stem klink onseker en skaam vergeleke met die berugte vroue wat hy al leer ken het. Hulle is luidrugtig en bedel skaamteloos. Hy kyk op in die gesig van die vrou wat hom so subtiel benader. Haar gesig is maer en haar oogkasse hol. Tog sien hy duidelik tekens van eertydse skoonheid. Haar oë is donker, sonder glans. Haar doodsbleek gelaat is in skerp kontras met haar oordadig rooi geverfde wange. Hy kyk geamuseer na haar. Sy vertolk dit as positief en herhaal haar versoek. Hy neem haar aan die arm en hulle loop na 'n obskure gebou.

'n Kelner neem hulle na 'n kamer, plaas 'n bottel wyn op die tafel voor die bed. Andrew betaal hom en trek die deur agter hom toe.

Hy skink twee glase vol en hulle drink dit. Hy gaan sit op die rand van die bed terwyl sy stuk vir stuk van haar klere ontslae raak. Hy gooi nog wyn in en sy drink dit met een teug.

Met 'n kletter val die glas uit haar hand. Haar oë verstar, haar lippe word blou en sy sak op die vloer neer. Andrew spring van die bed af op. Hy kyk wild rond en loop na die deur. Dan onthou hy van die klokkie. Hy lui dit dringend en aanhoudend. Die kelner verskyn in die deur.

"Wat de hel gaan hier aan?"

Hy gryp die kraffie water langs die bed en gooi dit oor haar gesig en hande. Sy kom effens by.

"Ek is jammer," prewel sy. "Vergewe my vir al die moeite. Ek het twee dae laas iets geëet."

"Brood! Bring dadelik brood of enigiets vir haar om te eet."

Toe die kelner met die brood terugkom, lê sy op die bed. Andrew sit langs haar. Hy neem haar hand saggies en sit 'n stuk brood daarin. Sy eet gulsig. Hy druk die laaste pond wat nog in sy sak is, in haar hand voor hy uitstap.

Die kelner hou sy hand uit vir geld.

"Ek het niks meer by my nie, jammer."

Die kelner kyk na Andrew se armhorlosie en glimlag smalend.

"Ek sal dít neem. Jy wil tog nie dat jou vrou uitvind waar jy rondkuier nie."

Andrew haal sy horlosie af, oorhandig dit aan hom en stap die donker nag in.

* * *

165

Die volgende oggend klop 'n konstabel aan die deur. Magdalene maak verskrik oop.

"Niks om jou oor te bekommer nie, Mevrou. Ek soek eintlik na meneer Bradly."

Sy laat hom binnekom.

"Hy is nie tuis nie."

"Mevrou, ek moet ongelukkig reguit met jou wees. Meneer Bradly was gisteraand betrokke by 'n prostituut wat baie siek was. Sy is laasnag in die bordeel oorlede. Die polisie vermoed nie dat hy iets met haar dood te doen het nie. Die winter is erg en, soos baie prostitute, was die vrou ernstig siek en verhonger. Ons wil net meer inligting oor haar inwin. Meneer Bradly is die laaste kliënt wat saam met haar was voor haar dood."

Die deur staan halfoop. 'n Ysige wind van buite dring haar lyf in murg en been binne. Sy bewe van kop tot tone. Haar tande klap op mekaar en sy kan skaars 'n woord uitkry.

"Waar het jy ons adres gekry?"

"Een van jou man se vriende wat saam met hom gekuier het, het sy huisadres vir my gegee."

Ten spyte van die skok probeer sy so min moontlik emosie toon. Is hulle dan nie van kleins af op Kingsberg geleer om hul waardigheid tot elke prys te behou nie? Nou kom dit haar goed te pas.

"Ek sal vir Andrew vra om julle dadelik te kontak indien hy enigiets van die vrou af weet."

Die konstabel bedank haar. Hy stap uit en sy maak die deur toe.

Sy leun teen die kosyn. Sy is naar. Lighoofdig sak sy stadig neer tot op die vloer.

Vir die eerste keer sedert die uitval met haar ouers oorweeg sy dit om terug te gaan na Kingsberg. Sy sal vir haar ouers sê dat hulle reg was.

Nee. Sy besluit dadelik daarteen. Sy het ook haar trots. Haar ma sal haar omhels en verwelkom, maar sy sal dit nie kan verduur as haar pa haar verwyt nie. Sy hoor die hoesie, die keel skoonmaak en sien hoe hy aan sy baard vat. Sy hoor hoe hy afgemete sê: "Ek het jou mos gewaarsku." Boonop sal dit lyk asof sy terugkruip vir haar erfgeld. An-

drew het haar tot in die grond toe verneder. Vir nóg 'n ver-
nedering sien sy nie kans nie.

* * *

Dit is twee dae later. Andrew het die vorige middag eers laat
tuis gekom. Hy het niks gesê nie en Magdalene het nie uit-
gevra nie. Sy het vir hom gesê van die konstabel se besoek.
Hy het nie reageer nie. Vanoggend is hy werk toe soos ge-
woonlik.

Nou sit sy in haar beknopte ateljee. Sy leun met haar
elmboë op die tekentafel. Half geverfde papiere lê verstrooid
om haar. Sy ervaar 'n ongekende moegheid. Buite waai die
wind. Dit dryf die ysreën in vlae teen die vensterruite aan.
Sy verlang na die sonskyn van Afrika. Dit sou dalk die don-
kerte in haar gemoed verlig het. Maar die donkerte van die
afgelope dae is iets anders. Dit het 'n metgesel geword, 'n ti-
ran wat haar teister. Dit ontneem haar van alle lewens-
vreugde.

Haar kuns roer haar nie meer nie. Dis 'n slegte teken. Die
artefakte en kuns van Egipte laat haar ook koud. Dit wat
haar altyd so opgewonde gemaak het, gee haar nou die ril-
lings. Sy is skrikwekkend gevoelloos. Haar emosies is dood.
Hoe verlang sy nie daarna om net weer vir een dag blymoe-
dig te wees nie. Sy laat sak haar kop en lê met haar ken op
die tafel.

Sy hoor sagte voetstappe in die gang. Amy verskyn in die
deur.

"My aarde, Magdalene. En as jy só sit? Wat makeer?"

"Niks. Ek is net moeg en rus 'n bietjie."

"Niks beteken altyd iets."

Sy systap Amy se vraag. "En wat loop jy so rond in die
koue weer? Jou longe is juis so sensitief."

Amy kom nader. Sy sit haar hand langs haar suster s'n
op die tafel en gaan sit styf teen haar.

"Wat is dit, sus? Toe, raak ontslae daarvan. Jy sal baie
beter voel as jy hieroor praat."

Magdalene kom regop. "Kom ons gaan sit gemaklik. Ek
maak vir ons tee."

Hulle loop saam na die kombuis. Op die stoofplaat maak
die ketel stoomwolkies. Magdalene gooi die kookwater in 'n

ronde bruin teepot. Sy sit twee koppies in 'n houtskinkbord. Hulle gaan sit by die tafel.

"Ons het mekaar min gesien sedert Andrew terug is. As ek geweet het dit gaan nie goed met jou nie, sou ek al eerder 'n poging aangewend het om te kom inloer."

"Dis ook maar my fout, ek kon jou lankal opgesoek het. Dis net, as ek so terneergedruk voel, kruip ek eerder weg as om tussen mense te wees."

Amy neem 'n slukkie tee. "Tipies die Adams-manier. Kruip weg. Steek weg. Maak of alles reg is. Sal enigiets doen sodat die waarheid nie uitkom nie."

Magdalene klem haar hande krampagtig op haar skoot saam. Amy se woorde is waar. Dit sny diep. Sy tree presies op soos wat sy nooit wou nie. Maar wat doen 'n mens? Miskien was sy te hard op John en Sarah. Dis wanneer 'n mens self deur die dieptes gaan dat jy weet hoekom mense optree soos hulle optree. Is dit dalk om hulself te beskerm? Om te verhoed dat hulle in stukke breek en nooit weer heel word nie?

Haar stemtoon is laag en sy praat vinnig om haar emosies te beheer.

"Die vorige keer dat jy hier was, het ek net terloops te kenne gegee dat ek nie gelukkig is nie. Ek het doelbewus nie vir jou vertel hoe gebroke ek regtig is nie."

"En ek het my nie veel gesteur aan wat jy gesê het nie. Om die waarheid te sê, ek het maar gedink jy en Andrew sal net weer in Engeland moet aanpas; dat alles binnekort weer goed sal gaan met julle."

"Ek het spesifiek nie met enigeen oor my omstandighede gepraat nie. Hoe sê 'n mens in elk geval vir ander dat jou man by prostitute rondlê? Dat hulle blykbaar vir hom meer beteken as sy eie vrou? Praat sal tog nie my lewe weer op koers bring nie. Ons lewe was so wonderlik in Egipte. Ek kan nie glo dat alles net so inmekaar gestort het nie. Miskien was Ma reg toe sy van die vloek van die farao's gepraat het. Ek ervaar net ongeluk."

"Hoekom oorweeg jy dit nie maar om vrede te maak met Pa nie? Gaan terug Kingsberg toe. Dit kan 'n uitkoms vir jou wees. Ma en Pa sal jou met ope arms ontvang."

"Dit klink na 'n kitsoplossing, maar dis nie so maklik nie. Pa sal Andrew nooit aanvaar nie. Ek sal ook nie die vernedering kan verduur om te erken dat dit 'n fout was om met hom te trou nie."

Haar stem is hees. Haar lippe bewe. Sy gaan staan voor die venster en bly 'n lang ruk stil. Buite sneeu dit liggies. Sy kyk hoe die vlokkies geruisloos neersif.

"Ek moes nooit met hom getrou het nie. Hy het gesê hy is nie troumateriaal nie, maar ek het my nie daaraan gesteur nie. Ek het hom te liefgehad. Ek wou hom tot elke prys vir myself hê."

Sy verloor haar selfbeheersing. 'n Hartverskeurende snik breek haar stem.

"Jy weet nie hoe lief ek hom gehad het nie. Niemand weet nie. Nie eers hy self nie. Hý, van almal, weet dit die minste. Hy was so aantreklik, so wonderlik, so inspirerend, so anders. Dit was soos die hemel saam met hom. Hy het van my gehou. Hy het my 'n bevrydende lewe gegee. Nou weet ek dat daardie einste lewe 'n lewe van losbandigheid en dekadensie was. Dit was 'n hopelose fondament om 'n huwelik op te bou. Hy het my gefaal. Ek het alles verloor. Alles. Niks kan dit ooit weer terugbring nie."

Amy gaan staan langs Magdalene en sit haar arm om haar. Hulle huil saam.

"Weet jy hoeveel keer het ek al gehuil vandat hy terug is? Hierdie plek se droewe klimaat is nie goed vir my gemoed nie. Die koue wurg die lewe uit my uit. Ek kan nie aanvaar dat alles so goed was en nooit weer so sal wees nie. En dit net omdat die liefde nie kan hou nie. Een of ander tyd droog dit op."

Amy vee Magdalene se trane af. Dan haar eie.

"Jy was van kleins af die sterker een. Ek het jou nog altyd bewonder dat jy so vasberade standpunt kan inneem. Ek is die inskiklike een wat skaamteloos afhanklik is van ander se aandag, liefde en goedkeuring. Ek het nog altyd gedink die huwelik is juis daar om 'n mens in jou geluk te versterk. Jy en Andrew was vir my 'n wenspan. Julle het in dieselfde dinge belang gestel. Julle het alles geniet wat julle saam aangepak het. Wat jy my vandag vertel, is totaal en al ontredderend."

"As jý ontredderd voel, kan jy dink hoe platgeslaan en ontnugter ék is?"

"Ek kan nie vir jou betekenisvolle dinge sê of enige raad gee om jou te troos nie. Ek kan maar net hier wees vir jou. Nietemin wil ek weer by jou pleit, sus. Gaan terug Kingsberg toe. Maak vrede. Pa is nie gesond nie. Moenie wag tot dit te laat is nie."

Hulle loop saam op die stoep uit en omhels mekaar. Amy lig haar rok in 'n bondel op, klim in die kapkar en ry weg. Magdalene waai tot sy nie meer die kar kan sien nie.

* * *

Die sneeustorm oorheers alles met morbiede gewigtigheid. Dit tower 'n bleekwit landskap op. Die diverse landskap verander in een groot wit toneel. Daar heers 'n doodse stilte. Dis asof die pols van die lewe tot stilstand gekom het. Asof alles in tyd gevries het.

Sy soek die hitte van die koolstoof in die kombuis op.

Sy en Andrew het vreemdelinge onder dieselfde dak geword. Sy smag na die warmte van kameraderie, na die gemoedelike samesyn voor die vuur, na die interessante geselskap wat haar brein stimuleer. Al wat sy nou ervaar, is die doodsheid van haar denke, sonder enige rus in haar gemoed. Die rusteloosheid van haar liggaam, sonder enige verkwikking vir haar siel. Sy voel hoe haar hart afsak in die dieptes van die somberheid wat haar omring.

Dit is al skemer.

Die sneeu wat onophoudelik geval het, is nou uitgewoed. Die storm bedaar. Die wolke rol weg. Die ondergaande son se koperrooi strale dring deur die golwende sneeuwolke. Dis 'n skilderagtige gesig.

Sy gaan maak aandete en sit die warm steen onder in die voetverwarmer. Sy was haar gesig; kam haar hare. Sy wil nie alleen wees nie. Sy wag dat Andrew huis toe kom.

HOOFSTUK 18

4 Augustus 1914. Sarah loop heen en weer op die stoep. Met haar duim en voorvinger knip sy die droë blare van die potplante af en vee met haar hand oor denkbeeldige stof op die rottangtafeltjie. Sy gaan sit op een van die stoele, maar staan weer dadelik op.

Die oggendson is skerp. Sy hou haar hand oor haar oë en kyk na die stofpad wat van die landerye se kant af kom. Sy wag vir John. 'n Bediende het haar briefie na hom geneem. Daarin vra sy dat hy vroeër moet huis toe kom.

Uiteindelik sien sy hom op sy perd aankom. Hy klim af en die stalkneg neem die leisels by hom. Terwyl hy met die stoeptrappies oploop, vee hy die stof en sweet van sy voorkop af.

Sarah beduie na die telegram op die tafeltjie. Hy tel dit onseker op. Lees dit. Dis nie goeie nuus nie. Die Eerste Wêreldoorlog het uitgebreek.

AANGESLUIT BY KONINKLIKE LUGMAG STOP VLIEËNIERS SKAARS STOP OPGELEI OP VICKERS GUN BUS STOP VELD-MAARSKALK JOHN FRENCH VERKENNINGSMAGTE GLO OOR-LOG TEEN DESEMBER VERBY STOP DANIEL

John vryf oor sy baard. Hy kug. "Liewe hemel, Sarah, ek moes die kind nooit Engeland toe gestuur het nie. Hy kon nou al stewig in die boerdery gestaan het op Kingsberg. Hy is hopeloos te jonk en onervare om die gevaar te besef waaraan hy hom blootstel. Dis skaars elf jaar nadat die eerste vliegtuig gevlieg het en nou voer hulle oorlog daarmee. Hoe kan Daniel sy lewe so in gevaar stel? Hoe kan hy so dobbel met Kingsberg se toekoms? Ons almal se toekoms."

Hy sak in die stoel langs haar neer. Die sweet loop in straaltjies teen sy gesig en nek af. Sy hoor hoe hy vinnig, hard, asemhaal.

"Dit is nou te laat, my man. Buitendien, wie sou kon voorsien dat dinge só sou uitwerk? Ons het gedink Daniel bedryf maar net 'n stokperdjie met die vlieëry."

Sarah se gedagtes warrel deurmekaar. Sy is destyds juis met die kinders Engeland toe om 'n oorlog te ontwyk. Nou word haar kinders dáár blootgestel aan dit wat hulle hier in Suid-Afrika wou vryspring. Hoe ironies is dit? En Daniel, haar pragtige kind, 'n vegvlieënier! Dis heeltemal buite haar verwysingsraamwerk. 'n Dowwe pyn maak haar gewrigte slap.

Sy kyk na John. Hy sit geboë met sy knieë styf teen mekaar geklem. Sy arms hang slap langs sy bene. Die telegram in sy hand hang byna op die vloer. Hy staar met leë oë daarna.

* * *

In Londen kom die juigende massas buite Downingstraat byeen. Hulle sing die volkslied. Oral in die strate is plakkate wat vrywilligers aanspoor om hulle by die Britse weermag aan te sluit.

Britons! Join your country's army! God save the king.

Daniel staan ingehaak tussen Magdalene en Amy. Hy sing uit volle bors.

"Uiteindelik die kans om alles toe te pas wat die lugmag my geleer het. Wat 'n geleentheid!" Hy lag opgewonde en trek sy susters nader aan hom. "John French het gesê alles sal teen Desember verby wees. Dis net Kitchener wat hom klaarmaak vir 'n lang stryd. Hy ly seker nog aan bomskok van die Anglo-Boereoorlog, waar dinge toe nie so maklik uitgewerk het nie."

Magdalene sien hoe Amy meegesleur word deur sy entoesiasme, maar sy sukkel om spontaan deel te neem aan al die opwinding. Met die Anglo-Boereoorlog was sy groot genoeg om die erns van sake te begryp.

Sy onthou hul afskeid op die stasie, haar ma se droefheid, haar pa se verslaentheid. Haar ma het dapper probeer om hulle te troos; altyd 'n dapper front voorgehou. Maar sy het geweet. Haar ma se lyftaal het net te veel verklap. Rooigehuilde oë. Dis die stuifmeel en die besoedelde lug van Londen. 'n Sakdoekie waarmee sy kort-kort oor haar gesig en neus vee. Sy dink sy het verkoue. Lang tye van afsondering. Ongeduld wanneer hulle haar aandag probeer trek het. Hoekom is Ma so stil? Niks is verkeerd nie. Sy is net vreeslik moeg. Die dag wat sy inmekaar gesak het toe die brief van

172

haar pa met die nuus van tant Kathleen se verliese daar aankom. Dit alles was vir haar 'n verskrikking.

Haar ma en pa was nooit weer dieselfde nie. Niemand wen 'n oorlog nie. Almal is verloorders. Uitmekaar geskeur.

Sy draai na Daniel. "Ek kan maar nie help om bekommerd te wees oor jou nie. Almal praat van die Zeppelin-ballonvliegtuie van die Duitsers."

"Geen vlieënier van wie ek weet het dit al teëgekom nie. In elk geval sê die ouens almal die Zeppelins is maklike teikens om af te skiet."

Daniel haal iets uit sy sak en druk dit in Magdalene se hand. Dis 'n foto van hom waar hy in sy vliegtuig se stuurkajuit sit.

"Maak 'n skildery hiervan as jy eendag tyd het. Stuur dit vir Ma om dit in Kingsberg se biblioteek tussen die ander familieskilderye te hang."

Magdalene kyk na die foto. "Hoekom kyk jy nie vir die kamera nie? Jy staar so in die verte na iets onbekends. Kyk jy dalk in jou toekoms in? Dit lyk asof jy iets sien wat ons nie kan sien nie."

Sy soen hom en hou hom styf vas. "In elk geval, jy lyk uiters indrukwekkend en aantreklik, soos altyd. Die foto is kosbaar vir my. Sonder twyfel sal die skildery eendag teen Kingsberg se biblioteekmuur hang. Daarvoor sal ek sorg."

* * *

Aanvanklik gebruik die lugmag sy vliegtuie net om verkenningswerk te doen. Die oorlog word hoofsaaklik op land gevoer. Daniel is deel van die korps wat inligting moet bekom en aan die verskillende eenhede deurgee. Hy spoor die vyand in die loopgrawe en skuilings op uit die veiligheid van sy vliegtuig en verskaf dan inligting oor hul posisies en bedrywighede aan die weermag.

Een oggend tydens 'n verkenningsvlug sien hy 'n Zeppelin wat aan die Belgiese kant van die grens wil land. Hy laat sy vliegtuig klim tot 6 300 voet bokant die lugskip. Hy vuur ses sarsies daarop af. Die Zeppelin bars in vlamme uit. Die ontploffing is so hewig dat dit sy vliegtuig onderstebo ruk. Hy voer 'n noodlanding agter die vyandige linies uit voor hy weer opstyg en na veiligheid vlieg.

'n Paar dae later merk hy nog een op. Toe hy weer kyk, het daar 'n hele paar in die lugruim verskyn. Hy vlieg teen 'n hoogte van sowat 6 000 voet toe hy die vyand bokant hom sien. Hy neem sy vliegtuig op na 9 000 voet en begin met die aanval. Drie van sy sarsies tref die teiken, maar verwoes dit nie.

Onverskrokke, impulsief en onbewus van die lewensgevaarlike waagstuk, swenk hy in om die Zeppelin te vernietig. Hy bring sy vliegtuig tot binne masjiengeweer-afstand van die vyand. Hy vuur nog 'n reeks salvo's daarop af en sien hoe die fosforkolletjie van die ligspoorkoeël in die Zeppelin se romp verdwyn. Die lugskip slaan aan die brand en stort na benede.

In Junie 1917 begin die bomme in Londen val. Meer as 100 mense sterf en 400 is gewond in die lugaanval wat vyftien minute duur. Hierdie aanval lui 'n sinistere nuwe rol in vir die vliegtuie, wat voorheen net vir verkenning gebruik is. Die metode van oorlogvoering verander.

Verbete gevegte woed nou ook in die lug. Twaalf Britse vliegtuie is reeds vermis, buiten dié wat neergeskiet is. Vliegtuie word ook gebruik om laag oor die grond te vlieg en voetsoldate met masjiengeweer-geskut uit te wis.

Magdalene en Amy sluit hulle by die naaldwerk-gilde aan. In die Claridge's Hotel in Mayfair sit hulle elke dag saam met ander vrywilligers en maak klere vir die soldate en die armes.

"Toe die Britse eerste minister, Herbert Asquith, 'n beroep gedoen het vir minstens nog 'n halfmiljoen mans om hulle by die weermag aan te sluit, was dit olie op Andrew se vuur. Baie soldate bly in openbare geboue. Daarvoor sien hy nie kans nie. Maar toe hy hoor die rekrute kan tuis bly tot hulle opgeroep word, dink hy nie twee keer nie. Hy sluit dadelik aan. Hy is in sy skik met dié reëling. Hy ontvang twee sjielings per dag ekstra omdat hy in sy eie plek bly. Daarby ontvang hy nog een sjieling soldy per dag."

Amy lê die patroon sorgvuldig op die materiaal neer voor sy dit uitknip. "Ek is dankbaar dat Alex nie aangesluit het nie. In elk geval het ons almal alreeds ons probleme wat die oorlog meebring. Die inkomstebelasting is nou al met meer as veertig persent op. Dis nou al twee sjielings en elf pennies vir elke pond."

Magdalene kyk na haar suster. Sy is jammer vir Amy. Haar gesondheid is nie goed nie, maar elke oggend kom sy getrou hier werk. "Wat my pla, is dat basiese goedere soos tee, tabak en ander noodsaaklike goedere nou ook belas word."

Sy maak minister McKenna na soos hy die vorige dag op die radio gepraat het: "Hierdie is ongelukkig onvoorsiene laste wat op die landsburgers geplaas word. Ek is egter oortuig daarvan dat die belastingbetalers saam met die regering gewillig is om by te dra. Sodoende sal ons die oorlog suksesvol enduit kan voer."

Sy trek haar gesig op 'n plooi. "Nee, geagte minister, ons dra nié vrywillig by nie! Dis nie ons wat hierdie onsinnige oorlog begin het nie."

Amy skud net haar kop. "Brood se prys het al tot die rekordhoogte van tien pennies gestyg. Nugter weet waar dit gaan eindig. Die armes kry die swaarste. Die bakkers blameer die verhoging op die swak invoer van meel as gevolg van die oorlog. Ek persoonlik dink die bakkers stoot die prys aspris op voor die regering die broodprys vaspen."

Magdalene sit haar naaldwerk neer. Sy kyk eers rond voor sy met Amy praat. "Verlede week het die koning persoonlik vanaf Buckingham 'n oproep tot alle huishoudings gerig om broodverbruik met minstens 'n kwart te sny. Hy het gesê hy sal self toesien dat alle geregte wat deeg bevat, onder andere pasteie, in die paleis opgeskort word."

Daardie middag stap hulle ouer gewoonte na die staanplek waar die karretjies wag om die werkers na hul huise te neem. Sover as wat hulle stap, staan die koswaentjies ry op ry met groot letters daarop geverf: GEEN AARTAPPELS.

By die huis wag Andrew haar in. "Ek het besluit om my by die soldate aan te sluit wat in Oos-Afrika gaan veg."

Sy is geskok. maar nie verbaas nie. "Hoekom het ek geweet jy gaan die eerste beste kans aangryp om weer Afrika toe te gaan? Ek wens net dit was in ander omstandighede."

"Ek gaan veg vir 'n gekombineerde Britse en Franse mag. Luitenant-kolonel Bryant wil die Duitsers verslaan en Togoland onder Britse beheer bring."

Die volgende dag sien sy hom by die tuinhekkie af. Sy kyk die man wat wegstap agterna. Hoe dikwels het sy hom nie al afgesien nie? Altyd stap hy weg; laat haar met gemengde gevoelens agter. Vandag het sy geen gevoelens nie. Haar binneste is so koud soos haar hande. Sy wonder of sy hom ooit weer gaan sien; of hy ooit sal terugkeer uit Afrika. Dis immers die wêreld waar sy hart lê.

Ses maande later kry sy tyding. Weinig Britse soldate het in Togoland gesneuwel. Die meeste is ongeskonde en is weer elders ontplooi nadat die Duitsers daar verslaan is. Maar Andrew het in die stomende land omgekom. Aan malaria.

Sy maak die steen warm en sit dit in die voetverwarmer. Druk haar voete daarin. Die sagte pels nestel om haar voete. Sy probeer Andrew se voete, iets van sy liggaam, terugroep uit die ruïnes van hul ineengestorte, godsjammerlike verhouding. Maar haar herinneringe is soos 'n spieëling op die water. Dit wat goed was voordat die donker toegeslaan het, is weg in die ruimtes van vergeet. Sy treur oor hulle albei. Sonder trane.

* * *

Almal besef dat die oorlog nie gou verby gaan wees nie. Daniel maak so gereeld moontlik met sy besorgde ouers kontak. Hy kry ook briewe en telegramme van hulle en probeer hulle gerusstel.

"Ons is verheug. Mick Mannock het die berugte Manfred von Richthofen, ook bekend as die Rooi Baron, neergeskiet. Hopelik sal die oorlog nie meer te lank aanhou nie."

Berigte van die verloop van die oorlog word gereeld die wêreld ingestuur. Sy ouers weet wat aangaan. Engeland ly groot verliese as gevolg van die lugaanvalle. Behalwe die groot lewensverlies, is die ergste vernedering die Britte se trots wat geskend is.

Generaal Smuts pleit vir samesmelting van die Koninklike Vliegkorps met die Koninklike Lugvlootkorps. Hy wys daarop dat die kompetisie en verdeeldheid tussen die twee 'n groot struikelblok is. Die drang om op die Duitsers se lugaanvalle op Londen wraak te neem, noop die generaals om iets daadwerkliks te doen. 'n Samesmelting volg. Die lugmag sal voortaan bekend staan as die Britse Koninklike Lugmag.

Bloedige veldslae volg. Ná die slag van Amiens, waar twintig afdelings van die Geallieerdes geveg het, is die vyand verslaan. Op 11 November 1918, ná vier jaar en drie maande, word die wapenstilstand by Compiègne geteken. Vrede breek aan vir 'n uitgeputte Brittanje.

Die klank van oorlogsgeskut, sirenes en bomontploffings word stil.

Vier uur ná die vredesaankondiging is Londen se strate een massa van mense en kleur soos die vlae van al die geallieerde nasies wapper. Straatligte se skerms word verwyder, swart gordyne voor die vensters word afgeruk. Winkelvensters is helder verlig. Alle rigiede dranklisensiereëls tydens die oorlog word verontagsaam. Die kroeë is volgepak tot die drank teen die vroeë oggendure opraak.

Daniel vier die einde van die oorlog saam met sy vriende. Waar hulle ook al in hul uniforms gesien word, word hulle skouerhoog deur die strate van Londen gedra. Ander sit net in die strate, lê uitgeput op kliptrappe, teen mure, op sypaadjies.

In Suid-Afrika word die vreugdevure ook aangesteek. Mense loop deur die strate. Hulle juig en waai vlae. John en Sarah is verlig en dankbaar. Hulle het 'n angsvolle tyd deurgegaan wat hulle nooit weer wil beleef nie.

Daniel laat per telegram weet hy sal die volgende week terug wees op Kingsberg.

Op Kingsberg begin John en Sarah voorbereidings tref om vir Daniel 'n helde-ontvangs te gee. Hulle sal hom self met die motor op die stasie gaan haal. Al die bewoners en werkers van die landgoed gaan 'n erewag vorm met die terrasse langs tot op die voorstoep. Almal kry helderkleurige vlaggies om te waai.

Vir die eerste aand beplan Sarah 'n feesmaal met die beste wyn uit die kelder. Sy beraadslaag reeds dae voor die tyd met die kokke oor die spyskaart. Dan sal Daniel vir drie dae lank net rus en saam met John op die plaas ontspan.

Vir die daaropvolgende naweek reël hulle 'n spoggerige bal waarheen 'n groot groep belangrike gaste uitgenooi word. Weerskante van elke trap wat na die snoekerkamer lei, waar die bal gehou sal word, moet groot potte met blomme staan. Bokant die deur sal hulle 'n groot banier hang met die woorde: WELKOM, DANIEL.

Kingsberg is in rep en roer en die opgewondenheid is aansteeklik.

Heeltemal onverwags kom die telegram van die lugmag.

Drie dae ná die vredesluiting het Daniel se vliegtuig oor die Engelse Kanaal vermis geraak.

Sarah voel hoe die bloed in haar are stol. Sy val voor haar bed op die vloer neer terwyl sy aanhoudend prewel: "My kind, my kind. Here, wees ons genadig, wees ons genadig."

John se gesig is asvaal. Hy staar stomgeslaan voor hom uit. Toe kerm hy saggies: "Kingsberg. Kingsberg. Wat gaan van Kingsberg word?" Hy beur orent soos iemand wat asemnood het. Steek sy arms in die lug op. Die ou bekende vrees is terug. Soos 'n getroue hond is dit weer hier. Op sy spoor.

Die predikant kom. Hy doen saam met hulle 'n gebed. "Oh God, the Strength of the weak, the Comfort of the sorrowful, the Friend of the lonely: Let not sorrow overwhelm Thy children, nor anguish of heart turn them from Thee. We entrust our loved one to Thy care and keeping, and commit ourselves to the mercies of Thy gracious providence. Be our strength and comfort, our companion and guide."

Met verslaentheid van gees pleit Sarah en John woordeloos saam vir Daniel se veiligheid.

Toe kom die dokter. Die inspuitings wat hy hulle gee, verdoof die pyn en skok tydelik. Dit verander nie die werklikheid nie.

In die swymelslaap van die inspuiting se effek bevind John hom weer op die Evangeline op die stormsee. Sy droom van 'n vallende, brandende voorwerp kom duidelik uit sy onderbewussyn op.

Vuurvonke vul die lugruim. Dit spat na alle kante. Die voorwerp tuimel in 'n swart rookwolk na benede. Dit stort af in die dieptes van die see. Die see maak 'n maalkolk waarin dit verdwyn. Die water sluit toe bo-oor die suiggat wat dit die dieptes in trek. Die see lê kalm asof niks gebeur het nie. Hy word beangs en verskrik wakker.

Week ná week wag hulle. Hulle hoop op tyding van Daniel. Sy vliegtuig en sy liggaam word nooit gevind nie.

In die koerante word foto's gepubliseer waar families, geklee in swart, tussen honderde wit kruise loop. Hulle rou oor hul geliefdes wat in die oorlog gesneuwel het. Vir Sarah en John is daar nie 'n plek of 'n kruis om by te rou nie. In hul smart en pyn trek hulle soos gewondes in hul afsonderlike persoonlike ruimtes terug. Dit is onmoontlik om mekaar te troos.

Sarah sit in die skemer langs die spuitfontein. Sy is on-beskryflik alleen. Sy wil aan haar vervreemde suster, Kathleen, sê dat sy nou eers regtig haar verlies verstaan. Maar Kathleen is sedert die Boereoorlog nie meer haar gees-genoot nie.

Sy wil wegkruip. Vlug na 'n plek waar die hede uitgeblok is. "Wonery, twoery, tickery seven; Alibi, crackaby, ten and eleven; Pin, pan, musky dan; Tweedle-um, twoddle-um, Twenty-wan; eerie, ourie, owrie. You are out." So het hulle wegkruipertjie gespeel.

Sy wil in die reuse-hoop opgestapelde hout in die een hoek van die werf wegkruip. Dit is buite sig van die huise op die sendingstasie. Die verskillende lengtes wat onegalig op mekaar gepak is, vorm aan die een kant oneweredige trap-pies waarmee hulle maklik tot bo kan opklim. Naby die top is daar 'n beskutte opening waaroor 'n hele paar langer planke hang. Dit vorm 'n klein skuiling wat van alle kante af beskut is. Net die oop kant kyk oor die groen landskap uit met die donker berg in die verte. Dit is haar en Kathleen se geheime plek. Niemand, behalwe hulle, weet hiervan nie.

In die houtskuiling sit sy styf teen haar suster tot die aandgloed oor die horison uitsprei.

Sy staan op van haar sitplek langs die spuitfontein. Die nag kruip nader. Die son sak stadig. Stilte daal neer oor Kingsberg. Bokant haar in die bome se takke skarrel voëls rond vir slaapplek. Sy hoor 'n duif koer. Die aandwind het gaan lê. Die teerheid van die aand wat haar saam met die omgewing toevou, laat die droefheid opnuut in haar opwel. Die trane prik agter haar ooglede, rol oor haar wange.

Saam met die donker kom 'n rustigheid oor haar. Die vre-de wat volg op ondraaglike smart. Soos die dag vir net 'n paar uur in die nag rus vind, vind sy ook tydelik rus.

Die prag en praal op Kingsberg verloor alle bekoring. Niks maak meer sin of saak nie. John dwaal doelloos op die plaas rond. Dikwels kom hy eers laatnag of vroegoggend huis toe. Sarah sonder haarself af. Dae lank sit sy in die biblioteek. Sy praat met niemand. Sy maak met niemand kontak nie.

179

Toe sy ná ses weke haar verskyning maak, is sy nie meer dieselfde mens nie.

HOOFSTUK 19

Arthur is in sy tweede jaar as regstudent aan die universiteit in Bloemfontein. Hy het vrede gemaak met die gedagte dat Daniel die erfgenaam van Kingsberg is. Sý toekoms moes hy beplan in 'n vreemde, heel ander rigting. Dit het 'n kopskuif van sy kant geverg om te aanvaar dat hy nie eendag sal boer nie. Nou is hy gelukkig tussen sy medestudente. Sy visier is op die regstelsel gemik. Hy geniet sy studies.

Dit is 'n gewone oggend soos al die ander toe sy dosent hom na die kantoor ontbied.

"Jou ouers het gevra dat ek met jou moet praat."

Arthur kyk vraend na die man voor hom. Hy beduie vir hom om te sit.

"Jou pa het gevra dat jy jou studies moet staak. Hy wil hê jy moet na Kingsberg terugkeer. Jy is die nuwe erfgenaam van die landgoed. Jou pa sê hy sien geen rede waarom jy verder moet studeer nie."

Arthur spring uit sy stoel op. Hy gooi sy hande in die lug.

"Verdomp! Ek is nou net op koers met my lewe."

"Stadig nou, meneer Adams. Ek kan dink dit is 'n skok vir jou. Jy vaar goed in jou studies. Dis jammer jy kan nie klaarmaak nie. Ek kan egter verstaan dat jou pa jou nodig het. Die tragedie van Daniel het niemand voorsien nie."

Arthur stap uit die kantoor. Hy het ná die tyding van Daniel se verdwyning verwag dat hy as die nuwe erfgenaam van Kingsberg een of ander tyd sou moes teruggaan. Dis net dat hy glad nie nóú gereed is daarvoor nie. Hy het die boerdery heeltemal uit sy kop gesit.

Hy gaan sit op die muurtjie langs die koshuis met sy kop in sy hande. Gedemp praat hy met homself.

"Daniel, jou bliksem, jy wou in elk geval nooit boer nie. Ek, kleinboetie, moes altyd vir jou terugstaan. Waar jy ook al is, weet net dat ek nog nooit so oorbodig en nikswerd gevoel het soos juis nóú nie. Ek is tweede keuse, man. Hoe fokken goed moet ek daaroor voel?"

Hy sit vooroor geboë tot die studente aangedrentel kom vir oggend-tee in die koshuis se eetsaal. Hy drink nie tee nie. Hy stap na sy koshuiskamer. Sy oë dwaal oor die klein vertrek. Die klapperhaarmatras op die ysterkatel maak hobbels onder die blou kerspitdeken.

Hy gaan sit op die bed se rand, skop sy skoene uit. In die boekrakkie bo sy lessenaar staan sy boeke netjies in 'n ry: sy vriende wat 'n nuwe wêreld vir hom oopgemaak het.

Op 'n manier het hy sy frustrasies en humeur in bedwang gehou met sy studies. Telkens wanneer die vuur in hom opgestu het, het hy oor sy boeke gebuk, dinge rondom hom uitgeskakel en só kalmer geword.

Hy is onseker en verward. Hy kyk deur die venstertjie van sy kamer. Die klimopplant hang soos 'n donkergroen gordyn daaroor. Tydens sy eerste maande hier het hy gereeld die venster opgeskuif en met verlange na buite gestaar.

Hoe het hy nie na Kingsberg verlang nie! Wat sou hy nie gee om net te kon boer nie! En nou konfronteer daardie einste futiele droom hom. Maar dit kom in 'n stadium van sy lewe waar hy deur jare se bitterheid en wroeging uiteindelik met die teendeel vrede gemaak het.

Hy trek sy bruin leertas onder die bed uit. Maak die hangkas oop. Begin sy klere inpak. Sy boeke laat hy net so in die rak agter. Hy trek die leergordel styf om sy opgerolde reisdeken en stap na buite.

By die krieketveld kry hy die opsigter. Dieselfde aand neem dié hom met sy perdewaentjie na Bloemfontein se stasie.

HOOFSTUK 20

'n Jaar ná Daniel se verdwyning is Amy swanger met haar en Alex se eerste kind. Haar gesondheid het sedert Daniel se verdwyning versleg. Die laaste maande van haar swangerskap is sy bedlêend. Magdalene is feitlik elke dag daar om haar by te staan.

"Sus, ek sê jou, Daniel gaan net op 'n dag hier instap. Ek weier om te glo dat hy dood is. Om die waarheid te sê, ek aanvaar dit glad nie."

Magdalene kyk met deernis na haar suster. "Aanvanklik het ek ook so gevoel. Maar, Amy, ons moet ook realisties wees, al maak dit hóé seer. As Daniel nie dood is nie, sou hy tog sekerlik al teen dié tyd na ons toe gekom het. Ons weet mos dat hy nooit wou teruggaan Kingsberg toe nie. Hy het niks om vir ons weg te steek nie. So, waarom sou hy ons uitsluit en toelaat dat ons geteister word deur die onsekerheid oor sy verdwyning. Nee, ek begin aanvaar dat hy dalk regtig verongeluk het."

Amy druk haar gesig in haar hande. "Nee, nee, nee! Ek wil dit nie hoor nie. Hy kan nie dood wees nie. Hy mag nie dood wees nie!"

Magdalene is self naby breekpunt. Maar Amy mag dit nie agterkom nie. Sy praat asof sy volkome in beheer is. "Jy het 'n kind om aan te dink. Een van die dae is jul baba hier. Dink aan die nuwe lewetjie in jou. Jy het regtig alles om voor te leef, Amy."

* * *

Amy is baie siek toe die baba gebore word. Magdalene sien hoe sy oorstelp is van blydskap toe die vroedvrou die volmaakte mensie langs haar neerlê.

Peter is 'n tingerige babatjie. Hy is pragtig, met donker haartjies en donkerblou ogies. Magdalene weet hy het in hul almal se lewens gekom op 'n tydstip dat hulle nuwe hoop nodig het.

"Alex, ons seuntjie hou so onwrikbaar aan sy nuwe lewetjie vas. Kyk hoe staar hy na ons met sy wyse ogies. Dis asof hy sielsdinge weet, met ons kommunikeer, ver verhewe bo die gesproke woord."

Die handjie klem styf om Alex se duim.

"Kyk, Amy, regte pianis-vingertjies. Hoe kan dit ook anders met jou en my bloed in sy are?"

Magdalene sien dat Alex goed is vir Amy. Hy bring elke moontlik beskikbare oomblik by haar en die baba deur. Sy voel vreemd alleen. Uitgesluit. Sy dink aan Andrew. Net soos met Daniel, vreet die onsekerheid aan haar. Daar is geen liggaam, geen plek om te rou nie. Geen afsluiting. Als is onvoltrek, halfklaar. Die gordyn kan nie sak nie.

Op Kingsberg lees Sarah Alex se briewe oor en oor. Sy is bekommerd.

24 April 1920

Sy lê in haar bed en glimlag vir ons. Pragtig soos altyd. Nooit is sy ongeduldig nie. Nooit kla sy oor enigiets nie. Sy sê ons is baie goed vir haar. Wat 'n vreemde tyd van stilstand is hierdie nie in ons lewens nie! Dis asof die hele lewe tot stilstand kom wanneer ek in die netjiese kamer sit met die liefdevolle oë van my vrou op my. Die sagte, bekende vingers om my hand gedraai.

Ure en ure sit ek so by haar, elke dag. Die verpleegster bring Peter gereeld vir haar om hom te voed. Hy is 'n rustige baba. Sy word stiller, maar die glimlag is altyd daar.

30 April 1920

Dit is aand. Ek sit al sedert vroeg vanoggend by Amy. Ons praat nie veel nie. Die dokter sê sy sal nie meer lank met ons wees nie. Ek is nog lank nie gereed om van haar afskeid te neem nie.

Vandag het ek my telkemale onttrek en buite gaan huil. Oor en oor het ek myself herinner aan Christus wat ook gehuil het by die dood van sy geliefde vriend Lasarus.

Ek het troos probeer vind in die feit dat Hy die dood oorwin het. Ek het krag probeer put uit sy lewe van medelye en genade. Só wou ek myself oorgee en vertroosting

vind. Maar ek kan maar nie vrede maak met die gedag-
te dat die einde voor die deur is nie.

Ek hou haar hand in myne. Ek sien haar liefde vir my.
Dan vlam die hoop opnuut op dat sy dalk sal herstel,
dat sy gespaar sal bly vir my en Peter.

Amy word sieker. Sy kan Peter nie meer borsvoed nie. Sy kyk na Magdalene en Alex. "Ek het aan die kind vasgehou as 'n laaste teken van hoop en vooruitsig. Nou het die vroed-vrou hom wegneem omdat ek te swak is."

Dan sak sy terug teen die kussings. "Ek sien 'n wit hek. Ek ruik die bloekoms op Kingsberg."

Dit pyn binne Magdalene. Sy sluk haar trane terug. "As ons op ons lewens terugkyk, sien ons baie landmerke, groot en klein, wat die pad vir ons vorentoe bepaal het. Kingsberg het vir jou baie deure oopgemaak. Jy sal altyd deel wees van daardie sonskynland."

Amy reageer nie op haar woorde nie. Sy prewel net: "An-derkant daardie wit hek is oop velde, pragtig groen, oortrek met blomme. Daar is stilte wat belangriker dinge sê as woorde. Daar is lig wat die diepste donkerte verdring. Nog 'n klein rukkie, dan gaan ek aan die Koning se kleed raak. Ek gaan die wonderskone land binne waarvandaan ek nooit weer sal terugkeer nie."

Magdalene strompel buitentoe. Die trekvoëls het al terug-gekom vir die komende somer. Oral sit hulle op vensterban-ke, heinings. Klaviermusiek klink op van êrens. Sy gee haar oor aan die vertroostende klanke.

Dit word donker. Die musiek hou op. Dit bring haar terug van die hoogtes waarheen haar emosies haar geneem het. Rook uit die huise se skoorstene warrel die lug in. Die ko-mende nag se dynserigheid vou om haar. Die nag is donker, sonder sterre. Die koue byt aan haar gesig. Die nag is on-vriendelik. 'n Nag vir vreemde gebeure.

Amy verval in 'n koma. Sy kom nie weer by nie.

Alex se bejaarde ouers neem die baba by hulle. Met die hulp van die verpleegster versorg hulle vir Peter.

* * *

In Kingsberg se voorhuis lees Sarah die swart omraamde brief van Alex aan John voor.

14 Mei 1920

Alles is verby. Hoe dom kan 'n mens tog wees in hierdie tye van smart. Ek het die laaste dae nooit haar bed ver-laat nie. Elke asemteug dopgehou. Gekyk hoe haar bors op en af beweeg.

Wanneer sy geslaap het, het ek gedink sy is dood. Toe sy regtig dood is, het ek gedink sy slaap. Toe die og-gend aanbreek – koud, met vlae reën teen die vensters – het daar vir Amy 'n nuwe, beter môre aangebreek.

Sarah gaan sit sonder emosie by die tafel in die biblioteek. Sy steek die staanlamp aan. Ure lank staar sy na die foto's van haar tweeling. Dis 'n vreemde gedagte dat sy hulle albei verloor het.

John stap na die bloekomplantasies. Hy loop op en af tussen die rye en rye bome.

Daardie aand lê Sarah en John in stilte wakker in hul el-lende. Die tragedie van hul lewens is te groot vir enige woor-de of bespreking tussen hulle. Dit laat hulle afgesonder, met geen behoefte aan wedersydse simpatie of troos nie. Miskien het die gewoonte om stil te bly jare gelede reeds wortel-geskiet in teleurstelling of drif of onderdanigheid. Wie weet? Dit maak in elk geval nou nie meer saak nie.

Ses maande later kom daar weer 'n brief van Alex uit Londen. Hy vra of Peter met sy goewernante Suid-Afrika toe kan kom. Hy kan nie alleen na die kind omsien nie. Sy ou-ers is oud en verswak.

Sarah besef dat sy haar sal moet regruk ter wille van die seuntjie wat op pad is na Kingsberg. Maar sy voel soos 'n toeskouer wat alles net van 'n afstand gadeslaan.

* * *

"Daar kom hulle, Mevrou. Uiteindelik!"

Ntswaki beduie na die stof wat in die verte uit die grond-pad opslaan.

Sarah se oë is al moeg soos sy heeldag die pad dophou. Sy het probeer lees en naaldwerk doen om haar aandag af te trek, maar sy kon nie konsentreer nie. Kort-kort was sy maar weer voor die venster. Haar hart klop in haar ore toe die motor voor die huis stilhou.

Die bestuurder maak die motordeur oop. 'n Lang, skraal vrou klim uit. Sy buk met haar kop terug in die motor en tel die kind in haar arms op.

Sarah het haarself die afgelope weke probeer oortuig dat haar hartseer verlig sal word sodra sy Amy se vlees en bloed teen haar vashou. Maar nou is sy bang. Sy staan versteen en kyk hoe die vrou met die kind die breë terrastrappe na die huis opstap. Sy loop na die voorportaal. Bewend en onseker wag sy hulle in.

Die vrou maak 'n effense kniebuiging en stel haarself bekend. "Meggie Steward."

"Welkom op Kingsberg. Ek hoop die reis was nie te veeleisend nie."

Sarah steek haar arms uit en neem die kind by haar. Sy draai na Ntswaki.

"Neem vir Meggie na haar kamer langs die kinderkamer. Ek sal Peter self soontoe bring."

Sarah hou die seuntjie eers net styf teen haar vas. Toe trek sy die kombersie weg en kyk na die gesiggie. 'n Onnoembare ontroering en sielesmart oorweldig haar. Amy en Daniel se gelaatstrekke is in die gesiggie voor haar gedupliseer. Alle hoop dat die kind 'n helende krag vir haar hartseer sou wees, stort in duie. Sy weet. Hierdie bitter beker sal sy tot op die bodem ledig.

Sy kom agter dat Peter haar ontstellende emosies aanvoel, want sy lippie begin bewe. Toe begin hy weemoedig huil. Sarah wieg die lyfie heen en weer in haar arms. Sy huil snikkend, smartvol, saam met die kind.

Só tref John hulle in die voorportaal aan. Hy slaan sy arms om haar en die kind. Aangedaan en ontroer staan hulle daar in hul gebrokenheid.

Arthur het intussen soos 'n skaduwee in die deur verskyn. Hulle sien hom nie. Hy staan lank daar en staar na die toneel voor hom. Toe draai hy om. Hy stap met die terrastrappe af tot by die spuitfontein. Daar sit hy tot dit pikdonker is. Hy daag nie op vir ete nie. Sy ouers doen ook nie navraag oor waar hy is nie.

HOOFSTUK 21

Die bye arriveer daardie jaar later as gewoonlik. Boonop is hulle besonder wild en onhebbelik.

Arthur kyk ongeduldig hoe 'n swerm in die lug talm en nie kan besluit waar om neer te stryk nie. Vorige seisoene het die swerms meestal op maklik bereikbare plekke gaan sit, soos die naaste, laagste tak van 'n oorhangstruik of boom. Nou is dit asof die bye opsetlik gemeen wil wees. Eendragtig kies hulle die onmoontlikste, hoogste plekke. Kompleet asof hulle hom wil tart en uitdaag.

Die swerm het aanvanklik wasig en wyd versprei teen die blou lug aangekom. Toe het dit gekondenseer tot 'n newelagtige wolkie wat digter en donkerder geword het. Dit het 'n soliede swart kol gevorm. En nou gly dit neer op die hoogste, dunste tak van die rooibos-bessieboom.

Arthur is woedend. Hy gaan haal die leer en stap soontoe. Daar is baie ander werk op die plaas. Hy is allermins lus om met weerbarstige bye te sukkel. Hy het reeds vooraf die leë byekorf met kruie bedek en heuning daaraan gesmeer. Sy leerhandskoene, breërand-strooihoed en groot sluier met gaas daarom, beskerm hom. Hy is halfpad teen die leer op toe hy 'n irriterende stem hoor.

"Meneer Arthur, ons het ook met bye geboer in Engeland. Ek ken bye. Jy moet net sê as ek jou op enige manier kan help."

Hy kyk af grond toe. Die leë byekorf val uit sy hand en beland voor Meggie se voete.

"Verdomp! Kýk wat het jy nou gedoen."

Ergerlik klim hy af grond toe.

"Nou toe, as jý dan alles weet van bye, klim nou sélf op en gaan vang die swerm."

Hy pluk die beskermende klere ongeduldig van sy lyf af.

"Toe, toe, trek dit aan!"

Meggie trek die handskoene aan. Sy sit die verbleikte strooihoed met die sluier op haar kop. Sy tel die byekorf op en klim teen die leer op. Arthur bekyk haar van onder. Haar onderklere bedek haar tot by haar knieë. In sy fantasieë trek hy haar klere stuk vir stuk uit.

Ná bykans drie maande sien hy haar vir die eerste keer regtig raak. Hy hou haar geamuseerd dop terwyl sy die bye met 'n siprestakkie van die bessieboom-tak afvee terwyl sy dit liggies skud.

Met die ander hand hou sy die byekorf só dat die bye daarop val. Sy hou die byekorf armlengte van haar lyf af weg terwyl sy met die leer afklim. 'n Swart streep bye stroom agter die korf aan.

* * *

Sarah kom laat daardie nag uit die biblioteek. Op pad na haar kamer besluit sy om eers by die kinderkamer 'n draai te maak. Sy staan met haar oor teen die deur en luister of sy nie dalk vir Peter hoor nie.

Stom geskok sien sy hoe Arthur by Meggie se kamer uitkom. Hy sien haar nie. Hy loop rustig by haar verby en verdwyn in die donker gang af.

Die volgende oggend is John in die speelkamer saam met Peter tussen sy hordes speelgoed. Hy wieg hom op die hobbelperd. Die kind skaterlag.

Sarah leun eers vir 'n rukkie teen die deurkosyn en kyk vir hulle. Dit lyk byna na die volmaakte prentjie van 'n oupa met sy kleinseun. Maar die hartseer ondertone oor die tragiese omstandighede rondom Peter se koms na Kingsberg is altyd daar.

Sy stap nader. John kyk op na haar. Hy tel die kind van die hobbelperd af en sit hom tussen die speelgoed op die vloer neer.

"Arthur slaap by Meggie." Sarah praat kortaf en reguit. "Sy is nie ons klas nie. Kan jy dink aan die gemors as hy met haar wil trou?"

Sy sien die totale verbasing en ongeloof op John se afgeremde gesig. Onmiddellik is sy spyt dat sy die saak nie meer taktvol aangevoer het nie.

"Watter bewyse het jy vir jou aantygings?"

"'n Man besoek sekerlik nie 'n vrou se slaapkamer diep in die nag om geselsies aan te knoop nie. Ek het omstreeks eenuur vanmôre uit die biblioteek gekom. Hy het my nie gesien nie; net by haar kamer uitgesluip: hare deurmekaar, skoene in die hand."

John leun moedeloos teen die muur. Hy praat stadig, af-gemete: "Die oplossing sal sekerlik wees om haar terug te stuur Engeland toe. Ons kan iemand hier plaaslik kry om na die kind te kyk."

Sarah skud haar kop.

"Sy is al mens wat Peter nog uit sy vorige lewe ken. Dit sal verkeerd wees om haar van hom af weg te stuur. Hy sukkel reeds so om by al die vreemdelinge in hierdie huis aan te pas. Sy sal hier moet bly so lank as wat Peter hier bly. Ek is jammer vir die kind."

"Nou goed dan. Maar ek gaan vir Arthur konfronteer en hom aansê om sy onstigtelike bandeloosheid te stop. Ek het regtig nie nog krag vir sy verwrongenheid en gebrek aan dis-sipline nie. Ek is immers sy pa. Hy is nog onder my dak. Hier sal hy maak soos ek sê."

Sarah sien nie kans vir 'n konfrontasie tussen John en Arthur nie. Sy gooi wal.

"Los dit vir my. Ek sal met hom praat. Ek wens regtig hy ontmoet iemand ordentlik. 'n Meisie wat by Kingsberg pas. 'n Vrou wat dinge hier sal kan vasvat as ons twee die dag nie meer hier is nie."

Teen die middaguur stap sy self met Arthur se kosmand-jie na die landerye. Sy sit langs hom op die gesnyde voer terwyl hy eet.

"Is hierdie besondere eer wat my te beurt val omdat Ma in my geselskap wil wees? Of is Ma dalk net hier omdat ek in die moeilikheid is?"

Sarah kyk na haar jongste. Sy weet agter Arthur se hard-heid skuil daar baie woelinge. Sy het hierdie ontembare kind van haar lief. Maar hy vind dit moeilik om liefde te ont-vang en ewe moeilik om liefde te gee. In haar hart weet sy dat hy nie opgewasse is om Kingsberg oor te neem nie. Dit bekommer haar.

"Arthur, my kind. Ek wil met jou praat oor Meggie. Sy is 'n goeie mens en onmisbaar in Peter se lewe, maar beslis nie geskik vir jou as vrou nie. Los haar asseblief uit, ek vra jou mooi."

Hy bars hard uit van die lag.

"Arme, beklaenswaardige ou Meggie! My vrou! Waarvan praat Ma tog? Ek wil haar nie present hê nie. Sy is los en beskikbaar, Ma. Dis al. Ek voel niks vir haar nie. Sy is goeie afleiding. Dis al. En terloops, Peter se teenwoordigheid was van die begin af vir my 'n steen des aanstoots. Vir wát kan sy eie pa nie na hom kyk nie? As hulle twee môre teruggaan Engeland toe, sal dit 'n bonus wees."

Sarah is enersyds bly oor wat hy van Meggie sê, maar andersyds ook bitter bekommerd oor sy openlike veragting vir haar as vrou.

"Ek aanvaar dit so." Sy staan op. "Ons sal nie weer hieroor praat nie. Weet net dat ek jou liefhet en vir jou omgee. Ek wil so graag sien dat dit goed gaan met jou. Soek vir jou 'n ordentlike, goeie vrou, my kind."

Sy soen hom op die wang. Vir 'n vlietende oomblik sit hy sy arm om haar. Sy haak die kosmandjie oor haar arm. Sy weet dat sy oë haar volg terwyl sy terugstap huis toe. Sy wonder of hy ook terugdink aan die pieknieks van vroeër toe alles nog wel was op Kingsberg.

Sarah is verlig dat haar vrese oor Arthur en Meggie besweer is. Sy het geskrik toe John gesê het sy moet teruggaan Engeland toe. Sy weet dat sy nie meer in staat is om alleen na Peter om te sien nie. Sy het net eenvoudig nie meer die fisieke krag of die lus nie. Sy sal sorg dat hy materieel niks kortkom nie. Maar haar eie lewe is so aan skerwe dat sy nie veel van haarself kan gee nie.

Sy onttrek haar al hoe meer. Wanneer selfs net die geringste probleem opduik, gaan sit sy by die tafel in die biblioteek. Dan steek sy die lamp aan. Met betraande oë staar sy na die foto's van Amy en Daniel. Sy verlang daarna om haar in die gesteswêreld met hulle te verenig.

* * *

Daar is 'n donker wolkbank op die oostelike horison, wat die son se strale veel later as gewoonlik eers oor die dag loslaat. John wag ongeduldig by die wildkamp vir Arthur om op te daag. Hulle moet vandag die jonger ramme in 'n afsonderlike kamp afkeer. Hy het ekstra hulp nodig bo en behalwe dié van die plaaswerkers. Arthur het belowe hy sal help.

"Maak solank die houthekke aan daardie kant toe."

Die werkers gehoorsaam sy bevel. Vir die soveelste keer kyk hy of Arthur nie aankom nie.

In die pad wat langs die bloekomplantasie verbyloop, sien hy hom uiteindelik. Fier en regop sit Arthur op Baron, Daniel se perd. Dis nie ongewoon dat hy op Baron ry nie. Maar vanoggend is John ontsteld oor die toneel voor hom. Hoe bitter graag sou hy nie eerder vir Daniel op sy perd wou sien aankom nie.

"Toe, toe, toe, jong, jy is laat. Ek het nie heeldag tyd om vir jou te staan en wag nie."

Hy is gefrustreerd en ongeduldig. Onmiddellik besef hy dat Arthur hom bloedig vererg.

"Soos wat Pa tekere gaan, sal 'n mens sweer môre is nie nog 'n dag nie."

Arthur klim van die perd af. Hy lei die dier na 'n koelteboom en draai die teuels om 'n heiningpaal vas. Toe gaan leun hy teen die boomstam. Hy steek tydsaam en tartend 'n sigaret aan.

John staan woedend nader. "Ek verstaan jou nie. Jy het die kans van jou lewe nou dat jý die erfgenaam van Kingsberg is. En wat gebeur? Jy stel in niks belang nie. Jy gedra jou slegter as die slegste plaaswerker. Wat op aarde moet ek doen om jou by die landgoed betrokke te kry? Ek weier om te glo dat alles hier ten gronde moet gaan omdat één ruggraatlose karakter soos jy besluit het jy wil nie hier wees nie. Waar de hel wil jy in elk geval wees? Jy het nie klaargemaak met jou studies nie. Jy is vir niks gekwalifiseer nie."

"Gaaf van Pa gewees om my my studies te laat opskort om te kom boer. Donners baie dankie!"

John besef dat Arthur gelyk het, maar hy het sy mes in vir hom. In sy gedagtes val hy vervaard rond voordat hy die volgende aanval loods.

"Jy gedra jou soos 'n nagloper en klim soos 'n skorriemorrie onder Meggie se lakens in. Sies, man! Beteken klas en status dan vir jou absoluut niks nie?"

Arthur trap sy sigaret met 'n driftige draaibeweging van sy voet in die grond dood. Hy kyk reguit na sy pa.

"Wat weet Pa van klas af? Het alle mense nie maar uit die een of ander geslag 'n twyfelagtige agtergrond nie? Wat presies is dit wat een mens kwansuis bo 'n ander mens verhef? Party het net meer geleenthede gekry om hulle te verryk, hetsy op eerlike of oneerlike wyse. Nou leef hulle soos aristokrate terwyl ander nooit dieselfde kanse gehad het nie."

John se kop ruk soos iemand wat deur die gesig geklap is.

"Sal 'n klipsteen soos jy vir my kom vertel van geleenthede! Asof ek my nie afgesloof het om dinge hier te kry soos wat dit is nie. Nou weet ek sonder twyfel jy is onnosel, want jy weet glad nie waarvan jy praat nie."

Arthur ignoreer hom. Hy stap na die werkers om hulle met die aankeer van die wild te help.

John loop driftig in die plantasie in en verdwyn tussen die bloekombome. Hy gaan sit lank met sy rug teen 'n boomstam. Dit steek soos naalde in sy kop. Hy staan op. Voel duiselig. Hou eers aan die stam vas om sy balans te herwin. Hy is onseker oor watter kant die huis is. Hy vryf oor sy oë. Alles lyk uit fokus.

'n Bediende kyk deur die kombuisvenster en sien hom strompelend aankom. Sy roep vir Sarah.

Sarah hardloop na buite. John het in die pad neergeval.

"Ntswaki, gou, kom help!"

Hulle probeer John ophelp. Sy regterarm lê slap langs hom op die grond.

"Moenie aan sy arm trek nie."

Sarah druk haar hand onder die oksel in. Saam help hulle dat hy regop kom.

"Wat het gebeur?"

Sy kyk besorg na John. Hy probeer praat, maar die woorde kom onduidelik en onsamehangend uit.

Hulle help hom tot in die slaapkamer. Sarah stut die verlamde arm met 'n kussing. Sy strek die arm op die bed uit en maak die toegeklemde hand oop.

"Dis beroerte, Ntswaki. Die meneer is baie siek."

* * *

John bring sy dae in die slaapkamer deur waar die bediendes saam met 'n verpleegster na sy wel en wee omsien. Hy praat moeilik en kommunikeer deur sy kop te skud of met sy vingers te wys wat sy behoeftes is.

Sarah sit by tye langs sy bed. Die meeste van die tyd is sy egter in die biblioteek. Die verpleegster masseer hom elke dag. Hy doen oefeninge. Stadigaan herwin hy sy spraak en die gedeeltelike gebruik van sy hand en arm.

Kingsberg se verantwoordelikheid rus nou totaal en al op Arthur se skouers. Hy het nie die lus of die dryfkrag om dit op hom te neem nie.

Dit breek John se hart, maar dis vir hom onmoontlik om enige toenadering of liefde teenoor Arthur te betoon.

Hy smag daarna om sy arms om sy seun te slaan. Om sy liefde oor hom uit te stort. Om vergifnis van Arthur te ontvang vir sy tekortkominge as vader. Dit sal alles wees waarop hy so hoop, wat hy so nodig het. Maar dit sal ook beteken dat hy alles moet laat gaan waaraan hy so vasklou. Dit sal totale oorgawe van hom vereis. Hy is eenvoudig nie daartoe in staat nie.

Hy het verwyte oor baie dinge. Veral die feit dat hy Magdalene onterf het omdat sy met Andrew Bradly getrou het. Dit spook nou dag en nag by hom. Hy wil dit bitter graag regstel, maar Magdalene hou vol dat sy niks van hom wil hê. Sy sê sy leef goed. Hy weet dit is 'n leuen. Sy voer 'n sukkelbestaan in Engeland. Sy maak wel geld met haar skilderye, maar daarop alleen kan sy tog nie ordentlik leef nie.

John voel hoe sy kragte by die dag afneem, hoe hy al hoe meer verswak. Hy besef dat hy 'n plaasbestuurder moet aanstel om te keer dat dinge heeltemal onder Arthur se belangeloosheid verval.

Hy laat vir Stephan Rowe uit Engeland kom om hom by te staan. In die onmiddellike omgewing is daar niemand aan wie hy kan dink nie. Boonop sal dit 'n vernedering vir hom wees om iemand plaaslik aan te stel.

194

HOOFSTUK 22

Sarah besoek nog by geleentheid die stoetperde se stalle en die varkhokke onder die oorhangkrans. Vroeër was sy aktief betrokke by die versorging van die diere, maar deesdae is sy weinig meer as net 'n toeskouer.

Die werkers is gewoond daaraan dat sy die laaste tyd afsydig is. Hulle pla haar nie. Die bedroefde vrou met die lang rok, gewoonlik wit, en die strooihoed op haar kop, staan soms net daar. Die chiffon-serp wat bo-oor die hoed gedrapeer is, is in 'n groot strik onder haar ken vasgeknoop sodat die wind dit nie kan afwaai nie.

"Hoekom praat sy nooit? Hoekom staan sy net so eenkant daar?" Stephan Rowe vra dié vrae aan een van die werkers. Hulle is besig om sakke vol mis te maak vir die tuin.

"Die groot hartseer het haar stem gesteel. Die pyn binnekant het haar toegesluit in haar lyf," antwoord Job.

Toe hulle weer in haar rigting kyk, is sy weg.

"Dis vir eers genoeg van die perdestalle se mis. Maak al die ander sakke vol varkmis. Dis die heel beste bemesting vir die rose."

"Meneer Stephan se hart is by die blomtuin en die rose." Job praat asof hy iets nuuts ontdek het.

"Ja, jy sien heeltemal reg. Ek sukkel nog met die gemengde boerdery hier in jul vreemde land. Ek is so dankbaar vir julle plaaswerkers wat my so baie help en leer. Dis julle wêreld en julle is slim hier. Ek is net slim met die tuin en die rose. Ek het 'n baie mooi roostuin gehad in my land."

"Hoekom het meneer Stephan jou land agtergelos en na hierdie vreemde land gekom?"

"My vrou is oorlede. Daar waar ons saam geleef het, wou die hartseer my nie uitlos nie. Ek was bly toe John my gevra het om Suid-Afrika toe te kom."

"Ja, Meneer, die son en die dood kan 'n mens nie in die oë kyk nie. Dis die besoeker wat by almal kom kuier, maar niemand is bly om hom te sien nie."

Job haal sy laphoedjie af en vryf nadenkend oor sy grys kop terwyl hy verder praat. "'n Mens moet afgooi en wegbêre, Meneer. Anders los die donker jou nooit weer nie. Hier op Kingsberg wys die tuin nog al die mooi blomme. Die voëls en diere sê elke dag dankie. Die reën dans nog oor die veld. Die lande bring genoeg kos. Maar die donker het sy swaar hand oor die stukkende harte gesit sodat hulle niks moois kan sien nie. Hulle kan oor niks meer bly wees nie."

* * *

Toe Sarah twee dae later weer by die varkhokke staan, druk Stephan 'n pragtige wit roos in haar hand.

"Die roos se naam is Clarice Goodacre. Is dit nie pragtig nie? Kyk die romerige groen kleur tussen die wit. Stap saam met my na die kweekhuis, dan wys ek jou die rose daar."

Sy huiwer 'n oomblik. Toe tel sy haar kop op. Sonder 'n woord stap sy saam.

"Ek moes my Engelandse metodes aansienlik aanpas vir Suid-Afrika. Die klimaat hier is heel anders. Dáár het ons die rose goed teruggesnoei om die beste en mooiste blomme te verseker. Ek het sommer gou agtergekom dat dit net in Engeland werk. Nie hier nie. Hier is die somer 'n verstommende nege maande lank en baie warm. Dus snoei ek hier baie minder. Ek sny nie sommer takkies weg net omdat ek dink die plant is groot genoeg nie."

Sarah kyk na hom terwyl hy praat. Vir die eerste keer maak sy oogkontak met hom; sien sy hom raak. Voorheen was hy vir haar net 'n vae figuur met bruin plaasklere aan.

"In Suid-Afrika is water altyd iets wat in gedagte gehou moet word. Hier werk ons spaarsaam daarmee."

Sy sien hoe Stephan in afwagting na haar kyk om verder te praat.

"Ek kyk altyd watter rose hou die langste in die blompotte in my huis. Dié wat die gouste verwelk, is gewoonlik die minste droogtebestand. Dit is die delikate spesies wat liewers nie saam met ons na hierdie droë land moes getrek het nie."

Hulle stap verby die groot rots waar die terracotta-beeld van die vrou met die waterbeker in haar hand staan. Stephan wys na 'n roos teen die rots.

"Kyk hoe welig groei hierdie pragtige General Gallieni teen die rots."

Sarah reageer opgewonde.

196

"Dis die mees verstommende roos. Hy groei hier met sy rugkant teen die groot rots en sy wortels in die grond tussen die wortels van hierdie wilde *Celtis*-boom. Hy kry nie baie water nie, maar gee skynbaar nie 'n snars om nie. Hy is gelukkig en gesond. Die blare verlep nooit. Soms is die blomme wel klein, maar hulle het altyd hierdie wonderlike warm granaatrooi kleur. Hulle is nooit verflens nie. As die geringste buitjie reën val, blom hy voluit. Die blomme is weelderig en groot. Hy blom dwarsdeur die winter. Net die ergste ryp beskadig hom soms. Die gevaarlike winterson kom ook nie naby die blomme hier agter die rots nie."

Sy voel vir die eerste keer in 'n baie lang tyd opgewonde. Sy vat aan die rose terwyl sy praat. Die fluweelblare is sag en vriendelik tussen haar vingers.

In die kweekhuis gesels Stephan entoesiasties terwyl hy die rose vir haar wys.

"Die Columbia is 'n verruklike roos met die beste en sterkste geur van al die pienk rose. Ruik net hieraan."

Hy hou die roos na haar uit.

Sarah kan nie onthou wanneer laas sy aan 'n roos geruik het nie. Sy buk af; druk haar neus teen die blare. Die parfuum vul haar met betowering. Dit laat haar wonderlik lig voel.

"My gunsteling- rooi roos is die National Emblem. En kyk! Hierdie Columbia sal baie mooi lyk in 'n vaas in jou huis. Kom ons pluk daarvan vir jou woonkamer."

Stephan knip die roosstingels af en druk dit in haar arms.

Sarah hou die bos rose teen haar bors vas terwyl hy verder stap en beduie.

"Ek toets nog ander rose ook uit vir die omstandighede hier. En sal maar moet sien of hulle die toets gaan deurstaan. Ek hoop die Red Letter Day, Paul's Scarlet en Madame Lombard gaan dit maak. Hulle is só mooi. En in hierdie Louise Catherine Breslau sal jou gaste hulle verlustig. Jy sal net uitroepe van bewondering en verbasing hoor.

Stephan laat haar eerste by die kweekhuis uitstap.

"Watter siektes is algemeen onder die rose hier op Kingsberg? Dit lyk nie vir my of roes hier 'n groot probleem is nie."

Sarah merk op dat hy telkens wanneer sy praat, stip na haar kyk.

"Nee, dit is nogal nié. Keating se insekpoeier is 'n groot hulp om peste te beheer op die uitloopsels, stamme, asook onder die blare. Groen plantluis kan egter maar lastig wees, want die insekte moet met die hand op die uitloopsels doodgedruk word. Gelukkig is die hordes luise wat later arriveer, dan nie meer lus om te kom nesskop op die bloedbevlekte slagveld van hul voorgangers nie."

Hulle lag albei hardop. Stephan groet beleef. Hy loop terug na die werkers by die stalle.

Ntswaki wag vir Sarah toe sy met die bos rose by die kombuisdeur instap.

"Ek het al klaar Mevrou se gunsteling-blompot vol water gemaak. Ai, die rose maak ons bly vandag!"

* * *

Dit is 'n mooi sonskyndag. Sarah stap in die tuin met Peter in sy stootwaentjie. By haar geliefkoosde wit jasmyn staan sy stil.

"Peter, ruik hoe heerlik is hierdie parfuum."

Sy tel hom uit die stootwaentjie en laat hom aan die wit sterblommetjies ruik.

"En kyk die pragtige blink, donker blare."

Peter gesels land en sand saam in sy babataal. Hulle stap verder. By die reusagtige Banksia-roos wat teen 'n klipmuur oprank, haal Sarah die vergrootglas uit.

"Ek noem hierdie roos Marco Polo, want hy is op 'n ontdekkingsreis. Kyk net waar trek hy nou al. Amper verby die muur. Hier gaan ons baie goggas sien wat saam op reis is."

Sy hou die vergrootglas oor 'n bleekgroen ruspe. Peter steek sy handjie uit om daaraan te vat.

"Ons mag net kyk na die goggas en nie aan hulle vat nie. Hulle skrik vir ons wanneer ons te naby kom."

Hulle kyk na 'n spinnekop wat op en af teen sy sydraad klouter. Peter se lyfie beweeg saam op en af. Hy kraai van plesier toe Sarah vir hom sing: "The eency, weency spider climbed up the waterspout. Down came the rain and washed the spider out. Out came the sun and dried up all the

198

rain. So ... the eency, weency spider climbed up the spout again.

"Kyk! Hierdie kewers het verskillende groottes en vorms. Party van hulle lyk soos duur juwele in die sonlig. En kyk na hierdie vliegies met hul pragtige reënboogkleurige vlerkies."

Sy gee die vergrootglas vir Peter. Met gretige handjies vat hy dit by haar. Hy bekyk alles met belangstelling. Toe stap sy met die kind terug huis toe. Die bediendes hou haar heeltyd deur die venster dop. Hulle beduie opgewonde vir mekaar, fluister saggies agter hul hande en glimlag breed.

Die gerugte dat Sarah haar verdriet uiteindelik verwerk het, versprei soos 'n veldbrand onder die plaaswerkers. By almal vlam die hoop op dat goeie tye weer vir Kingsberg aangebreek het.

* * *

Dit is 'n heerlike Vrystaatse lente-oggend. Stephan wys vir Sarah hoe om die rose te snoei. Daar is 'n gewyde atmosfeer en varsheid in die oggendlug.

Op die gras en blomme is nog tekens van dou. In al die lewende wesens is daar vreugde. Die voëls se oggendgeluide klink helder op soos hulle deur die skoon hemelruim vlieg.

In die Ooste trek die son 'n dun geel streep op die horison, wat stadig oor die grasvlaktes en plantasies insypel. Alles word in goud getooi.

Sarah kan nie glo dat sy soveel dae in die huis deurgebring het nie. Sy het al hierdie skoonheid vir 'n lang tyd gemis.

Toe hulle klaar is, bêre Stephan die snoeiskêre in die kassie naby die ingang van die kweekhuis. Sarah trek haar tuinhandskoene uit.

"Kom stap saam na my blyplek, dan maak ek vir ons tee."

Stephan laat haar goed voel. Hy kyk na haar wanneer hy praat. Hy luister wanneer sy praat. Hy raak haar meer aan in tien minute – 'n kloppie op die skouer, 'n drukkie aan die arm – as John die afgelope ses maande. Hy straal innigheid, goedheid, begrip uit. Hy is soos 'n helder lig wat skyn wanneer die donker haar wil oorval.

199

Sy stap saam met hom na die drieslaapkamerhuis. John het dit destyds vir Kingsberg se erfgenaam laat bou indien die vorige geslag nog die herehuis sou bewoon. Omdat Arthur nog ongetroud is en by hulle in die groot huis bly, het hy die huis aan die plaasbestuurder beskikbaar gestel.

Die meubels in die huis is van dieselfde hoë gehalte en goeie smaak as dié in die herehuis. Sarah het destyds self die meubels, breekgoed en eetgerei vir die huis uitgesoek tussen die oorvloed van alles wat sy in Engeland gekoop het. Sy voel gemaklik en tuis tussen haar eie goed.

Hy trek vir haar 'n stoel nader.

"Sit, dan kry ek solank die tee gereed."

Daar is orde in Stephan se huis. Alles dui daarop dat hy voorheen getroud was. Sy plek is netjies, hoewel nie silwerskoon nie. Op die eetkamertafel staan 'n blou-en-wit Engelse porseleinvaas met rose in.

Hy bring die skinkbord met tee in en sit dit op die tafel neer. Sy skink vir hulle. Aanvanklik het hulle albei gedink om hul lewens hardop in gesprek met mekaar te deel. Hulle het immers al twee soveel om te vertel. Maar skielik is nie een van hulle in staat om dit te doen nie.

Hulle drink hul tee in stilte. Alle woorde is oorbodig. Hulle is gelukkig in die vredige stilte. Hulle wil dit so hê. Hulle wil alles vergeet waaroor hulle sou gesels. Hulle wil net na mekaar kyk. Sonder woorde sê hulle vir mekaar: Ons is tevrede. Ons is gelukkig.

Buite waai die wind die bome se takke liggies heen en weer. Veraf is daar plaasgeluide. Hulle sit net daar. Die huis, die omgewing, die land Suid-Afrika, die hele wêreld, is soos 'n droom. Dis iets wat net in hul gedagtes bestaan. Dit is nie deel van die werklikheid nie. Binne hierdie mure is daar lig. Sarah voel hier verlos van die gewigtige donkerte in die groot huis.

Haar besoeke aan Stephan word 'n gereelde instelling. Dit is vir haar 'n lafenis om weer deur iemand raakgesien te word. By hom voel sy nie soos net nóg 'n vrou nie. Sy is Sarah. Sy is spesiaal. Hy kyk in haar siel in. Sy weet hy het haar nodig. Net soos sy vir hom.

* * *

200

John sien een oggend uit sy slaapkamer venster per toeval hoe Sarah saam met Stephan in die tuin stap. Hy herken haar byna nie. Sy is regop. Haar strooihoed hang speels langs haar sy. Sy speel met die chiffon-strik.

Die toneel lyk eienaardig bekend. Met 'n skok onthou hy die vrou in sy droom op die Evangeline ná die stormnag ter see. Hy word yskoud van vrees. Hy weet hier is moeilikheid.

Hy hoor hoe sy hardop lag. Skielik tref dit hom: Sarah se hele wese straal, en dit is hoe 'n vrou lyk wanneer sy gelukkig is. Wanneer sy bemin word deur die man wat sy liefhet.

John kyk stip na haar. Dit voel asof hy haar nie regtig ken nie. Hy het geen benul wie sy regtig is nie. Hy het al die jare sy eie opinie omtrent haar gehad. Daardie opinie is nou dood. Sarah is 'n ander mens.

Hy is reeds neergevel deur die teëspoed in sy familie en sy kwynende gesondheid. Arthur is onstabiel in al sy doen en late. Hy word rondgeslinger asof hy ankerloos op die see se golwe ronddobber. En nou nog dít ook. Hy sal vinnig moet optree.

Later die middag kom die bediende die kamer binne.

"Meneer John, jy is al yskoud. Kom laat ons jou in die bed sit."

Die bediende praat mooi, maar hy weier om in die bed te klim.

"Bring net my pille, asseblief. Dan kan jy maar huis toe gaan. Jy kan môre weer inkom. Ek is reg hier in die stoel voor die venster."

"Maar Meneer kan mos nie die hele nag voor die venster sit nie."

"Doen asseblief wat ek vra. Ek het darem nog 'n sê hier rond. Ek is nog nie dood nie."

Die kamerbediende bring sy pille; gooi 'n kombers oor sy bene. Sy trek die deur agter haar toe.

Die pille help vir sy fisieke pyn, maar die pyn en ontreddering binne hom is veel erger. Trane van woede en verwyt laat hom magteloos. Hy kyk oor die tuin uit tot dit pikdonker is. Oor en oor herroep hy die toneel van vroeër. Hy haat Sarah daarvoor.

Hy besef die wiel van sy lewe het gedraai. Die noodlot het hom op makabere wyse ingehaal. Al die jare het hy sy verhouding met sy minnares vir Sarah weggesteek. Niemand

het ooit gepraat nie. Hy het aangeneem dat sy nooit sou uit-
vind nie. Tydens die wilde partytjies in die snoekerkamer
het hy gereeld met Diane na een van die gastekamers ver-
dwyn waar hulle losbandige seks gehad het. Te veel drank
het dit maklik gemaak om alle inhibisies oorboord te gooi.
Net die één aand met die dinee op Kingsberg het Sarah hom
gekonfronteer. Daarna is die saak nooit weer opgehaal nie.

Hy dink aan al die gesteelde tye saam met Diane. Die in-
sident in die plantasie staan vanaand die duidelikste uit in
sy geheue.

Diane het laat weet sy wil hom sien. Hy het gewonder
hoekom sy haar so beskikbaar stel terwyl sy weet hy het
haar nie lief nie. Hy het voorgestel dat sy laatmiddag na die
plantasie kom. Sy het daar opgedaag toe al die werkers
reeds huis toe was. Die son was besig om te sak. Die laaste
glans het die wolke in geel en rooi strepe gekleur.

"Is dit nie wonderlik mooi nie?" het sy gevra en na hom
opgekyk. Die sagte goue glans was ook op haar gesig.

"Die wolke is aan die brand," was sy antwoord.

Hulle het langs die grensdraad gaan staan en gekyk hoe
die wolke uitmekaar dryf. Alles het in die diepste pienk en
pers verkleur tot dit met die grys en donker saamgesmelt
het wat oor die veld gespoel het. Toe het hy haar hand ge-
neem. Hulle het die digte plantasie ingestap.

"Ek hou van die donker. Ek wens dit was nog digter en
donkerder," het sy gesê en sy hand gedruk.

Hy het teen 'n boom geleun en haar in sy arms geneem.
Sy het haar aan hom oorgegee. Maar op 'n manier was sy vir
hom soos 'n vreemdeling.

Dit het saggies begin reën. Die bloekoms se sterk, skoon
reuk het hulle omvou waar hulle tussen die blare gelê het.
Fisiek was hulle albei bevredig, maar hy was daarvan bewus
dat sy afwesig was.

"In my liefde vir jou word ek meer en meer jaloers en pas-
sievol. Ek sal enigiets doen om jou nader aan my te trek.
John, jy is alles vir my. Maar ek kry die gevoel dat jy weg-
dryf. Ons kon voorheen nie wag om by mekaar te wees nie.
Nou is dit asof jy afgekoel het. Ek voel nie meer bevredig in
my liefde nie."

Hy het haar nie geantwoord nie.

Sy vingers het oor haar gesig gestreel en hy was meteens baie jammer vir haar. Sonder die partytjie-bravade en on-verskilligheid, aangevuur deur die bedwelming van te veel drankies, was die seksdaad daar tussen die bloekoms heel-temal leeg en sonder betekenis.

Sy het ondersoekend na hom gekyk.

"Wat soek jy regtig onder hierdie dekmantel van plesier? Wat soek jy regtig vir jouself in my?"

Daardie aand het hy vir die eerste keer duidelikheid ge-kry oor 'n belangrike aspek van sy lewe. Hy was voortdu-rend daarop uit om sy eie ek te bevredig. Hy was selfverse-kerd en voortvarend. Hy wou bewys dat niks vir hom onbe-reikbaar is nie. Hy was hoogmoedig en ambisieus in sy pronkerigheid. Die triomf van sukses het bo alles uitgeto-ring. Hy was met niks minder tevrede nie.

Van Diane het hy alles gevat wat die ander mans so be-geer het. Nou was die sprankel weg. Sy het 'n bedreiging ge-word. Hy wou wegkom uit die verhouding. Hy was moeg.

Dit het harder gereën. Sy het met haar hande oor hom gevoel of hy nat is. Hy het nie omgegee dat die reën op hom val nie. Hy het gewonder of dit só sou voel as 'n mens dood-gaan: daardie doodsheid wat oor hom gekom het, daardie leë gevoel van niks wat saak maak nie. Hy wou net slaap en slaap.

"Ek moet gaan," het sy gesê en opgestaan.

* * *

Die volgende dag ontbied John vir Arthur na sy slaapkamer. Hy beveel hom om vir Stephan te gaan sê hy wil hom spreek. Dit het 'n gereelde instelling geword om op dié ma-nier sake met die plaasbestuurder te bespreek. Arthur ver-moed niks. Hy gaan roep vir Stephan.

Stephan klop liggies aan die deur. Hy kom hoed in die hand binne. Sy hemp se moue is opgerol. Hy groet vriende-lik. John vra dat hy die deur agter hom toemaak.

Die stemme uit die kamer word harder en harder.

"Almal op hierdie plek is besig om my van my verstand te dryf! Ja, ek is siek en oor die muur, maar ek is nog nie dood nie. En jý, Stephan, is die een op wie al my hoop gevestig was. Jy moes dinge hier vir my kom beter maak. Nie slegter nie. Jy moes hier kom toesig hou. Nou is jý die een oor wie ék moet toesig hou."

Stephan vererg hom bloedig.

"Praat met my oor my werk hier op Kingsberg. Berispe my as jy enigsins iets verkeerd vind met my werk. Moenie in raaisels praat oor ander dinge nie. Waar het ek gefouteer?"

John druk sy wysvinger teen Stephan se bors.

"Moenie maak of jy nie weet wat aangaan nie. Jy het 'n verhouding aan met my vrou. Het jy in jou lewe gedink dit sal ongesiens verbygaan?"

Stephan druk sy hand met 'n veegbeweging weg.

"Jy moet twee keer dink voor jy beskuldigings maak. Jou vrou vergaan reg onder jou oë en jy wend nie 'n poging aan om haar te help nie. Jy behoort dankbaar te wees dat ek haar uit die bodemlose put van verdriet en ellende gered het."

John word bleek. Hy staan dreigend voor Stephan. Sy asemhaling is swaar en vlak. Hy sit sy hande om Stephan se nek om die lewe uit hom te wurg.

"Jou futlose, immorele bliksem!"

Maar hy besef vinnig dat hy nie fisiek sterk genoeg is om te baklei nie. Dit voel of hy sy bewussyn wil verloor. Sy hele lyf wil die man voor hom verpletter, maar die krag ontbreek. Desperaat skop hy hom hard op die knie. Hy sien hoe sy gesig vertrek van die pyn. Stephan lig sy arm op. John koes vir die verwagte vuishou wat hom vol in die gesig gaan tref. Maar Stephan laat sy arm stadig sak. Hy ruk die kamerdeur oop, storm uit en hardloop met die trap af. John luister hoe hy die buitedeur hard agter hom toeslaan.

Iemand kom met die trappe opgehardloop. Sarah. Sy moes net onder die trap gestaan en alles gehoor het.

"In hemelsnaam, John, kalmeer net. Jy weet nie wat jy doen nie. Stephan is 'n goeie man. Hy verdien dit nie."

"Bly stil, jou skandalige hoereerder! Moenie my 'n rat voor die oë probeer draai nie. 'n Blinde man kan sien dat jy en die man 'n verhouding het."

Sy gryp John aan die skouers en skud hom desperaat.

"Dis nie waar nie! Dis nie waar nie! Hy is goed vir my. Hy het my gehelp om weer op te staan uit my ellende."

"Bly stil! Moenie die vark nog probeer verdedig nie."

John druk haar weg en klap haar hard deur die gesig. Hy sien die verbystering in haar oë. Dit laat hom goed voel.

In die harwar hoor hy skaars hoe Arthur die trappe twee-twee opgehardloop kom. Met 'n onaardse gebrul storm sy seun op hom af. Sarah spring tussenin om hom te keer. 'n Tafeltjie val om. Die porseleinvaas daarop spat aan skerwe.

Sarah skree histeries. Arthur se stem dreun oor en oor terwyl hy geboë oor John staan: "Ek sal jou doodmaak! Ek sal jou doodmaak!"

John lê in die hoek tussen die gebreekte glasskerwe. Aan die kant van sy kop is 'n diep sny. Die bloed stroom deur sy hare, loop langs sy slaap op sy hemp se kraag af. Spatsels bloed maak strepe en kolle op die mat en muurpapier.

Sy oë deurboor Arthur. Die skyn van moord is daarin te sien. Dieselfde glans is ook in sy seun se oë wat hom aangluur. John voel asof hy droom. Meteens het hy net een begeerte: hy wil wakker word uit hierdie nagmerrie.

In sy verswakte toestand strompel hy met die trap af na buite. Hy is op pad na die plantasies. 'n Plaaswerker neem hom aan die arm, ondersteun hom. Hy lei hom terug na die huis.

Die bediendes trek sy bebloede klere uit. Hulle was hom. Hulle ontsmet en verbind die snywond langs sy kop. Hy is glad nie bewus van wat om hom aangaan nie. Verdwaas gaan lê hy op die bed. Hy verval in 'n diep slaap.

* * *

Toe Arthur opkyk, sien hy Sarah struikelend in die gang afskuifel na die biblioteek. Hy hoor haar kerm. Dis 'n geluid wat hy nog nooit vantevore by haar gehoor het nie. Dis nie 'n geluid van ongelukkigheid of verleentheid of teleurstelling nie. Dis die klank van 'n gewonde, die klank van pyn. Sy huil soos 'n kind: stadig, ritmies en gebroke.

Voor sy die biblioteek se deur agter haar toemaak, kyk sy om na hom. Vir 'n vlietende oomblik ontmoet hulle oë oor die mat in die lang gang. In woordelose sekondes word hulle albei vasgevang in die hel van die oggend.

Daardie beeld van sy ma sou hom vir die res van sy lewe bybly.

Arthur vlug na buite. In die tuin tussen die struike bring hy op.

* * *

Stephan haas hom na sy huis. Hy sak in 'n leunstoel neer. Die geborgenheid van dié plek, waar hy gelukkig is, omvou hom. Hy raak rustiger.

Hy besef dat alles vir hom in Suid-Afrika verby is. Sy hart is seer oor Sarah. Hy het lief geword vir haar. Maar hy weet ook hul verhouding is soos 'n vuur wat met boeke aan die gang gehou word. Dit sal uitbrand sodra daar nie meer hoofstukke oor is nie. Hy smag daarna om haar nog een keer te sien; haar styf teen hom vas te hou. Hy weet dit is nie moontlik nie.

Hy staan op, pak sy goed. Hy vra Job om hom met die perdewaentjie stasie toe te neem.

Op die stasie beweeg hy asof in 'n droom. Hy reageer ongewoon meganies. Hy praat met mense. Sy stem klink vreemd. As hy Sarah nog net een keer kan sien! Dit voel of hy gaan mal word.

In die kompartement wil hy sy kop teen die deur stamp en haar naam uitskree. Maar hy sit roerloos en neem sy toevlug tot whisky. Hy staar by die treinvenster uit. Die koppies en berge van die Oos-Vrystaat gaan verby. Sy gedagtes is dood. Hy staar net.

Later besef hy dat hy yskoud en uitgeput is. Hy kyk op sy horlosie. Dis sewe-uur. Oor die landskap begin die donker insypel. Die sekelmaan hang in 'n silwer strepie bo die kop van 'n heuwel. Die skoonheid van die naderende nag maak hom bewoë. Hy laat sy kop op sy knieë sak en huil bitterlik. Toe hy weer opkyk, is die maan besig om op die horison weg te smelt. Meteens is dit weg. Alles is donker.

HOOFSTUK 23

Arthur bestuur die plaas met 'n vreemde, fanatiese houding. Die feit dat Stephan terug is Engeland toe, laat hom geen keuse nie. Hy sukkel al hoe meer om sy humeur en woedebuie in bedwang te hou.

Op 'n dag kom hy op Peter en Meggie in die museum af. Hy is woedend toe hy sien Peter speel met Daniel se versameling modelvliegtuigies.

Die vliegtuigies is in 'n glaskabinet. Arthur sien hoe Peter sy handjies oor die glas beweeg. Heeltemal onverklaarbaar beweeg die vliegtuigies in die kas. Sodra hy sy handjies wegneem, staan almal weer stil in die oorspronklike posisies. Peter kraai van plesier terwyl Meggie stomgeslaan toegekyk.

Arthur kyk met skok en ongeloof na die bonatuurlike spel. Toe verloor hy heeltemal beheer oor homself. Hy storm op Meggie af en stamp haar onderstebo. Sy val tussen die Egiptiese mummie-maskers. Van die antieke kleipotte uit die grafte van die Vallei van Konings, spat aan skerwe.

Sy staan verskrik op. Hy stamp haar weer. Sy steier en mis die vertoonkas met die unieke versameling voëleiers rakelings. Met 'n huilende Peter in haar arms hardloop sy na die kinderkamer. Sy skryf dadelik vir Alex dat sy en Peter wil huis toe kom.

Die mense in hierdie huis is almal stapelgek. Hier gebeur snaakse dinge wat ek nie kan verklaar nie. Dit maak my bang. Ek dink nie Peter moet langer aan hierdie atmosfeer blootgestel word nie.

Alex is intussen weer getroud. Hy het reeds geruime tyd al van Magdalene verneem dat dinge nie normaal is op Kingsberg nie. Uit Sarah se briewe aan haar kon sy aflei dat alles nie pluis is nie. Sy het lankal by Alex daarop aangedring dat hy sy kind moet laat terugkom.

Meggie en Peter word teruggestuur na Engeland. Die Adams-familie maak nooit weer met Peter of sy pa kontak nie.

* * *

John se laaste dae breek aan. Sy afskeid van die aarde is nie vinnig of maklik nie. Iemand wat soos hý gelewe het, neem nie sommer maklik afskeid van die materiële nie.

Sarah is by John toe hy sterf. Dit is 'n gewone oggend met plaasbedrywighede wat normaal voortgaan. Buite klink die stemme van plaaswerkers op. 'n Trekker dreun verby in die grondpad wat na die plantasies lei. Die water by die spuitfontein onder die kamervenster ruis saggies.

In die tuin roep poue na mekaar. John hoor niks hiervan nie. Hy gee aan niks aandag nie. Hy haal baie vlak asem. Die deining van sy bors is nie meer sigbaar nie.

Toe sak sy kakebeen. Sy mond val oop. Sy oë word dof.

Sarah druk sy oë saggies toe. Sy maak sy mond toe en stut sy kakebeen met 'n kussing. Sy kan nie glo dat alles verby is nie.

Die krag wat in hom geleef het, is weg. Dit is vreemd vir iemand soos John, wat so voluit en sterk in die wêreld gestaan het. Skielik is daar net 'n groot afwesigheid. Hy lê bewegingloos daar. Hy lyk soos 'n vreemdeling. Sy liggaam is nie die liggaam wat sy eens gekoester en met liefde aangeraak het nie. Dit is soos 'n leë huis waarvan die kamers geen pols meer het nie.

* * *

Magdalene ontvang die doodstyding van haar pa per telegram. Haar verstand is leeg, ontneem van alle emosie of gedagtes. Daardie nag lê sy wakker. Die slaghorlosie in die eetkamer tik afgemete: pa, dogter, pa, dogter. Vir ure aaneen hoor sy net die getik. Dit slaan weerskante van haar kop teen haar slape vas.

Later neem tonele vorm aan in haar gedagtes. Sy is nie seker of sy wakker is of slaap nie. Sy reis oor groot afstande.

In die woestyn slaan iemand 'n tent op. Sy hoor ritmiese musiek. Jong meisies dans om haar. Die wulpse figure is getooi in helderkleurige kostuums versier met pouvere. Kraletjies en skitterblink metaalringetjies rittel om hul enkels, swaaiende heupe en polse.

Iemand steek 'n vuur aan. In die rooi glans sien sy die skaduwee van 'n regop mensfiguur met die skerp gesig van 'n jakkals. Die lang ore staan gepunt regop. Sy herken hom.

Dit is Anubis: die Egiptiese bewaarder van die poort tot die doderyk.

Dan is sy in haar ouerhuis op Kingsberg. Sy staan voor 'n toe deur. Sy maak dit stadig oop. 'n Enkele lamp brand by die kop van die oop kis waarin haar pa lê. Sy ruik die soet reuk van wierook. Sy sien die dun rokie wat kronkelend langs die kis opstyg.

Magdalene vat sy hand. Sy druk 'n wasagtige wit lotus-blommetjie daarin. Sy soen die yskoue hand en plaas dit te-rug op sy bors.

Sy hoor die bekende klanke van die orrel in die kerkie toe die kis uitgedra word na die graf. Sy praat met niemand nie. Sy huil nie. Mense loop by haar verby asof hulle haar glad nie raaksien nie. Eenkant staan 'n vrou wat hartverskeu-rend snik. Dit is nie haar ma nie.

Dan is sy terug in haar eie huis. Dit is nog donker. Sy hoor die duiwe buite op die vensterbank koer. Toe hulle wegvlieg, weet sy die nuwe dag het gebreek. Uit haar warm verebed kyk sy na die skildery van die lotusse teen haar ka-mermuur.

Sy kyk deur haar oop kamerdeur in die klein woonkamer in. Dit is skaars twaalf voet by tien voet. Twee gemakstoele en 'n tafeltjie met uitgekerfde leeupote staan daar voor 'n gesellige kaggel. Langs die kaggel lê 'n opgestapelde hoop hout wat sy die vorige nag daar neergesit het. Sy staan op en steek die kaggelvuur aan. Sy sit met haar kop agteroor in een van die leunstoele. Haar voete rus op die warm yster-balk voor die herd.

* * *

Arthur is verantwoordelik vir al die begrafnisreëlings. Vroeg-oggend slaan hy reeds 'n stywe glas brandewyn weg. Dit kalmeer hom. Hy voer sy pligte foutloos uit. Hy is dankbaar om besig te wees. Daar is nie veel tyd om met mense te ge-sels nie. Die bediendes is op hul pos. Begrafnisgangers word flink en stylvol bedien.

John word op 'n reënerige dag in die kerkhof langs die klipkerkie ter ruste gelê. Dit is herfs. Die grond is bedek on-der 'n klam blaretapyt. Die muwwe reuk verteder Sarah se

hele wese. Dit omarm haar soos 'n ou vriend. Laat haar on-
verstoorbaar, bedees.

Sy is in haar skoonouers se huisie in Brampton. Sy maak
die voordeur oop van hulle huurhuis in Kensington. Haar
voete trap op die nat grond en muwwe herfsblare in Oxford
Gardens. Gemoedskalmte.

In haar swart rok groet sy die belangstellendes voor die
kerkie. Die simpatie wat teenoor haar uitgespreek word,
aanvaar sy hoflik. Sy wissel 'n paar woorde met elkeen. Sy
is stylvol korrek. Afwesig.

Die plaaswerkers gooi die graf toe.

'n Welmenende vriendin staan nader.

"Ek weet jou lewe saam met John was nie altyd maklik
nie, maar hoe op aarde gaan jy sonder hom klaarkom?"

"Ek sal regkom. Ek worstel nie meer met my smart nie.
Dit het 'n blywende metgesel geword."

Maar diep in haar binneste weet sy die ergste lê nog voor:
Arthur is in beheer van Kingsberg.

HOOFSTUK 24

Saterdagaand 1923. In die New Ficksburg Hotel se sitkamer hang die reuk van sigaarrook dik en swaar. Die plek is oorvol. Tennis-, gholf- en krieketspelers kom vier hul oorwinnings van die dag of bekla hul nederlae.

Handelsreisigers sit in groepies. Hulle bespreek die week se verkope. Gewone lede van die publiek gesels oor ditjies en datjies. Party het gekom om geselskap te soek, ander om hul verdriet weg te drink.

Drie mans staan by die ingang en redekawel oor die uitslag van die vorige perdewedrenne. Hoewel hulle geweet het watter perd gaan wen, het hulle nie op hom gewed nie. Nou deel hulle raad uit, aan wie ook al wil luister. Hulle weet presies wie die volgende wenner gaan wees.

Een ou kondig met bravade aan dat hy die afgelope jaar geen wenner verkeerd voorspel het nie. Hy wei breedvoerig uit oor waarom die spesifieke perde gewen het.

Mense stroom in en uit. Die hoofstroom vloei deur die swaaiende kroegdeure. Dit is lawaaierig. Daar moet harder as gewoonlik gepraat word om beter gehoor te word. Die sportmanne is die minste luidrugtig. Hulle het ander spiere ook ontwikkel. Nie net die tongspier nie.

Arthur verskyn in die deur. Op die bruin leersofa in die een hoek sit sy vriend. Hy wink hom nader.

"Haai, Arthur! Kom drink 'n dop saam met ons."

Hy stap nader en gaan sit in 'n gemakstoel oorkant sy vriend. Almal groet oor en weer. Sy vriend beduie na 'n vrou wat langs hom sit.

"Ontmoet my niggie, Anne. Sy is van Engeland. Sy kuier vir 'n paar weke by ons."

Hy draai na haar.

"Anne, dis Arthur, my skatryk vriend van wie ek jou vertel het. Hy steek sy sigare met geldnote aan."

Almal skater van die lag. Anne reageer vlymskerp: "If you have money to burn, I will be your perfect match."

Sy knipoog ondeund vir hom en glimlag met 'n vonkel in haar oë.

Die gelag ontplof weer. Die kelner dra drankies aan.

211

Arthur probeer die geselskap in 'n meer ernstige rigting stuur. "Dinge wil maar nie gaan lê ná die oorlog nie. Die probleem met die geskiedenis is dat dit altyd herhaal word en die enigste les wat mense daaruit leer, is dat niemand ooit 'n les daaruit leer nie."

Hy praat nie spesifiek met haar nie, maar Anne spring die ander aandagsoekerig voor met 'n vinnige antwoord.

"Ja, die slinkse historici ken die kuns om dit te laat lyk asof die kronieke altyd onvermydelik was. Dít terwyl daar 'n brein agter alles is wat die gebeure haarfyn orkestreer en opsetlik beplan. In elk geval, dié wat die geskiedenis nie bestudeer nie, sal dieselfde foute herhaal. Dié wat dit wel bestudeer, sal waarskynlik ander maniere uitvind om te fouteer."

Haar stem is lewendig. Arthur besef dat daar in haar teenwoordigheid nie sprake is van verveling of swaarmoedigheid nie.

Langs Anne sit 'n vrou wat die lastige sigaarrook voor haar met haar hande weggewaai.

"Rook maak my siek," mor sy.

Anne vat haar spitsvondig kort. "Nou dan moet jy dit maar liewer los."

Weer eens bars almal uitbundig uit van die lag.

Toe die drankies begin trek, begin hulle met 'n verspotte speletjie. Iemand moet 'n sin sê en dan moet 'n ander persoon met een sin daarop reageer. 'n Gesette dame in die groep begin selfvoldaan: "Ek is op 'n dieet en verloor elke week vyf pond."

"Mooi, dan is ons binne 'n paar maande heeltemal ontslae van jou."

"Jou duim is in my sop!"

"Dis als reg, die sop is nie warm nie."

Arthur begin sy sin: "Hierdie kos is nie eers geskik vir 'n vark nie."

Anne glimlag breed. "Wag, ek bring vir jou kos wat geskik is."

Hulle skater van die lag.

Arthur daag haar weer uit.

"Bedien julle skaapkoppe hier?"

"Ja, ons bedien enigeen hier," kap sy terug.

Later die aand, toe Arthur en sy vriend alleen is, steek hy sy voelers uit. "Jou niggie is darem skerp. En sy kan lekker flirt, nè?"

"Sy is 'n besondere mens, Arthur. Sy geniet dit baie hier, weg van haar familie daar in Engeland. Sy het swaar grootgeword. My ma en haar ma is susters. Die derde suster woon ook in Engeland. Van die drie susters is Anne se ma al een wat ver onder haar stand getrou het. Ons het haar juis Suid-Afrika toe genooi sodat sy 'n bietjie kan wegbreek van haar omstandighede.

"Sy is nie 'n los meisie nie. Ek dink sy voel maar net vry hier. Saam met die drankies verloor ons mos maar almal ons inhibisies. Ons hou die dinge nie meer so grasieus bymekaar soos normaalweg nie. Aande soos vanaand gooi ons almal die skyn en voorbehoude so 'n bietjie oorboord."

* * *

Arthur sien haar feitlik elke dag van haar vakansie in Suid-Afrika. Haar teenwoordigheid bied heerlike afleiding vir sy neerdrukkende bestaan op Kingsberg. By haar vergeet hy van die donkerte wat Sarah met haar saamdra. Sy ma se droefheid versomber alles en almal op Kingsberg. Dit word vir hom ondraaglik.

Toe die tyd nader kom dat Anne moet terugkeer Engeland toe, vra hy haar uit die bloute om te trou. Hy kan die gedagte nie verduur dat sy moet weggaan nie. Hy sien nie kans om weer miserabel te voel nie. Daar is nou wel nie sprake van liefde tussen hulle nie, maar hy voel tog aangetrokke tot haar. Haar geselskap laat hom goed voel. Dis iets wat hy baie lank laas ondervind het.

"Anne is 'n mooi, intelligente meisie wat deur 'n slenter van die noodlot in die verkeerde familie gebore is." Só het haar pa altyd gesê.

Hy was 'n klerk by die ministerie van openbare voorligting in Londen voordat hy op die regering se werkloosheidstoelaag gegaan het. Haar ma is een van drie dogters van 'n welgestelde parlementariër. Sy het 'n rooskleurige toekoms voor haar gehad. Toe kies sy die verkeerde man. Nou is sy 'n verbitterde vrou.

"Ons voorgeslagte was volkome reg toe hulle gesê het dat huwelike wat op verliefdheid en fisieke aangetrokkenheid gegrond is, selde indien ooit uitwerk. Dames uit die aristokrasie wat hulle in die arms van mans werp wat hulle dikwels nie eens behoorlik ken nie, moet weet hulle soek moeilikheid. 'n Vrou moet allereers seker maak dat 'n man behoorlik vir haar kan sorg.

"Moenie jou vryheid om self te kies, verkeerd aanwend nie. Gebruik jou verstand. Vergeet wat jou hart vir jou sê. As jy trou vir liefde sonder sekuriteit, sal jy enorme struikel-blokke moet oorkom. Soms is dit beter om vinnig met ie-mand te trou wat vermoënd is as om te sit en tob oor ware liefde sonder sekuriteit."

Anne het met aandag na haar ma geluister wanneer sy só praat. Haar ma is oud voor haar tyd. Tipies van vroue wat swaarkry. Moeilike omstandighede het haar hard en sterk gemaak. Haar hare is onversorg, haar klere uitgedien, haar hande rooi van harde werk en te veel water. Sy skuur die vuil potte en panne, was die beddegoed, hemde en vadoeke. In die snerpende koue hang sy dit op die wasgoeddraad.

Soggens dra sy emmers buitentoe om dit vol water te maak. Wanneer sy dit terugdra, rus sy eers op elke trappor-taal om haar asem terug te kry. Aangetrek soos 'n vrou uit die arm klas stap sy met 'n mandjie oor haar arm na die vrugteverkoper, die kruidenier, die slagter. Anne hoor dikwels hoe haar ma laer pryse beding, vernederend om af-slag vra.

Sy is vasbeslote om nie in dieselfde ellende as haar ma te verval nie. Weliswaar het sy nie veel hoop dat 'n welgestelde aristokraat oor haar pad sal kom nie. Sy weet egter dat skoonheid, grasie, sjarme en intelligensie vir 'n vrou dieself-de, en nog meer, kan doen as familie en bloedlyne. Natuurli-ke verfyndheid, 'n aanvoeling vir dit wat elegant is, 'n goeie humorsin, dít is al wat vroue uit die gewone klas aan vroue uit die adel gelyk kan stel.

In haar hart is sy ongelukkig oor alles wat haar omstan-dighede haar ontneem. Die armsalige plek waar hulle bly, die afgeskilferde mure, die afgeleefde meubels, die lelike gor-dyne. Sy haat dit. In haar diepste wese weet sy sy is vir iets beters bestem.

Sy droom van herehuise met Persiese matte, kandelare en sagte fluweelstoele. In haar verbeelding besoek sy wonderlike plekke; ontmoet sy interessante mense. Saans wanneer die gesin by die eenvoudige etenstafel aansit, droom sy van keurige etes, skitterende silwerware en belangrike gaste.

In die gees stap sy deur pragtige tuine. Sy sien voëls van alle soorte in towerwoude vlieg. Sy luister hoflik na die fluisterstemme wat wonderlike verhale aan die eksklusiewe etenstafels vertel. In haar gedagtes smul sy elegant aan pienk forelle en bruingebakte kwartels.

Haar beste vriendin by die klooster waar sy skoolgegaan het, se ouers is skatryk. Elke keer dat sy terugkom van 'n besoek aan haar, voel sy terneergedruk. Hoe begeer sy nie om ook so mooi aan te trek en so beny te word nie!

Ná haar finale skooljaar word sy as onderwyseres opgelei. Sy gee onderrig by dieselfde klooster. Dit is nou haar tweede jaar daar. En toe kom die uitnodiging van die familie in Suid-Afrika. Sy kuier net vir die lang Europese wintervakansie hier.

Die heerlike sonskyn en al die spontane mense wat sy hier ontmoet, is vir haar 'n wonderlike verrassing. Sy erken aan haarself dat sy 'n ietwat verwronge beeld van dié land en sy mense gehad het. Miskien het sy meer eenvoud verwag. Die hoë peil van beskawing en ontwikkeling verbaas haar.

En hier ontmoet sy vir Arthur. Toe hy Kingsberg vir haar wys, weet sy dít is waar haar toekoms is. Dít is die lewe waarna sy nog al die jare hunker. Arthur se huweliksaanbod slaan haar voete onder haar uit. Om immers die vrou van Kingsberg se erfgenaam te word, is nie sommer enigeen beskore nie.

Sy laat haar ouers weet dat sy in Suid-Afrika gaan bly. Per brief vertel sy aan hulle van die flikkerblink toekoms wat op haar wag. Haar ouers is verlig en ingenome met die wonderlike nuus.

* * *

Op Kingsberg maak Arthur sy voornemens ongeërg aan Sarah bekend. "Ma, ek gaan met Anne trou. Tref reëlings vir volgende maand dat dit agter die rug kom. Dit moet verby-kom voor een van ons dalk kop uittrek."

Sarah is net te dankbaar dat daar uiteindelik 'n vrou vir Arthur op die toneel is. Maar sy is ook diep bekommerd oor haar seun. Hy is onstabiel. Daar is 'n wreedheid, 'n onge-naakbaarheid, in hom wat sy nie verstaan nie. Sy gesind-heid teenoor vroue is alles behalwe positief. Sarah weet as dit nie vir die nageslag was wat hy noodgedwonge moet pro-duseer nie, hy heel waarskynlik nooit sou trou nie. Maar sy is net te moeg gelewe om haar nog oor hulle ook te verknies.

"En, Ma, geen snobistiese aanstellerigheid nie. Vergeet van familietrots en al daai twak. Ek wil 'n jolige fees saam met my vriende hê."

Sy besluit om stil te bly en alles net te aanvaar.

* * *

'n Stylvolle troue, betaamlik vir Kingsberg, is aanvanklik ge-reël. Maar Arthur se vriende sorg dat dit vrolik en feestelik is. Die klipkerkie is stampvol. Die jong klomp se lighartig-heid oorheers die stroewe gewydheid van die ouer garde ge-heel en al.

Later is oud en jonk in vrolike luim. Hoop vlam op dat daar weer nuwe lewe op Kingsberg is. Dat die donkerte van die afgelope jare uiteindelik plek maak vir sonskynjare.

Anne staan voor die spieël. Met bewende hande maak sy die diamant-halssnoer wat Sarah vir haar gegee het, om haar nek vas. Haar wit satyntrourok klok wyd uit na onder. Die bostuk van kant, versier met pêrels, beklemtoon haar dun middellyf en melkwit hals. Dieselfde kant en pêrels ver-sier ook die rok se moue.

Oor haar voorkop dra sy 'n roomkleurige satynband met 'n pikante wit volstruisveer in. 'n Enkele pêrel by die basis van die veer rond dit mooi af. Agter in haar nek is haar gladde donker hare in 'n stylvolle chignon vasgemaak. Vir 'n paar oomblikke voordat sy na die kerk gaan, is sy in ekstase oor haarself vasgevang.

Toe sy in die gang afstap met Arthur aan haar sy, is al-mal se oë op haar. Sy is popmooi in haar skitterwit rok. Haar groot, lewendige oë blink. Sy glimlag sjarmant vir die gaste.

Ná die seremonie word in die tuin langs die leliedam feesgevier. Vriendelike bediendes met groot glimlagge dra kos en wyn aan. Kinders hardloop tussen die struike en blombeddings rond. Hulle lag en speel uitbundig. Later, toe dit skemer word, gaan die gaste na die snoekerkamer, waar tot laatnag gedans word.

Anne dans in 'n euforie van passie, plesier en betowering. Die triomf van haar skoonheid, haar sukses, almal se bewondering en die wete dat sy soete oorwinning smaak, laat haar veerlig oor die dansvloer sweef.

Die slagspreuk op die kaggelrak is weer van toepassing: *Away dull care: Today we will be merry.*

Anne bring haar huweliksnag alleen op die groot hemelbed in die hoofslaapkamer deur. Arthur het te veel gedrink.

Sy vind die volgende oggend eers uit dat hy die nag op 'n bank onder een van die komvensters in die snoekerkamer deurgebring het.

Die bediendes ruim alreeds sedert vroeg die oggend op.

Oral staan leë drankbottels en glase. Die vloere en matte moet skoongemaak word. Op die marmertrap na die snoekerkamer lê 'n gebreekte vaas met blomme verstrooi oor die trappe. 'n Marmerborsbeeld van 'n jong meisie met 'n delikate kantkappie op haar kop lê by die onderste trap op die vloer. Die fyn marmerkant is afgebreek. 'n Onooglike, driehoekige keep skend die pragtige beeld onherroeplik. Op die boonste trap staan 'n leë glas langs 'n drankbottel op die stukkende borsbeeld se voetstuk.

Tussen die chaos gaan sit Anne langs Arthur. Sy maak hom wakker. Die bediendes loop soos skaduwees verby, goed geskool in die bluftaktiek dat hulle niks raaksien nie.

Arthur word beneweld wakker. Hy besef nie mooi wat aangaan nie. Dit is eers toe Anne haar hand met die trouring baie opsigtelik en prominent op sy been plaas dat die vorige dag se gebeure tot hom deurdring. Hy staan nukkerig op en loop na die badkamer.

Anne vind sy gedrag vreemd, maar sy oortuig haar dat hy mettertyd sal verander. Dit is immers 'n groot aanpassing om getroud te wees. Sy is boonop so vasgevang in haar nuwe sprokieswêreld dat sy geen negatiwiteit in enige saak wil sien nie. Buitendien, geen probleem is te groot om opgelos te word nie. Met tyd en geduld kom raad.

217

Sarah sit feitlik heeldag in die biblioteek. Haar skoonma wil haar dalk doelbewus die geleentheid gun om die huishouding oor te neem. Sy waardeer die bedagsaamheid. Tog het sy ook deernis met dié vrou. Sy lyk dikwels so verslae. Sy is so eenkant en afgesonder. Sy sal probeer om 'n goeie verhouding met haar op te bou. Hoewel hulle tot dusver min woorde gewissel het, voel dit tog of daar 'n mate van 'n verstandhouding tussen hulle is.

Sy wens Arthur wil haar meer van sy familie vertel, maar hy is ongemaklik sodra sy hom daaroor uitvra. Daarom laat sy dit daar. Hy sal seker mettertyd meer teenoor haar oopmaak en dinge met haar deel. Sy wil hom geensins onder druk plaas nie.

Al wat nou belangrik is, is dat haar drome waar geword het. Uiteindelik het sy die wêreld betree wat haar nog altyd so bekoor het. Wat kan tog op stuk van sake onomkeerbaar verkeerd loop as 'n mens so omring is van skoonheid, weelde en alles wat jou hart begeer?

* * *

Dit is 'n vroeë somersmiddag. Daar is 'n nuwe vulletjie by die perdestalle gebore. Die aankoms van 'n nuweling maak die hingste altyd opgewonde. Hulle runnik en skop van pure uitbundigheid teen die staldeure. By die perdestalle gaan geen geboorte onaangekondig verby nie. Anne staan langs Arthur. Hulle bekyk die nuweling.

"Is dit nie die mooiste vulletjie op aarde nie? Ek kan nie wag om hom te bederf nie." Sy vryf oor die merrie se sagte neus. "Jy kan met reg trots wees op jou nuweling."

Arthur lewer nie kommentaar nie. Hy stap by een van die hingste se stalle in om 'n roskam van die haak af te haal. In sy opgewondenheid skop die perd en tref Arthur skrams teen sy skeen. 'n Aanval van onbeheersde woede oorweldig hom. Met sy karwats moker hy die perd genadeloos, aanhoudend.

Een van die werkers tree tussenbeide. Arthur dam hom ook by. Hy slaan hom dat hy teen die grond val. Terwyl die werker met sy arms probeer keer, skop hy hom aanhoudend. Die ander werkers staan eers vreesbevange en toekyk.

Toe storm hulle nader. Hulle sleep hom onder Arthur se voete uit.

"Hierdie man skree in die kerk 'Here, Here!' maar hy is die satan!" skree een van hulle terwyl hulle die beseerde man wegdra.

"Toe, toe, vir wat staan jy net daar? Vat die roskam en borsel die perde."

Hy beduie na die roskam op die grond.

Anne is wit geskrik. Met bewende hande tel sy die roskam van die vloer af op. Verskrik en verbouereerd begin sy een van die perde borsel.

"Jy is net so sleg soos die verdomde werkers. Gee die roskam hier! Ek sal jou wys hoe dit gedoen word."

Hy ruk dit uit haar hand. Met vinnige handbewegings borsel hy die onrustige perd driftig.

Daardie naweek pak ses werkersgesinne op. Hulle verlaat Kingsberg vir goed.

* * *

Anne kan die voorval nie verwerk nie. Sy moet net met iemand daaroor praat. Die volgende dag stap sy na Sarah waar sy in die biblioteek sit. Sy klop saggies en stoot die deur oop. Oranjegeel lig val deur die venster, met fyn stoffies wat in die ligstreep dans.

Die somberheid slaan teen Anne se gesig vas. Herinneringe van haar armsalige ouerhuis in Engeland doem voor haar op. Oranje en geel muurpapier. Heeldag geen son en teen die aand, wanneer nog 'n vooruitsiglose dag verby is, is daar skielik 'n oranje en geel skynsel waar die son veronderstel is om te wees. Uittartend koggel die skynsel. Daar ís 'n son. Maar nie vandag nie. Wag. Miskien môre. Oormôre. Hoe het sy nie daardie tyd van die dag gehaat nie. Dit het haar leeg en sonder hoop gelaat. Naar gemaak.

Sy kyk na die vrou by die lamp. Voor haar lê 'n fotoalbum oop, maar sy kyk nie daarna nie. Sy staar net by die venster uit.

"Ma weet seker van die voorval gister by die stalle?" begin sy versigtig.

Sarah antwoord nie. Anne is onseker of sy haar hoegenaamd gehoor het.

"Ek het 'n fout gemaak om met Arthur te trou," probeer sy weer. "Ons verhouding is een groot misverstand, of altans, só orkestreer hy dit opsetlik."

Sy begin huil. Sarah kyk op.

"Arthur is 'n moeilike man. Daar is vreemde woelinge in sy siel wat selfs ék wat sy ma is, nog nooit kon begryp nie. My dae is verby. Ek is moeg. Julle moet self jul probleme uitsorteer. Mag die Here julle genadig wees."

"Ek kan niks met hom deel nie, Ma. Hy vergelyk my altyd met die een of ander obskure karakter. Hy kies nooit my kant in enige saak nie. Ons kan niks uitpraat of bespreek nie. Hy alleen is in beheer en foutloos in sy eie oë. Hy vra nooit om verskoning vir sy wangedrag nie.

"Dit maak dinge tussen ons ondraaglik. Ma, ek weet ek sal hom vergewe en opnuut probeer om aan ons verhouding te werk as hy maar net een maal ekskuus sal sê en erken dat hy my getrap het. Maar ek begin twyfel of dié woord hoegenaamd in sy woordeskat bestaan."

Anne raak van als ontslae wat swaar op haar hart druk. Maar toe sy uiteindelik ophou praat en haar trane afvee, besef sy met skok en ontnugtering dat Sarah nog steeds net so daar sit. Sy staar uitdrukkingloos voor haar uit. Sy sien niks en niemand om haar raak nie. Anne besef finaal dat dit nutteloos is om haar lot by Sarah te bekla. Sy kan geensins hulp of simpatie van haar verwag nie. Sy sal self die gebeure moet verwerk. Op haar eie sal sy 'n manier moet vind om by haar omstandighede verby te leef. Dit is noodsaaklik indien sy enigsins hier wil oorleef.

* * *

Een sonnige oggend word sy wakker van die voëls se gekwetter in die bome voor die kamervenster. Daar is 'n opgewonde bedrywigheid in die lug. Vinke bou nessies. Glasogies wip van tak tot tak. In die lukwartboom verfraai 'n geel-en-spikkelswart houtkapper hom met opgepofte vere.

Sy trek haastig 'n geblomde rok aan; laat haar hare los hang. Haastig gaan sy met die trap af na die tuin. Sy loop vrolik tussen die struike en blombeddings. Lighartig gee sy opdragte aan die tuinier om die rankplant teen die pergola terug te snoei.

"Maak ook 'n nuwe bedding hier by die sonwyser. Ons kan van die geel irisse hier plant. Dit sal baie mooi lyk."

Die tuinier spring dadelik aan die werk.

"Dit is alte lekker as Mevrou raad gee hier in die tuin. Ek hoop Mevrou is tevrede met my werk."

Sy glimlag instemmend vir hom en stap verder met die geplaveide klippaadjie tussen die blombeddings in. Die *Brunfelsia* is vol in die blom. Sy vat aan die blomme. Sy sien duidelik waarom die plant ook die yesterday-today-and-to-morrow genoem word. Langs die groot plant staan nie minder nie as drie sterk opslagplantjies.

Saggies praat sy met haarself: "Nogal ongewoon vir hierdie plant. Ek sal vir die tuinier sê hy moet dit nie uitskoffel nie. As hierdie opslagplantjies, wat eintlik nie hier hoort nie, só kan gedy, sonder liefde of spesiale aandag, kan ék ook mos op 'n manier hier oorleef."

Sy stap verder aan met die paadjie. Doelbewus begin sy na nóg opslagplante soek. In 'n droë hoekie tussen klippe ontdek sy 'n iris. Soos 'n tengerige kleuter staan dit dapper daar. Die vaalgroen blaartjie is weinig meer as net 'n dun draadjie.

Hoe gaan hierdie blomme lyk? wonder sy.

Haar verbeelding sit op loop. Sou dit pers, geel of dalk van die bronskleurige blomme wees? Dit is die geheim wat net die moederplant ken. Een ding is egter seker, so ver as wat sy stap, ontdek sy opslagplante. Sy sien dat hierdie saailinge sterk en welig groei.

Sy staan lank stil by die vuurdoring se saailinge. Hierdie plant maak gewoonlik nie self saailinge nie. Nuwe plante word van steggies gekweek. En tog, hier voor haar staan 'n hele ry saailinge. Hulle verskil heel duidelik in karakter van die groot plant. Met hul plat vorm en wyd uitgestrekte takke skep hulle die ideale voorgrond vir die groter bome daaragter.

Anne is opgewonde. Sy besluit om 'n afsonderlike tuintjie te skep spesiaal net vir opslagplante. Daar sal sy hulle versorg tot hulle sterk genoeg is om te verplant. Net môre sal sy êrens in die tuin 'n geskikte plek hiervoor uitsoek.

Sy stap ligvoets terug na die huis en gaan reguit na die sitkamer. Vir 'n rukkie kyk sy aandagtig in die vertrek rond. Toe begin sy die meubels skuif.

Die chaise longue verskuif sy van die koue binnemuur na die sonnige muur by die venster. Sy skuif die ovaal rooshouttafeltjie tot voor die chaise longue. Daarop sit sy 'n paar boeke neer. Die okkerneuthout-skryfkissie met perlemoeninlegwerk, wat in 'n kabinet weggesteek is, haal sy uit. Sy sit dit op die oopvou-lessenaartjie wat in die hoek staan. Sy verskuif die antieke Chinese vase wat strak en simmetries op die kaggelrak staan. Die groot vaas neem sy weg van die middel en plaas dit aan die kant van die rak. Die twee kleiner vase groepeer sy by mekaar op die ander kant van die kaggelrak.

Sy pluk vars blomme en sit dit in 'n potjie by die boeke op die rooshouttafeltjie. Sy gaan lê behaaglik uitgestrek op die chaise longue en bekyk die vertrek met genoegdoening. Alles lyk nou sommer baie vriendeliker, knus en gesellig.

Sy skrik hewig toe Arthur die halfoop deur met geweld oopskop. Hy storm die vertrek binne.

"Wat de hel gaan hier aan?"

Sy begryp nie mooi wat hy bedoel nie. Hy swaai sy vinger woedend voor haar gesig. Die wilde kyk in sy oë maak haar lam van vrees. Vir die soveelste keer besef sy dat sy met iemand te doen het wat sy nie ken nie. In Arthur se kop woon daar 'n vreemde entiteit wat sy nie kan peil nie.

Die eerste vreemde insident, skaars ses maande ná hul troue, flits voor haar verby. Hy het 'n sleutel van die kluis gesoek en was oortuig daarvan dat sy dit weggesteek het.

"Gee hier jou sleutels!" het hy vir haar geskree. Bewend het sy al haar sleutels aan hom oorhandig. Toe die sleutel wat hy soek, nie daar is nie, het hy kasdeure en laaie oopgeruk. Hy het alles uitgepluk en op die vloer gesmyt. Hy het haar gedwing om haar rooshoutkissie oop te sluit. Al haar briewe, kaartjies, juwele en kleinighede wat sy sedert haar kinderdae gekoester en bewaar het, het hy op die mat omgekeer.

Vir ure het sy roerloos op die bed gesit nadat hy uit die vertrek is. Die kamer was in 'n chaos. Serpe, klere, verestolas, allerhande snuisterye, poeierkwassakkies en al haar kosbare persoonlike nietigheidjies uit haar smuktassie het verstrooi oor die vloer gelê.

Vanoggend sien sy weer dieselfde waansin in sy oë. Sy spring op van die chaise longue.

"Hierdie huis is myne." Hy meet elke woord af. "Hier sal jy niks verander sonder dat jy my eers raadpleeg nie. Verstaan jy dit ? Niks hier behoort aan jou nie. Nie binne of buite die huis nie. Jy kan die weelde en status hier geniet, maar moet nooit ooit vergeet aan wie dit alles behoort nie!"

Sy kyk verstom na hom. Dan gaan daar 'n lig in haar brein aan. Sy besef dat sy hier net 'n rol het om te speel: Sy moet mense beïndruk. Sy moet deel wees van die sprokie van die goeie jare op Kingsberg wat met pretensie lewendig gehou moet word.

Arthur stap uit. In die deur steek hy vas en draai om.

"En terloops, moenie instruksies gee aan die tuinier nie. Hy weet baie beter as jy wat om te doen."

HOOFSTUK 25

In die geheim begin Anne haar planne agtermekaar kry. Sy sit geld weg wat veronderstel is om in die huishouding te gaan. Sy sorteer haar goed uit en kry alles gereed wat gepak moet word. Dit is nie maklik nie. Die bediendes is oral. Sy is bang hulle sal iets vermoed. Maar op Kingsberg sal sy nie langer bly nie. Sy sal teruggaan na haar werk en familie in Engeland. Die stof van hierdie droewige plek sal sy vir altyd van haar afskud. Sy is jonk en aantreklik en haar hele lewe lê nog voor.

Hoe kon sy so verblind wees om haar in hierdie gemors te begewe? Sy het nuus vir haar ma! As jy vir geld trou, verdien jy elke pennie daarvan. Op die harde manier. Nee, hiervoor sien sy nie kans nie. Hoe gouer sy uit hierdie hel losbreek, hoe beter.

Die spanning vreet haar op. Sy voel siek. Feitlik elke dag bring sy in die toilet op. Sofie, die Basoetovrou, staan een oggend buite die toiletdeur vir haar en wag.

"Madam, ons hoop dit gaan 'n seuntjie wees," sê sy kalm, draai om en loop in die gang af.

Anne storm haar kamer binne. Bleek en verward val sy op die bed neer. Met skok en afgryse besef sy dat sy swanger is. Toe weet sy: Kingsberg het haar gevangenis geword. Van ontsnapping en vryheid is daar geen sprake nie.

Snags lê sy beangs wakker. Sy weet die ergste sal met haar gebeur as Arthur ooit moet uitvind dat sy van plan was om hom te verlaat. Die vrees vir hom, die eensaamheid en verwarring wil haar mal maak. Sy sukkel om haar sinne te behou.

* * *

Dit is weer tyd vir die gebruiklike driemaandelikse nagmaal op Kingsberg. Vader Kelley bedien die gemeentes van die omliggende dorpe. Hy woon, soos die predikante voor hom, in die pastorie op Kingsberg.

Anne kom haar pligte na. Sy laat die kerk skoonmaak. Sy sit blomme in die voorportaal. Sy verwelkom die gemeentelede saam met vader Kelley in die ontvangslokaal van die herehuis. Sy skink tee terwyl die bediendes toebroodjies op silwerskinkborde aandra. Daarna stap almal met die voetpaadjie na die kerk en neem hul sitplekke in.

Vader Kelley stap na die kanselruimte wat deur 'n klipgewelf van die gemeente se sitgedeelte geskei is. Anne se oë dwaal deur die kerk, oor die boogvensters, die pragtige uitgekapte klipwerk.

Vir 'n wyle rus haar blik op die doopvont wat Sarah self ontwerp het. Dit is uniek en pragtig. Dit staan op 'n groepering van drie pilare met uitgekerfde bokante waarop die doopbak rus. Haar blik verskuif na die uitbeelding van Christus. Hy het 'n herderstok in sy linkerhand, met 'n lammetjie teen sy bors in sy regterhand. By sy voete, teenaan sy rooi kleed, lê 'n skaap wat na Hom opkyk. Onderaan die loodglasvenster staan in sierskrif: I am the good Shepherd.

Vader Kelley lewer sy boodskap, maar Anne se gedagtes is ver verwyderd van die gebeure in die kerk. Sy voel soos 'n toeskouer. Sy gaan kniel voor by die houtreling. Hou haar hande bymekaar in die gebruiklike ontvangposisie sodat die brood daarin geplaas kan word. Sy neem die kelkie, sluk die wyn.

Met die omdraaislag kyk sy in Sarah vas wat in 'n grys-en-swart hopie in die kerkbank heel voor sit. Hulle oë ontmoet. Daar gebeur iets tussen hulle wat Anne nie kan beskryf nie. Dit is asof Sarah met hierdie vlietende kyk vir haar wil sê dat sy alles weet. Dat sy verstaan.

Met die laaste gesang en die uitspreek van die seën, staan Arthur vinnig op. Anne sien die verligting op sy gesig. Hy is altyd omgekrap ná 'n preek. Sy weet sodra die formaliteite van die kuier en teedrinkery verby is, gaan hy weer onmoontlik wees vir die res van die dag. Die preek maak sy altyd onderliggende depressie nog erger.

Die vingerete by die herehuis is, soos alles die afgelope tyd op Kingsberg, 'n spel van voorgee. Tog lyk dit asof die besoekers dit geniet. Skynbaar is niemand bewus van die ware toedrag van sake nie.

Arthur gedra hom by sulke geleenthede besonder goed. Anne weet dit is sy manier om seker te maak dat niemand 'n vinger na hom kan wys nie. Sy verwonder haar aan sy ordentlike optrede en sy beskaafde taal teenoor die buitestanders. Hy is selfs hoflik en galant met die dames. Sy wonder wie hy almal om die bos lei. Een ding weet sy: mense gedra hulle goed by sosiale geleenthede, maar stories loop en almal is nie naïef nie.

"Ek dink regtig jy kon die ete ná die nagmaal beter georganiseer het. Hier is altyd belangrike gaste by die groot geleentheid en ek het my vanoggend geskaam."

Hulle sit aan die etenstafel. Soos altyd gebruik Arthur dit as sy slagveld. Hier deel hy slae uit; dien hy wonde toe.

Anne sluk swaar aan haar kos. Diplomaties bly sy stil en reageer glad nie.

"Ek praat met jou, kan jy my nie hoor nie?"

Anne ken die patroon al so goed. Sê sy iets, sal hy haar daaroor aanvat. Sê sy niks, vat hy haar daaroor ook aan.

"Dis vir my baie duidelik dat jy nie in Kingsberg belang stel nie. Ek sien jou nooit buite besig met enigiets sinvols nie. Jy is 'n groot teleurstelling met jou belangeloosheid. Van al my verwagtinge en drome vir jou het nog net mooi niks gekom nie."

Sy kners op haar tande en bly stil. Oor elke ding waaraan sy haar hand tot dusver gewaag het en wáár sy ook al inisiatief getoon het, het hy hom vererg en haar gekritiseer. Die boodskap is altyd duidelik: dis sý plek, sý goed.

Van háár drome het inderdaad minder as niks gekom nie. Sy het daarvan gedroom om na interessante en ver plekke saam met hom te reis. Sy sou bitter graag die mooie Suid-Afrika wou leer ken en geniet. Sy het gedroom van 'n man, nie sonder foute nie, maar iemand wat haar sou liefhê en koester. Sy het gedroom van 'n wêreld wat sy met vriende en vrolikheid op Kingsberg sou opbou. Maar Arthur het al haar vrolikheid binne 'n japtrap uit haar uit geboelie. Hy het nog nie een keer vir haar gesê hy het haar lief nie. Hy is nie in staat om liefde te gee of te ontvang nie.

"Jy moet in die toekoms die toebroodjies groter maak. Dis sommer nonsens hierdie trietsige broodjies. Ek haat dit. Die frikkadelle is ook 'n verleentheid. 'n Mens moet omtrent 'n dosyn eet voor jy vol is."

Anne huiwer. Dan praat sy saggies: "Die bediendes doen alles nog soos jou ma hulle geleer het."

Dit is petrol op Arthur se vuur.

"Moet my nie altyd teëgaan nie. Kan jy nie vir net een keer in jou lewe instem en maak soos ek sê nie? Moet jy altyd 'n argument begin?"

Anne staan op. Huiwerig loop sy na die deur.

Hy skree woedend agterna: "Jy wil nooit iets uitpraat nie. Wat help dit om nou weg te loop?"

* * *

Die volgende oggend ná die nagmaal kom roep 'n bediende haar.

"Mevrou, vader Kelley is op die stoep. Hy vra na jou."

Sy is uit die veld geslaan. Hy doen gewoonlik saans huisbesoek wanneer hy weet Arthur is ook tuis.

Sy het sleg geslaap. Haastig probeer sy die donker kringe onder haar oë met gesigpoeier verbloem. Dit werk nie. Sy druk net haar hare reg en gaan uit stoep toe.

Grant Kelley staan met sy rug na die voordeur. Hy kyk uit oor die tuin. Anne kyk na die figuur geklee in 'n donkerblou langbroek en ligblou kabeltrui. Sy wonder of dit sy ma is wat die trui vir hom gebrei het. Sy weet eintlik so min van hom. Sy het nog nooit regtig 'n sinvolle gesprek met hom gehad nie.

Wanneer hulle wel 'n paar woorde gewissel het, was dit maar net om te vra of alles reg is by die pastorie en of hy iets nodig het. Alle gesprekke is saaklik en geforseer, want Arthur se teenwoordigheid duld geen gemoedelikheid van haar kant nie. Hy alleen wil altyd die geselskap oorheers.

Hulle gaan sit op die stoepbank. Hy gesels eers oor onbenullighede. Toe konfronteer hy haar reguit.

"Anne, waarom lyk jy so? Wat is fout? Ek is hier omdat ek opreg bekommerd is oor jou. Praat met my. Jy kan enigiets met vrymoedigheid met my bespreek. Ek wil jou help."

Anne skud haar kop. "Vader, ek weet nie wat jy bedoel nie. Daar is niks verkeerd nie. Ons het mos maar almal soms ons af dae."

Sy laat haar kop verleë sak en vroetel senuweeagtig met haar romp.

"Anne, mense is nie dom nie. Daar is baie vriende wat besorg is oor jou. Ons weet ook dat Arthur nie die maklikste man is om mee saam te leef nie. Maar julle sal op 'n manier

227

dinge bymekaar moet hou. Julle sal moet hulp kry, anders gaan dinge hier op Kingsberg nooit weer regkom nie. Dit sal vir julle twee die moeite werd wees om ná die ongelukkige gebeure van die afgelope jare dinge hier reg te ruk. Moenie toelaat dat alles onherroeplik in die afgrond afstort nie. Daar is te veel op die spel. Julle het alles; julle kort niks."

Sy val hom in die rede. "Behalwe die liefde."

Onmiddellik sit sy haar hand oor haar mond. Dit is as't ware 'n bekentenis wat sy maak. Sy vrees dat vader Kelley haar sal verkwalik.

"Vergewe my dat ek dit gesê het. Vergeet dit asseblief. Ek is tevrede met dinge soos wat dit is. Ek was regtig 'n gek om so iets kwyt te raak."

"Anne, Anne." Hy praat saggies. Skud sy kop. Skuif nader aan haar.

"As ons die eerste akute pyn van teleurstelling ervaar, is daar 'n stimulus wat bonatuurlike krag vrystel. Dit stel 'n mens in staat om dinge te verwerk. Wanneer dieselfde vernietigende pyn egter aanhoudend toegedien word, raak ons immuun teen die aanslae. Ons begin apaties raak. Die probleem is dan dat 'n mens nie meer die emosionele intensiteit het om die pyn te beveg nie. Dan word ons lewens saai en doelloos. Elke dag is net 'n herhaling van die vorige dag. Die sielsvernietigende afgestomptheid as gevolg van ons sorge word 'n dodelike roetine. Dít is wanneer wanhoop ons oorval. Dan smag ons in ons siele daarna om antwoorde te kry en om die geheim te ontdek van hoekom ons hier is. Ons hoop dat die antwoord vir ons net 'n mate van troos sal bring in ons ellende."

"En daardie antwoord ontwyk ons, Vader. Die waarheid is dat ek nie meer kans sien vir hierdie uitmergelende lewe nie. Buitestanders ry verby hierdie landgoed. Hulle kyk na die sandsteenkasteel. Hulle wonder seker oor die sprokieswêreld hier binne. Hulle fantaseer oor watter pret en plesier agter hierdie mure en omheinings aangaan."

Anne voel skuldig omdat sy so uitpraat. Sy vat verleë aan haar gesig. Vader Kelley kyk haar in afwagting aan.

Dan vervolg sy: "Dis nogal ironies dat ek dit destyds met ons huwelik werklik opreg bedoel het toe ek gesê het ek sal by Arthur staan in voorspoed en in teëspoed. Maar ek er-

ken, ek het nie die vaagste benul gehad waarvoor ek my in-
laat nie."

Vader Kelley sien die drif, die angs in haar gesig. Hy kyk
stip na haar. Nog nooit het hy haar só gesien nie. Vir maan-
de al hou hy haar dop, sien hy hoe sy haar opoffer, haar
pligte nakom. Altyd is sy die minste, probeer sy die waar-
heid wegsteek.

'n Stormwind van emosie neem van hom besit. Dit dwing
om hom mee te sleur. Hy wil haar teen hom vasdruk, haar
verseker dat alles sal regkom. Maar hy weet dat dit buite
orde sal wees. Hy wil van haar wegvlug; van homself weg-
vlug.

'n Onsigbare krag hou hom vas; oorheers sy hele wese.
Dit is vreemd. In al sy jare van opleiding, toegewyde be-
diening en interaksie met mense, het niks hom voorberei vir
wat nou met hom gebeur nie. Hy het immers in opregtheid
gekom om haar te help. Nou is hy heeltemal onkant betrap.
Hierdie vreemde emosies het hy nie voorsien nie.

Hy is reeds geruime tyd deeglik bewus van Arthur se uit-
barstings. Die plaaswerkers praat met hom daaroor. Hulle
soek hulp by hom. Die gemeentelede vertel hom hoe sleg
Anne behandel word. Dit is juis ná die vorige dag se nag-
maal, toe hy gesien het hoe verwese sy lyk, dat hy besluit
het hy gaan nie meer deel wees van hierdie klugspel nie.

Vir die eerste keer in sy lewe as leraar is hy onseker van
homself. Hy verstaan nie waarom hy so intens oor hierdie
vrou voel nie. Hy het tog al baie met ander vroue en hul
probleme gewerk. Hoekom voel hy nou so anders betrokke?
Vrees vir sy eie emosies laat hom vinnig opstaan.

"Jy weet waar om my te kry as jy wil praat of hulp nodig
het. Ons het almal van tyd tot tyd 'n oor nodig. Ek sal, as
jul leraar, nooit uitpraat of ontaktvol optree nie."

Sy staan op. Hy steek sy hand uit om te groet. Sy hand
bewe.

"Die Here seën jou. Jy is 'n goeie vrou."

Hy neem haar ander hand ook in syne.

Hul oë ontmoet vir 'n paar sekondes. Nie die kragte van
die hemel of die aarde kan die oomblik beskryf of die bete-
kenis daarvan ontken maak nie. Emosie lê oop en bloot oor
hul albei se gesigte. Hy los haar hande.

Toe stap hy met lang treë by die terrastrappe af.

Nadat vader Kelley weg is, bly Anne nog 'n rukkie op die stoep staan. Haar knieë voel lam. Sy is uit die veld geslaan oor die oggend se gebeure. Daar het iets tussen hulle gebeur wat sy nie kan verklaar nie. Sy kyk hom agterna. Sy voel intense wanhoop; intense blydskap. Sy is lus om agter hom aan te hardloop. Om te sê sy wil nog praat. Sy het so baie waaroor sy wil praat. Maar Arthur kom op sy perd in die pad na die huis aan. Sy draai blitsig om, gaan die huis binne en maak die voordeur toe.

* * *

Grant was moeg toe hy vanoggend na die herehuis gegaan het. Nou stap hy flink en vinnig. Hy ervaar 'n gevoel van bevryding. Bevryding van die fisieke. Sy stap sit oor in 'n draf. Hy het deernis met Anne. Hy begeer haar. Die wêreld daar buite hoef nie te weet van sy swakheid nie. Dit sal egter moeilik wees om te preek oor selfbeheersing, heiligmaking, verset teen sonde.

Die res van die dag bedink hy sy lewe. Hy wonder of hy getoets word in sy geloof; of hy hoegenaamd die regte beroep gekies het. Moet sy hele lewe daarop ingestel wees om ander se opinie in ag te neem? Skielik is hy daarvan bewus dat, ten tye van al hierdie gedagtes en ontledings, Anne se beeld aanhoudend voor hom verskyn. Hy kan haar nie uit sy gedagtes kry nie.

In die dae wat volg, betrap hy hom dikwels dat hy besig is om sy lewe om haar te bou. Sy gedagtes is nie meer met liefde vir die skone en reine, liefde vir die naaste, liefde vir die Meester gevul nie. Hy begeer net een persoon. Elke dag word die verlange intenser.

Hy werk harder as ooit. Die gemeente ervaar sy passie as toegewydheid, en sy dienste word beter bygewoon. Hulle besef nie hy is in sy diepste wese alleen nie. Hulle weet niks van sy drange en stryd nie.

Dit is vir hom bitter om Anne net op 'n afstand te sien.

* * *

Die herfs is vroeg vanjaar. Die boodskap van verganklikheid hang swaar in die lug. Die bome is reeds roesbruin en goud, die heinings pers en swart met grys skakerings tussenin.

Die weelderige slaapkamer, wat eens met die geur van rose en duur parfuum gevul was, ruik nou na oumens en medisyne. Op die bed wat, op haar versoek, in die donkerste hoek staan, lê Sarah klein en verskrompel. Al haar mooi, stylvolle klere en duur skoene wat aan die buitewêreld behoort, is onsigbaar agter die hangkaste se deure. Sy het 'n wit nagrok aan. Haar pragtige geborduurde bedbaadjie hang buite haar bereik eenkant oor die stoelleuning. Sy is net nóg 'n siek oumens wat versorg moet word.

Anne en 'n bediende waak om die beurt by haar bed. Die dae gaan stadig verby. En tog, die morbiede afwagting van die naderende dood laat die nagte soms te vinnig kom. Dikwels is die dood so naby dat Anne dit kan voel. Sy kan dit ruik. Dan wyk dit weer en bied byna spottend nog 'n makabere kans op lewe.

Anne weet dat Sarah nie die nuwe erfgenaam van Kingsberg sal sien nie. Sy sit die afgeleefde hand op haar maag sodat sy kan voel hoe die baba beweeg. Die gebaar verhelder Sarah se dowwe oë. Anne wil graag glo dat dit van blydskap is, maar sy is nie seker nie. Die blink skynsel is dalk net die weerkaatsing van trane.

'n Maand nadat sy bedlêend geword het, hou haar asemhaling op. Haar liggaam kan nie meer die gees, wat lankal wou verhuis, gevange hou nie. Anne stuur 'n bediende om Arthur te gaan roep waar hulle besig is om aartappels te plant.

Hy haas hom na die huis. Met sy stowwerige plaasklere sak hy op die vloer voor sy ma se bed neer. Hy huil histeries. Toe Anne hom wil troos, stoot hy haar weg. Met sy rug na haar gekeer, gaan staan hy voor die venster. Sy weet sy moet hom alleen laat. Sy maak die deur saggies agter haar toe.

In die dae wat Sarah se begrafnis voorafgaan, hang 'n onnatuurlike stilte oor Kingsberg. Almal beweeg geruisloos; gaan eerbiedig met hul daaglikse take voort. Nêrens word 'n harde stem of voetstap gehoor nie.

* * *

Dit is 'n helder sonskyndag met 'n geniepsige byt in die winterlug. Die begrafnisgangers begin opdaag. Anne merk op dat dit hoofsaaklik die ouer mense in die gemeenskap is wat respek kom betoon.

Arthur sit langs haar in die kerk. 'n Naamlose hartseer oorval haar met die sing van die laaste lied. Hy stamp vererg aan haar. Met 'n blitsige beweging van sy arm maak hy haar stil. Vir 'n breukdeel van 'n sekonde maak vader Kelley met haar oogkontak. Die familie-kerkbank is reg onder die preekstoel. Sy weet hy het dit gesien. Sy krimp ineen.

"Hou jou in!" sis Arthur dig by haar oor.

Die name van die draers word uitgelees. Hulle stap vorentoe. Hulle dra die kis by die kerk uit en beweeg stemmig na die kerkhof langs die kerk. By die graf staan Arthur eenkant. Anne kan nie help om op te merk hoe sy eens aantreklike, regop gestalte in dié van 'n harde, verbitterde mens verander het nie. Hy lyk jare ouer as wat hy is. Die gemeenheid en veragtelikheid straal uit hom. Dit hou almal op 'n afstand; verdryf almal.

Vader Kelley lees voor: "Ek is die opstanding en die lewe. Wie in My glo, sal lewe al het hy ook gesterwe. Omdat Ek lewe, sal julle ook lewe."

Hy kyk op na Anne en hou sy blik op haar gefokus terwyl hy verder praat: "God is ons toevlug en sterkte. In moeilike tye is Hy altyd daar om te help. Hy handel nie met ons volgens ons sonde nie en straf ons nie volgens ons ongeregtighede nie."

Die kis sak in die grond langs John se graf. Die bediendes staan in 'n groepie. Treurig, meesleurend sing hulle:

"O ne o nkadimmile motswalle
Wa mputsa ka lerato,
Le ha pelo yaka e utlwile bohloko
O entse thato ya hao
'Ntate, he ho lokile."

Met dié lied dank hulle God vir Sarah se lewe en die liefde aan hulle bewys. In hul hartseer berus hulle dat sy wil geskied.

'n Verskriklike alleenheid en leegheid oorweldig Anne. Sy staan verwese langs die oop graf. Hoewel sy nie die woorde van die Sotho-lied verstaan nie, voel sy die emosie daaragter. Dit raak haar diep. Dit vertroos haar, verwond haar.

Sy wens sy kon sit. Haar lyf voel tam en mateloos moeg. Die intensiteit en ondraaglikheid van haar emosies laat haar skouers vooroor sak. Dit druk haar in die dieptes af. Sy kyk af en sien hoe haar trane op die los grond voor haar drup. So vinnig as wat dit val, verdwyn dit weer.

Sy is bewus van vader Kelley se oë op haar. Maar sy kyk nie op nie.

Die begrafnisgangers vertrek een ná die ander. Terwyl die bediendes opruim, stap sy terug na die kerk. In die weste maak die ondergaande son 'n geel-oranje skynsel teen die heuwels en bome. Verf die hele landskap geel. Dring haar kop binne. Sy stry teen die weemoed en moedeloosheid in haar siel. Sy staan stil en hou haar kop vas. Die kleur wat haar so ontstem, begin stadig oor die veld wegsypel.

Sy stap die kerk binne en maak die gesangeboeke bymekaar. Die opgestapelde boeke sit sy op die agterste kerkbank neer. Een vir een pak sy dit netjies terug in die rak by die voorportaal. 'n Skuifelgeluid laat haar opkyk.

Grant Kelley staan in die deur. Hy kyk na haar. Hy kom nader en hou sy hande na haar uit. Sonder om te aarsel, sit sy die boeke neer en plaas haar hande in syne. Die vreugde om hom te sien, oorweldig haar. Haar hele menswees reik uit na hom. Hulle behou oogkontak. Die lig in hul oë vertel van blydskap, dors, verlange.

Vir só lank het hulle oë net oor afstande heen ontmoet. Nou is hulle uiteindelik by mekaar. Alleen.

Hy trek haar nader aan hom. Hy soen haar hare, haar gesig, haar nek. Hy maak sy hemp se knope los en sit haar hand op sy kaal bors. Sy voel sy hartklop, vinnig en polsend. Toe maak hy haar bloes se knope een vir een los. Sy hande streel oor haar skouers en borste, oor haar hele lyf. Met sy oop mond plaas hy sy lippe honger en driftig oor hare terwyl sy hand laer oor haar rug sak.

Die dag se spanning sypel uit haar ledemate. Begeerte na hierdie man oorweldig haar. Sy beantwoord sy liefkosings met passie. Haar arms sluit om sy lyf en sy trek hom stywer teen haar vas. Hy maak haar hare los, speel met sy vingers daardeur. Hy soen haar in haar kuiltjie, waar haar pols onbeheers klop. Haar oë is vogtig, smeek hom om haar te neem. Dan neem hy albei haar polse in sy hande. Hou dit so styf vas dat dit haar seermaak. Sy weet hy worstel om homself te beheer.

"Ek begeer jou, Anne. Vergewe my. Vergewe my. Ek begeer jou." Hy skud sy kop heen en weer. "Ons moet geduldig wees. Ek weet jy is swanger. Jy is volkome vrou. Dit maak jou des te meer onweerstaanbaar vir my."

Sy trek hom langs haar neer op die klein, regop houtbankie in die portaal. Maak sy knope vas. Soen hom oor sy hele gesig. Sy streel met haar hande langs sy slape. Dan maak sy haar hare vas. "Dis wonderlik om bemin te word. Ek aanbid jou hiervoor. Ek het dit só nodig."

Lank sit hulle so in stilte. Hulle hou mekaar net vas. Woorde is onvanpas. Buite is dit stil. Net 'n tortelduif koer rustig, soet, hartseer.

HOOFSTUK 26

Arthur reageer sarkasties op die nuus van die komende baba. Tog sien Anne dat hy kwalik sy trots kan verbloem.

"Ag, mooi so, met my hulp het jy iets goeds reggekry."

Sy wonder hoekom dit vir hom so moeilik is om spontaan mens te wees. Hy is altyd so onnodig op die aanval. Probeer wegkruip agter sy weerbarstigheid. Sy verlang só om net 'n normale lewe saam met hom te hê, sonder om altyd te verduidelik, te ontleed of te verwerk. 'n Normale lewe bestaan nie meer nie.

Sy werk hard daaraan om te verhoed dat die abnormale lewe vir haar aanvaarbaar word. Arthur manipuleer haar só en kraak haar só af dat sy dikwels wonder of die fout nie by haar lê nie. Maar dan maak iemand weer 'n aanmerking en sy weet: sy moet stry teen hierdie dwalinge; sy leef saam met 'n onmoontlike mens.

David word in die vroeë oggendure van 'n somersdag gebore. Anne kry nuwe hoop vir die lewe toe die vroedvrou die seuntjie in haar arms plaas. Dalk sal dit Arthur se gesindheid verander. Wie weet, dalk sal hy nou uiteindelik lief wees vir haar. Sy kyk met verwagting op toe hy die kamer binnekom. Hy tel dadelik die seuntjie op sonder om na haar te kyk.

"Hierdie kind is 'n regte Adams. Ek kan nie wag dat hy grootword nie. Ek het baie dinge om hom te leer en te vertel. Kingsberg is myne en nou ook syne."

Hy sit die baba terug in Anne se arms. Breëbors stap hy by die kamer uit. Daardie nag kom hy nie huis toe nie. In die dorp se hotel vier hy saam met sy vriende die koms van Kingsberg se nuwe erfgenaam.

* * *

'n Week later, vroeg die oggend, toe Anne die baba klaar gevoed het, is daar 'n sagte kloppie aan die deur. Die bediende kom binne.

"Madam, die moruti is hier. Hy vra om jou en die kind te sien."

"Laat vader Kelley inkom, Sofie."

Anne kan haar blydskap kwalik wegsteek.

Grant kom ingestap. Hy sit 'n bossie pers viooltjies op haar skoot.

Sy glimlag bly. "Dankie, dankie. Hierdie is nie net blommetjies nie. Dis sonskyn. Dit bring lig."

"Wat 'n groot vreugde het die Here nie aan jou gegee met hierdie seuntjie nie!"

"Jy's reg. Ek het al begin glo dat daar nooit enige vreugde in my lewe kan wees nie. Hierdie kind laat my besef dat ek nog rede het om te leef. My groot teleurstelling bly egter die feit dat Arthur niks verander het nie. Nou weet ek hy sal nooit verander nie. Ons het geen huwelik meer in die ware sin van die woord nie."

"Anne, jy het 'n wonderlike ding gedoen vir die Adamsfamilie. Almal kan net trots wees op jou."

Sy stem breek. Hy vat haar hand.

"Ek begeer 'n vrou soos jy. Hoe verlang ek nie na 'n kind van my eie nie!"

Die trane stroom oor Anne se wange. Hy vee dit met die agterkant van sy hand af.

"Huil maar. Dis goed om te huil. By my kan jy maar net jouself wees."

Hy soen haar liggies op die voorkop. Toe vat hy die bondeltjie by haar. Hy hou die kind teen sy hart vas.

"Al my hoop dat hierdie kind Arthur se gesindheid sou verander, lê aan skerwe. Ek haat hom vir wat hy die afgelope tyd en veral ook in hierdie dae van my kind se geboorte aan my gedoen het. Hy het my gees, my hoop, al my drome, finaal gebreek."

Grant gaan sit langs haar met die slapende kind steeds in sy arms.

"God self kan nie die verlede verander nie. Niks kan ooit die bose dade, kwetsende woorde en onreg wat gepleeg word, uitwis nie. Ons moet daarmee saamleef en probeer vergewe. Maar dis nie maklik om te vergeet nie.

"Op 'n manier is ons self verantwoordelik vir ons lewe. Ons hemel of ons hel hier op aarde word bepaal deur die keuses wat ons maak. Die gedagte is oorweldigend. Dit is groots. Dit is ook skrikwekkend. Wat sal van ons word as ons nie die foute, dwaashede en mistastings van die verlede kan agterlaat nie? Met God se hulp moet ons probeer om voort te gaan. Hoe sou dit wees as ons nie kon vergeet nie, as daar nie 'n gordyn was wat oor die pynlike herinneringe kon sak nie? Ons moet aanhou glo dat daar goeie dinge op ons wag."

Hy buk oor haar. Streel haar hare.

"Ek het jou lief, Anne. Ek is hier vir jou."

"Jy gee vir my 'n stukkie van die hemel hier op Kingsberg. Ek het al begin dink daar bestaan nie meer nie so iets nie. Moet nooit ooit van my af weggaan nie. Ek en die kind het jou nodig."

"Die bose werk baie hard daaraan om ons te oortuig dat alles verlore is en niks meer waarde het nie, Anne. Hy probeer alles vernietig, maar daar is een ding wat onvernietigbaar is en dit is die liefde, want God is liefde."

Sy herhaal Grant se woorde: "Die enigste onvernietigbare ding wat daar is, is liefde."

Daar volg 'n stilte waarin hulle sonder woorde met mekaar kommunikeer. Albei is bewus van die liefde, die enigste rykdom, die enigste realiteit, die enigste dryfkrag vir oorlewing. Op stuk van sake is daar nou niks anders wat saak maak nie behalwe net dít.

Grant soen haar. "Ek kom gou weer."

Sy hou haar hand uitgestrek na hom tot hy by die kamer uit is.

So verrassend as wat hierdie liefde vir hom is, so verrassend is dit vir haar. Buitendien is daar geen rede waarom sy nie hieraan kan vashou nie. Liefde is die uitnemendste van alles in hierdie lewe.

In haar gees jubel dit omdat sy weet sý het lief. Iemand het háár lief. Dit sal vir haar 'n voortdurende inspirasie bly in die beroerde omstandighede waarin sy haar met Arthur bevind. Maar sy het ook geen illusie oor die hopeloosheid van hul verbintenis nie. Sy, die getroude vrou, hy, die leraar.

Grant is bereid om alles op die spel te sit vir haar. Hoekom sal sy hierdie liefde nie aangryp nie? Uiteindelik het dít waarna sy so lank al smag, na haar kant toe gekom. Sy is bereid om hiervoor te veg. Hy het haar lief! Haar hart sing te midde van die pyn.

HOOFSTUK 27

Dit is presies 'n jaar ná Sarah se dood. Arthur staan op van die etenstafel. Anne hoor hom iets mompel van die biblioteek. Soos altyd, kyk hy nie na haar wanneer hy praat nie. Binnensmonds mompel hy: "Wil belangrike inligting daar gaan naslaan. Nog grond aankoop."

Sy is al gewoond daaraan dat hy nooit oogkontak maak nie en steur haar ook nie aan sy gepruttel nie.

Niksvermoedend staan sy in die eetkamer terwyl die bediendes die tafel afdek. Net toe sy in die portaal uitstap, storm Arthur soos 'n besetene by die trap af. Hy skree soos 'n dier. Verskrikte bediendes laat val hul skinkborde kletterend. Hulle staan versteen.

Anne kom tot verhaal. Sy hardloop agter hom aan. Sy sien hoe hy die terrastrappe met bonatuurlike groot spronge afgaan. Hy verdwyn onder in die pad. Sy bly 'n lang ruk bewegingloos op die stoep staan en skrik hewig toe een van die bediendes aan haar skouer raak.

"Genade, Sofie, hoe laat jy my skrik! Wat op aarde gaan in hierdie huis aan?"

"Madam, die meneer het seker vir oumies Sarah in die biblioteek gesien. Sy sit nog altyd daar."

"Liewe hemel! Hoekom praat julle nou eers? Hoekom het julle my niks hiervan gesê nie? Is julle nie bang nie?"

"Nee. Ons is nie bang nie. Sy sit net daar. Sy is nie kwaad nie. Altyd wanneer ons daar skoonmaak, sit sy maar daar by die tafel met die lamp. Dis net Lucy en Mametjie wat weggegaan het van die plaas af omdat hulle geskrik het."

"Ai, Sofie, en ek het gedink dis meneer Arthur wat weer moeilikheid met hulle gemaak het. Hulle is hier weg sonder om 'n woord te sê."

Anne tel 'n skinkbord van die vloer af op. Sy kyk na Sofie.

"Glo julle werklik in spoke?"

Sy het al agtergekom dat die werkers interessante inligting het oor dinge waarvan baie mense niks weet nie.

"Maar sonder twyfel, Madam! Ons leef mos saam met dié dinge. Dis net, die oumies is nie 'n spook nie. Sy is 'n gees.

Sy het kwellinge. Haar hart het nog nie vrede gemaak met die dinge van hierdie wêreld nie."

"Nou wat is dan die verskil tussen 'n spook en 'n gees?"

"'n Spook is 'n beeld wat jou laat skrik. Dis iets wat van die buitewêreld af na die aarde kom."

"Soos wát?"

"Soos 'n dwaallig, 'n wit laken, 'n donker skaduwee. 'n Mens sien dit net in die nag of in die skemer – die tye wanneer 'n mens nie seker is wat jy regtig sien nie."

Sofie staan nader aan Anne. Sy praat sagter: "Dan is daar nóg 'n ding wat baie lelik is."

Haar ronde swart ogies blink. Sy haal diep asem, sit eers haar hand voor haar mond voor sy verder praat.

"Dit is 'n ding wat die oumense baie gedoen het. Hulle het hulself verander in 'n hond, 'n bobbejaan, 'n wolf, enige dier wat hulle graag wou wees. Dan het hulle rondgeloop en kwaad gedoen. Kos gesteel. Iemand wat hulle goed ken, moes aanhoudend op 'n trom slaan tot hulle weer van vorm verander en mens word. As die tromslaner ophou voordat hulle terugkom, bly hulle vir altyd in die dier se lyf."

Anne luister aandagtig na Sofie. Sy weet nie mooi wát om te glo nie. Veral Sofie se laaste vertelling klink vergesog. Maar duidelik het iets Arthur hewig ontstel. Aan die ander kant is hy in elk geval so onstabiel dat 'n mens nooit weet hoe jy dit met hom het nie.

Genoeg van die bediendes se stories. Sy ruk haarself reg. "Nou toe, tel op die goed wat julle gebreek het en vee die vloer en mat skoon."

* * *

Arthur hardloop tussen die bosse en bome deur. Sy klere haak aan braambosse en skeur. Brandnetels slaan teen sy bene en hande soos wat hy keer. Hy swik sy enkel. Beangs staan hy stil. Hy vou sy bewende lyf in sy arms toe asof hy homself omhels. Homself bymekaar wil hou. Hinkepink strompel hy tot by die kerk se lae muurtjie. Hy klim oor. Toe hy besef waar hy is, begin hy weer hardloop. Hy spring oor die grafte. Hy vrees die dooies gaan hom gryp; hom die dieptes intrek.

Die volgende middag met ete kom hy eers terug. Anne sien dadelik daar is ernstig fout. Sy klere is verflenter. Sy woltrui is plek-plek in bondels getrek soos die klitsgras daaraan vassit. Onder sy oë is donker kringe. Sy kyk is wild. Pleks daarvan dat hy, soos altyd aan tafel, haar oor iets konfronteer, lyk dit asof hy heeltemal afwesig is. Dit verwar haar. Sy het al geleer om die ou Arthur met sy buie te hanteer. Hierdie vreemdeling ontsenu haar.

Hulle eet in stilte. Soos dit haar gewoonte is, gaan sy ná ete kamer toe om te ontspan en haarself te verfris.

Arthur staan op. Hy gaan saam met haar. Hy sluit die kamerdeur agter hulle.

"Trek uit!"

Haar bewende hande sukkel om die knopies van haar rok los te kry. Hy stap na haar. Plaas sy hande weerskante van haar bors en pluk haar rok met albei hande oop. Die knopies spat in alle rigtings en rol oor die vloer.

Hy trek sy flentertrui uit en gooi dit oor die stoel. Maak sy leergordel los en laat sy kakiebroek om sy enkels val. Hy klim uit sy modderbesmeerde stewels en broek en laat alles net so in 'n hoop op die vloer. Sy enkel swik. Onvas hinkstap hy na haar en stamp haar dat sy op die bed val.

Soos 'n desperate man het hy met haar gemeenskap. Sy onwelriekende, hortende asem walg haar. Dit was altyd vir haar 'n groot leemte in hul verhouding dat hy haar nooit soen nie. Nou is sy dankbaar daaroor. Die suur reuk van sy ongewaste, sweterige lyf op haar maak haar naar.

Hy is brutaal en hardhandig. Maar by dit alles is sy bewus van 'n hulpelose weerloosheid in hom. Net die feit dat sy nooit terugbaklei nie, maak van hom telkens die verloorder. En hy weet dit. Dit het sy al lankal tydens sy giftige uitbarstings agtergekom. Hy wil hê sy moet opstaan en haar vergeld. Dit is vir hom bitter dat sy nog nooit tot sy vlak gedaal het nie.

Sy veg teen die harteleed wat in haar keel opstoot. Hierdie man se siel is stukkend. Net soos sy verflenterde klere. Maar sy weet sy kan hom nie met haar woorde onderskraag nie. Hulle kon nog nooit oor emosies en gevoelens praat nie.

In haar kop praat sy aanhoudend met haarself. Oriënteer sy haar om af te skakel, kalm te word. Sy moet haar losmaak uit hierdie verskriklike vernedering. Niemand mag weet van vandag se verguising en verlaging van haar as vrou nie. Dan sal die smet nooit van haar wyk nie. Sy sal altyd verwerplik en verfoeilik voel.

In die gees ontsnap sy en gaan staan eenkant. Haar deurmekaar emosies bedaar. Hy gebruik haar liggaam. Dit is immers die enigste taal wat hy van 'n vrou verstaan en aanvaar. Sy lê soos 'n dooie onder hom. Bewegingloos. Emosieloos. Sy is nie deel hiervan nie. Haar siel is op 'n ander plek.

* * *

Sedert die gebeure daardie aand in die biblioteek verloor Arthur by tye heeltemal sy verstand. Dan ry hy sonder 'n draad klere op sy perd deur die veld. In sy versteurdheid lui hy 'n klok asof hy die aandag op hom en sy waansin wil vestig.

Aanvanklik is almal verskrik hieroor. Maar deesdae gaan haal een van die getroue plaaswerkers hom, gooi hom met 'n kombers toe en oorreed hom diplomaties om huis toe te gaan. Vir dae aaneen sonder hy hom af en drink hewig.

Ten spyte van hierdie insinkings behartig hy steeds die boerdery. Hy bly in beheer van alles, maar tekens van verval steek hier en daar kop uit.

Daar word nie meer geskoffel om die skure nie. Die gras en onkruid groei wild en hoog. 'n Windpomp by een van die drinkplekke staan verroes stil. Een van die perde vrek aan perdesiekte. Teen 'n draadheining staan 'n trekker wat gebreek het, se wiele toegegroei in die ruie gras.

Sy jarelange vriende van die buurdorp skryf hom stadig maar seker af. Later gaan hy glad nie meer hotel toe nie.

* * *

Agt maande ná die voorval in die biblioteek word William gebore. David is net sewentien maande oud. Tydens haar swangerskap het Anne haar deurentyd wysgemaak dat dit Grant se kind is. Sy is in elk geval nie seker nie, maar het alle gedagtes dat dit dalk Arthur s'n kan wees, uit haar brein verban. Hierdie kind, so wil sy glo, is in liefde verwek. Beslis nie in die haatlike omstandighede van daardie ge-

241

wraakte middag nie. Sy was opgewonde oor die baba en het uitgesien na sy koms.

William is 'n koliekbaba. Onder die voorwendsel dat sy so min moontlik steurnis met die skreeuende kind wil veroorsaak, gaan slaap sy met hom in een van die gastekamers.

Toe sy toestand ná twee maande verbeter, slaap William saam met David in die kinderkamer. Maar Anne gaan nie weer terug na die hoofslaapkamer nie. Stelselmatig bring sy al haar klere en persoonlike goed na die gastekamer. Arthur rep geen woord nie en sy wonder of hy hoegenaamd agterkom dat sy nie meer daar is nie.

Die seuns sien bitter min van hul pa. Hulle is meestal bedags in die kinderkamer saam met hul oppasser. Later is daar 'n goewernante wat vir hulle skoolopleiding gee. Arthur is verlore vir sy vrou en kinders. Hulle lei hul eie lewens.

Vader Kelley neem al hoe meer die rol van vaderfiguur oor. Hy probeer soveel as wat hy kan, aan die seuns aandag gee.

* * *

David is reeds elf jaar oud. William is nege. Hulle speel op die gras voor die pastorie. Anne en Grant sit op die stoep. Hulle kyk hoe die skemer oor die veld ingesypel kom. Van ver af klink 'n hond se geblaf. Die gekwetter van voëls in die akkerboom verstoor die rus. Hulle sorteer hul slaapplekke vir die komende nag raserig uit.

"Die seuns word groot, Anne. Jy sal daaraan moet dink om hulle na 'n behoorlike skool te stuur. Dit sal vir hulle beter wees as hulle weg is van die gespanne atmosfeer hier. Die onvoorspelbaarheid van Arthur se gedrag en sy buie sal sy tol begin eis. Dis vir geen mens goed om altyd in onsekerheid te leef nie. Die kinders weet nooit wat hulle die volgende oomblik te wagte kan wees nie.

"Net gister weer het ek per toeval gesien hoe die seuns onskuldig en gelukkig by die oorhangkrans speel. Meteens het hulle stil geraak. Toe sien ek net hoe hulle wegskarrel. Die rede? Arthur was in die omtrek. Om darem só vir jou eie pa te loop en koes is regtig hartverskeurend en sieldodend, om die minste te sê. Ek sien veral probleme met William. Hy is 'n gespanne en uiters sensitiewe kind."

Anne knik. "Ek is self diep bekommerd oor hom. Dikwels kry ek hom huilend in sy kamer. Wanneer ek vra wat skort, sê hy net hy weet nie. Kan dit wees dat 'n mens al aan depressie kan ly op so 'n jong ouderdom? Ek probeer sy aandag aftrek deur vir hom uit boeke voor te lees, interessante prente te wys, maar dit help nie. Hy is lief vir teken en verf. Ek het al alles denkbaar vir hom gekoop om sy belangstelling te prikkel. Sonder resultate. Dit maak my moedeloos en bekommerd."

"Ek weet van 'n baie goeie skool in Pietermaritzburg. Ek het kontak met die predikante en onderwysers daar. Miskien is die antwoord dat die kinders daarheen gaan. Hulle sal baie goeie opleiding kry. Dit kan dinge ten goede verander. Ek sal vir koshuisverblyf reël. Hulle kan vir die lang skoolvakansies huis toe kom."

"Dit sal waarlik 'n uitkoms wees as jy ons so kan help. Ek is net onseker oor hoe ons by Arthur gaan verbykom. Sy eerste reaksie sal weer wees om geld in te kort. Dis maar hoe hy deesdae nog gesag probeer afdwing."

"Laat dit aan my oor. Ek sal hom nader sodra ek sien die tyd is geleë."

* * *

Twee weke later stap Grant na Arthur se kantoor. Dit is laatmiddag. Hy kry hom voor die rolluik-lessenaar waar hy besig is om dokumente uit te sorteer. Alles lyk so normaal. Hy kyk aandagtig na die man wat so kalm en bedees daar sit, ver verwyderd van die man wat so drink en vloek. Hy kon net sowel 'n goeie, gelukkige mens wees.

Die geboë figuur agter die lessenaar lyk weerloos. Dis vreemd om te dink dat dieselfde man almal so kan verskree en verwond.

Hy maak keel skoon. Arthur tol in die rondte op sy lessenaarstoel en kyk na hom.

"Kom in, vader Kelley. Ek het jou verwag."

Met sy hand beduie hy na die leerstoel langsaan. "Sit sommer hier."

Grant talm vir 'n oomblik. Onseker gaan sit hy.

"Ek is besig om 'n kodisil by my testament te voeg. David is Kingsberg se erfgenaam ná my. Ek moet toesien dat William ook goed agtergelaat word. Die onus sal natuurlik op hulle rus om na hul ma om te sien."

Hy vryf met sy wysvinger oor sy breë neus en krap liggies agter sy oor voor hy verder praat.

"My lewe het gedagtes geword, Vader. Ek besef die jare het vir my haastig omgeblaai. 'n Groot stuk van die lewe wat aan my toebedeel is, is reeds verby. Ongelukkig is daar min dae dat ek helder genoeg is om in perspektief aan hierdie dinge te dink en aandag te gee. As sulke dae wel oor my aanbreek, moet ek my dinge haastig agtermekaar kry en uitsorteer."

Grant is uit die veld geslaan.

"Ek word oraloor gereken as die hartelose, waansinnige karakter met geen gevoelens nie. Met reg ook. Maar dit is vir my bitter swaar om te sien hoe 'n irritasie ek vir my kinders is. Ek weet ek walg hulle. Al manier om nog my gesag te laat geld, is om hulle met dinge te konfronteer wat hulle veraf-sku. Dinge wat hulle dwars in die krop steek. Dis al hoe ek kan bewys dat ek nog in beheer is. Hoe siek! Ek het my eie bloedfamilie se vyand geword."

Grant se gedagtes maak geskokte en verwarde draaie. Hy onthou hoe Anne by geleentheid aan hom bely het dat sy dikwels wens Arthur kon net verdwyn en uit hulle almal se lewens wegglip. Vir die eerste keer, hier in die somber stu-deerkamer, besef hy dat Arthur 'n eensame vreemdeling in sy eie huis is. Hy weet nie wat om vir hom te sê nie. Hy soek vervaard na die regte woorde in sy deurmekaar gemoed. Met verligting val hy terug op die woorde van iemand anders.

"Augustinus is in Noord-Afrika gebore in die jaar 354 v.C. Hierdie wyse man het gesê dat God die hemel en die aarde geskape het en dit met Homself gevul het. Ons is na die beeld van God geskape. Wat ons ook al uit onsself voort-bring of doen, dít vul ons met onsself. Met ons liefde óf met ons haat. Arthur, jy en jou familie het sulke wonderlike din-ge hier op Kingsberg tot stand gebring. Dink net hoe uit-muntend dit sou wees as alles hier met jul liefde gevul was."

"Weet jy hoe begeer ek juis dít, Vader. Maar ek stry teen magte in my siel en in my kop wat my weerhou van dít wat goed en edel is. Elke dag van my lewe stry ek teen die duis-ternis wat my in die afgrond wil laat aftuimel. Ek het geen beheer daaroor nie. Dit is hel op aarde om aan magte buite jouself uitgelewer te wees wat jou na willekeur beheer.

"Ek het 'n goeie vrou gekry, maar dieselfde eienskappe in Anne wat my juis na haar toe aangetrek het – haar intellek, haar humorsin – het presies dít geword waaroor ek haar nie meer kan verduur nie. Ek veg teen 'n verterende jaloesie omdat ek kwaliteite in haar sien wat ek vir myself begeer. Omdat dit my nie beskore is nie, het selfs sý vir my 'n bedreiging geword.

"Vir jare het ek net by die voordeur uitgeloop en my eie ding gedoen. Nooit het ek eers gegroet of gesê waarheen ek gaan nie. Ek was selfversekerd en wou wegkom van die huis en sy mense wat dinge van my verwag. Nou begeer ek om terug te kom na daardie einste mense en om saam met hulle om die tafel te sit en te vra vir 'n koppie tee. Ek verlang om net één sagte woord vir Anne te sê. Om haar net één kompliment te gee. Dit sal vir haar soveel beteken. Ek weet so goed wat die regte ding is om te doen, maar die donkerte in my weerhou my daarvan om goed te doen."

Arthur staan op. Hy kyk by die venster uit.

"Waarom is jy eintlik hier, Vader?"

"Om jou vandag die kans te bied om iets goed en reg te doen. Ek wil jou toestemming vra om die twee seuns na 'n goeie skool in Pietermaritzburg te stuur. Dit gaan dinge vir hulle vorentoe makliker maak. Maar hulle het jou toestemming en jou geld nodig."

"Dis reg so. Kry vir my al die gegewens. Ek sal die geld en alles wat nodig is, tot hul beskikking stel. Dankie vir jou hulp en belangstelling."

Grant weet dat die gesprek beëindig is. Hy groet beleef en maak die studeerkamer se deur agter hom toe.

Buite val die reën hard. Die wind dryf dit so driftig teen sy gesig aan dat dit hom byna verblind. Toe hy by die kerk verbygaan, swenk hy by die hekkie in. Hy draai die koperknop aan die swaar houtdeur oop; stap binne.

So dikwels het hy saans in die kerk kom bid en die gemeente se nood en behoeftes voor God gelê. Maar vanaand kom lê hy hóm voor God. 'n Bodemlose put van angs en benoudheid gaan in hom oop. Hy het net vrae. Geen antwoorde nie. Hy is gestroop van sy krag en sy vrede. Hy ondervind weer eens die gevoel van onsekerheid. Dieselfde onsekerheid van daardie dag, alleen op die stoep saam met Anne. 'n Skrikwekkende bewustheid vat in hom pos: hy ken homself nie. Êrens langs die pad het hy sy identiteit verloor.

Die maanlig wat in gekleurde patrone deur die loodglasvensters val, maak hom ure later eers bewus daarvan dat die reën opgehou het. Hy staan op van die dik tapyt voor die nagmaalreling, waar hy met sy gesig teen die vloer gelê het.

Hy bewe van uitputting. Maar 'n bonatuurlike vrede vou soos 'n warm kombers om hom. Dit voel asof die hele aarde, die see, die engele, mense en alle wesens in die kerkie saam met hom is. Hy kyk op na die kruis. Hy weet, as dit nie vir die kruis was nie, sou niks van hierdie dinge ooit hier kon wees nie.

Hy besef sy grootste tekortkoming is die feit dat hy sy lewe so in wroeging en droefheid deurbring. As hy meer dryfkrag en vreugde in hom gehad het, sou hy dalk ook meer vir Arthur kon beteken. Hy is so vasgevang in Anne se lewe, in haar omstandighede, dat hy nie effektief kan uitreik na ander nie. En tog. Hy wil dit nie anders hê nie. Hy kan hom sy lewe nie indink sonder haar liefde en die liefde en dankbaarheid van haar kinders nie.

Hy stap sy huis binne. Trek droë klere aan. Maak tee. Op die stoel voor die venster gaan sit hy. Hy dink terug aan hulle tye saam.

Drie maande ná David se geboorte het sy vir die eerste keer na hom toe gekom. Hy het op dieselfde stoel gesit. Toe hy opkyk, staan sy daar. Soos 'n engel. Daardie aand het hy haar naakte lyf vir die eerste keer ten volle ontdek. Dit was soos 'n wonderwerk. Sy het haar bene opgelig en om sy lyf gevou. Hy het maklik by haar ingegaan. Die eenwording van hul liggame was verruklik.

Toe hulle klaar liefde gemaak het, het hy haar los hare gekam en haar gehelp om dit weer vas te maak. Hy het haar hande en voete gesoen. Dit is so maklik vir hom om sy spontane liefde op hierdie manier vir haar te wys. Hy sien hoe sy op sy liefdesgebare floreer, en dit laat hom goed voel. Hy wil vir haar net die beste gee.

"Grant, ons intieme saamwees is soos my kosbare juwele en weelderige klere. Dit word net met spesiale tye uitgehaal en met sorg en liefde gedra. Dit is so uitnemend, so volmaak, so onoortreflik."

Sy verseker hom dat sy nie skuldig voel oor hul verhouding nie. "Dit stel my in staat om te oorleef. Dit laat my bo my ellendige omstandighede uitstyg."

Daar is ook dae dat hy nie skroom om haar te vertel waaroor hy alles droom nie.

"Anne, ek wil vry wees. Ek wil nie meer gebonde wees aan die kerk en die regulasies nie. Ek wil nie meer Bybel lees om te hoor wat God vir die gemeentes sê nie. Ek wil hoor wat God vir my persoonlik sê. Ek wil nie net boeke lees om preke te maak nie, maar om dit te geniet. Ek is so vasgebind deur pligte, afsprake. Mense dring aan op my voortdurende simpatie, teenwoordigheid, sorg en leiding. Hulle sien niks raak van my menswees nie. Ek verlang so om net 'n gewone mens te wees; my dae hier op Kingsberg saam met jou en die kinders deur te bring, al behoort julle nie aan my nie."

Anne neem sy gesig tussen haar hande. Sy streel saggies langs sy slape met die agterkant van haar hand. Hulle weet goed dis net drome. Want, hoewel hulle mekaar opreg liefhet, is die grense altyd daar.

Dikwels wonder hy of die gemeentelede vermoed daar is 'n liefdesverhouding tussen hulle. Niemand haal dit ooit op nie. Nog nooit het dit ter sprake gekom nie. Hulle laat hom nooit voel dat hulle hom nie aanvaar nie. By tye merk hy jaloesie onder van die dames. Tog kry hy meestal die gevoel dat almal simpatiek is teenoor Anne.

Hy staan op en maak reg om te gaan slaap. Hoe anders sou sy lewe dalk nie verloop het as hy nie die verplasing na hierdie gemeente gekry het nie. Die Engelse kerke gee die leraars nie 'n keuse om 'n beroep te aanvaar of van die hand te wys nie. Hy moet gaan waarheen hulle hom ook al stuur. In sy hart weet hy dat hy dit nie anders wil hê nie. Hy het Anne lief.

HOOFSTUK 28

David voltooi nie sy skoolopleiding in Pietermaritzburg nie. Ná die dood van sy pa kom hy plaas toe om die eienaarskap van Kingsberg oor te neem.

Kort nadat hy op die plaas aangekom het, lig Anne hom in: "Jou pa het 'n moeilike dood gesterf weens lewerversaking. Hy was heeltemal van sy verstand af. Niemand behalwe die dokter wat hom verdoof het, het naby hom gekom nie. Sy lewe het gekrimp tot die slaapkamer waar hy gelê het. Hy het allerlei ongegronde fobies gehad, drogbeelde gesien, stemme gehoor. Hy het aan die skree gegaan en almal om hom gesmeek om die monsters uit die kamer te verdryf. Dit was 'n ontstellende gesig.

"Sy driftige voetstappe in die gange, wat almal altyd so op hul hoede gehad het, was vreemd stil. Weke voor sy dood het nie een van die bediendes meer op sy bevele reageer nie. Hul eertydse vrees het omgesit in apatie. Daar was min, indien enige, meegevoel met die tragedie wat hom in sy kamer afgespeel het."

"Ma klink afgestomp en ongevoelig, en ek neem Ma nie kwalik nie. Maar ek en William sou tog graag die begrafnis wou bywoon. Hoekom het Ma ons nie maar laat huis toe kom nie? Ek besef dit was in die middel van die skoolkwartaal, maar ons kon Ma darem ondersteun het."

"My kind, ek is nie ongevoelig nie. Jou pa se lyding was erg, Maar ek kon absoluut niks vir hom doen nie. Hy het my nooit toegelaat om hom op enige wyse te ondersteun nie. Ek het my jare gelede al emosioneel losgemaak van hom. Dit was my behoud. Dit sou absoluut sinneloos wees om julle uit die skool te haal vir die begrafnis. Hier was feitlik geen mens nie, net die bure wat uit ordentlikheid en eerbied teenoor my gekom het. Die bediendes het ook nie by die graf gesing nie. Hulle het stil eenkant gestaan. Net gekyk. Vir almal is dit 'n genadige losmaking van iets wat hulle nooit wil terughê nie. Ons almal wil eerder so vinnig moontlik vergeet."

'n Sielsverkwikkende rustigheid daal oor Kingsberg neer in die dae wat volg. In teenstelling met sy pa is David 'n sagte, teruggetrokke mens. Hy is 'n goeie boer en lief vir die plaas. Veral die Aberdeen Angus-stoetery lê hom na aan die hart. Net by die groot huis toon hy geen belangstelling nie. Wanneer Anne hom vra om iets te herstel, neem dit weke, selfs maande voordat hy iemand kry om die fout reg te maak.

* * *

Tydens 'n nagmaaldiens begin vader Kelley siek word. Weens laringitis kan hy die sakrament nie enduit bedien nie. Sy stem is hees en byna onhoorbaar. Die laringitis gaan oor in akute longontsteking. Hy is ernstig siek. Hy doen alles wat die dokter voorskryf, maar sy toestand verswak.

"Sou jy aanbeveel dat ek my bedanking as leraar indien? So maak ek vroegtydig voorsiening dat 'n ander prediker my pos kan oorneem?"

Die dokter staan by sy bed se voetstuk. Grant sien hoe hy ontwykend rondkyk. Ná 'n rukkie sê hy: "As jou dokter sal ek sê jy moet aftree. Jy sal nie weer voluit kan werk nie. Maar as vriend moet ek vir jou sê dat Kingsberg, die kerk en die gemeente sonder jou 'n vreemde gedagte is."

"Baie dankie, Dokter. Ek verstaan wat jy vir my wil sê. Ek waardeer jou advies."

Toe die dokter weg is, lê hy vir 'n hele ruk bewegingloos. Hy wonder of dit sonde is dat hy so verlig en dankbaar voel. Ouer mense mag sekerlik bly wees as hulle die einde bereik sonder om swaar laste op ander te lê. God weet dat hy nog altyd die gedagte vrees om op sy oudag vir Anne 'n las te wees.

"Anne, Anne," herhaal hy die geliefde naam oor en oor.

Hy lê vir 'n lang ruk so. Toe gaan sy dankbaarheid van vroeër oor in droefheid. Hy besef dat sy lewe verby is. Hy gaan Anne agterlaat. Hy is nie bedroef oor háár nie. Sy heengaan sal vir haar voordelig wees. Hy is bedroef oor homself. Hy sal haar nie meer tussen die herfsbome sien nie; nie die geliefde silhoeët sien waar sy langs die kaggelvuur met haar handwerk sit nie. Hy sal nie meer aan haar wang kan raak of haar hare kan streel nie. Sy is die droefheid en die blydskap van sy hele lewe.

Skielik word hy met desperaatheid oorweldig om aan hierdie blydskap vas te klou. Hy sien nie kans om dit te verloor nie. Paniekerig probeer hy regop kom teen die kussings.

"God is my blydskap. God is my blydskap." Hardop en aanhoudend herhaal hy dit aan homself om sy emosies onder beheer te bring.

Tot hy homself oortuig.

'n Onbeskryflike vrede spoel oor hom. Hy sak terug teen die kussings. Gewigloos sweef hy in 'n helder verligte ruimte. Die vryheid, sonder enige laste of sorge, is wonderbaarlik boaards.

'n Halfuur later stap Anne sy kamer binne.

"Grant?"

Hy antwoord nie. Sy haas haar na sy bed. Sy kan dit nie glo nie. Alles is verby. Sy sak op haar knieë neer. Snikkend lê sy met haar kop op sy bors, haar arms om die geliefde lyf. Ontroosbaar ween sy oor die veelbewoë kaart wat die noodlot hulle toebedeel het. Vervulde lewens. Maar so onvervuld. En nou is sy alleen. Die seer in haar bors trek deur haar hele lyf. Dit voel of sy ook gaan sterf. Sy wil sterf.

Ure later stap sy na buite. Haar lewe is verby, maar sy sal aangaan ter wille van haar kinders.

* * *

"Ma sal moet aanvaar dat Grant nie meer hier is nie. Ons almal gaan hom verskriklik mis."

David en Anne staan by die graf onder die tamarisk. Dit is 'n entjie weg van die ander familiegrafte. Anne lê 'n bossie pers viooltjies liefderyk op die hoop klam grond neer.

"Nou wil ek wil nie meer leef nie. Sonder Grant is die wêreld, die uitspansel, die ganse heelal, 'n vreemde plek. Saans gaan ek slaap met die begeerte om die volgende oggend nie wakker te word nie. Die nuwe dag bring net weer die hartseer en verlange opnuut terug."

"Ek verstaan dat Ma so voel. Tog het ons 'n stille versekering dat vader Kelley rustig, moontlik heeltemal gewillig, na sy Skepper is. Hy sou verkies dat Ma weer 'n passie vir die lewe moet ontwikkel en nie so moet treur nie.

"Onthou hoe Ma altyd vir ons kinders gesê het om na die blomme, die blare en die goggas te kyk. 'Laat julle gedagtes vrylik dryf, soos 'n boot in 'n stroom. Een of ander tyd sal dit vasgevang word in iets.' So het Ma óns moed ingepraat. Nou moet Ma hierdie goeie raad op Ma sélf toepas."

Hulle loop tussen die grafte en kyk na die stene. John en Sarah se grafstene is albei skuins weggesak in die grond. Simbolies van die onuitspreeklike lewensmoegheid van hul laaste jare op aarde.

Anne kyk op na haar seun.

"Ek het net één versoek wat jy en jou nageslag asseblief moet eerbiedig. Niemand mag ooit weer die pastorie op Kingsberg bewoon nie."

HOOFSTUK 29

Paasfees breek aan en daarmee saam 'n weifelende opge-
wondenheid wat onmiskenbaar in die lug hang. Die leraar
van Ficksburg vra Anne of hy die Paasdiens vanjaar op
Kingsberg kan hou. Die lidmate van die twee omliggende
dorpe wil graag weer, soos van ouds, daar bymekaar kom. 'n
Eenvoudige liefdesmaal word deur Anne en die paar bedien-
des wat nog op Kingsberg bly, berei.

Die groot dag breek aan. David staan saam met sy ma en
die leraar in die ontvangslokaal. Hulle wag die gaste in. Al-
mal word met 'n handdruk welkom geheet.

'n Deftige vrou met kort bruin hare kom aangestap. Die
leraar omhels haar.

"Audrey, ons is baie bly dat jy ingewillig het om vandag
die orrel te speel. En, Lilly, baie welkom!" Hy steek sy hand
na 'n jong meisie uit.

Sy laat haar oë sak. Met 'n verleë glimlag sê sy byna on-
hoorbaar: "Dankie, vader Johnston."

Hy draai hom weer na die orrelis. "Dis gaaf dat jy jou sus-
ter saamgebring het."

Hy stel Lilly aan David voor.

Daar is iets in haar teruggetrokkenheid wat hom dadelik
fassineer. David stap saam met haar die kerk binne. Hy
gaan sit langs haar in die kerkbank. Die gebou is gevul met
die geur van blomme. Gekleurde lig skyn sprokiesagtig deur
die loodglasvensters. Hy is sensitief vir die vreemde at-
mosfeer by religieuse byeenkomste. Die mistieke daaraan
verbonde trek hom aan. Dit raak sy gevoelige gees. Hy deel
sy gesangeboek met Lilly. Sy kyk vlietend na hom toe hy die
boekie na haar uithou.

Ná die diens word die ete onder die skadubome by die le-
liedam bedien. Die soel herfsson gee aan alles in die omge-
wing 'n blink skynsel. Almal is ontspanne, vrolik, oorgretig
gereed om al die mooi te geniet en in te neem.

Op Anne se versoek beweeg David tussen die gaste rond.
Terwyl hy met hulle gesels, loer hy uit die hoek van sy oog
na Lilly. Hy betrap haar telkens dat sy vir hom kyk. Haar oë
verklap niks, maar dit is tog opwindend. Daar waar sy tus-

sen die ander jong mense sit, is haar voorkoms en houding in alle opsigte onopvallend. Dit kom voor asof sy doelbewus nie raakgesien wil word nie. Maar vir David is sy onweerstaanbaar. Toe hulle vir 'n paar sekondes oogkontak maak, glimlag sy effens vir hom. 'n Spesiale toegif.

* * *

Skaars drie maande later doen David die aankondiging: "Ma, ek het in Lilly die vrou gevind wat by my pas. Ons wil sommer gou trou en ons lewe saam hier op Kingsberg voortsit. Daar is geen rede waarom ons moet uitstel of wag nie. Ons voel albei so. As dit reg is met Ma, wil ons binne ses maande trou."

Anne sit op die stoep met haar borduurwerk. Sy kyk met 'n glimlag op na David.

"Ek het dit verwag, my kind. Ek het geen besware nie. Hoe gouer julle trou, hoe beter. My kragte is besig om af te neem. Hier moet 'n vrou op Kingsberg kom wat kan oorneem. Buitendien hou ek baie van haar. Sy is 'n nederige mens. Julle twee pas goed by mekaar."

HOOFSTUK 30

Lilly is 'n boorling van 'n naburige Oos-Vrystaatse dorpie. Haar pa is reeds op 'n jong ouderdom oorlede. Haar ma is bibliotekaresse by die provinsiale biblioteek op die dorp.

Elke middag ná skool gaan sy en haar sussie, Audrey, na die vierkantige geboutjie met die oranje teëldak. Twee reuse-palmbome staan by die ingang. Wanneer dit reën, is die blink gepoleerde rooi stoep seepglad. Onder die streng wakende oog van hul ma doen hulle die volgende dag se skoolwerk. Die oorblywende ure verwyl hulle tussen die rakke en rakke boeke. Hulle is gehoorsaam. Dit is vervelig. Hulle het geen keuse nie.

"'n Biblioteek is die skolier se werkswinkel." Só praat haar ma. "Vir enige skolier is goeie boeke net so nodig as wat gereedskap vir 'n skrynwerker is. Julle is bevoorreg om tussen boeke groot te word. Die meeste kinders gebruik net teksboeke. Wat 'n skande dat almal nie van die biblioteek gebruik maak nie!"

Sy en haar sussie sit stroopsoet eenkant by 'n tafel. In die winter brand 'n vierkantige roomkleurige verwarmertjie met drie rooi stafies by hul voete. Die biblioteek is ysig koud.

STILTE! STILTE! staan oral op groot velle wit papier teen die rakke en mure geskryf.

Lede van die publiek wat boeke kom uitneem, bewonder die soet kindertjies.

"Ai, mevrou Dollip, jou kinders is darem wonderlik gedissiplineer. Hulle is só voorbeeldig. Hoe fraai is die twee dogtertjies nie!"

Hulle laat hul ma dan nóg beter lyk deur vriendelik vir almal te glimlag. Dan sak die koppe weer. Hulle neuse diep in die boeke gedruk.

Lilly het 'n weersin in boeke. Sy wil buite wees. Sy wil soos die ander kinders vry wees. Die biblioteek is 'n tronk.

Donderdae mag die kinders boeke uitneem. Geruisloos beweeg hulle tussen die rakke. Dié wat hoes, word uitgestuur om eers buite klaar te hoes. Dán mag hulle weer inkom. Wanneer die kinders met hul gestempelde boeke onder die arms na buite loop, kyk Lilly hulle verlangend agterna. Wat 'n voorreg om so vry te wees. Pure weelde!

Party dae is hulle gelukkig. Hul ma stuur hulle na meneer Suttner se winkel. Die lysie lees min of meer altyd dieselfde: Joko-tee (in die donkerblou-en-silwer pakkie); een pond suiker; Luso Liquid (vir die biblioteek se teekoppies); Atrixo-handeroom (in die groen blikkie – gebruik Atrixo voordat julle jul hande gebruik); Kura-poeiers (vir hoofpyn; hul ma het gereeld een); Bok- veeldoelige poleerwas (vir die rooi stoep); Wilsons XXX-pepermente.

Hulle stap verby die sandsteenstadsaal met sy enkele hoë gewel. By die halfsirkel-trappe vertoef hulle eers. Hulle klim die trappe op en af, op en af. Die groot, swaar houtdeure is gewoonlik toe. Soms word die saal skoongemaak vir funksies. Dan is dit oop. Hulle sluip binne. Weerskante van die portaal gaan steil houttrappe op na die galery. Wanneer hulle baie dapper voel, klim hulle op. Die trappies kraak. Van die galery loer hulle oor die groot saal af. Watter geheime skuil daar agter die donkerblou fluweelgordyne van die verhoog?

Hul ma mag nooit weet wat hulle alles doen op pad winkel toe nie. Sy sal die stuipe kry.

"Die beeld wat 'n mens na buite uitdra, is van die allergrootste belang. Dit moet altyd onberispelik wees." Dit is haar ma se wapen wanneer sy en Audrey oortree. Hoeveel keer het Lilly nie al dié ou afgesaagde rympie gehoor nie?

By die poskantoor loer hulle ook in. Hulle tel die groen posbusse in die muur van die ingangsportaal. Die koperplaatjies met die posbusnommers daarop is altyd skitterblink gepoets. Daar is vyf en sestig posbusse.

Van daar steek hulle die straat oor na Suttner se winkel, skuins op die hoek. Hulle kyk eers links en regs, weer links en hardloop oor. Nou nie dat daar eintlik verkeer is nie. Maar hulle is geleer om versigtig te wees.

Teen die winkelvenster lees hulle eers die advertensies voor hulle ingaan.

Kies die regte Bok vir u vloere: Wit Bok, Ligte Bok, Donker Bok, Rooi Bok vir die stoep.

Bokant die woorde spring 'n getekende bok in die lug. Op die advertensie langsaan eet 'n mooi dame XXX-pepermente.

Dag in en dag uit is sy nooit daarsonder nie. Een vir mooimaak. Een op pad werk toe. Twee vir lekker gesels. Een vir aptyt. Een vir soetigheid. Twee vir slapenstyd. En dit kos net 'n tiekie vir 'n pakkie!

Die vrou agter die winkeltoonbank dra 'n seilvoorskoot. Sy is altyd vriendelik. Hulle oorhandig hul ma se lysie. Een vir een word die items van die rak afgehaal. Alles word in groot bruin papiersakke gepak en oor die toonbank na hulle aangegee.

"Ek sal opskryf," sê die vrou.

Johnny Fereirra kom uit die pakkamer. Hy gryp Lilly en draai met haar in die rondte. Sy hou niks daarvan nie. Hy maak haar skaam. Eintlik is sy bang vir hom. Sy wens meneer Suttner wil hom in die pad steek. Hy weeg en pak tog net suiker en meel daar agter in die pakkamer.

Voor hulle uitgaan, lig meneer Suttner 'n deel van die houttoonbank op, stap daardeur en gee vir hulle rooi suiglekkers en Sunrise-toffies. Hulle hou van hom.

Op pad terug maak hulle eers 'n draai by die groot plein in die middel van die dorp. Vier breë voetpaadjies loop in 'n kruis oor die plein en verdeel dit in kwarte.

Die pakkies wat hulle dra, word onder 'n boom neergesit. Hulle hardloop beurtelings met elk van die vier paadjies op tot waar dit bymekaar kom by die groot, ronde visdam in die middel.

Op die wal gaan sit hulle en kyk af in die geheime wêreld van die goudvisse. Geruisloos swem hulle tussen die waterlelies in die donkergroen water. Die lig wat deur die watervenster dring, is sag. Daar onder heers 'n ewigdurende onverstoorbaarheid. Dit pas by die rustige bewegings van die waterbewoners.

Lilly sien die weerkaatsing van wolke in die water. Sy weet dat die hemel nie net bokant haar kop is nie, maar ook hier by die visse onder die water.

Waaghalsig doen hulle hul laaste gewaagde toertjie voordat hulle teruggaan na die biblioteek: Hulle hardloop een volle rondte om die visdam, bo-op die breë, plat sementwal. Sê nou net een van hulle val per ongeluk in die water!

Uitasem spring hulle af, tel die pakkies onder die boom op en loop teësinnig terug na die biblioteek.

* * *

'n Maat van Lilly kom kuier een middag vir haar by die biblioteek. Die kind se skoene kraak toe hulle tussen die rakke deurloop. Haar ma loer kwaai oor haar halwe bril. Met elke tree wat die arme kind gee, kyk sy boosaardig op. Die maat skrik só vir Lilly se beduiwelde ma dat sy dadelik wil huis toe gaan.

Lilly hou die groot horlosie teen die muur dop. Wanneer die Romeinse syfers wys dit is vieruur, is sy dankbaar verlig.

Een aand toe hulle tuis aan die etenstafel sit, begin hul ma weer preek.

"'n Geleende boek is nou wel 'n voorreg. Maar dit is 'n onbevredigende plesier. Dit is van die uiterste belang dat 'n mens jou eie boeke aankoop. Dat jy jou eie boekery opbou. Om die werklike waarde van boeke te besef, om enigsins bevredigende plesier daaruit te put, dít kan 'n mens alleen ervaar wanneer jy 'n boek vir jouself koop. Niks kan die soete opwinding oortref nie. Julle moet hierdie kosbaarheid van eie besit ervaar."

Lilly probeer haar hieruit wikkel. "Maar, Ma, waar op aarde gaan ek en Audrey die geld kry om boeke te koop?"

Audrey gooi 'n stuiwer in die armbeurs: "Ja, Ma, ons het nie eens geld vir skooltoere of vakansie nie."

Hulle ma skuif haar bril geïrriteerd hoër op teen haar neus.

"Julle twee dames gee hopeloos te veel geld uit op onbenullighede. Van volgende maand af sal julle elkeen 'n sjieling wegsit vir boeke. Dis tyd dat julle verantwoordelikheid leer. Minder aan onedele dinge aandag gee. Verbreed julle kennis. Hou julself besig met verdienstelike, deugsame dinge. Dán sal julle altyd in goeie geselskap wees, ordentlike vriende hê, self gerespekteerde voorligters wees."

Dit is die finale strooi. Hulle kry elkeen maar 'n halfkroon sakgeld per maand. As hulle 'n sjieling moet wegsit vir boeke, bly daar maar een sjieling en ses pennies oor. Lilly neem haar voor om boeke te vermy vir die res van haar lewe. By die skool word sy reeds gespot. "Boekwurm. Vaal ou biblioteekmuisie."

Kersfees op die dorp beteken afleiding. Welkome ontvlugting van die eentonige dae. Oud en jonk, ryk en arm, geniet die dae rondom Kersfees. Selfs die nederigste huise op die dorp is versier met liggies en 'n Kersboom naby die venster, vir almal om dit van buite te sien en te bewonder.

Die posman het 'n bedrywige tyd. Hy dra die goeie Kerswense van deur tot deur. Hy bring liefdesbriewe, Kerskaarte, posorders met bedrae geld daarop ingevul en toegedraaide pakkies vol verrassings. Almal hou van hom en is bly om hom te sien. Tweede Kersdag slaan hy terug. Kom staan bakhand vir sy welverdiende loon.

Oukersaand kom laai 'n boer met sy groot vragmotor die jong klomp op van huis tot huis. Met trekklavierbegeleiding sing hulle Kersliedere so ver as wat hulle deur die dorp se strate ry. By die hospitaal, skoolhoof, pastorie, oues van dae se huise, hou hulle stil en sing hulle harte uit. As hulle gelukkig is, word hulle ingenooi vir koeldrank en koekies. Hierdie is die één geleentheid wat Lilly se ma hulle toelaat om saam met die jong klomp uit te gaan.

* * *

Aan die einde van 1937 is Lilly in standerd ses. Audrey skryf matriek. Sy bekwaam haar as musiekonderwyseres. Sy trou met die bankbestuurder van die dorp. Hulle bly nie ver van Lilly en haar ma af nie.

Lilly is in standerd agt toe haar ma aan beroerte sterf. Dankbaar verlaat sy die skool. Haar swaer gee vir haar werk in die bank. Hulle verkoop hul ma se huis en sy gaan bly by Audrey en haar man.

Saans aan tafel gesels hulle heerlik oor die dag se gebeure, oor dinge van die verlede en vooruitsigte vir die toekoms.

"Ek wonder dikwels waar Ma se obsessie met dissipline vandaan gekom het. Sy het ons met 'n ysterhand regeer."

Lilly sit haar mes en vurk neer.

"Ek glo dit kom uit haar eie kinderjare. Sy het mos altyd vertel hoe gehoorsaam sy aan haar ouers was. Op die vraag hoekom ons iets móét doen, was haar antwoord altyd, omdat sý so sê. Asof dít nou 'n rede is. Ek moet erken dat ek dikwels haar dade en opinies in twyfel getrek het. Daar was nooit 'n middeweg nie. Net reg of verkeerd."

Audrey luister met erns.

"Ja, dit is juis wat haar humeur so vinnig laat opvlam het. Sy was meestal oordrewe streng met ons. Sy het altyd gesê daar is geen slegter reël as 'n swak reël nie."

"Miskien is dit omdat ek die jongste is dat ek dit moeiliker verwerk het as jy. Tot vandag toe is ek oordrewe senuweeagtig. Die geringste probleem is vir my soos 'n berg. Ek erken dat ek druk glad nie kan hanteer nie."

Audrey verander die neerdrukkende onderwerp. "Terloops, vader Johnston het my gevra om met Paasnaweek die orrel te speel tydens die diens op Kingsberg. Ek het ingestem. Kan nie onthou wanneer laas daar 'n diens gehou is nie. Jy moet saamgaan. Ek verstaan dat dinge sedert Arthur se dood weer normaal is. Indien dit wél die geval is, behoort dit 'n heerlike uitstappie te wees."

"Klink vir my of dit net lekker kan wees. Dit sal goed wees om 'n bietjie uit te kom. Die werk in die bank kan ook maar eentonig raak."

* * *

Daardie Paasnaweek wat sy David ontmoet, bring 'n gans nuwe opwindende fase in haar eentonige lewe. Hy kom haal haar gereeld op die dorp en neem haar plaas toe. Saam klim hulle die rantjie uit of stap deur die veld. Hy neem haar na die beeskraal en wys met trots vir haar die Aberdeen Angusse. Opgewonde vertel hy haar alles oor die ras. Sy luister met bewondering na hom. Die beeste is vir haar ook baie mooi.

"Sedert 1920 is hierdie beesras bekend vir sy goeie vleisproduksie. Geen ras kan meer effektief aangewend word nie. Selfs gekruis met ander rasse, slaan die goeie eienskappe van dié beeste deur. Dwarsoor die wêreld waar alle beesrasse teen mekaar opgeweeg is, het die Angus-ras die res by verre oortref. Geen noemenswaardige skou is die afgelope tyd in Engeland en Amerika gehou waar hulle nie met die louere weggestap het nie."

Op 'n dag sit hulle onder die oorhangkrans by die vervalle perdestalle. David sit sy arm om haar.

"Jy is vir my baie mooi."

Sy krap verleë met 'n stokkie in die los grond. "Niemand het nog ooit gedink ek is mooi nie."

"Jou nederigheid maak jou net nóg mooier. Miskien sou jy vir my minder dierbaar wees as jy nie so skaam was nie. Ek is mal oor jou."

Hy sit sy hand onder haar ken, draai haar gesig na hom. Hy soen haar. Dis die eerste man wat haar só soen. Lilly kan nie glo wat met haar gebeur nie.

* * *

David bring haar elke naweek plaas toe. Sy leer Anne ken. Sy hou baie van haar. Die vrou is niks aanstellerig nie. Sy is al oud, maar steeds beeldskoon. Sy sit geen druk op Lilly nie. Aanvaar haar soos sy is.

Drie maande later sit sy en David langs die leliedam.

"Die heel eerste dag wat ek jou by die kerkdiens ontmoet het, het ek geweet jy is die vrou vir my. Toe jy die kerk saam met my binnestap, het ek jou reeds uitgesonder as my le-wensmaat. Maar, voordat my emosies nou met my weghol, laat ek vir jou uitstippel waarom ek met jou wil trou."

Hy skuif reg op die klipmuurtjie. Kruis sy bene.

"Eerstens is dit 'n gegewe dat ek sal trou. Kingsberg móét 'n vrou en 'n erfgenaam kry. Ma Anne kan nie meer alleen dinge hier aan die gang hou nie. Tweedens is jý die vrou wat my baie gelukkig maak. Jy is alles wat ek in 'n lewensmaat begeer: 'n sagte vrou, geensins neusoptrekkerig nie, nederig in alle opsigte. Jy kom nie uit 'n agtergrond van inhaligheid of fortuinsoekers nie. Geld en status tel niks by jou nie. Ek het jou lief, Lilly. Sal jy met my trou?"

David noem al die eienskappe wat sy gedink het haar juis sal diskwalifiseer vir liefde en aanvaarding. Sy kan nie glo dat dít juis is wat haar vir hom begeerlik en aanvaarbaar maak nie. Daar is trane in haar oë toe sy na hom opkyk.

"Ek sal baie graag met jou trou. Ek hou baie van jou. Dit sal maklik wees om goed en lief te wees vir jou."

* * *

Twee weke voor die troue help Anne haar met die laaste af-rondingswerk aan haar trourok. Sy verkies om in 'n eenvou-dige wit rok te trou. Op Anne se aanbeveling stem sy in dat die rok kantmoue as enigste versiering kan hê. Sy kies 'n kort sluier daarby.

Lilly gesels opgewonde. Sy staan op die tafel. Anne verstel haar trourok se soom. "Ek is seker ek sal David gelukkig maak. Maar u kan my gerus 'n paar wenke gee oor hoe ek probleemsituasies moet hanteer in my toekomstige huwelik. Ek dink as daar een mens is wat uit ondervinding kan praat, is dit u."

Anne sit die speldekussing langs haar neer. "In die begin is dit maklik om 'n man gelukkig te maak. Hy bewonder jou en dink altyd jy lyk mooi. Die probleme kom later wanneer dinge nie meer so rooskleurig is nie.

"Teleurstellings, rampe of siekte kom oor almal se pad. Dít is die moeilike tye om saam met 'n man te deel. In hier-die tye moet jy baie luister, min praat. Stel eers vas wat die gemoedstoestand is voor jy reageer. Onthou altyd, vroue is emosioneel, mans rasioneel. Tog is ons die sterker geslag. Ons kan pyn baie beter hanteer as hulle. Ons kry gouer ver-ligting omdat ons uiting gee aan ons emosies. Mans wys moeilik hul gevoelens. Gee hom kans om sy emosies teenoor jou oop te maak. Om mekaar emosioneel te verstaan is die sleutel tot 'n gelukkige huwelik.

"Wanneer jy sien hy maak 'n fout, moet hom nooit ooit reguit daarmee konfronteer nie. Onthou dat 'n vrou altyd die minste moet wees; onderdanig moet wees. Dít, my dier-bare Lilly, gaan nie altyd maklik wees nie. Dikwels sal jý subtiel die leiding neem terwyl jy hom laat dink dat dit hý is wat voor loop."

"Dit sal maklik wees. Enigiets wat David wil hê, sal reg wees met my. Wat hy ook al wil hê, wil ek ook hê. Hy is im-mers die sterkste een in ons verhouding."

"Dit is hoe jy nou daaroor voel. Daar gaan dae aanbreek dat hy moeilik gaan wees, foute gaan maak, swak besluite gaan neem. Soms sal hy sommer net hardkoppig wees wan-neer julle nie saamstem oor dinge nie."

"David? So optree? Dit klink amper nie of dit kan waar wees nie."

"As hierdie man wat jy oor twee weke as jou eggenoot gaan neem, enigiets doen wat jou ontstig of kwaad maak, moet niks doen of sê nie. Wag net. Bly stil. Dink. Wanneer jou emosies onder beheer is, dán praat jy."

"Wag?"

"Ja, wag vir hom om daaroor te kom. Om eers tot sy sinne te kom. En terwyl jy wag, wees lief vir hom. Jy trou nie met 'n moeilike man nie. David is 'n goeie mens."

"Dit sal die maklikste ding op aarde wees om vir hom lief te wees, al is hy omgekrap. Ek glo my liefde is sterk genoeg om hom te dra. Ook wanneer dit sleg gaan. Ek het hom opreg lief. Ek sal nie nodig hê om 'n goeie gesindheid te veins nie."

"Kind, weet jy wat dit beteken om iemand onvoorwaardelik lief te hê? Dit beteken dat jy altyd eers sal vra hoe jy hóm laat voel, voor jy vra hoe hy jóú laat voel. Dit is liefde."

"Ek het David so lief. Ek het."

"Ek glo jou. Ek glo dat jy my seun so liefhet. Wat anders kan jou motiveer om 'n lewe op Kingsberg te kies? Hier is soveel aanpassings en onderstromings wat op jou wag. Ek kan maar net glo dat jy meer as enigiets anders by hóm wil wees. Ek respekteer jou daarvoor. Ek is trots op jou. Ek sien uit daarna om jou as my skoondogter te hê."

* * *

Die troue is eenvoudig, soos hulle albei dit verkies. 'n Rustige atmosfeer heers. Anne versier die kerk met rose en varings uit die kweekhuis. Sy rangskik stringe van die wit en groen Virginia-rankplante op die nagmaalreling. Voor die reling sal David en Lilly kniel vir hul huweliksbeloftes.

Toe die seremonie verby is, smul die gaste aan lekkernye op die volgelaaide tafels. 'n Vriend van Audrey loop tussen die gaste rond. Hy speel liefdesliedere op sy viool.

Opgewonde bediendes hou aanvanklik die vrolikheid op 'n afstand dop. Later deel hulle in die feesmaal. Anne het tafels vol eetgoed spesiaal vir hulle voorgesit. Hulle is aangenaam verras dat Lilly nie in die minste trots of hooghartig is nie. Sy gesels met hulle en gee op haar besondere manier aan hulle aandag.

Die egpaar gaan vroeg reeds na hul kamer. Hulle bring hul liefdesnag in mekaar se arms deur. Hulle behoort aan mekaar. Alles is wel. Hulle vra niks meer nie.

* * *

Lilly is, net soos David, stil en in haarself gekeer. Sy stel geen eise nie. Sy steur haar weinig aan die instandhouding van die huis. Die biblioteek se deur staan permanent toe. Stof vergader op die meubels, sypel tussen die boeke in. Sy vermy die vertrek doelbewus.

Nogtans onthaal sy gereeld vriende uit die gemeenskap. Haar huis staan oop vir familie. Sy onthaal graag in die tuin. Teepartytjies word dikwels langs die leliedam gehou. Van swier en spog is daar weinig sprake. Sy en David leef soos gewone middelklas-mense.

HOOFSTUK 31

"William sien nie meer kans om skool te gaan nie."

Anne sit saam met David en Lilly op die stoep. Lilly skink tee.

"Die koshuislewe het vir hom nou net te veel geword. Omdat hy hipersensitief is, is die skoolopset in die geheel vir hom 'n nagmerrie."

"Laat hom plaas toe kom, Ma." Lilly gee die teekoppie vir Anne aan. "Skool is in elk geval net 'n nagmerrie. Vra vir mý! Hier is tog meer as genoeg blyplek vir ons almal."

David sit sy koppie neer.

"Dit lyk my ons is nie juis ouens vir boeke en geleerdheid nie. Ma is seker baie teleurgesteld."

"Ek was wel angstig dat julle skoolopleiding moes kry, maar met die plaas en jul erfporsies wat veilig verseker is, is geleerdheid tog ook nie so 'n groot prioriteit nie. Jul tant Magdalene het boonop in haar testament haar erfporsie van oupa John aan julle twee bemaak. Sy wou nooit geld van haar pa aanvaar nie. So, broodgebrek sal julle nie ly nie."

"Kan 'n mens so hardkoppig wees soos tant Magdalene? Verstaan my mooi, ek is dankbaar dat sy die geld aan ons bemaak het. Ek kan net nie verstaan dat sy tot aan die einde van haar lewe so hardekoejawel wou wees nie."

"Sy was 'n trotse mens. Jou oupa het nie die man wat sy liefgehad het, aanvaar nie. Sy het hom nooit daarvoor vergewe nie. Toe sy later besef hy was tog reg, was sy te trots om dit te erken. Sy het jou oupa se motiewe altyd bevraagteken. Sy was van mening dat hy net weer baas wou speel oor haar. Om haar fout te erken, sy geld te aanvaar, sou haar aan hom onderwerp het. Hy sou weer uit die graf regeer."

David frons. "Dit is voorwaar 'n kortsigtige mens wat 'n weldaad verwerp omdat daar onsekerheid is oor die motief. Dit kan omtrent vergelyk word met die Egiptenare wat die wonderwaters van die Nyl verwerp omdat hulle onseker is oor die oorsprong daarvan."

"Mense is komplekse wesens. Ek glo oupa John het dit opreg bedoel met haar, maar sy het dit nie so gesien nie. Sy het tot haar dood dit nie breed gehad nie. Ek verstaan sy het Engeland se neerdrukkende klimaat nooit aanvaar nie en was teen die einde van haar lewe baie beswaard. Aan die ander kant het sy blykbaar ook iets teen Afrika gehad, want selfs ná jou oupa se dood wou sy volstrek nie terugkom hierheen nie. Iets te make met haar eggenoot wat glo in die Tweede Wêreldoorlog hier gesterf het, of so iets."

Anne skuif haar reg op haar stoel.

"Maar kom ons praat liewer oor jou broer. William is nie emosioneel sterk genoeg om weg te wees van ons nie. Ek sal die vakansie met hom praat en die keuse om huis toe te kom, aan hom oorlaat."

* * *

Aan die einde van die volgende skoolvakansie gaan William nie weer terug Pietermaritzburg toe nie. Hy sonder hom af op Kingsberg en verdiep hom in sy skilderkuns.

Dit is 'n koel herfsdag toe David vir Lilly 'n skinkbord met ontbyt na die kamer bring. Tot sy verbasing lê sy met 'n betraande gesig teen die kussing. Sy snik hardop.

"Nou wat op aarde is hier aan die gang?"

"Ek is swanger, David, en ek is angsbevange vir wat voorlê."

"My aarde, Lilly! Dis wonderlike nuus. Waarvoor is jy bang? Jy is mos nie die eerste vrou wat 'n baba gaan kry nie."

Hy sit die skinkbord op die tafeltjie langs die bed neer en hou die groot wit servet na haar uit.

"Hier, droog af jou trane. Wat ek wél weet, is dat jy sekerlik die eerste vrou op Kingsberg is wie se man van sy werk stokkiesdraai om vir haar ontbyt kamer toe te bring. Dít terwyl daar bediendes is wat dit net sowel kon doen."

Hy gaan sit lomp op die bed en streel haar deurmekaar hare liefderyk.

"Ek is jammer, maar my senuwees is gedaan. Gee asseblief vir my een van my kalmeerpille aan. Daar staan dit op die kaggelrak. Ek sluk dit sommer saam met my tee."

David staan op. Hy gee vir haar die houertjie met die pille.

"Is dit goed om sulke pille te drink terwyl jy swanger is? Kan dit nie ons baba benadeel nie?"

Sy neem die skinkbord en begin eet.

"Wie is nóú skielik paranoïes?"

"Jy is nie alleen. Ons is saam in hierdie ding. Ek sal jou ondersteun net waar ek kan. Dis wonderlik dat jy verwag. As dit 'n seuntjie is, gaan hy Kingsberg se volgende erfgenaam wees. Dink daaraan. Wat 'n wonderlike gedagte!"

"Waar gaan jy vandag werk?"

"Hoekom vra jy?"

"Ag, ek wil sommer weet hoe en waar ek aan jou moet dink as ek verlang."

Hy soen haar op die hand.

"Ons is besig om in die bloekomplantasies te skoffel. Dit vat nogal tyd om tussen die rye bome skoon te maak."

"Nou toe, gaan werk. Ek voel beter. Ek wag vir jou met aandete. Baie dankie vir die lekker ontbyt. Ek sal sulke liefdesgebare van jou nooit vergeet nie. Jy is goed vir my."

Hy stap uit. Lilly leun terug teen die kussings. Die pil het haar kalmeer. Sy droom van die baba.

* * *

Dit is November 1943. Die dae is reeds buitengewoon warm. Louise word gebore.

"Dis 'n dogtertjie!" kondig die vroedvrou aan.

Sy laat David die kamer binnekom.

Lilly is nog natgesweet van die bevalling. Sy steek haar arms na hom uit. Hy hou haar styf vas. Toe neem hy die baba by die vroedvrou en bekyk haar deeglik.

"Sy is pragtig. Jy is my kosbare lelie. Ek is trots op jou en ons dogtertjie. Wat 'n mooie kind het jy vir ons in die wêreld gebring!"

"Wou jy nie eerder 'n seun gehad het nie?"

"Natuurlik wil ek 'n seun ook hê. Maar dis goed dat ons eerste kind 'n dogtertjie is. Nou weet ons ten minste dat ons nóg kinders gaan hê. Dalk sou jy wou volstaan het met net een kind as ons eersteling 'n seuntjie was."

Lilly glimlag vir hom.

"Dankie dat jy so positief is. Jy laat my goed voel oor myself, daarom is ek so lief vir jou."

* * *

Louise is 'n buitengewoon stil baba. Lilly moet haar wakker maak om gevoed te word, en dan sukkel sy om haar te laat drink.

"Dink Ma daar is fout met Louise? Sy is darem baie stil en heeltemal te rustig. Sou Ma sê dis normaal? Soms wens ek regtig sy wil net 'n bietjie reageer of huil om 'n mens darem te laat verstaan sy is ook hier."

"Ek dink nie jy moet kla of bekommerd wees nie. Wees eerder baie dankbaar. 'n Baba wat heeldag huil, mergel 'n mens uit. William was 'n koliekbaba. Dit was baie moeilik vir my. Vir byna 'n maand het ek omtrent niks geslaap nie. Gee kans met Louise. Die tyd sal ons leer of daar rede tot kommer is. Nou moet jy eers net jou baba geniet en kalm wees vir julle albei se onthalwe."

* * *

Ná 'n jaar weet David en Lilly dat Louise nie normaal is nie. Sy gee weinig aandag aan wat om haar aangaan. Wanneer Lilly met haar kiekeboe speel, kyk sy haar ma uitdrukkingloos aan. Sy lag nie eens nie. Sy is al ouer as twee jaar toe sy haar eerste tree gee. Op driejarige ouderdom begin sy eers woorde sê.

Lilly sit haar dae om met die kind. Sy probeer haar stimuleer met blokkies bou. Sy wys vir haar prente met die hoop dat sy voorwerpe en woorde sal herken. Sy verwyt haarself dat sy nie ook, soos haar suster, verder studeer het nie. Sy voel totaal onbevoeg om die kind te help.

Die afgelope tyd worstel sy boonop met onverklaarbare gewaarwordinge. Sy voel leeg. Dit is asof haar liggaam geskei is van haar gees en denke. Sy kry paniekaanvalle. Stel in niks belang nie en wil nie mense sien nie. Alles is kleurloos. Wit en swart. Die mure druk haar vas.

Toe sy nie meer alleen kan volhou nie, laat sy van die plaaswerkers se kinders kom om met Louise te speel. David koop 'n driewielfiets. Almal doen hul bes om haar te leer ry. Dit is 'n groot gesukkel met die koördinasie.

Later ry die speelmaats maar self daarop. Hulle laat haar agter op die trappie van die fiets staan terwyl hulle trap. Hulle beduie vir haar om aan hul skouers vas te hou. Maar sy val aanhoudend af. Sy baklei gillend en skreeuend met hulle. Dam hulle met haar vuiste by. Moedeloos staak hulle die fietsryery.

Die maats daag nie meer op nie. Lilly koop hulle met eetgoed en koeldrank om, maar Louise knou hulle af. Sy sit 'n keel op vir die geringste voorval. Dit is haar manier om al die aandag op haar te vestig.

* * *

Een lenteoggend staan Lilly saam met Mirriam in die kombuis. Sy kyk moedeloos deur die venster. Buite is Louise besig om blomplantjies uit die houers te gooi. Sy trap die plantjies fyn onder haar voete. Die werkers se kinders kyk magteloos toe. Hulle is te bang om haar teen te gaan. Sy sal weer aan die skree gaan.

"Madam, hoekom gaan sien jy nie die sangoma nie? Hy sal jou kan sê wat is fout met die ngwanana. Hy sal vir jou medisyne gee om haar reg te maak."

"Goeiste, Mirriam, waar moet ek aan 'n toordokter kom? Ek wil niks met julle bygelowe te doen hê. Jy maak my bang."

Lilly swaai vervaard om. Sy gooi haar hande in die lug en stap na buite. Sy tel Louise op van die grond en gemors en neem haar na die badkamer. Terwyl sy haar skoonmaak, veg die kind soos 'n wilde dier. Sy skree die hele tyd asof sy vermoor word.

David kom huis toe vir ete. Hy kry Lilly in die eetkamer waar sy pille uit 'n houer haal. Die houer staan deesdae permanent op die kaggelrak. Dit ontstel hom.

"Dit gaan nie help om meer en meer pille te drink nie. Soos wat jy nou aangaan, gaan jy deel word van die probleem, beslis nie van die oplossing nie."

Hy gaan sit op sy plek aan die groot etenstafel. Lilly skink 'n glas vol water en sluk eers twee pille voor sy haar plek inneem.

"Jy het nie die vaagste benul waarmee ek elke dag te doen het nie. Jy gaan soggens vroeg uit. Ek bly agter met Louise. Die werkers se kinders wil nie meer met haar speel nie. Heeldag moet ek haar dophou. Ek kan haar nie vir één oomblik alleen laat nie. Dis 'n onbegonne taak om heeldag aan haar aandag te gee."

'n Bediende bring die kos in. Lilly lig die ovaal silwerdeksels op. David sny die halfgaar skaapboud. 'n Stukkie vleis val op die verweerde Persiese tapyt onder die tafel. Deur die verbleikte gordyn val 'n strepie lig op 'n gemmerkat wat lê en slaap. Hy spring rats van die Queen Anne-stoel af en eet sy happie onder die tafel.

Op die buffet staan die bronshorlosie se wysers bewegingloos. Die klokkespel van weleer is stil. Uit hul stowwerige rame staar John en Sarah se lewelose oë oor die eetkamer.

"Wat verwag jy van my? Moet ek saam met jou tuis bly om na Louise te kyk? Dink jy vir een oomblik dat ek nie ook bitter teleurgesteld en bekommerd is oor haar nie? Minstens probeer ek nie van die probleem weghardloop deur voortdurend pille te drink nie. Jy wéét mos dit gaan nie die kwessie oplos nie."

Lilly sit bedremmeld in haar stoel. Sy is onversorg. Vir die derde agtereenvolgende dag het sy dieselfde donkerblou rok aan. Sy stoot haar vingers deur haar deurmekaar hare. Probeer helderheid kry.

Sy kan nie meer so mooi onthou wat Anne se raad destyds aan haar was nie. Sy is twee jaar ná Louise se geboorte oorlede. Dit was 'n bittere dag toe die bediende haar kom roep het. Anne het op die stoel voor die venster gesit. 'n Gebreekte koppie het op die vloer langs haar gelê. Teevlekke oral op die mat. Haar kop het vooroor gesak op haar bors. Sy was dood. Hartaanval, het die dokter gesê. Wat 'n genade om só te gaan. Maar vir háár het Anne gesterf op 'n tyd dat sy haar verskriklik nodig het.

Sy mis haar skoonma se ondersteuning en weldeurdagte raad ontsettend. In teenstelling met haar eie ou beneukte ma was Anne die liefdevolle, behulpsame ma na wie sy as kind so gesmag het.

Voor haar troue het sy haar om raad gevra. Vaagweg in haar geheue is daar 'n gesprek wat gegaan het oor wag of stilbly of so iets. Sy is in elk geval nie nou in staat of lus om dinge tegnies te probeer uitredeneer nie. Daarvoor is haar kop te wollerig en dof.

David kyk ongeduldig na haar.

"Wanneer gaan jy jou kos eet?"

"Mirriam het voorgestel dat ek na 'n toordokter gaan. Sy sê hy sal help om Louise beter te maak."

David spring op van sy stoel. Hy smyt sy servet op die tafel.

"Nou het ek alles gehoor! Is jy stapelgek? Ons eie mediese dokters het reeds bepaal dat sy verstandelik gestrem is. Hulle het uitdruklik gesê ons kan niks daaraan doen nie. Wat op aarde wil jy by 'n toordokter gaan soek? Miskien moet jy eerder vir jouself gaan hulp soek. Ek dink jy het jou verstand verloor."

Met 'n swaai van sy arm vee hy die houer met pille van die kaggelrak. Dit val kletterend op die vloer. Die pille lê gesaai oor die verweerde tapyt. Toe stap hy uit. Hy slaan die voordeur hard agter hom toe.

* * *

'n Week later roep Mirriam haar. Louise sit voor die kruidenierskas. Sy gooi pakkies suiker, jellie en koekmeel een ná die ander op die vloer uit. Sy slaan 'n konfytfles met 'n lepel stukkend en roer die hele gemors deurmekaar. Glasskerwe lê besaai oor alles. Elke keer dat Mirriam haar probeer keer, gaan sy histeries aan die skree.

Lilly verwyder die skreeuende kind. Moedeloos ruim sy die gemors op.

"Wat is die naam van die sangoma? Waar kan ek hom sien?"

Mirriam hou op skottelgoed was. Sy kyk na Lilly.

"Sy naam is Phama. Hy bly op 'n plaas nie baie ver van hier nie. Ek sal saam met Madam soontoe ry en die pad wys."

Lilly reël dat 'n bediende heeldag na Louise kyk. Vir David sê sy sy gaan inkopies doen. Sy wil ook by haar suster 'n draai maak voor sy huis toe kom. Sy voeg terloops by dat Mirriam saamgaan, want sy wil nie alleen ry nie. Buitendien het Mirriam gevra om rokgoed op die dorp te gaan koop.

Hulle ry by die buurdorp verby. Mirriam beduie sy moet afdraai. Met 'n grondpad ry hulle tot waar dit teen 'n klipperige steilte doodloop. Onder 'n boom, langs 'n hoë, sirkelvormige dekgras-skerm hou hulle stil.

By die ingang keer 'n jong man hulle voor. Sy bolyf is kaal, met net 'n bont, geweefde doek oor een skouer gedrapeer. Om sy nek is 'n string krale met vierkantige flappies materiaal wat daaraan hang. Hy dra 'n saggebreide velrok om sy heupe. Sy regterhand salueer hulle, arm skuins voor sy bors, hand teen sy linkerwang, vingers wat na bo wys.

In sy linkerhand hou hy 'n lang, dik, ronde stok vas. Die stok is met krale en fyn draadpatrone versier.

Hy groet vriendelik: "Kgotsong dikgabanehadi."

"E, hoha moshemane," antwoord Mirriam. "Ons kom sien vir Phama."

Hy laat hulle binnekom. Saam loop hulle deur die stat. Lilly kyk verdwaas om haar rond.

Op 'n tuisgemaakte leer se hoogste sport staan 'n vrou. Sy dek 'n nuwe hut se dak. Die leer is twee houtpale in 'n V-vorm. Die onderste deel, waar die twee pale bymekaar kom, is in die grond geanker. In die middel is een smal sport, weerskante aan die pale vasgemaak met rieme. Aan die bo-kant is 'n breër sport.

'n Jong meisie met 'n wit tjalie oor haar skouers, voor teen haar bors vasgeknoop, maal mielies. Ritmies behendig stoot sy die klip in haar hande vorentoe en agtertoe oor 'n groter plat klip. Die punt van die plat klip hang bo-oor 'n wye oop mandjie waarin die meel val.

Twee mans speel Morabaraba op 'n klip met wit strepe. Jong seuns sit op hul hurke die dobbelspel aandagtig en dophou.

Agter 'n takskerm melk 'n halfkaal man 'n bont bees met lang, breë horings. Aan die ander kant van die bees les 'n seun sy dors. Die wit melk spuit met 'n straal in sy mond. Langs hulle sit 'n jong ma. Sy drink melk uit 'n blik. 'n Slapende kind lê snoesig in 'n kombers vasgemaak teen haar rug.

Die jong man neem hulle tot voor 'n hut se ingang. Toe draai hy om en loop.

Mirriam kyk na Lilly. "Ek sal vir jou daar onder die boom by die hek wag." Sy draai om en loop.

Lilly oorweeg dit sterk om ook om te draai. As David moet uitvind waar sy haar bevind! Sy sidder. David is al wat sy het. Om sy liefde en respek te verloor, sal haar lewe verwoes. Miskien moes sy nooit hierheen gekom het nie. Die vreedsame tonele in die stat lyk onwerklik. Alles is wit en swart. Geen kleur nie. Hoe is dit moontlik dat almal hier so gelukkig en tevrede is?

Die bose skuil agter alles en grynslag vir haar. Sy is die enigste een met probleme. Koue vingers sluit om haar hart. Sweet slaan uit op haar gesig. Sy vrees sy gaan David verloor. Met vandag se besoek gaan sy dalk net groter onheil oor Louise, oor hulle almal, bring. Vandag gaan sy dalk net nog meer verdoemende nuus kry. Haar ledemate is verlam.

'n Stem roep van binne die hut: "Kena."

Onwillekeurig gee sy gehoor, buk en gaan deur die opening van die lae deur. Binne kom sy regop en staan eers stil tot haar oë aan die donker gewoond raak. Phama lê op sy sy langs die vuur. Hy stut sy kop met 'n benerige hand. Sy kop is vaalwit in die gloed. Die skaduwees van die vlamme flikker bewend teen die hut se mure.

Rondom die mure is kleipotte: bolvormig met groot openinge, regop met dun nekke, silindervormig met handvatsels. Teen 'n regop dakstut hang silindervormige grashouers om bier deur te syg. Dassievelle, jakkalsvelle en gebreide rieme hang oral van die skuins stutte teen die grasdak. Van die dakbalke hang ritse bossies kruie, met riempies vasgemaak.

Eenkant op die dooie as van 'n uitgebrande vuur staan 'n groot swart driepootpot. Lilly sien 'n beweging in die een hoek van die hut. Dis 'n swart hond wat op 'n skaapvel lê.

Mirriam het vir haar gesê Phama se wysheid is ver en alombekend. Sy kyk senuweeagtig en met afwagting na hom. Hy kom regop. Met gekruiste bene sit hy voor die vuur.

Sy gesig is verfrommel in 'n leeftyd se kreukels. Sneeuwit kenbaardjie, yl hare op sy bolip en langs se slape. Sy verrimpelde oë kyk aandagtig in die smeulende rooi kole van die vuur. Lilly wonder of hy haar hoegenaamd raaksien.

Toe kyk hy op.

"Sit." Hy beduie na die beesvel op die vloer.

Hy haal 'n vuil sakkie met dolosse uit. Strooi dit op die beesvel tussen hulle. Kyk lank aandagtig daarna. Wieg heen en weer. Hy maak dit bymekaar in sy hand. Hy gooi kruie en bossies op die vuur. Strooi weer die dolosse uit op die vel. Hy gaan in 'n beswyming.

Lilly se oë brand. Sy voel lighoofdig van die kruiebossies se rook.

Skielik kyk hy op. Sy oë is wyd en verwilderd.

272

"Jy het gekom oor jou kind. Hier! Vat dié medisyne. Laat sy elke dag 'n sterk treksel daarvan drink."

Hy sit 'n sakkie met kruie voor haar op die beesvel neer en praat dadelik weer. "Ek sien baie groter moeilikheid as jou deurmekaar kind. Vir háár kan ek nog medisyne gee. Dit sal haar kop helderder maak. Maar vir die groot donkerte wat aankom, het ek nie medisyne nie."

Lilly word yskoud van vrees.

"Wat beteken die groot donkerte?"

"Ek sien 'n groot swart voël. Hy kom haastig aangevlieg. Hy is nie meer ver nie. Hy vat die lig van die son weg agter sy groot vlerke. Daar waar hy gaan sit, maak hy alles toe onder sy swart vlerke."

"Ja, ja! Maar wat beteken dit alles? As jy van Louise weet sonder dat iemand jou van haar vertel het, kan jy mos weet wat die donkerte ook beteken."

Sy is verskrik en desperaat. Sy praat histeries hard.

"Gaan nou weg. Ons is klaar. Ek het niks meer om te sê nie."

Phama kyk afwesig in die vuur asof sy reeds vertrek het. Sy besef die gesprek is verby. Daar is net 'n leë ruimte tussen hulle.

Die swart hond wat in die hoek van die hut lê, skud sy ore. Verjaag lastige vlieë. Traag verander hy sy posisie en draai op sy ander sy.

Sy sit die fooi op die beesvel neer, tel die sakkie kruie op en druk dit in haar handsak.

Buite blaf 'n hond senuweeagtig. Êrens tussen die hutte roep iemand. Onder 'n doringboom sit 'n vrou. Sy brei dassievelle op 'n gladde klip. Langs haar lê die karos waarmee sy besig is.

Lilly stap verby die hutte. Teen die mure aangeleun sit vroue met oë dof van baie jare se herinneringe. 'n Bont brakkie kom snuif aan haar bene. Eenkant bondel 'n groepie kinders nuuskierig saam. Beduie na haar. Agter 'n takskerm loer twee kleintjies nuuskierig uit. Swart lyfies blink in die son. Ronde magies staan boep oor die stringe krale om hul heupies.

'n Vrou met 'n gekleurde Sotho-kombers om haar lyf soog 'n baba. Langs haar in 'n yslike ronde mandjie staan 'n seuntjie. Hy is kaal, met net krale om sy nek. Hy loer oor die rand van die mandjie en gee sy ontevredenheid met die tuisgemaakte speelhok luidkeels te kenne.

Mirriam wag vir haar onder die boom. Sonder 'n woord klim hulle in die motor.

Met die terugrit haal sy die sakkie met die medisyne uit haar handsak. Sy draai die motor se ruit af en slinger die kruiemengsel by die venster uit. Dit val met 'n stofwolkie in die pad agter hulle. Mirriam sit doodstil. Sy praat nie 'n woord nie. Skud net haar kop verskrik.

"Ek het baie slegte nuus gekry, Mirriam. Ek moes vir morena David geluister het. Ek moes nooit gekom het nie."

* * *

Sy raak weer swanger. Alfred word vier jaar ná Louise gebore. Die blydskap oor Kingsberg se nuwe erfgenaam word gedemp deur die nimmereindigende kommer oor Louise en die voortdurende spanning wat dit tussen haar en David veroorsaak.

Alfred is van sy geboorte af 'n woelige kind. Hy wil geen oomblik alleen wees nie. Hy skree sy ontevredenheid duidelik uit wanneer Lilly hom in sy wiegie terugsit nadat sy hom gevoed het.

Hy loop sterk op vyftien maande. David neem hom reeds van sy tweede jaar af saam na die Angus-beeste en landerye. Daar hou sy speelmaat, Thabiso, wat agt jaar ouer as hy is, 'n ogie oor hom wanneer David besig raak. Hulle bou plasies in die sand, ploeg lande om met stukkies boombas, eg die grond met takkies van die doringbome, plant stokkiesbome in lanings.

Lilly stuur vir hulle vetkoek met stroop. Soms kry hulle broodjies en wors om te braai. Thabiso weet hoe om 'n vuurtjie van takke en blare aan die gang te kry. Hulle braai die wors aan stokkies en smul heerlik. Dit is vir Lilly 'n welkome uitkoms dat Alfred gou van haar hande af is.

Sy worstel met Louise. Toe sy agt jaar oud is, neem sy haar elke dag na die skool op die dorp. Die skoolhoof plaas haar in 'n spesiale klas. Daar kleef 'n stigma aan die hulpklaskinders.

Soggens wanneer Lilly haar aflaai, stap sy saam na die klas. Die hulpklaskinders kom meestal uit die arm deel van die dorp. Die onmiskenbare reuk van ongewaste lywe vul die lokaal. Lilly kyk vas teen skurwe gesigte, loopneuse en onversorgde hare. Dit is baie erg om haar kind daar te los, maar dit is al uitkoms wat daar is.

Die ryery elke dag word vir haar te veel. Soms bly sy die hele oggend op die dorp oor en wag dat die skool moet uitkom.

David is ontevrede. "Jy verwaarloos die huis en jou verpligtinge hier op Kingsberg. Só kan dit nie aangaan nie."

"Al ander uitweg is om Louise in die koshuis te sit. Ek twyfel sterk of dit sal werk. As sy nie eens in die skool kan aanpas nie, hoe sal sy in die koshuis aanpas?"

"My vrou, kom ons probeer. Ons sal nie weet of dit kan werk as ons dit nie uittoets nie. Ek sien mos wat hierdie veeleisende roetine elke dag aan jou doen."

Louise word vir 'n proeftydperk in die koshuis gesit. Sy kan glad nie aanpas by die roetine nie. Sy is morsig en bakleierig. Die ander kinders vermy haar. Wanneer sy nie haar sin kry nie, gaan lê sy in 'n fetusposisie op haar koshuisbed. Sy ignoreer almal. Wanneer die koshuismoeder met haar praat, praat sy terug met die stem van 'n klein dogtertjie. Sy gedra haar soos 'n kleuter.

Skaars ses maande later kom die verdoemende versoek van die koshuis se beheerraad: "Louise kan nie langer in die koshuis bly nie. Sy ontwrig alles en almal hier. Jammer, mevrou Adams, maar ons kan haar nie langer hier hou nie. Ons het regtig ons bes probeer."

* * *

Alfred gaan skool toe toe hy ses jaar oud is en bly van sy eerste skooljaar af in die koshuis. Hy is tevrede. Sy enigste klagte is dat hy Thabiso mis. Hulle sien mekaar darem elke naweek.

Lilly ry weer elke dag heen en weer met Louise. Skoolgaan word net 'n formaliteit. Sy kan glad nie aanpas nie. Elke jaar word dinge net moeiliker. Sy bly onvolwasse en toon geen vordering nie. Soos die jare aanstap, word die probleem net groter.

Op 'n dag laat die prinsipaal weet dat hulle haar nie meer kan akkommodeer nie. Sy is veels te oud vir haar klas. Die normale skool kan haar niks meer bied nie.

Sy is permanent terug op Kingsberg.

In die slaapkamer pak David uit teenoor Lilly.

"Ek was vandag regtig moedeloos. Die plaaswerkers is besig om aartappels in die landerye te plant. Ek het regtig gedink Louise kan hierdie eenvoudige roetinewerk baasraak. Ek het selfs gedink sy sal dit geniet. Maar toe ek weer kyk, loop sy agter die werkers aan. Sy haal al die aartappelmoere wat hulle reeds geplant het, uit die grond. Hulle moes alles weer van vooraf plant. Nodeloos om te sê die werkers raak ongeduldig met haar. Die werk moet immers aangaan en klaarkom. Sy breek almal se spoed."

Lilly druk haar sigaret in die oorvol asbakkie dood. Haar hand bewe.

"Hierdie toestand van Louise is besig om my onder te kry. Sy sal nooit selfstandig wees nie; nooit op haar eie kan funksioneer nie. Ek het regtig nie meer raad nie. Ek sal die saak met ons huisdokter bespreek en maar weer probeer uitvind of daar nie 'n oplossing is nie. Só kan dit nie aangaan nie."

* * *

Die volgende dag gaan sy vir die soveelste keer na die huisdokter. Hulle bespreek Louise se geval. Die dokter vryf met sy hande deur sy hare.

"Ek het werklik nie meer raad nie. Dit is 'n hartseer situasie."

Hy trek 'n lêer uit die rak langs sy lessenaar en blaai daardeur. Beweeg sy wysvinger af oor 'n lys name.

"Daar is één laaste uitweg. Laat ek kyk wat ek kan doen. Ek sal eers die betrokke persone kontak voor ek aan jou kan verduidelik wat my plan is."

Lilly staan op.

"Sal dokter asseblief weer vir my van die slaap- en kalmeerpille gee?"

"Ek is bitter bekommerd oor jou, Lilly. Jy gebruik hopeloos te veel van hierdie pille. Verslawing aan dié soort van ding is nie iets om ligtelik op te neem nie."

"Ek is nie verslaaf daaraan nie. Moenie belaglik wees nie. Ek het dit net baie nodig in my omstandighede. Jy is tog my dokter. Jy weet waardeur ek gaan. As jy my nie help nie, wie sal?"

"Ek sal jou help, maar doen dit teen my beterwete. Jy beveg een euwel met 'n ander."

Hy staan op en gaan na die agterste kamertjie van sy spreekkamer. Kom uit en oorhandig die twee houers aan haar.

Moedeloos en onverrigter sake kom sy terug op die plaas. Sy het geen idee watter plan hy met Louise het nie. Sy gee ook nie meer om nie. Die enigste ligpunt is dat hy weer haar pille vir haar gegee het. Wie is hy om dit te weier? In die toekoms sal sy hom net meer geld daarvoor aanbied. Sy kan nie daarsonder nie.

* * *

Twee weke later ontvang hulle besoek van kennisse. Hulle sê die dokter het hulle hierheen gestuur. Vir ure aaneen word indringend gepraat. David en Lilly moet die moeilikste besluit van hul lewe neem.

'n Jaar later word Louise na Durban weggestuur. Sy gaan bly permanent in een van die hotelle daar. Sy is op papier getroud met 'n man jare ouer as sy. 'n Barmhartige Samaritaan wat na haar sal omsien in ruil vir die luukse verblyf saam met haar. Deeglike en goeie versekering vir sy eie toekoms is deel van die ooreenkoms. Hy kry ook maandeliks 'n stywe inkomste.

Die gemaksugtige lewe met drie hoteletes per dag eis sy tol. Louise se gewig ruk heeltemal handuit. Later lê sy net in die kamer. Sy weier om te loop. Dit is 'n blye dag toe haar eggenoot haar met 'n rolstoel verras. Sy geniet dit gate uit om rondgestoot te word. Haar longe begin probleme gee. Haar hart kan die las beswaarlik dra. Sy is permanent op medikasie.

Binne twee jaar nadat sy Kingsberg verlaat het, sterf sy aan asma. Te midde van groot droefheid en vretende gewetenswroeging van haar ouers, word sy langs haar voorsate in die kerkhof op Kingsberg ter ruste gelê.

Hoewel Lilly en David weet haar dood is 'n uitkoms, treur hulle ontroosbaar oor haar. Hulle kan die tragedie rondom hul eersgeborene nie verwerk nie. Daar is ook altyd die verwyt dat hulle haar op 'n vreemde man afgeskuif het omdat hulle self nie meer kans gesien het om haar te versorg nie. Wát welmenende familie en vriende ook al sê om hul lyding te versag, dit help absoluut niks. Hulle twee moet alleen worstel met die herinneringe en die besluit wat hulle uit wanhoop geneem het.

HOOFSTUK 32

In die somer van 1964 klim Alfred saam met sy jeugvriendin die berg agter die huis uit. Op pad na die eens luukse perdestalle onder die boesmansgrot talm hulle by 'n waterstroompie. 'n Ligte briesie roer in die los blare. Met sagte asemteue speel dit in sirkels daarmee en sit die blare knus op die water neer.

"Jy weet en ek weet dat ons nooit sal trou nie, maar ek hou baie van jou, Licia. Jy is al een wat my verstaan. Jy verwyt my nooit. In jou geselskap voel ek gemaklik en rustig. Geen wonder my ma het jou van kleins af uitgesoek om my vrou te word nie. Magtie, sy het high hopes vir my!"

Albei lag lekker. Toe hulle bedaar, kyk Licia ernstig na hom.

"Dis juis hierdie drome van jou ma wat maak dat ek hier soos 'n eregas ontvang word. Ek het nog altyd in Kingsberg se mense en geskiedenis belang gestel. Jý maak dit vir my toeganklik."

"En my ouers is nog altyd geflous deur ons twee se verhouding. Hulle dink ek lei 'n normale jongmanslewe. Ai, man, ek voel sommer skuldig as ek daaraan dink. Vir hoe lank kan hulle nog so naïef wees?"

Licia weet hy rook dagga. Sy weet ook hy gaan kuier saans, en soms ook bedags, by die werkershuise. Sy ongesonde lewenstyl is duidelik op sy gesig te lees. Sy vel is hard en leeragtig rooi. Onder sy oë is donker kringe. Sy wange is pofferig. Alfred was nooit fier en regop nie, maar hierdie uitgeteerde gestalte met die hangskouers verklap meer as wat woorde kan sê. Licia is daarvan oortuig dat sy ouers lankal vermoed alles is nie pluis nie.

"Ek gaan volgende jaar onderwys in Bloemfontein studeer. Ek sal probeer kontak hou met jou. Dalk sien ons mekaar nog oor vakansies."

Sy probeer lighartig klink. In haar hart weet sy hul paaie gaan onherroeplik skei. Die kloof tussen hulle het te groot geword. Die onskuld van hul kinderjare is weg.

"Heit, jou slimkop! Ek kon nie eens standerd agt maak nie. By my skool was daar twee groepe. Daar was die nerds wat pouse in die biblioteek gesit het. Hulle was die stupid ouens wat gevra het vir ekstra huiswerk. Hulle het by die onderwysers gat gekruip en gewedywer vir die hoogste punte in die eksamen. Dán was daar die ander groep. Hulle het dagga gerook en gom gesnuif. Hulle was min gespin oor skoolwerk. Het gewoonlik in die remediëringsklasse opgeëindig. Hulle het gratis meevallertjies wat hulle by die skool ontvang het, gesmous vir geld om sigarette te koop. Om skool te bank was 'n gewilde tydverdryf."

Licia is geskok, maar sy laat niks blyk nie.

Alfred gesels verder. "My ouers gee my skiewie vriende die skuld vir my mislukkings. Dís nou ouerliefde vir jou, nè? Hulle het eers begin walgooi toe die skarminkels naweke saam met my plaas toe kom. Veral toe van die waardevolle artikels in die huis begin wegraak. Die blikskottels het van die goed gesteel. Dit verkoop vir drank en dagga. Verdomde skelms! Amper het hulle my ook expose."

Hulle loop verby die vervalle perdestalle. Daar is lankal nie meer perde nie. Alfred druk met sy hand op elke houtdeur. Hy lees hardop, windmakerig, die name op die dowwe groen koperplaatjies teen elke deur: "Black Beauty. Roan. The Baron. Venus. Wee Willy."

Hy gaan sit in die lang gras, steek sy hand na Licia uit en trek haar langs hom neer. Nadat hy sy soveelste sigaret aangesteek het, praat hy verder. "Ek het dieselfde neigings in my as my oupa Arthur. Dis dié ou vark se skuld dat my gene so opgefoeter is. My ma sê volgens my ouma Anne het die ou blikskottel 'n gees van selfvernietiging gehad. Ek het ook daardie drang wat die onderwêreld vir my aantreklik maak. Dit is 'n uitdaging vir my om op die rand van die afgrond te staan. Só, as jy op 'n dag daar in Bloemfontein hoor ek het my gat gesien, onthou maar dat jy vir my 'n spesiale vriendin was. Iemand wat my nog op 'n manier aan my nekvelle teruggehou het terwyl ek al oor die skerp kant hang."

Licia kyk na Alfred. Sy voel innig jammer vir hom. Wie het kon dink, toe hulle as kinders saamgespeel het, dat sy lewe só sou uitdraai? Sy probeer sy gedagtes begryp, die samestelling van sy lewe verstaan. Die samestelling en verweefdheid van hulle almal se lewens.

Sy kyk op na die blou hemel, na die tuin, na die planta-
sies in die verte. Soveel geslagte het deur baie jare heen, net
soos hulle, daarna gekyk.

Meteens wonder sy wat die omgewing en die groot huis
alles onthou van die inwoners se drome, begeertes, voor-
spoed en rampe. Dalk word niks onthou nie. Dalk het almal
maar net hier verbygegaan as niks en niemand. Haar lewe is
so ver verwyderd van Alfred s'n. Maar êrens deur die voorge-
slagte is daar 'n band wat hulle verenig.

"Ons is 'n spul lunatics, jong." Alfred sit sy gesprek voort
terwyl hulle huis toe stap. "My ma het verlede maand weer
'n brief gekry van 'n agterkleinneef se vrou. Dít is nou die
nageslag van grootoupa John se broer, Rodney. Hulle woon
in Kanada. Neef is 'n mediese dokter daar. Die freak het
weggehol uit Donker Afrika. Groener weivelde gaan soek.

"Nou is hy glo stapelgek. Doen allerhande mediese ekspe-
rimente op homself. Vreet glo al vir 'n jaar lank net seekos
saam met vet en lewer van robbe om te probeer agterkom
hoekom die Eskimo's nie hartkwale het nie. So mal soos 'n
haas. There's a fine line between lunacy and genius, sê ek
vir jou.

"Sy vrou sê die robbe se lewer is so hard en taai dat sy dit
elke keer eers deur 'n vleismeul moet maal voordat die getik
dokter dit kan gaarmaak. Dit stink glo iets vreesliks."

Licia lag geamuseerd. "None of my business, maar dit
klink vir my hy is 'n regte ou kriewelkrapper wat almal net
frustreer en net mooi niks bereik met al sy eksperimente
nie."

Hulle loop verby die leë pastorie. Langs die stoep staan
hulle vir 'n rukkie stil. Die tuin is oorgroei met rankplante.
Wisterias tuimel in massas blou oor die gehawende veran-
da; sprei parfuum oor die verlate stoep met sy sandsteenpi-
lare.

Selfs in hierdie verwaarloosde toestand is dit spro-
kiesmooi. Dit is bekoorlik te midde van gebrek aan herstel.
Die vensters staar na hulle asof dit iets wil vertel. Licia won-
der oor die laaste bewoners. Oor al hulle arbeid daar, hulle
heengaan sonder om 'n spoor te laat. Wié was dit wat hier
gearbei en gesweet het sodat ander kon oes?

Alfred beduie met sy hand na die huis. "Ouma Anne se
liefdesnessie met haar predikant-lover. My ma sê as dit nie

vir Grant Kelley was nie, sou my ouma Anne vir seker na haar familie in Engeland teruggegaan het. Sy sou maklik die droefgatlike spul hier op Kingsberg net so gelos het. Was glo mal oor haar dominee. Wou nie meer leef toe hy dood is nie. Die enigste lig in haar helse rampsalige lewe met oupa Arthur."

Hulle sit op die stoepmuurtjie. Licia skop haar skoene uit. Sy leun agteroor met haar rug teen 'n sandsteenpilaar.

Alfred beduie na 'n huisie teen die hang van die berg. "As jy gedink het ék is my ouers se enigste kopseer, het ek nuus vir jou!"

"Dáár bly oom William. Sy kop het heeltemal uitgehaak nadat ouma Anne dood is. Was vir byna twee jaar in die loony bin in Bloemfontein. My pa, goeie ou siel wat hy is, het hom daar uitgehaal en vir hom dié huisie teen die berg gebou. Daar sit hy heeldag en verf. Nie sleg die goed wat hy skilder nie. Plaastonele.

"Hy was in 'n stadium betrokke by 'n ou tannie jare ouer as hy. Maar hy kon net op papier oor die pos vry. Toe sy kom kuier en demands het, het hy koue voete gekry. Ma sê dis net die daaglikse roetine hier op Kingsberg wat sy varkies nog op hok hou. Die geringste verandering in sy lewe veroorsaak weer marakkas. Ek sal jou eendag na sy huisie toe vat. Daar lê stapels en stapels ongeraamde waterverf-skilderye. Alles van Kingsberg. Nogal mooi."

Licia luister intens geïnteresseerd na Alfred se vertellings. Deur sy niksvermoedende toedoen begin Kingsberg se ge-skiedenis stuk vir stuk in haar legkaart inpas. Sy kyk met deernis na die vervalle mens langs haar. Sy wil graag glo dat hy 'n onskuldige slagoffer is van sy voorsate se besluite. Dit was immers húlle wat hul vaderland verlaat het vir 'n beter lewe hier in die vreemde.

Maar sy kyk na Alfred en sê: "Niemand van ons is net uit-gelewer aan die noodlot nie. Op 'n manier is ons self die ar-gitekte van ons lewensomstandighede deur die keuses wat ons maak. Ons skryf self ons eie geskiedenis. Daar kom wel dinge oor ons almal se pad waaroor ons nie beheer het nie. Maar steeds kan ons kies hoe ons in sulke omstandighede gaan optree en reageer. Dán moet ons ophou om ander te blameer. Ons moet self verantwoordelikheid aanvaar vir ons lewens."

Sy luister na haarself. Sy probeer met soveel gesag moontlik praat. Maar diep binne haar wonder sy tog watter rol die geestewêreld in die wel en wee van Kingsberg speel. Almal praat van die vloek van die farao's. Hoeveel waarheid sou daarin steek?

HOOFSTUK 33

"Meneer Adams, hierdie is jou laaste waarskuwing."

Die verkeerskonstabel ignoreer die geldnoot wat Alfred na hom uithou.

"As ek jou weer vang dat jy onder die invloed van drank bestuur, gaan ek sorg dat jou rybewys weggeneem word. Jy word 'n gevaar vir ander mense op die pad. Jou pa is 'n goeie man. Dink asseblief daaraan. Dit sal sekerlik vir hom 'n groot verleentheid wees."

"As jy jou bek hou, sal hy nie weet nie."

Alfred is in 'n hoek. Tevergeefs hou hy weer die geldnoot na die konstabel uit.

Dit is al laataand toe hy by Kingsberg se hek inry. Hy moes in die polisieselle bly tot hy nugter genoeg was om huis toe te bestuur.

* * *

Twee jaar later, ná talle ongelukke en waarskuwings, word sy lisensie weggeneem. David stel goedgunstiglik een van die plaaswerkers met 'n rybewys aan hom beskikbaar. Dié sal hom neem wanneer en waarheen hy ook al wil gaan.

Vir 'n ruk werk dit goed, maar een aand ry hy weer alleen. Op die grondpad om 'n wye draai gooi hy die bakkie om en skryf dit heeltemal af. Met grond en modder besmeer klim hy, ongedeerd, by die agterste venster uit. Hy sit langs die wrak. Probeer om tot verhaal te kom.

"Ho hlahile eng moo?"

In die flou maanlig herken Alfred die plaaswerker wat in die pad aangestap kom.

"Dis ék, man. Maak oop jou flippen oë."

"Haw! Jy het weer gedrink. Jy weet mos jy mag nie self ry nie."

"Ag, bly stil, Thabiso. Help my liewer. Vanaand is ek in groot moeilikheid. My pa mag nooit hierdie bakkie so sien nie."

Hy is nugter geskrik en staan wankelrig op.

284

"Luister nou mooi. Gaan haal die trekker, bring die sleep-kabel saam en kom vinnig terug hierheen."

"Ek wil nie saam met jou in die tronk gaan sit nie. Jy maak groot moeilikheid vanaand."

"Shut up, Thabiso! Maak net soos ek sê."

Thabiso gaan sit onwillig op die grond.

"Goed. Ek weet die moeilikheid is baie groot, maar as jy my nie help nie, is dit tickets met my. Máák nou soos ek sê. Bring ook vir Thembo en Solomon saam. Julle is tog my pel-le, man! As julle my vanaand uit hierdie gemors help, sal ek vir julle 'n dik spul geld gee. Ek belowe."

"Ke tla leka hobane ke hloka tjhelete."

"Ja, ja! Jy kort altyd geld. Ek weet dit. Moenie worry nie. Ek sal julle al drie goed betaal."

Hulle werk dwarsdeur die nag. 'n Reuse-gat word in die sagte grond teen 'n wal agter die rantjie gegrawe. Alles is verskuil tussen hoë bome. Hulle sleep die bakkie met die trekker daarheen, stoot dit in die gat en gooi die gat toe. Teen dagbreek is hulle klaar.

Ontreddderd geskok vertel Alfred later vir sy ouers aan die ontbyttafel dat die bakkie voor die dorp se hotel gesteel is. 'n Vriend het hom gisteraand huis toe gebring.

"Het jy die gesteelde bakkie aan die polisie gerapporteer?"

"Ja, Pa, net nadat dit gesteel is. Hulle het gesê dis 'n ho-pelose saak. Die dief is heel waarskynlik reeds met die bak-kie oor die grens na Lesotho."

"Ai, my kind. Hoekom het jy nie maar by die reëls gehou en saam met die drywer dorp toe gegaan nie. Dan het hy minstens vir jou in die bakkie sit en wag en sou hierdie diefstal nie plaasgevind het nie."

"Ek is regtig jammer, Pa." Hy laat sy kop laat sak. "Ek was ook maar net lus om weer 'n slag op my eie te wees. Ek het juis niks gedrink nie omdat ek self bestuur het."

Die leuens kom spontaan en geloofwaardig uit. David skud sy kop heen en weer. Hy is opreg jammer vir sy seun.

"Ons laat dinge voorlopig soos wat dit is. Kom ons wag en kyk of die bakkie nie dalk gevind word nie."

* * *

285

Dit is eers maande later dat 'n plaaswerker van die buurplaas sy mond verbypraat. Die waarheid versprei blitsvinnig. Binne enkele dae kom dit ook by David en Lilly uit.

'n Buurman wat 'n gedeelte van Kingsberg se grond huur, loer vroeg een oggend in. Hulle sit by die kombuistafel. Lilly bring koffie en beskuit. Eers word oor koeitjies en kalfies gesels. Die weer en die oes kom ook aan die beurt. David voel instinktief aan sy buurman het gekom om oor iets belangriker te praat.

"Buurman, is daar iets wat jy vir my wil sê? Jy lyk vanmôre nie op jou gemak nie."

Die boer skuif sy stoel effens weg van die tafel. Sit sy regterenkel op sy linkerknie. Sit sy koffie koppie neer.

"Die kontrei is aan die gons. Plaaswerkers vertel van 'n bakkie wat op jou grond begrawe is langs die sloot. Hulle beweer dis Alfred se bakkie."

David kyk hom verstom aan.

"Maar sy bakkie is gesteel. Hoekom sal die diewe dit op mý plaas kom begrawe?" Hy vryf oor sy neus. "Klink vir my absurd."

"Dit is juis die punt. Alfred het saam met jou eie plaaswerkers self die bakkie daar begrawe. Volgens die werkers het hy het dit een aand op pad na Kingsberg in 'n ongeluk afgeskryf."

David word spierwit. Hy staan op.

Die buurman vat sy hoed.

"Nou, dan gaan ek maar eers. Ek dog ek kom sê net. Almal weet hiervan behalwe julle. Ek wou dinge kom regstel. Dis net reg dat julle ook die waarheid weet."

David praat nie 'n woord nie. Hy stap na Alfred se kamer en ruk die deur oop. Hy pluk Alfred uit die kamer. Stampstamp jaag hy hom aan na die skuur. Daar boender hy hom in 'n ander bakkie in.

"Gaan wys my waar jy jou bakkie begrawe het."

Alfred sit asvaal geskrik langs sy pa. Gedwee beduie hy die pad na die wal agter die rantjie. Onverskillig jaag David oor die hobbelrige plaaspad. In 'n stofwolk hou hy langs die wal stil. Hy klim uit; los die bakkie se deur oop.

In ongeloof kyk hy na die toneel voor hom. Die grond is heel duidelik onlangs nog omgedolwe. Aan die een kant steek 'n stuk van die bakkie se dak uit.

Alfred klim onwillig uit. Hy staan bedees langs sy pa.

"Hoekom, hoekom het jy vir ons gelieg? Het jy dan geen vertroue in my as jou pa nie? Het ek jou al ooit sleg behandel of te na gekom? Wat is dit dan tog met hierdie vervloekte plek dat net niks hier wil reg loop nie?"

Moedeloos en verslae klim hy terug in sy bakkie. Hy ry weg. Los Alfred net daar tussen die bome op die wal.

* * *

Lilly stap na die spens nadat sy die koffie en beskuit vir David en hul buurman neergesit het. Gewoonlik laat sy die mans alleen wanneer hulle boerderysake bespreek. Sy is in die spens besig om die lysie vir kruideniersware aan te vul toe sy die gesprek van Alfred se bakkie hoor.

Haastig, kop onderstebo, gaan sy na die kamer. Bewend geskok sit sy op die bed. Sy steek haar hand na die pille op die bedkassie uit. Sy weet nie hoeveel daar nog in die houer is nie. Sy keer alles in haar mond om en neem 'n sluk water uit die kraffie langs die bed. Sy sak op die kussings neer.

* * *

David kom terug by die huis. Alfred moet maar sien en kom klaar. Hy kan huis toe loop. Hy wil nie nóg 'n oomblik in sy teenwoordigheid wees nie. Die leuens is net te erg. En dít terwyl hy sy seun vertrou het.

Hy het ondersteuning nodig. Die oggend se gebeure is vir hom net te veel. Lilly moet hom help. Dit voel of hy sy verstand gaan verloor. Hy soek haar in die kombuis. In die spens. Hy stap vinnig na die eetkamer. Roep na haar. Uitasem gaan hy met die trap op na die slaapkamer.

Hoekom lê sy dié tyd van die oggend in die kamer? Haar kop hang skuins langs die kussing. Haar arm hang slap van die bed af. Hy roep haar naam ... sien die leë pilhouer op die vloer.

Hy storm na die venster. Skuif die raam op. Skree om hulp na buite. Die tuinwerker en 'n kombuisbediende kom ingestorm. Hy bring die motor tot voor die agterdeur. Hulle dra haar met die trappe af en lê haar op die agterste sitplek

287

neer. Die bediende gooi 'n kombers oor haar. Hy jaag met haar na die hospitaal op die dorp.

Die dokter word onmiddellik ontbied. Verpleegsters hardloop vervaard rond. Die suster bring 'n buis waaraan 'n suigmeganisme gekoppel is. Die dokter voer dit deur haar mond in en pomp haar maag leeg. Die suster sit 'n suurstofmasker oor haar gesig, 'n drup aan haar arm.

Twee dae later is sy eers by haar positiewe. Sy onthou niks van die gebeure nie. David neem haar huis toe.

* * *

1972 is 'n goeie jaar. Die reëns het betyds gekom. Kingsberg wag geduldig, gewillig om bewerk te word en te produseer. Maar die aandag en geesdrif van die bewoners ontbreek. Die landerye wat David uitverhuur, staan ryk en vol belofte. Aan die Adams-kant van die plaas gaan niks aan nie.

David en Lilly sit in die sitkamer en rook. Alfred hoor hoe sy pa kort-kort vir hulle drankies skink. Vir 'n oomblik hunker hy daarna om by hulle te wees. Hy verlang na warmte, liefde, samesyn. Tog besef hy deeglik dat hy nie na sy familie hunker nie. Hy verlang bloot na die sekuriteit van sy kinderjare.

Die gebeure rondom die bakkie wat hy afgeskryf het, het 'n afstand tussen hom en sy ouers gebring. Ná sy ma se ineenstorting het sy pa afsydig geraak. Hy drink al hoe meer. Alfred voel direk verantwoordelik daarvoor.

Sy pa is sewentig. Hy het die afgelope tyd merkbaar agteruitgegaan. Sy ma is hoegenaamd nie in staat om hom te versorg nie. Sy is selde in beheer van haar denke en drink hopeloos te veel drank en pille.

Hy het sy respek vir haar verloor toe sy een aand onbeskaamd, stormdronk op die trappe gelê het. Hy en sy pa moes haar kamer toe dra. Hy het gegril vir haar.

Sy ouers kom uit die sitkamer. Hy groet hulle, maar hulle kyk by hom verby en strompel na hul slaapkamer.

"Soveel vir toenadering soek," praat hy hardop met homself. "Die nikswerd gespuis is so gesuip hulle sien my nie eens raak nie."

Hy gaan die wasig gerookte sitkamer binne. Een vir een maak hy die halfvol drankbottels wat op die tafel staan, leeg.

"Op Kingsberg en sy manjifieke bewoners!"

Besope stel hy elke keer 'n heildronk in voor hy die volgende bottel ledig.

* * *

Drie weke later kom roep die plaaswerkers vir David. William se lyk lê voor sy huisie se stoep. Hy het skynbaar al die vorige aand gesterf.

Alfred sien die skok en droefheid op sy pa se gesig. Hy voel baie jammer vir hom. Hy gaan saam met sy pa na die huisie teen die berg.

Hulle dra William se lyk na sy slaapkamer en lê dit op die bed neer. Sy pa trek 'n laken oor sy broer se gesig. Asof hy nie weet wat om te doen nie, begin hy papiere met William se waterverfskilderye optel. Dit lê gestrooi oor die vloer.

Alfred hou sy pa dop. Dit lyk asof hy meganies opruim. Hy sit die skilderye in 'n netjiese stapel op die tafel neer. Daar is 'n toneel waar werkers mielies oes. 'n Ander toneel wys groot hope geel en wit mielies opgestapel langs 'n hamermeule.

Daar is 'n skildery van swart vroue wat met reguit bene plat op die grond sit. Tussen hulle wei bont werfhoenders. 'n Hele aantal skilderye is gemaak van die huise en geboue op Kingsberg: die pastorie, William se eie huisie, die kerk. Op een onvoltooide skildery trek osse 'n wa met werkers deur die bloekomplantasie.

"Sy hele wêreld was hier. Alles buite Kingsberg se grense was 'n bedreiging vir hom. Hy was my broer. Ek het hom liefgehad."

David word bedroef. Die trane stroom oor sy wange. Alfred het sy pa nog nooit so gesien nie. Hulle stap na die klein sitkamer en gaan sit op die riempiesbank. Alfred sit sy arm om sy pa se skouers.

"Dis goed om te weet dat Kingsberg darem vir iémand 'n vreugde en 'n veilige hawe was. Miskien het William in sy eenvoud dieper dinge met ewigheidswaarde hier raakgesien wat ons voortvarende klomp heeltemal misgekyk het."

Alfred is aangedaan oor sy pa se woorde. Vir die eerste keer in jare is daar 'n gemeenskaplike band tussen hulle.

"Pa, soms wil dit vir my lyk of eenvoudige mense met geen rykdom of bogemiddelde intelligensie om op te roem nie, van die gelukkigste mense op aarde is. Hierdie sogenaamde roemryke dinge wat teen elke prys nagejaag word, is later net ondraaglike bagasie. Dit knak ons rûe."

David sit sy hand op Alfred s'n. "Dis moeilik om te aanvaar, maar ek besef dat almal op hierdie plek vergeefs gearbei het. Jou kinders sou die gelukkige ouens wees wat kon verkoop en verander hier op Kingsberg net soos hulle wou. Ironies dat juis dit wat die voorgeslagte so begeer het, vir niemand van ons familie beskore sal wees nie."

"Pa, ek is jammer. Ek is só jammer. My lewe is tans so van spoor af dat ek self nie weet waarheen ek op pad is nie. Ek is my lewe lank nog van alle inspirasie en entoesiasme gestroop. Ek is nie in staat om dinge hier reg te ruk nie. Ek sien geen manier hoe dit ooit weer op dreef gaan kom nie."

Alfred bars in trane uit. Hy huil droewig saam met sy pa.

David staan op.

"Kom ons gaan huis toe. Daar is begrafnisreëlings wat getref moet word."

Hy trek die deur agter hulle toe.

* * *

Vir die volgende paar dae word almal se aandag deur die begrafnisreëlings in beslag geneem.

Die begrafnisdiens is slegs 'n formaliteit. Die leraar doen die nodige voorlesings. Sy boodskap is kort en kragtig: "Ek weet my Verlosser leef. Ons het niks in hierdie wêreld gebring nie. Ons neem niks hier uit nie. Die Here het gegee. Die Here het geneem."

Plaaswerkers help om die kis in die graf te laat sak. David huil onbedaarlik. Lilly staan eenkant met hangskouers. Sy toon weinig emosie. Hulle loop weg terwyl die graf toegegooi word.

Sedert hul emosionele gesprek die dag ná sy dood in William se huis, kom Alfred agter sy pa stel in niks meer belang nie. Hy gee beswaarlik aandag aan die Angus-beeste.

* * *

Die gemeenskap is gerat vir 1976 se landbouskou. Dit is die hoogtepunt van die dorp se jaarlikse bedrywighede. David stap gewoonlik elke jaar met al die pryse vir die Aberdeen Angusse weg, maar vanjaar sien hy nie kans om te skou nie.

Die organiseerders praat mooi. Hulle is verleë oor deelnemers en soek al die inskrywings wat hulle moontlik kan kry. Hulle oorreed hom om weer sy beeste in te skryf. Teësinnig stem hy in.

Audrey vra haar suster om te help by die Engelse kerk se kosstalletjie.

"Dit sal goed wees vir jou om uit te kom. Buitendien het ons al die hulp nodig wat ons kan kry. Jy weet ons gemeente is klein. Kom help ons, asseblief."

Lilly laat haar ompraat. Onwillig stel sy haarself beskikbaar.

Dit is 'n mooi Vrystaatse sonskyndag. Die skouterrein is 'n miernes van bedrywighede. In die groot saal is alle beoordeling reeds die vorige dag gedoen. Oral pryk rooi, oranje en groen kaartjies aan pryswenners se produkte.

Tant Maria van Rooyen wen weer al die pryse met haar seep. Boerseep, kouewaterseep, harpuisseep, blouseep, pampoenseep, dikmelkseep en gliserienseep pryk die tafels vol. Vrouens staan tou om resepte uit haar te kry. Sy deel ongeërg raad uit, maar verswyg haar towerformule.

"Gebruik goeie soda. Roer die seep altyd op 'n warm plek, digby die stoof. Warmte bevorder die glans. Hoe langer die seep neem om dik te word, hoe beter die tekstuur. Moenie metaalgereedskap gebruik nie. Dit benadeel die kleur van die seep. Gebruik erde-gereedskap of houtspane. Nadat dit uit die vorms kom, draai dit toe en bewaar in 'n koel, donker plek om hard te word."

Die jong boervroutjies hang aan haar lippe. Almal bewonder die gekleurde wonderwerke op waspapier in die netjiese plat houtkissies.

Harriét maak skoonskip by die gebak. Haar vrugtekoeke en koekversierings is ongeëwenaar. Niemand kan by haar kers vashou nie. Die fynste, kleinste blommetjies tower sy op uit versiersuiker.

291

"Ongelooflik!" sug die dames.

By die afdeling *Konfyt en Gebottel* is daar moeilikheid. Sophia de Groot kry vanjaar nie eerste prys vir haar marmelade nie. Sy is woedend.

"Iemand het die bottels omgeruil. A nee a! Ek ken mos my konfyt. Hierdie wenbottel is myne. Wie het die name verander?"

By die blommetafel poseer Magriet Cilliers vir 'n foto. Sy het weer eerste prys gekry vir haar dahlias. Sy is uitgevat in 'n bont snyerspakkie. Die turkoois oorbelle en krale om haar nek pas mooi by die kleur van haar uitrusting. Sy hou 'n oranje blom fyntjies vas en maak seker dat almal die turkoois ring aan haar vinger ook sien. Haar rooi hare is spesiaal gedoen vir hierdie foto. Sy hoop dit gaan in die koerant kom. Met haar kop effens skuins gedraai, glimlag sy net so dat die ergste plooie nie wys nie. Die kamera flits.

Die burgemeestersvrou is ontevrede omdat party dames blomme in plastiekhouers ingeskryf het.

"Plastiek neem ons lewe oor. Alles, alles is plastiek."

Die skoolhoof se vrou stem saam. Sy knik haar kop.

"So gaan dit deesdae in ons moderne lewe. Ons leef in die plastiek-eeu. Kenners meen dit is maar net die begin."

Ander dames staan nader, lug ook húl opinies.

"Crimplene, nylon, orlon, elke tabberd is van die een of ander dinges-lon gemaak."

"En alles waaraan jy kan dink in die kombuis is van een of ander poli gemaak. Polistireen, poliamied. Dit is hoeka laasgenoemde wat nylon aan die wêreld gegee het. 1938 word beskou as die jaar wat die vrouens van die hele wêreld se kleregewoontes die ingrypendste verander het. En kyk waarmee sit ons nou. Wat word van die wêreld?"

In die hoek van die saal is 'n banier tussen twee pale gespan: *SLAAP MET SMAAK.* 'n Volledige slaapkamer word uitgestal. Die bed se basis, stoele se oortreksels, gordyne, alles is van dieselfde materiaal. Groot geel blomme met olyfgroen blare tussenin pryk op 'n roomkleurige agtergrond. Die dames verkyk hulle daaraan. Wie begeer nie só 'n slaapkamer nie? Die mure is met Buffalo geverf. 'n Entoesiastiese verkoopsdame staan nader. Sy bemark haar produk flink en ken die rympie heel duidelik uit haar kop: "Buffalo-verf is oneindig sterk. Die nuwe edelsteenkleure is so sag en subtiel, so lieflik, dat 'n mens geneig is om te vergeet hoe duursaam dit is."

Met waardering word hande geklap. "Pragtig, pragtig!"

Buite om die arena sirkel die beeste onder luide toejuiging. Trotse plaaswerkers lei die pragdiere aan toue. Om die nekke pryk enorme rosette in rooi, oranje en groen.

'n Afrikanerbul wat die eerste prys gewen het, word met trots reg voor die hoofpawiljoen tentoongestel. Hy krap met sy voorpoot in die grond en maak snorkgeluide.

Die spitsvondige meneer Lubbe is elke jaar die skou se seremoniemeester. Hy is op sy stukke. "Maak net die regte geluide en jy wen die prys."

Die toeskouers skater. Die reaksie vuur hom aan.

"Aan die jong boertjies wil ek net sê: Julle het baie geld nodig om sulke beeste te besit. Gaan vra die bankbestuurder vir 'n lening. Jy sal hom net eers moet oortuig dat jy nié 'n lening nodig het nie voor hy een aan jou sal toestaan."

"Hoor, hoor!"

"Aan die verloorders: Geen inskrywing is tevergeefs nie. Dit kan altyd dien as 'n slegte voorbeeld."

"Eina!"

Net die wenners lag.

Twee bejaarde susters wat vrou-alleen op Oortjiesfontein boer, wen die eerste én tweede pryse vir hul Jersey-beeste. Een van die koeie het 'n fraaie kalfie.

Die susters se omgesukkelde buurman is lelik in die gesig gevat met sy derde prys. Hy is bitter dat die vroue hom uitgestof het. Hard en duidelik sodat almal moet hoor, bulder hy: "Die dag sal nog kom dat vroue mans se salarisse kry."

'n Dik vrou wat lyk asof sy op haar man se kop kan sit, reageer blitsvinnig: "Ja, aanstaande Vrydag."

Vir die eerste keer in al die jare kry David se beeste geen pryse nie. Hy is bitter spyt hy het kom skou. Hy weet die diere se kondisie is nie wat dit moet wees nie, maar hy het hom teen sy beterwete deur die organiseerders laat ompraat.

'n Werker by die stalle help hom om die voer op sy bakkie te laai. Agter een van die staldeure staan twee boere druk in gesprek. Hulle sien hom nie.

"Wat 'n flippen skande dat David sy beeste so verwaarloos. Wat de hel is aan die gang met die man? Hy het meer as ons almal. Alles tel in sy guns. Hy fok Kingsberg totaal en al op."

David krimp ineen. "Toe, toe Solomon, maak gou. Ek wil terug plaas toe."

Die laaste deel van die gesprek word hom ook nie gespaar nie: "Nou sit hy ook nog met daardie nikswerd seun van hom. Ek sou die mannetjie lankal 'n helse pak slae gegee het. Hy soek daarvoor. As iemand 'n drag slae soek, is hy met niks minder tevrede nie. Hoor wat ek jou sê. David is 'n slapgat. Mind you, dalk is dit hoekom sy seun ook een is."

* * *

Lilly se voete is moeg van die staan. Sy draai al vir ure pannekoek en worsbroodjies in papier toe. Sy verskoon haar en loop na die dames se ruskamer. Die grys baksteengeboutjie is koud. Sy skuif die toiletdeur se grendel toe. 'n Groep lawaaierige dames kom in. Hulle lag en babbel, gebruik die toilette en was hande.

"Ek sien ou Lilly help ook vandag by die kosstalletjie."

"Godswonder dat sy op haar voete is!"

Hulle bars uit van die lag en Lilly krimp ineen. Sy sit versteen; haal byna nie asem nie.

"Weird skepsel. Om te dink sy sit met al die rykdom en weelde en wat doen sy? Sy kook 'n helse gemors op vir haarself."

"Ek sou dinge darem anders gedoen het as ék die lady van Kingsberg was. Ek sou die golf gery het, my soos die queen gedra het."

"Ja, wat op aarde kan haar trigger om drugs te gebruik? Dêmmit, ek meen, sy't alles wat 'n mens se hart kan begeer."

Sy bly in die toilet tot almal uit is. Dan stoot sy die deur versigtig oop en sluip na buite.

Met haar handsak oor haar arm loop sy tussen die motors en mense deur. Oral is baniere van uitstallers:

Krog Ingenieurswerke. Ons vervaardig onderdele vir al u werktuie. Staal- en sweiswerk van hoogstaande gehalte.

Landboukoöperasie. Governia cream separators, deering new ideal self dumping rakes, 8-shovel arch cultivators, 2-horse mowers.

Op 'n groot banier is 'n stewel met 'n vlerkie aan.

Waar u die Goodyear-teken sien, daar word u altyd flink bedien! Dis die puikste band op wiele!

Sy klim oor die lae tou met International Harvester se rooi, wit en swart vlaggies wat C.L. Grewar se terrein afbaken. Dan stap sy skuins verby die woonwaens tot by haar motor, wat onder een van die bloekombome geparkeer staan.

Sy haal haar sleutels uit haar handsak en klim in. Vir 'n lang ruk sit sy met haar kop vooroor gesak op die stuurwiel. Hoekom huil sy nie? Dit sou verligting bring. Hoe verskriklik verlang sy nie na ma Anne nie! Sy het altyd vir alles raad gehad.

"Ma, wat is geluk nou eintlik?"

"My kind, geluk is soos tyd en ruimte. Ons maak en meet dit vir onsself. Dis 'n fantasie, 'n droom, so groot of klein soos wat ons self dit maak. Dis 'n konsep gebore uit kontras of vergelyking. Net soos gesondheid, skoonheid, eerlikheid, liefde, alles wat prysenswaardig is. Ons herken dit eers wanneer ons die teenoorgestelde beleef of wanneer ons dit met iets uitnemends vergelyk."

Vandag herken sy dit weer vir die soveelste keer. Haar lewe lank beleef sy nog net die tragiese teendeel. Sy weet ook sy het David se respek verloor. Dit was nadat sy uit die hospitaal ontslaan is destyds met Alfred se bakkie-debakel dat sy alles uitgeblaker het. Wat haar besiel het, weet sy nie, want sy het net gepraat sonder om te dink.

"Phama het gesê daar kom groot donkerte. Hy het gesê hy sien 'n groot voël wat alles toemaak onder sy donker vlerke. Dit is daardie donkerte wat nou oor ons kom."

"Ag hemel, Lilly, wie op aarde is Phama en wat is dit nou weer van donkerte en 'n groot voël? Het jy al weer te veel pille gedrink?"

Sy het geskrik toe sy besef wat sy kwytgeraak het en haar kop vinnig weggedraai. Maar David het haar drifties aan die skouers gevat, haar gesig na hom gedraai en haar reg in die oë gekyk.

"Ek vra: Wie is Phama?"

'n Lam gevoel het van haar voete af tot in haar keel opgestoot. Sy was in 'n hoek vasgekeer. Stotterend het sy met die waarheid uitgekom. "Die, die sango... die toordokter wat, wat Louise wou help."

Sy sal David se gesigsuitdrukking nooit vergeet nie. Teleurstelling. Ontreddering. Verwarring. Afkeur. Woede.

"Jy was toe wragtig daar! Ek glo dit nie." Hy het haar eenkant toe gestoot en op die klipmuurtjie langs die trappe gaan sit. "En ek het gedink met tant Magdalene se dood is die veelbesproke vloek van die farao's oor ons familie gebreek. En hier gaan my eie vrou wragtig weer in die onderwêreld rondploeter. Jy is mal, Lilly. Nou weet ek dit. Jy is mal."

Sy het verslae gekyk hoe hy met hangskouers van haar wegstap. Sy het hom verloor. Hoe kon sy dit doen aan die man wat sy liefhet? Dit breek haar. Sy haat haarself.

En vandag het sy ook eerstehands gehoor wat die dorp se mense van haar dink. Haar menswaardigheid is in die grond vertrap. Die kleinlikheid van die platteland. Die hovaardige beheptheid met ander se sake en ellende. Maar dalk verdien sy dit. Sy is 'n totale mislukking.

Sy kry die motor aan die gang. Toe sy by die skougronde uitry, is daar niks te sien van die vrolike kleure wat haar vroeër die oggend begroet het nie. Alles is wit en swart.

Daardie aand in hul slaapkamer bespreek sy en David die dag se gebeure soos gewondes. Hulle neem 'n besluit. Hulle is klaar met die gemeenskap. Nooit weer sal hulle hulself só blootstel nie. Die kritiek en harde woorde het té diep gesny.

* * *

Agt maande later staan David by die werkers wat in die verwaarloosde tuin by William se huisie skoffel. Hy voel nie lekker nie. Vanoggend toe hy opstaan, het hierdie drukking op sy bors al gepla. Die pyn skuif nou opwaarts na sy skouers en sak in sy linkerarm af. Vreemd dat sy kakebeen ook pyn. Hy verstaan dit glad nie.

Moeg en kortasem gaan sit hy op die stoepmuurtjie. 'n Naarheid oorval hom en hy besluit om liewer huis toe te gaan.

Lilly sit op die stoep en rook met 'n drankie langs haar. Sy kyk met glasige oë oor die verwaarloosde tuin. David ken daardie kyk. Hy praat nie met haar nie; stap net verby. Sy sien hom nie.

Uitasem klim hy die trappe op na die slaapkamer. Hy sluk pynpille. Sak uitgeput op die bed neer. Later verbeel hy hom hy hoor haar inkom.

In die nag beswyk hy aan sy hart. Lilly weet van niks. In die beswyming van die slaappille is daar weinig onderskeid tussen droom en realiteit.

Dit is reeds nege-uur die volgende oggend toe sy besef iets is verkeerd. Sy roep na Alfred. Met 'n dik gesig en bloed-belope oë kom hy die kamer binne.

"Pa wil nie wakker word nie," sê sy sleeptong.

Hy skud sy pa. Lilly kyk apaties na hom. Hy retireer ver-skrik tot by die oop deur. Toe storm hy met die trappe af en skree op die bediende om te kom help.

Die bediende storm die kamer binne. Sy trek die kombers van David se bolyf af.

"Hy's dood, Madam. Meneer David is al lank dood. Dit moes in die nag gebeur het. Auk, julle koppe werk nie. Julle is baie dom."

Alfred besef sy miserabele ma is nou sý verantwoordelik-heid. Sy weet sommige dae nie wie sy is of waar sy is nie.

Met David se begrafnis is sy soos 'n wandelende gees. Alfred wonder of sy besef hy is dood. In die kerk sit sy afwe-sig en blaai deur die gesangeboek. By die graf vroetel sy in haar handsak rond, soek sigarette, trek aan haar klere.

Haar lewe krimp tot die sitkamer en slaapkamer. Soms gaan sit sy op die stoep, sigaret in die een hand, drankie in die ander.

"Ek wag. Ek wag," sê sy aanhoudend vir haarself.

Alfred raak ongeduldig met haar.

"Nou wáárvoor de hel wag Ma nou eintlik?"

"Ek wag. Ma Anne het gesê ek moet wag. Maar ek weet dat dít waarop ek wag, nooit gaan gebeur nie."

* * *

297

Laat een nag klop 'n half besope Alfred sy ma wakker. Verskrik en deurmekaar maak sy die kamerdeur oop.

"Uiteindelik, Ma, uiteindelik! Hoe wens ek Licia was hier dat ek haar kon vertel. Ek het toe ook vir grootouma Sarah in die biblioteek gesien. Ewe rustig sit die ou lady daar by die staanlamp. Ek het nie eens geskrik nie. Hel, Licia sal dit geniet om dit te hoor."

Lilly gaan sit geskok en bevrees op die bed. Haar nagrok skuif op tot by haar knopperige knieë, ontbloot blou beaarde stokkiesbene en lelike knokkelvoete. Haar grys toutjieshare staan in alle rigtings.

"Old hag," mompel Alfred.

Sy hoor dit skynbaar nie.

"Vir wat foeter jy in die biblioteek rond? Ek het 'n renons in daardie verpeste plek. Stilte! Stilte! gil al die karakters wat deur skrywers geskep is en dan soos gevangenes tussen die dooie bladsye van die gevoellose boeke ingeprop is. Ek dink hulle spook dag en nag om daar uit te kom. Hulle wil uitbreek en vry wees. Tussen die rakke beweeg. Na buite beweeg. 'n Biblioteek is 'n plek van ongelukkige geeste. Dit gee my die creeps."

Sy steek bewerig 'n sigaret aan, skud die vuurhoutjie dood en laat val dit op die vloer. Met ingesuigde wange trek sy die rook diep in haar longe. 'n Roggelende hoesbui oorval haar. Toe dit bedaar, praat sy verder: "Ons trek môre in die onderste slaapkamers in. Ek bly nie 'n dag langer op die boonste verdieping nie. Wat mý betref, kan alles daar inmekaarfoeter. Verrot. Vergaan. Ek sal in elk geval nooit weer met die trappe opgaan nie."

* * *

Die volgende dag trek hulle met net die nodigste af na onder. Alfred gaan soms nog met die trappe op. In sy dronkenskap staan hy op die balkon en skree onsamehangende, sinnelose bevele van daar bo af vir niks en niemand êrens daar onder.

Geen bediende word ooit weer aangesê om daar skoon te maak nie. Later sluit Lilly ook van die onderste vertrekke permanent. Hulle bewoon slegs 'n klein gedeelte van die huis.

298

"Nogal bevrydend om in so 'n klein spasie te woon," merk hy een oggend teenoor sy ma op. Hulle sit by die kombuistafel. Albei is nugter. Die bediende het krummelpap gemaak.

Sy vroetel in die kas rond op soek na suiker en sit dit op die tafel neer. 'n Streep swart miere ontsnap uit die suikerpot. Sy druk hulle met haar vinger dood. Op 'n tafel onder die vensterbank staan vyf en twintig blakers. Fyn stof van baie maande lê grys oor die halfgebrande kerse. Die oggendson val deur die venster. Dit laat die stoffies in die geel lig dans.

"Ek het nog nooit enige gevoel of liefde vir hierdie huis en sy inhoud gehad nie. Gelukkig het jou pa my nooit verkwalik nie. Hy het altyd vertel hoe jou ouma Anne hier swaargekry het tussen al die weelde. Daar is elke dag vir haar vertel dat niks hier aan haar behoort nie. 'n Vrou wil weet dat die huis waar sy woon, haar eie is. Dit is haar heiligdom, waar sy 'n lewe bou vir haar mense."

Alfred steek vir hulle albei sigarette aan. Hy kug en vryf oor sy oë.

"Op stuk van sake, Ma, aan wie behoort alles hier tog eintlik?"

Hy beantwoord self sy vraag: "Aan niemand! Ek dink die enigste mense wat dit hier geniet het, was John en Sarah. Hulle het immers alles hier volgens hulle smaak laat doen. Hulle het gekoop, gebou en was kreatief net soos hulle wou. Sonder fokken brieke. Vir die res van ons was grootoupa John se drome en sy onvervreembare erfenis net 'n pyn in die gat. Ons hande is in alle opsigte gebind net omdat hy wou seker maak sý drome sal bly staan. Horrible dat hy die nageslagte so uit die graf wou manipuleer. Selfsugtige ou kripbyter."

* * *

Lilly en Alfred verval in 'n kluisenaarsbestaan. Niemand word op die plaas toegelaat nie. Antieke handelaars en fortuinsoekers kom van heinde en verre in die hoop om van die waardevolle inhoud van die huis te bekom. Hulle word, soos alle besoekers, met agterdog bejeën en dikwels met 'n haelgeweer by die voordeur begroet.

In sy frustrasie en dronkenskap loop Alfred omgesukkel deur die huis. Hy saai verwoesting so ver hy gaan. Dwelms tesame met alkohol en emosies wat buite beheer is, is 'n gevaarlike kombinasie. Hy slaan ornamente en vase stukkend. Pluk skilderye van die mure af. Verrinneweer die meubels. Daar is geen opvolger vir hom op Kingsberg nie. Hy voel niks vir die plek nie. Terwyl hy sy verwoestingswerk doen, hoop hy heimlik dat die voorgeslagte se geeste wat daar ronddwaal, sal sien wat van al hul prag en praal geword het. Dit gee aan hom 'n grootse gevoel van volkome beheer.

* * *

Lilly sterf vyf jaar ná David. Die kerkhof is verwaarloos toe sy begrawe word. Die grafte is oortrek met gras en onkruid; die familiename weggesteek agter wilde plantegroei en mos.

Slegs 'n paar jaar ná sy ma se dood, word Alfred dood aangetref in die huis. Die enkele bediende wat nog daar werk, kom op sy lyk af. Die liggaam is op die vloer in die gang. Dit is in 'n skuins sit-lêposisie teen die muur.

"Hy is dood van 'n oordosis pille."

"Sy lewer het ingegee van al die drank."

"Sy hart het gaan staan."

"Die bose geeste het hom getreiter tot hy dood is."

"Dalk is hy vermoor."

Só bespiegel die nuuskieriges. Maar niemand weet regtig hoe sy laaste lewensure verloop het nie. Die onvervreembare erfenis eindig by hom. Hy het geen testament nie. Verlangse familie ruim die chaotiese huis op. Dit is bykans 'n onbegonne taak. Hulle swoeg vir maande aaneen om orde te skep. Alles moet gereed gemaak word vir die groot veiling.

HOOFSTUK 34

Licia se ouers laat haar weet van Alfred se dood. Sy woon die begrafnis by. Enersyds uit pligsbesef, andersyds omdat sy hoop om dalk nog iets van die nostalgie van vervloë jare te ervaar.

Dit is 'n neerdrukkende, bewolkte dag toe sy Kingsberg se werf binnery. Sy hou stil. Die sandsteenkasteel doem voor haar op. 'n Onbeskryflike somberheid daal oor haar. Sy soek na bekende bakens om haar gemoed te verlig. Maar die vensters staar soos lewelose oë uit die koue mure na haar.

Haar oë dwaal oor die tuin. Naby die huis is dit buite beheer oorgroei. In skrille kontras staan droë stompe en kaal grys takke van plante wat die verwaarlosing nie oorleef het nie, teen die verste muur naby die leliedam. Oor alles hang 'n doodsheid.

Onmiskenbare verval en ineenstorting bring totale neerdrukking van die siel. 'n Sluier is getrek oor alles wat mooi was, alle goeie herinneringe, alle gekoesterde plekke. Dit is onmoontlik om enigiets positiefs in die verbeelding op te roep.

Wat is dit wat my so ontsenu? Sy probeer haarself regruk.

Sonder twyfel het die agteruitgang 'n invloed op haar emosies. Maar sy weet ook dat daar 'n onbegryplike krag agter alles is. Dit strek buite die grense van haar begrip of analitiese vermoë.

Met die uitsondering van 'n paar bekendes, is die meeste mense by die begrafnis vir haar totale vreemdelinge. Die vrouens is uitspattig aangetrek. Sy sien onnatuurlike, gekleurde kapsels, oorgewig lywe, voete wat oor dun bandjies van sandale peul. Groot hang-oorbelle swaai langs swaar gegrimeerde gesigte. Goedkoop, blink armbande klingel om songebrande arms.

Onbekende mans daag op in slordige T-hemde en denimbroeke. Baie het sigbaar te veel gedrink. Dis 'n heel vreemde wêreld. Sy voel ontuis.

Alfred se kis staan voor in die kerk. 'n Onbekende predikant hou die diens emosieloos. Hy lees eentonig voor uit die boekie met die afgesaagde bewoording spesiaal saamgestel vir begrafnisse.

By die kerkhof gaan staan sy eenkant onder 'n boom. Van die omstanders by die graf wink haar nader, maar sy beduie dat sy in die koelte wil staan. Sy voel 'n aardige teenwoordigheid wat haar vreesbevange maak. Toe die graf toegegooi word, kan sy nie vinnig genoeg wegkom nie.

Sy haas haar na haar ouerhuis op die dorp. Op die bekende tuinhekkie blink die koperletters op die stinkhoutbord: ONS HUISIE.

Die veiligheid van die ou huis waar sy grootgeword het, vou om haar soos 'n warm kombers.

HOOFSTUK 35

Daardie laaste dag op Kingsberg het ek geweet: die rykes is eintlik die behoeftigste van alle mense. Mense het soos miere in die gange, op die trappe, heen en weer, op en af getou. Hulle het in die vertrekke saamgedrom om die sandsteen-kasteel en sy inhoud te besigtig. Nuuskierige oë wat voorheen net begeer het om 'n kykie in die sprokieswêreld van Kingsberg te kry, het nou die kans aangegryp. Banaal, gewetenloos, het hulle rondgesnuf en kommentaar gelewer.

Die afslaer het saam met die belangstellendes van vertrek tot vertrek beweeg. Ek was verstom oor die pryse wat bekendes en onbekendes vir stukkende, afgeleefde meubels en artikels betaal het. Dit was duidelik dat versamelaars gesoek het na iets meer as net objekte. Hulle het gebie vir klas. Die afslaer het skitterend in sy doel geslaag om die welgesteldes te oortuig dat hul geluk van nóg meer besittings afhang.

Ek het vooruitgeloop en in die biblioteek vir die afslaer gaan wag om uit te kom. Die bekende lamp op die tafel met die vet engeltjie teen die kaktus moes nie in vreemde hande beland nie. Dit was stukkend aan die een kant. Ek het gehoop dat dít voornemende kopers sou afsit. So was dit toe ook. Die prys was billik. Die bod is op my toegeslaan. Dit was myne.

Toe ek met die lamp by die deur uitstap om te gaan betaal, hoor ek dat 'n boek van Rudyard Kipling opgeveil word. Nogal met sy eie handtekening en inskripsie voorin. Die afslaer het dit uitbasuin: "Die inskripsie sê: For Magdalene."

'n Stem het uit die samedromming opgeklink: "Wie was Magdalene?"

"Who cares?" het die kwinkslag uit 'n ander hoek gekom.

Die omstanders het brutaal uitgebars van die lag.

* * *

Ek het op Kingsberg rondgedwaal tot die laaste trokke weggery het. Vol gelaai met meubels, implemente, gereedskap, ornamente, enige vervoerbare artikel wat verkoop kon word.

303

My gedagtes was 'n warboel van emosies. Die mensdom het voorwaar 'n diepgewortelde drang na besit wat hierdie wêreld nie kan bevredig nie. Sluimerend is daar altyd die begeerte na meer en meer. Gestroop van gesonde oordeel en nugter denke, moet hierdie begeerte eers vervul word voor ons gelukkig is. Wat gister opwindend en vervullend was, is vandag vervelig en oninteressant. Ons soek voortdurend nuwe opwinding.

Onder die groot tent wat langs die huis opgerig is, het leë koeldrankhouers tussen die houtbankies gelê. 'n Skielike dwarrelwind het deur die los papiere getol waarin pannekoek en braaiwors toegedraai was. Hier en daar het besoekers nog in groepies staan en gesels. Die meeste het reeds huiswaarts gekeer.

Die verlede was uitgewis. Ek het gewonder hoe 'n mens jouself kan ken sonder die verlede. Hoe sou dit wees om in die nag wakker te word en te besef die pragtige beeld by die spuitfontein onder die groot rots is nie meer daar nie? Daar sal nooit weer tuinpartytjies langs die leliedam wees nie.

Bo die kronkelende grondpad wat tussen die bloekomplantasies deur tot by die teerpad loop, het 'n stofstreep gehang. Dit het onnatuurlik oranje gelyk teen die ondergaande son. Wilde eende het in V-formasie na hul slaapplek gevlieg. Twee hadidas het protes teen die dag se gebeure uitgeskree en tussen die bloekoms verdwyn.

Een vir een is die ligte in die huis afgeskakel, tot die donker sandsteenreus met die berg saamgesmelt het. Dit het in die nag verdwyn. Asof dit nooit daar was nie.

BEDANKINGS

Baie dankie aan Madri Victor vir haar professionele hulp en volgehoue inspirasie. Ek gee graag met dank erkenning aan die volgende bronne:

Chronicle of the 20th Century, samesteller Jacques Legrand.
All of Egypt, Ablas Chalaby.
Die Boereoorlog, Thomas Pakenham.
Black Mountain, Colin Murray.
Annerlike Afrikaans, Anton F. Prinsloo.
John Bull's Island, Max O'Rell.
Street music, H.R. Haweis.

Daar bestaan wel 'n plaas wat baie soos dié in *Sandsteen-kasteel* is, maar hoewel dit in realiteit gebore is, is die gebeure en karakters in hierdie roman fiktief.

www.ingramcontent.com/pod-product-compliance
Lightning Source LLC
Chambersburg PA
CBHW071110250626
47159CB00002B/686